續·冰點

ぞく　ひょうてん

続　氷点

一宗罪，引發下一次罪行；
一個祕密，召喚出更大的祕密……

三浦綾子
みうら　あやこ

章蓓蕾——譯

重量紀念版
再度燃燒

傳奇名家
三浦綾子
冥誕
100週年

目次

1 風雪之後

窗外雪花看似斜飛，忽又返身上揚，橫飛猛吹。昨夜開始的暴風雪餘威猶存。

辻口醫院的院長辻口啟造坐在家中二樓書房，茫然望著窗外的實驗林，林木被暴風吹得來回搖晃。一棵棵高達二十公尺的白松樹幹半覆著積雪，黑色幹身在白雪襯托下顯得格外醒目。

（陽子，妳終於醒過來了。）

啟造眺望著黃昏將近的森林，在心底自語。

吞下安眠藥自殺的陽子若是離開了人世……一想到這，啟造心中萬分不忍。他無法不自責，因為把年僅十七的陽子逼向死路的，正是自己。

（都十八年前的事了。）

那天，就在辻口家屋後這片貫穿實驗林的美瑛川河灘上，年僅三歲的女兒琉璃子慘遭路過的工人佐石土雄殺害。

啟造永遠忘不了那一天。一九四六年七月二十一日，上川神社夏祭的下午。

（那天我出差回來……）

啟造那雙細長的眸子更顯陰鬱。

那天，妻子夏枝一反常態，彈琴彈得如醉如痴。她身後桌上的菸灰缸滿是菸蒂，夏枝卻一句也沒提起訪客的事。

原來夏枝趁啟造離家這段時間，命令女傭次子帶著五歲的阿徹出去看電影，又把琉璃子趕到外面玩，自己在家裡和村井靖夫幽會。

（琉璃子就是在那段時間被殺害的！）

琉璃子就死在那片河灘上，女兒脖子上的掐痕又清晰地浮現在啟造眼前，當年的悲痛與憎恨也像昨日之事般再度甦醒。

（絕不能原諒夏枝和村井。）

琉璃子死後，夏枝說想領養一個女孩，要把女孩當作琉璃子養大。夏枝從前做過結育手術，無法再生育了。

（那麼可怕的事，我怎麼做得出來……）

啟造倚著桌子，雙手抱住腦袋。

這時，實驗林上空傳來一陣烏鴉的喧囂。啟造抬起頭，只見一大群烏鴉在雪空中盤旋，數目之多以致天都暗了下來。

啟造的老友高木雄二郎是札幌的婦產科醫生。啟造聽說佐石在拘留所自殺，他的女兒被送到育幼院，而高木剛好是那間育幼院的醫療顧問，於是啟造決定抱回那女孩讓夏枝扶養。

（……這就是愛你的敵人？）

啟造自嘲地暗自嘀咕。

＊＊＊

「老公，吃飯了。」

門外傳來夏枝怯生生的招呼。

聽著她悄悄下樓的腳步聲，啟造緩緩從椅子上起身。

他想起十八年前的自己，那時他宣稱要把「愛你的敵人」當作一生的課題，以這句話告誡自己，然而，其實這只是他對愛慕村井的妻子採取的報復手段。

啟造佇立在桌前，目光重新轉向窗外的實驗林。森林上空的群鴉又發出一陣嘈雜。

（陽子，原諒我啊！）

聽到夏枝指控自己是殺死琉璃子的凶手——佐石的女兒，陽子選擇服藥自殺。但事實上，陽子並不是佐石的女兒，她是高木的友人三井惠子趁丈夫出征與中川光夫所生的私生女。

啟造和高木雄二郎是從學生時代結識的好友，他做夢也沒想到高木嘴巴上說陽子是佐石的女兒，竟將別人的孩子交給自己。

然而啟造對高木沒有一絲怨恨。如果自己是高木，恐怕也會做出相同的決定吧。讓受害者撫養加害者的小孩，這種事，誰幹得出來呢？

（幸好，陽子不是凶手的女兒。）

如果陽子是佐石的小孩，她要如何活下去？一想到這，啟造由衷感激高木。

「老爺，吃飯了。」

房門被人推開，夏枝的朋友藤尾辰子探頭進來。辰子是日本舞教師，經過這三天看護陽子的折騰後，她那張健康的圓臉清瘦許多，但表情仍然開朗。

「別想太多了，老爺。」辰子站到窗邊，「你看，連烏鴉都高興得叫個不停呢。」

說完，她衝著啟造笑，露出一口白牙。啟造眨了眨眼睛。

「真是太對不起陽子了。」啟造哽咽著說。

「怎麼啦？那聲音，還有那表情，我說老爺呀，陽子已經醒過來了，她獲救啦。別擺出那副愁眉苦臉的樣子嘛。高興的時候就該露出高興的表情呀，您說是吧？」

辰子的語氣雖似責備，眼底卻閃爍著溫和的笑意。

「啊，抱歉……」

啟造的視線瞥向陽子的房間，連連眨了好幾下眼皮。說來奇妙，每次在辰子面前，他就覺得似乎變得年輕，心中的痛苦也總能被她撫平。

「高木先生丟下自己的醫院，已經三個晚上沒回去了。就算早一班車也好，我們該讓他盡快回去呀。您就快下樓吧。」

辰子說完，率先走出房間。啟造仍舊凝神注視著窗外陽子的小屋。

客廳裡，穿著和服棉外套的高木、大學生阿徹、阿徹的朋友北原、夏枝和辰子等人都在餐桌前等待啟造。水晶吊燈的耀眼光芒下，桌上的燉肉火鍋熱騰騰地冒著水蒸氣。

「你躲到哪裡去了？」高木轉頭問啟造。

他鬍碴滿面，像是才剛睡醒。阿徹則努力嚥下一個呵欠。在座的人莫不雙眼紅腫，四天三夜的看護任務令眾人疲憊不堪。所幸陽子的狀況已經穩定下來，大家把看護工作交給兩名護士，各自睡了個好覺。眾人雖都睡到午後，仍有些睡眠不足。

「抱歉，我在書房裡。」

啟造坐在垂頭喪氣的夏枝身邊。一旁的辰子打開啤酒。

「這次……給大家添了許多麻煩……託大家的福，陽子總算撿回一條命。」

啟造坐正身子，深深低頭行禮。

「哎，總之，真是萬幸啊！辻口。」高木說完率先舉起酒杯。

「萬幸，真的是萬幸。」

辰子纖美的手指迅速拭過眼角。餐桌上一時間沒人開口。

阿徹想起口袋裡那封陽子指名給他的遺書，他已把信裡的每字每句都記在腦中。

阿徹哥哥

現在，陽子最想見到的人就是哥哥。

陽子最敬愛的人究竟是誰，現在終於明白了。

哥哥，我死了，對不起。

陽子

陽子愛的人應該是北原。小學時她就知道自己是被辻口家領養的，一直像尊敬兄長般敬愛阿徹，除此之外，她對阿徹從沒流露出更特別的感情。阿徹有些不解，陽子在即將步向死亡之前寫下的「最敬愛的人」，究竟有沒有把自己當作異性看待的含意呢？

（或者她……）

阿徹轉眼望向身邊的北原。北原似乎在深思什麼，突然轉向高木。

「高木先生，陽子小姐的生母還有其他小孩嗎？」

「喔，有啊，有兩個兒子。」

「哎呀，這麼說來，陽子還有兄弟呢。是弟弟？還是哥哥？」辰子停下筷子看高木。

「一個哥哥，一個弟弟。」

「喔，兩個兄弟啊？」啟造感慨萬千地應著。

雖是同母異父，總也是陽子的兄弟啊，啟造想。

（陽子另有兄弟！）

阿徹有種受挫的感覺。從小一直以陽子的兄長自居的他，聽說陽子另有兩個兄弟，不知為何就是高興不起來。

（她的兄長不只我一個嗎？）

阿徹的心情相當微妙。他想當陽子的兄長，也想當陽子的情人，不論哪個角色，他都不願被其他人搶去。

「叔叔，陽子的生母是在小樽吧？小樽的哪裡？」

阿徹因睡眠不足聲音有些沙啞，像著涼似的。

「問我地址？你問這個幹麼？不會是想安排她們母女含淚相認吧？」

高木的語氣雖像開玩笑，但一雙大眼閃著銳利的光芒。

「那可難說喔。萬一陽子說想見母親呢？陽子也有見她父母的權利啊。」

「喔，按理說是不錯。可是啊，阿徹，人家那邊也有苦衷啊。更何況人家的丈夫和兒子什麼都不知情，一家無事過日子。上門拜訪這種事，我想最好還是避免。」

高木雖因情勢所逼說出陽子親生父母的事，但他希望這件事僅限辻口家的人知道就好。

「無事過日子？」

阿徹責問似的瞪著高木。陽子都被逼得自殺了，她的生母卻把女兒丟給育幼院，自己和丈夫、兒子無事過日子。阿徹感到十分憤慨。

為了維持那人平靜無波的生活，陽子連生母和兄弟都不能見嗎？阿徹並沒意識到他的想法和想要獨占陽子的感情是矛盾的。他氣呼呼地喝下一口啤酒。啤酒的味道，苦澀無比。

「高木先生，警察會把你反綁雙手帶走喔。」察覺阿徹心思的辰子打圓場地說。

「怎麼說？」北原瞥了一眼板著臉的阿徹，配合辰子的語氣反問。

「北原先生，畢竟他身為醫生卻洩漏了患者的祕密嘛。這可是違反醫師法的，對吧？辻口老爺。」

啟造露出苦笑。

「哎，我無所謂。不管警察把我手臂綁在前面還是後面，總之陽子醒過來了，我再高興不過了，對吧？夏枝？」

夏枝打剛才起就罪孽深重似的垂著腦袋，這時總算抬起頭來，輕輕點了頭。

阿徹轉眼瞪了說話的兩人一眼。企圖自殺的陽子雖撿回一命，但這和重病患者獲救不能相提並論。儘管身體的痛治好了，但內心的傷痛卻無法那麼容易治癒。眼看其他人似乎沒有意識到這點，阿徹不免有些焦躁。

2 窗戶

陽子清醒後約過了一週，一個星期六的下午。

啟造和夏枝站在陽子房外，兩人互望一眼，遲遲不敢走進房內。他們打算告訴陽子親生父母的事。陽子至今還以為自己的生父就是殺死琉璃子的凶手，啟造他們即將說出的真相對她來說應該是個好消息。即使如此，夫妻倆還是覺得心情沉重。

陽子的身體慢慢復原了，起先只能喝米湯，現在已增加分量到二分粥[1]、三分粥，今天甚至已能吃些煮得較軟的米飯；前天起也能自行如廁了。

日子一天天過去，陽子的身體也愈來愈健康，但這並不表示事情過去了。啟造他們決定在陽子身體恢復得差不多的時候，向她說明她的身世。

啟造向夏枝使眼色，催促她先進房去。夏枝用力搖了搖腦袋，向後退了一步。啟造也覺得納悶，明明是去向陽子報告好消息，心情卻莫名沉重。啟造心裡暗自擔心。他覺得必須向陽子道歉，卻又不確定她會原諒自己。

另一方面，敏感的陽子聽了真相後會有什麼反應，尚難預料。啟造萬分不安，心中更加憂鬱。

啟造輕咳一聲，緩緩拉開紙門。坐在陽子枕畔的中年護士正在看雜誌，看到啟造進來，連忙放下雜誌起身。中年護士是兩三天前到家中來照顧陽子的。

「身體怎麼樣了？」

這問題也不知是問陽子還是問護士，啟造和夏枝一起坐在陽子身邊。陽子微微一笑。

「還有點發燒。」

護士把溫度計送到啟造面前。

「這樣啊？三十七點五度？還有一點熱度。陽子，會不會覺得疲累？」啟造柔聲問道。

夏枝向護士耳語幾句，護士離開了房間。啟造抓起陽子的手腕。經過最近一連串波折，陽子的手腕總算一天天結實起來，皮膚也恢復光澤。希望她的心也能和身體一樣早點恢復，啟造想。他為陽子量脈搏，環顧八疊大的室內。

牆邊並排放著褐色衣櫥和五斗櫃，另有一座木書架，一張書桌緊靠在旁，書架上整齊地擺著成套《世界美術全集》，五斗櫃上有個裝在大玻璃箱裡的《鏡獅子》[2]舞蹈人偶。

「脈搏沒問題。」

不知情的外人若是看到陽子的房間，一定會以為房間的主人是個無憂無慮的高中女生吧。啟造沉思著，把陽子的手輕輕放回棉被裡。

這段日子，夏枝一直像個女傭般殷勤照料陽子的生活起居，從準備三餐到清洗便盆，不論任何人看在眼裡，都覺得夏枝努力得令人心痛。她整天垂著眼皮，像在逃避陽子的視線。她也覺得陽子不願看到自己，總避著自己似的。這令她十分不安。

---

1 二分粥：米和水的比例為二比十煮成的粥。

2 《鏡獅子》：著名的歌舞伎舞碼。前半段表現少女的嬌柔，一名女侍手拿鏡子在花園獨舞，被獅子精靈帶走；後半段表現獅子的陽剛，少女化身為獅子起舞。

此刻，夏枝又想躲到啟造身後似的，垂頭坐在一旁。
「陽子，我說啊……」
話才開頭，啟造就不知該如何繼續。陽子平靜地注視他，往日眼中燦爛的光芒已熄滅，現在她的眼底就像一汪深邃的湖水，瀰漫憂鬱的寂靜。
啟造忍不住轉臉看了夏枝一眼。
「陽子，妳能原諒爸爸和媽媽嗎？」
聽到啟造這話的瞬間，陽子詫異地歪頭想了幾秒，然後低聲說道：
「不，是陽子不對。讓您們為我操心了。」
「不，是爸爸不對。陽子，從前，我恨過妳媽……說來丟臉，那時我曾生出詛咒妳媽的念頭，想致她不幸。可是現在，我的想法已經變了。」
陽子沉默著點點頭。
「那時……我想讓妳媽撫養殺死琉璃子的凶手的小孩，所以拜託了高木叔叔，收養了妳。爸爸和媽媽一直以為陽子就是那個凶手的女兒。」
（以為？）
聽到這兩個字的瞬間，陽子的表情出現些微變化。
「可是啊，陽子真正的父母並不是殺人犯。他們是照片裡的這兩位。」
陽子疑惑地接過照片，打量起來。啟造和夏枝目不轉睛地盯著她，只見陽子睜大雙眼緊盯手裡的照片。
「妳看，照片中的男人和這張報上登的佐石長得一點都不像吧？」
啟造從懷中掏出一張剪報，交給陽子。這張照片陽子一輩子都忘不了。夏枝那天就在陽子面前高舉著這張剪報，痛罵她是凶手的小孩。

好一會兒，陽子眼皮也不眨地來回打量兩張照片。

「陽子，真對不起。這位才是妳的生母……她和妳就像一個模子印出來的，是不是？」

夏枝沮喪地垂頭說道。然而陽子無法接受這一切。她認為父母是在安慰自己，說不定自己是那個酷似自己的女人和佐石生出來的呢。

陽子臉上並未流露出啟造他們預期的喜悅。她還無法接受聽到的訊息。這也難怪。夏枝當時發瘋似的在她面前揮舞啟造的日記和剪報，痛罵她是凶手的小孩，那辱罵深深刺進了陽子心底，成為無法抹滅的指控。

現在突然有人告訴她，中山光夫和三井惠子才是妳的父母。她怎麼可能坦然接受呢？即使她相信那個酷似自己的女人是生母，但她無法相信和女人站在一起的年輕男子是生父。

陽子曾誤會過北原邦雄，她看到北原和妹妹手牽手漫步在白楊樹下的照片，誤認他們倆是戀人，而眼前這張照片裡並排站著的男女，說不定也是兄妹呢？因為陽子的父親是佐石土雄啊。

陽子瞪著兩張照片好一會兒，默默把照片還給啟造。

「所以啊，陽子，這兩位才是妳的親生父母，妳明白了吧？」

看到陽子臉上沒透露任何情緒，啟造不安地問。他本以為陽子知道自己不是佐石的女兒，肯定會相當欣喜，現在看她這表情，啟造有些焦躁。

他轉頭看了夏枝一眼，再把視線轉向陽子。一床紅色配乳白花紋的棉被蓋到胸前，陽子茫然地望向黃昏的窗外。屋簷下掛著一根約一公尺長的冰柱，含蓄地閃著微光。

沉默的時間持續了一陣子。

「陽子生氣了吧?明明不是殺人犯的小孩，卻遭人誤會……」

對被逼上絕路的陽子來說，這或許是個令人憤恨的消息吧，想到這裡，啟造無力地環抱雙臂。

「陽子沒有生氣啊。」

陽子低聲說，視線仍停留在窗上。

「只是……或許陽子太多疑了。您說這兩位是我的親生父母，卻沒有證據不是嗎?我不再相信無憑無據的事了。」

說完，陽子臉上浮起一絲淺笑。那微笑淒涼得令人心疼。

「原來妳是這麼想的。但妳總相信這女人是妳生母吧?」

「就因為她跟我長得很像?爸……請您別生氣唷。我天生脾氣拗，只因為長得像，只因為這一點，我不知該不該相信她就是我的生母。聽說有些人長得像阿姨，不像母親呢。有些人還和表姊妹比較像呢。」

「可是，陽子，這兩位真的是妳父母呀。」

聽了夏枝的話，陽子眼中隱約浮起一絲笑意。

也難怪陽子不信，啟造想，當初收養陽子的時候，高木說她是佐石的女兒，啟造便信了他。然而現在高木說：這兩位才是陽子真正的親生父母。自己又相信了。既然陽子不是高木當初口中的「佐石的孩子」，那她的確有可能不是照片中人物所生的小孩。

啟造深深嘆息。心底一旦出現懷疑，任何事都可能令人起疑。就拿阿徹來說吧，他真的是自己親生的嗎?啟造並沒有任何確切的證據。其實世上沒有男人握有孩子就是親骨肉的確切證據，但他們仍相信妻子所生的小孩就是自己的親骨肉。

同樣地，子女也毫不懷疑地深信父母就是親生父母。從這個角度來看，人類的關係不都建立在曖昧含糊的基礎上?啟造大受震驚。

「爸，您見過這個人嗎?」

陽子轉過雪白纖細的脖頸問啟造。

「不，沒見過。」

「這兩位是夫婦嗎?」

啟造一時窮於回答，然後避重就輕地說：

「這男人很優秀……記得他是念理學院吧。他也是北海道大學的，是晚爸爸幾屆的學弟。」

「他們是夫婦嗎?」陽子口氣溫和，表情卻十分嚴肅。

「是這樣的，這位叫做三井惠子，也就是陽子的生母……她已經有丈夫了，後來丈夫去打仗，丈夫不在家的那段日子她回到札幌的娘家，那時娘家收留了一個熟人的兒子，那人就是這位中川光夫。」

一直目不轉睛地瞪著啟造的陽子，這時尖聲說道：「也就是說，爸，這兩人背叛了那個出征的丈夫!」

「不，也不能算是背叛……」

啟造在腦中思索著該如何說明。

「呃……是這樣的，應該說男人和女人因相愛而有了結晶，是最自然不過的事了。」

「……」

「陽子是在偉大的愛情中誕生的小孩啊。」啟造覺得腋下有些汗溼。

「爸，算了，別說了。陽子是在背叛與背信中誕生的，您直說沒關係。」

說完，陽子靜靜地瞥過臉去，專注地望著掛在窗上的粗大冰柱。

3 黑雪

夕陽斜照的醫院長廊上，運送餐具的推車一路發出「喀啦喀啦」的聲響與啟造擦身而過。車旁兩名白衣中年女炊事工，畢恭畢敬地向啟造彎腰行禮。

「辛苦了。」

啟造停下腳步，推車上有些碗裡的米飯剩下大半，醬汁燒魚也像是小鳥啄了幾口般幾乎沒減少。

「這是哪間病房的？」

如果是內科病房的餐具，他身為主治醫生，有必要知道是哪些患者食欲不佳。

「耳鼻喉科。」態度親切的圓臉女炊事工答道。

「辛苦了。」

說完，啟造走進院長室。

約五坪大小的室內鋪著地毯，紅褐色大辦公桌上十年如一日地擺著打字機、顯微鏡和酒精燈，電話的位置十年間都不曾更動。牆上掛著朝倉力男[3]的《石狩川雪景》。啟造很喜歡這位畫家的作品，這幅畫在院長室掛了好幾年。

辻口醫院現在有內科、外科、耳鼻喉科、眼科、結核科等數棟病房，一百七十張病床隨時都住滿病患，唯一例外的是啟造父親當院長時設立的結核病房。近年來，結核病房的五十張病床常連一半都住不滿。

啟造坐在旋轉椅，猛地把身子轉向窗口，放眼凝視地面日漸消融的積雪。三月底的殘雪被煤煙染得烏黑，看起來髒兮兮的。

（急診科？）

啟造在心底反問。今天事務長提議在院內設立急診科。啟造在想，這年頭交通事故頻繁，不如把患者遞減的結核病房改建為急診病房吧。突然，有人敲門。眼科主任村井靖夫走進房來。村井看上去總是那麼年輕，啟造想。他記得村井比自己小兩三歲，今年應該已經四十六七了吧。

「請坐。」

我竟和這傢伙打交道二十多年！啟造心頭湧上近乎感慨的情緒，拿起桌上的香菸請村井。

村井手術技巧堪稱天才，再加上他對待患者親切，醫院除了院長啟造負責的內科，就數村井的眼科患者人數最多。

啟造儘管一直和村井不對盤，卻總在擔心村井哪天會表示要自行開業。

「聽說陽子已經康復了？」

村井臉上露出別有深意的微笑。看到那笑容，啟造忍不住怒火中燒，因為陽子的自殺不能說和村井毫無關係。當初琉璃子是在他向夏枝求愛的那段時間遭人殺害的，而這件事正是日後一連串事件的起因。

這時，村井嘴裡突然冒出一句話：「對了，松崎由香子已經死亡十年了。」

聽到這意外的名字，啟造心中的不快感瞬間消失。

松崎由香子曾在辻口醫院當過事務員。

「是嗎？松崎已經失蹤十年了嗎？」

3 朝倉力男（一九〇三—一九八九）：日本畫家，畫作多以北海道的雪景為題。

「如果活著的話，應該都三十七八嘍。」村井遠眺似的瞇著眼。

「三十七八歲了？」

啟造腦中浮現由香子的身影，一頭長髮的她總像散步似的慢吞吞走在醫院長廊。

「院長，我老是放不下那傢伙，一點都不像我的作風。老實跟您說，三四年前，我幫松崎造了墳墓。」

「啊？墳墓？」

由香子失蹤後，新婚的村井喝醉跑到辻口家撒野。那一晚，村井將往事一一向啟造傾訴。由香子對啟造的心意，她為了啟造的幸福威脅村井不准接近夏枝；村井奪走了由香子的貞操，對她予取予求……

直到那天晚上，啟造才明白由香子的心意。

「我想幫院長生個孩子。」

之前，由香子曾在電話中對他這麼說。當時啟造立刻掛斷電話，一個年輕女孩說出如此大膽的話令他覺得受到冒犯。那之後沒多久，由香子就失蹤了。

「也就是說啊，我殺了她，又幫她造了墳。」村井自嘲地說。

「但她真的死了嗎？」

「死了啦。除了身上的衣服，她什麼都沒帶就離開了宿舍，一去十年，音信全無。總之不管怎麼說，那傢伙會去尋死，院長跟我的罪一樣重。」

（我們的罪一樣重？）

啟造心底又升起一股怒火。

（我什麼時候像你那樣玩弄過那女孩？）

我只不過是沒留意到由香子對我的心意，不是嗎？啟造轉眼看著村井。

「院長，把您和我這種人相提並論，您好像不大高興啊。」

村井看透了啟造的心思般笑起來。

「不，怎麼會？其實這件事我也想過，我確實一直沒察覺她的心意，但我這樣就叫有罪嗎？因為就算明白她的心意，我也無可奈何呀。」

「怎麼會無可奈何呢？院長，我到了這把年紀才終於明白，沒有察覺別人的心意也是一種殘忍的罪行唷。」

（殘忍的罪行？）

啟造窮於回答，只能不以為然地回瞪他。

「是嗎？」

「是啊。一個寂寞得想死的人在您身邊，可是您卻沒注意，讓她丟了性命。」

（照你這麼說，難道我要占有她才對？）

我跟你可不一樣。啟造燃起菸斗。

「那如果是你，你會怎麼做？」

這句話差點從啟造嘴裡迸出來。然而一想到村井曾經侵犯過由香子，他便問不出口。

「可是我有妻子兒女啊。松崎向我這種已有妻兒的男人求愛，你就不責備她？」

「原來如此……照您這麼說，如果我們沒能注意到身邊有個寂寞要死的人，別人也不能說我們不對，是這個意思吧？老實說啊，院長……」

村井說到一半臉上露出淺笑，腳跟在地板上敲出喀喀聲響。

「什麼事？」

「說來丟臉，其實啊，我老婆跑掉了。」

「啊？咲子走了？什麼時候的事？」

「三天前。我被老婆拋棄啦。」

「究竟怎麼回事？」

「咲子留下的紙條上寫著：跟你同住一個屋簷下，我寂寞得要死，你卻完全沒發現。」

「原來如此，咲子這麼寫了嗎？」

啟造想起總是面帶笑容、性格開朗的咲子。

（所以他才突然提起由香子吧？）

其實村井想說的是，他不必對咲子離家出走的事負責吧。啟造這才發現村井多麼精於算計。真是個討厭的男人，他想。

再說，自己沒發現由香子的感情和村井沒注意到妻子的寂寞，這兩件事本質上根本不一樣。這傢伙又不是不懂其中的分別。

（他為什麼不老實說：咲子離家出走了，拜託您幫幫忙。）

當初啟造夫婦雖只是當現成的介紹人，但畢竟還是村井夫婦的介紹人。啟造還記得結婚典禮上，村井一臉無聊地聽著來賓發表賀詞，手裡還不停撥弄著一朵花。村井在決定迎娶遠親高木介紹的咲子前，連咲子的臉都沒見過，也沒打聽她的姓名與年齡。這就是他對婚姻所抱持的態度。村井說，就算見過面聽過姓名，又能了解對方什麼？就算交往一段時間，又能彼此了解多少？他覺得婚姻幸福和不幸的比例是各占一半。

後來，高木在一位朋友家提到村井對婚姻抱持的看法，當時還感嘆說：「天下哪有那麼笨的女人肯嫁給這種蠢貨？」

然而出人意料的是，那位朋友的妹妹咲子竟主動表示：「那我就來當那個笨女人吧。」最後，村井和咲子走進了結婚禮堂。

咲子性格開朗乾脆，婚後生了兩個女兒。從第三者眼裡看來，咲子似乎是幸福的妻子，村井也出人意料地顧家。啟造還曾暗自感嘆：戀愛結婚也未必幸福，村井這種賭博式的婚姻反而過得不錯，男女間的事真是奇妙！

現在聽說咲子離家出走了，啟造覺得好像被迫看到人類生活中恐怖的一面。

「那孩子呢？」

村井環抱雙臂，視線飄向天花板，表情很複雜。

「她帶走啦……院長，那傢伙說，我們的小孩和人工受精生出的小孩根本沒兩樣。她說缺乏愛情生出的小孩，和人工受精的嬰兒完全沒分別。」

「……」

「原以為那傢伙是個懂事的女人，但女人畢竟是女人。院長，女人不管到幾歲都把情啊愛啊看得很重啊。」

當初咲子認為村井的婚姻觀有趣才嫁給他，但婚後卻發現根本一點也不有趣。咲子終於知道，對村井而言，不論哪個女人都可以做自己的妻子。她對村井完全死心了。從她批評村井的小孩是人工受精嬰兒這句話，就能聽出她內心的萬般怨恨。

「這下可糟了！」

不過啟造這句話其實是想著咲子說的，而不是同情村井。庭院裡天色漸暗，積雪落地的沙沙聲不斷傳入耳際。啟造轉眼眺望窗外，一名五十多歲的工友拿著鏟子在清除汙黑的積雪。

咲子離家出走的事令他意外，也帶來極大的震撼。但驚訝的感覺消失後，啟造心底又莫名地生出滿足感。他記起曾看過一句話：

對婚姻這件人生大事表現得玩世不恭的人，對人生也是玩世不恭。

說起婚姻，的確，不論結婚對象是誰，幸與不幸的可能性各占一半。然而這只是針對結果而言。更重要的是當事人對待婚姻的態度是否與他對人生的態度相同。想到這裡，啟造不禁深深嘆息：村井這人太玩世不恭了。

（你的婚姻，會幸福才怪！）

「總之，你還是趕緊去把她接回來吧？」

「沒用的，我去接她也沒用。」村井置身事外般地說。

＊　＊　＊

小雨從早晨開始下個不停，雨水洗掉煤煙染黑的積雪，滋潤庭院的樹木。

夏枝準備好午餐，卻沒心情叫陽子來吃。陽子自殺獲救之後經常發微燒，第三學期很少到學校去，轉眼之間高二的課程就結束了。

陽子雖救回一條命，但已不是從前那個生氣蓬勃的她。微熱和疲勞感使她總是躲在自己屋裡，一向喜愛的閱讀與課業也好似遺忘了，她整天什麼也不做，無所事事地待在房裡。

陽子服藥自殺時，夏枝非常自責，甚至連陽子的臉都不敢正眼去瞧。但這些日子過去，陽子的表情始終那麼陰沉。夏枝心想：都知道自己不是殺人犯的女兒了，妳為什麼不能表現得高興一點呀？漸漸地，夏枝對陽子開始感到不耐。

儘管陽子是被夏枝逼得自殺的，但她自有一套看法，認為自己既然已向陽子深切懺悔，照理說，陽子應該已經明白她已悔過。

（又不是我一個人的錯。）

夏枝望著擺滿飯菜的餐桌，在心底喃喃說道。啟造和高木也該受到譴責才對，過去那麼多年，我一直以為陽子是殺死琉璃子的凶手女兒，怎麼可能對她和顏悅色！夏枝反覆地這麼想。

（簡直把我當傭人了。）

每天早晚都得為陽子準備三餐，這讓夏枝感到屈辱，她覺得只有自己遭到不合理的對待。

她起身來到走廊。平日她都是拉開陽子的房門叫她吃飯，但今天才走到一半，夏枝便停下腳步。

「陽子，吃飯啦！」

夏枝高聲叫道，然後回到起居室。

等了一段時間，陽子還是沒出現，夏枝索性吃起自己那份餐點。

剛用完餐，便聽到後門傳來門聲和人聲，夏枝走到門口一看，只見辰子正用手帕擦拭自己的藍雨衣。

「融雪時路好難走啊。車才開到前面的轉角，車軸就卡住不能動了。真沒辦法，我想，反正春雨嘛，就在雨中散散步吧。可是身邊沒男伴，外套又被雨淋溼，根本沒有一點情趣。」

辰子說著，露出笑容。夏枝也跟著笑了起來。

「辰子！」

夏枝喚了一聲，眼中湧出淚水，一臉欲言又止的表情。

「幹麼呀，一副含淚泣訴的模樣！人長得漂亮就是占便宜，就連哭喪著臉都那麼美。」

辰子看著夏枝的目光飽含溫情，她靈巧地換下踩溼的和服布襪。

「哎呀，還沒吃午飯？」

走進起居室，辰子看到桌上的飯菜，抬頭瞥了一眼時鐘。

「我吃完了，這是陽子的份。」

「她情況怎麼樣？還是在發燒？」辰子朝陽子房間的方向看了一眼。

「不知道啦。」

夏枝垂著眼皮，不滿似的以中指撫摸著桌面。辰子看著夏枝的舉動，故作開朗地問她：

「夏枝，妳覺得陽子沒救活比較好嗎？」

夏枝驚訝地抬起頭來。「啊！怎麼這樣說……她要是死了，我也活不下去。」

「我想也是。」

辰子看著夏枝，臉上露出俏皮的笑容。

「夏枝，陽子一直悶悶不樂，所以妳才這麼焦躁不安吧？妳一定是想，我都已經深深懺悔過了，她卻一點也不懂我的心，也不肯跟我說說話，我要討好她到什麼時候啊？討厭！我已經受夠了！妳一定常在心裡這麼想，對吧？」

「啊唷，辰子妳好壞唷。」夏枝不由得苦笑。

「就算妳坐著不說話，我也猜得到妳心裡在想什麼。我們可是高中就認識的老朋友啊。夏枝的心意，辰子我可是一猜就中。」

辰子啜了一口茶，姿態之優美不愧為日本舞教師。

「可是，也不能怪我這麼想啊。妳不覺得嗎？」

「不知道。」辰子無奈地盯著夏枝。

「辰子，我跟妳說啊，陽子每天除了起床後說句早安，一句話也不說耶。」

「起床還會說早安是好事啊，現在小孩連早安都不說了。」

「可是那之後她一句話也不說喔，真不知該拿她怎麼辦。」

「跟她說話也不回答嗎？」

「問她話，倒是會應聲啦。」

「什麼，還會回答就沒問題啦，用不著大驚小怪。」

「辰子最壞了，都不幫我想想辦法，好過分唷。」

辰子微笑著轉眼望向細雨濛濛的窗外。

「夏枝，妳真傻。人過四十歲呀，就不該說什麼『都不幫我想想』這種孩子氣的話。」辰子雙肘支在桌上撐著臉頰。

「是我太孩子氣嗎？可是辰子啊，啟造和阿徹都只覺得陽子可憐唷，誰也不覺得我……」

「不覺得妳可憐嗎？」

夏枝點點頭，把陽子的飯菜裝在托盤端進廚房。這時，有人拉開紙門，阿徹走進房間。他穿著白毛衣，隨興地披著一件淺褐色西裝外套。

「哎呀，阿姨，歡迎！」

阿徹向辰子點點頭，彎身坐在沙發上。

「阿徹已經像個大人啦。」

「哪裡，我還是孩子，還在當啃老族呢。」

「能這麼想就算是堂堂的大人了。」

夏枝端了蘋果和栗子點心回到起居室。「阿徹，回來啦。」

「我回來了。」

阿徹冷冷地答著，視線嚴峻地朝夏枝一瞥。自從陽子自殺以來，阿徹心中始終揮不去對夏枝的責難。眼前這最壞的局面全是夏枝造成的，他實在無法原諒母親。夏枝跪在榻榻米上，斜眼偷瞄沙發上的阿徹一眼，若無其事地笑著對辰子說：

「辰子，吃點蘋果吧？」

辰子發覺母子倆的表情有些奇怪，叉了一塊蘋果送到阿徹面前。

「阿徹也來一塊吧？」

「謝謝。我才和朋友在外面吃過飯……」阿徹接過蘋果。

「媽，陽子午飯胃口好嗎？」他問夏枝。

「陽子還沒吃午飯呢。」

「什麼！還沒吃？已經一點半了，不是嗎？」阿徹語帶責難地說。

「可是我叫她，她也不來。」夏枝蹙起眉頭。

「最近為了照顧陽子，你母親都累壞了。」辰子打圓場地說。

「阿姨，那是她自作自受。」

辰子反射性看了阿徹一眼，但立刻裝作沒聽到轉頭對夏枝說：

「這麼大的房子，一個人照料很累人。還是找個女傭吧？」

夏枝垂著腦袋，搖搖頭。

辰子勸過她好幾次，叫她請個女傭幫忙。

「我一個人比較輕鬆。」

夏枝每次都這樣回答。辻口家有八九間房，光是打掃房間就夠累人的，夏枝不但一手照料臥病的陽子，同時勤做家事。

「阿姨，是我媽不喜歡讓外人到家裡來，她不想讓別人知道陽子的事。」說完，阿徹又瞥了夏枝一眼。

「阿徹，你變了。怎麼變得這麼刻薄？你這樣，陽子會很難過唷。」

辰子語氣嚴厲。阿徹抓抓腦袋。

「阿姨，我可說不過妳。」

「那當然啦，我連你剪臍帶的模樣都看過呢。」

「不，我不是這個意思。小時候的模樣不論被您看到多少都無所謂。我是指阿姨身上擁有令我信服的東西。阿姨真了不起。」

「謝啦。那就讓我這個了不起的阿姨說你一句：你們母子倆如果不能好好相處，陽子是無法恢復健康的。」

「這我知道，阿姨。我媽就是自私，總是嫌陽子板著臉不說話。如果我是陽子啊，才不會這麼簡單原諒她呢。」

「看來你有話想說啊，那就說說你的看法。」

「我想說的是……總之，如果我是陽子的話，我才不會那麼乖，還跟我媽問候晚安、早安呢。別說問安了，我連話都不會跟她說。逼自己去自殺的人，我可不會對她那麼大方！」

「哎唷，阿徹怎麼這樣……」夏枝繃著臉抬起頭。

「媽，我只希望您記好：如果這次陽子沒救回來，就這麼死了，換句話說，可是媽殺了陽子啊。」

「哎唷，說什麼殺人……」

「不是嗎？如果不把話挑明講，媽就永遠想不通。好在陽子救回來了，這次就算是殺人未遂吧。」

（殺人未遂？）

夏枝咬著嘴唇在心底嘀咕。

「媽，一個被您逼得自殺的人，還期待她討好您，真是太天真了！只要您明白這一點，我就不再囉唆。」

「阿徹，得理不饒人喔。對了，我去看看陽子吧。」

辰子為了轉換氣氛站起身。穿著和服的她僅僅站著，就流露出舞蹈的優美。阿徹跟著起身。

「那我也去。」

夏枝像是鬆了口氣，抬頭看著兩人。辰子輕輕向她眨了眨眼。

「不論什麼時候來，走廊總是擦得這麼亮，府上夫人做事多勤快啊！」

走在黑得發亮的走廊，辰子回頭向阿徹說。阿徹沒回答，辰子把嘴湊近他的耳邊低語：

「阿徹，你真傻。再不成熟一點……會娶不到好老婆唷。」

阿徹搔了搔腦袋。不論辰子怎麼說他，阿徹總能心平氣和聽著。這時，他突然想到，難不成辰子看出自己對陽子的心意了？

＊　＊　＊

「這房間真明亮。」

辰子拉開陽子房間的紙門，只見南面牆上開著一扇大窗，窗外樹幹略紅的歐洲紅松林映入眼簾，簡直就像一幅裝框的圖畫。

陽子的黑髮垂在枕上，一雙睫毛纖長的眼睛原本閉得緊緊的，一下子睜圓了。

「怎麼？還在睡喔？」

陽子點點頭，坐起身子。換上紫色小花睡衣的她顯得嬌柔無比。阿徹設定好柴油火爐的溫度，在辰子身後坐下。

「阿姨，歡迎！」

「午飯也不吃，就一直睡啊？要不要幫妳把飯端過來？」

陽子一驚，連忙看了枕畔的時鐘一眼。

「啊唷！已經兩點啦。對媽真不好意思，午飯我就不吃了。」

「那我去告訴她。不過，陽子，至少也喝點牛奶吧？」

陽子輕輕搖了搖頭，辰子注意到她的表情變得落寞。阿徹離開後，陽子拿起身邊的黑毛衣外套披在身上。

「妳燒一直不退，真教人著急。」

「讓您操心了……」

「這倒沒什麼，只希望妳早點好起來，到阿姨家來玩吧。」

陽子沉默地點點頭，阿徹端著茶杯走進房間。

辰子和陽子閒聊了一會兒，通知她四月要舉辦舞蹈發表會，還說今年想邀夏枝一起去旅行。陽子聽了只是點點頭。

「陽子，妳想不想見妳在小樽的生母？」

辰子覺得單刀直入問清楚陽子的想法比較好。阿徹大吃一驚，轉臉看著陽子。

如果大家一直不敢提到敏感問題，陽子即使想說也沒法說出口吧。她自殺獲救以來，想必已經再三想過這件事了。前些日子，大家避談這件事確實對她比較好，但也該到了讓陽子表明心意的時候，辰子想。

陽子一雙清澈的眸子轉向辰子，搖了搖腦袋。

「不用客氣唷，這件事只有阿徹和阿姨知道。」

「……我不是客氣，我是真的不想見她。」

「是嗎？阿姨還以為陽子心裡很想見生母，又有很多顧慮，正為此煩惱呢。」

「阿姨，我的母親只有一位，就是把我養大的夏枝母親。」

陽子的聲音真誠無比。辰子甚至認為，真誠得過分。

「這話聽了真讓人高興。可是陽子一定有很多事想問妳的生母吧？有很多話想對她說吧？」

辰子並不是以夏枝好友的身分說這些話，而是以一直受陽子信任、對陽子疼愛有加的長輩立場說的。陽子視線轉向窗外，一臉若有所思。柴油暖爐的風扇聲在屋中迴蕩。

「陽子，需要的話，哥幫妳找。」

一直注視著窗外的陽子臉上浮現一層陰影。

「阿姨……我是說，萬一喔，如果阿姨是男人的話……」

「如果我是男人？」

「自己上戰場打仗的時候，妻子有了愛人，還偷偷生了小孩……妳會怎麼想呢？」

陽子直直地看向辰子，目光十分銳利。阿徹和辰子這才了解，陽子不想見生母不單是顧慮到辻口家，而是出自更強烈的抗拒感。

「如果是我，大概不會原諒她吧。」

辰子知道陽子不需要模稜兩可的回答。

「阿姨果然也無法原諒，對吧？」

她只是把自己生下來，交給育幼院。陽子根本不認為那女人是自己的母親。一個母親不能只生不養。陽子等同被那女人拋棄了。

說夏枝才是自己唯一的母親，這是陽子的肺腑之言。儘管遭夏枝痛罵是殺人犯的小孩的傷痛還在心底，但在陽子決定自殺時，她已經不憎恨夏枝了。

至於陽子對生母的反感，辰子覺得不難理解。

「原來如此。可是啊，人是很脆弱的，我們不能不分青紅皂白就責怪妳的生母。」

是這樣嗎？陽子在心裡反問。她把玩著棉被套一角，不斷摺起又攤開。知道自己是外遇的結晶，讓陽子很痛苦。自己出生時，生父和生母一定很為難、手足無措吧，陽子想。如果可能，他們一定希望能把我處理掉吧。懷著自己的生母腦中動過什麼念頭，陽子似乎想像得到。我是個連父母都不想要的孩子，出生後立刻被父母拋棄了……這些想法反覆出現在陽子腦中。

她甚至覺得，生為殺人犯佐石的小孩還比較好。她寧願自己是佐石夫婦懷著喜悅迎來的小生命。只要不是在背叛下出生的，一定比較幸福。

幾天前，陽子讀到一篇有關墮胎的報導，據說近年日本每年平均有兩百五十萬人墮胎。報導中還說，戰後至今還在母親肚子裡就被殺掉的小生命高達兩千數百萬人。這數字讓陽子不寒而慄。而那兩千數百萬的小生命都有父母。

陽子進而計算起那些墮胎父母的人數。那些並非因為疾病而輕易墮胎的女人，那些輕易葬送骨肉生命的父母，他們究竟算什麼？陽子覺得似乎從這篇報導看到了人類的自私有多恐怖。

（就算她拋棄才剛出生的我，至少把我生了下來，就為了這一點，我也該心懷感激吧？）

「陽子，妳還是躺下來吧。」

阿徹看陽子一直低著頭，溫柔地對她說。陽子聽話地躺下。

「陽子，妳生母那邊的親戚一個都不想見嗎？」

辰子替陽子蓋好棉被。陽子思索半晌，說道：

「阿姨……佐石的女兒，現在還活著嗎？」

「佐石的女兒……？我不清楚呢。」

「陽子想見她的話，我去問高木叔叔。」阿徹立刻接口。

「不，我不是想見她，只是希望她過得幸福。」

她生長在什麼樣的家庭？被什麼樣的雙親養大？懷著怎樣的心情活到現在？陽子無法不把佐石的女兒視作自己的分身，而這種感覺一天一天益發強烈。

4 辰子的家

辰子家的庭院裡散落了滿地櫻花花瓣，啟造站在門前，抬頭仰望那塊以黑墨寫著「花柳流　藤尾研究所」的招牌。木製招牌已相當陳舊。

辰子投身日本舞事業已經這麼多年了啊，啟造由衷感佩著。他拉開玄關大門，門框上有幾片飄落的花瓣。不知是否今天停課，不見學生脫下的鞋子，門內只見兩三雙男人的皮鞋。

「有人在嗎？」

進門處是寬敞的走廊，左右兩側各有幾間房，走廊盡頭應該就是練舞室。這時，左邊最裡邊那間房的紙門被人輕輕拉開，身穿黑白條紋和服的辰子探出頭來。

「哎呀，難得喔，沒想到老爺會上我家來。」

辰子迎到玄關，腳上的和服布襪雪白如新。

「哎，不好意思……我正好到附近出診，想說現在回醫院也五點多了……」

啟造瞥了一眼手表。

「所以是因為出診順便來的喔？不管是不是順便，我都很高興啦。先進來再說。車子已經打發回去了吧？」

辰子俐落地拿出一雙真皮拖鞋放在啟造面前。

「是的。不過……妳似乎有客人？」

啟造看著腳邊的兩三雙皮鞋。

「算不上客人，就是那群整天窩在這裡的傢伙，和我家的家具差不多啦。」

「哎唷，阿辰，說我們是家具，真是太過分了。」

起居室裡不知是誰大嚷起來，接著響起一陣笑聲。

「說你們家具還不滿意，太奢侈了。我可是在讚美你們呀。」

辰子拉開起居室的紙門，讓啟造先進去。屋裡幾個男人有人盤腿坐著、有人隨意躺著，看到啟造進來，大家坐正身子向他打招呼。

「這位是我的老情人唷。」

男人個個盤腿坐著，臉上露出別具深意的笑容。

「什麼嘛？笑成那樣！我也是有老情人的。」辰子一臉認真地說著，瞥了啟造一眼。

「阿辰怎麼可能有情人！」

「真拿你們沒辦法，這位啊，是陽子的父親啦。就是黑江先生最喜歡的陽子喔。」

叫黑江的男人撩起長髮，害羞地笑了起來。他是陽子高中的美術老師，曾邀請陽子當他的模特兒。

「喔，原來是辻口醫生。陽子好嗎？」黑江坐直身子低頭行禮。

聽到別人嘴裡說出陽子的名字，啟造感到莫名不安，覺得這似乎也反映出他和陽子不安定的關係。在這之前他從不曾有這種感覺。

「託您的福。」

他知道陽子自殺未遂的事嗎？啟造無法判斷。這或許是他感到不安的原因吧。

「陽子為什麼不上大學呢？」

一直斜躺在地的詩人田山問道。他來回打量著啟造和黑江。

「她會去的，老爺，對吧？」

啟造覺得坐立難安，起居室裡的人似乎都對陽子相當熟悉，但他對這群人卻一無所知。這就像站在魔術鏡子前，自以為看著鏡子，其實鏡子另一側有人正清清楚楚地觀察自己。啟造懷著忐忑的心，拿起辰子的女弟子送來的茶喝了一口。

「阿辰，難得妳的老情人駕到，我們還是識相點告辭算了。」

「哎唷，沒想到你們這麼識相，不過已經準備你們的晚飯啦。」

一陣油炸香味從廚房飄來。

「那我們到廚房去吃吧。」

說完，幾個男人走出起居室。啟造這才鬆了口氣。

「辰子家還是老樣子，總是聚集好多人。」

啟造不禁羨慕起那些能夠自由出入辰子家的男人。

「因為在我這裡亂講話也不會挨罵啦。」

「原來如此。我們男人不管在家還是在職場，都無法暢所欲言呢。」

啟造就連獨自待在院長室時都無法放鬆心情，回到家裡也常覺得喘不過氣。他覺得自己也需要一個像辰子家這樣能放鬆身心的地方。

「聽說村井醫生的夫人離家出走了。」

「夏枝告訴妳的？」

「不是。他家小孩和我學舞，有時他夫人也會過來玩。」辰子望著窗外的櫻花說：「歲歲年年人不同呀[4]。」

啟造點點頭，在心裡自語：我家也是歲歲年年人不同啊。

這時，入室弟子把晚餐的小膳桌端進房來。

「喔，我還是……」啟造說著，準備起身。

「沒關係，我來打通電話給夏枝。」

辰子拿起電話聽筒撥號。啟造不安地望了晚餐一眼，又轉眼看辰子。

「啊，夏枝，妳好啊？對，現在啊，我家來了一位貴客。猜猜看是誰呀。」辰子望著啟造笑起來。

「是誰呀……？我怎麼知道。」

「是夏枝的老爺啦。」

「我老公？啊唷，是辻口啊。」

「是啊。對了，今天留老爺在我這裡吃晚飯，可以嗎？」

「……晚飯？」

瞬間的沉默自話筒間流過。

「可以吧？」

「好討厭喔，怎麼這樣……家裡也準備晚飯了。」

「夏枝，妳還真是一位幸福的太太。妳家老爺從沒一個人在我這裡吃過飯喔，今天可是頭一回，大概也是最後一次了。」

「可是……他到辰子家幹麼？」

「他說剛好到附近出診。喂，他可以留下來吧？妳家老爺苦著一張臉，挺可憐的。偶爾在我這吃頓飯也不至於罪大惡極嘛。夏枝也該嘗嘗老公去找其他女人的滋味呀。」
辰子朝啟造擠一下眼睛。
「辰子，那就只有今天唷。」
「讓妳家老爺接電話吧？老爺一副有話想說的表情呢。」
「又說這種話……那就給妳添麻煩嘍。」
說完，夏枝掛斷了電話。
「老爺，夏枝醋勁很大呢。她還說只限今天。世上有村井醫生那種被老婆拋棄的丈夫，也有像老爺這種被夫人看重的丈夫呢……對了，威士忌要怎麼喝？」
「不，今天就不喝了。」
「太客套嘍，好不容易夫人答應了……」
啟造也想如果能和辰子好好喝一杯，那該有多痛快，可是一想到夏枝的小心眼就無法開懷暢飲。像自己這種人，生來就只能處處小心，根本沒辦法享樂，啟造思索著，拿起筷子。
「那來杯啤酒總沒問題吧？」
啟造筷子才拿起一半，辰子便交給他杯子。
「不好意思，這真是……」
小餐桌上放著油炸生蠔配蘆筍、味噌涼拌胡蘿蔔、乳酪和啤酒豆[5]。有辰子作伴，啤酒滋味也變好了。

---

4 出自唐代劉希夷樂府詩〈代悲白頭翁〉。原句為：「年年歲歲花相似，歲歲年年人不同。」內容詠嘆青春易逝，富貴無常。
5 啤酒豆：外皮裹了麵粉與啤酒酵母的花生。

自己和辰子究竟算什麼關係？啟造想著，把啤酒豆送進嘴裡。大學時他和夏枝相識，間接認識了夏枝的朋友辰子。啟造和高木常與夏枝、辰子一起打網球；夏枝畢業後立刻嫁給啟造，辰子則到東京學日本舞。她在東京的日子，曾和信奉馬克思主義的青年陷入愛河，還生下一個男孩。後來那名馬克思青年死在獄中，剛出生的孩子很快也丟了小命。最後，辰子回到夏枝居住的旭川，並在六條十丁目開了間舞蹈教室。自那時起，她經常到啟造家玩。

辰子原是夏枝的朋友，但不知不覺間她和辻口一家愈走愈近，現在就像家中的一分子。辰子待人態度嚴謹，適度和他人保持距離，但同時又深受周圍的人信賴。

（難道是舞藝帶給她這種力量？）

辰子的安定總讓啟造讚嘆。

「老爺，讓村井醫生一個人過似乎不太妥當，那傢伙簡直像被慣壞的小孩。」

「他也來妳這裡？」

「偶爾啦。他說希望能有人罵他一頓。其實他自己罵自己不就得了？可是他說自己太嬌縱，想被別人罵一頓。」

啟造心底一驚，因為他覺得自己在辰子面前也像被寵壞的小孩。

入室弟子這時送上炸雞塊來。

「阿辰，謝了，我們吃飽了。」

紙門外傳來黑江眾人的道謝聲。

「辻口醫生，我們先告辭了。」

說完，玄關處傳來開門的聲響。

「大家辛苦啦。」辰子坐在位子上放聲說。

那幾個男人也被她寵壞了，啟造想，默默拿起酒杯喝了一口。自從陽子服藥自殺以來，他的心情從沒像今天這麼輕鬆過。

「老爺，您夫人最近可好？」

「哎呀，夏枝那個人就只想著自己。陽子已經恢復健康，也去上學了，平日幫著她打掃洗衣，我想她應該沒什麼好抱怨的了……」

「這也不能怪她啊。老爺，發生了那件事，也難怪夏枝會變得比較敏感。」

「這我當然知道。其實，我常後悔當初沒接受妳的提議。」

「我的提議？」

「是的。妳說過想收陽子當養女對吧？我常覺得後悔……心想那時如果照妳說的做就好了。」

「我沒說錯吧，早該聽我的建議嘛。可是啊，我現在不能收陽子當養女了。」

「是嗎？」

時至今日，啟造才下定決心想把陽子交給辰子。

「老爺，這事行不通了。更重要的是，阿徹好像挺喜歡陽子的。」辰子起身打開燈。

「說到這件事，我也在擔心呢。陽子似乎是喜歡北原。」

「所以阿徹失戀了？可是看起來似乎不是這樣。依我看，陽子現在似乎沒再想什麼喜歡不喜歡，她根本無心去想這些。」

「或許吧。總之陽子這回發生的事，給我出了一個難題。」

啟造的話中透露出只有本人才懂的感慨。

「怎麼給您出了難題呢？」

「這……陽子的遺書裡提過罪惡，對吧？」

「是啊，我還記得。陽子說她活到現在，一直認為自己沒做錯什麼。」

陽子曾在遺書中表示她向來堅強，認為只要自己行為端正，就算別人在背後中傷或惡作劇，她還是會抬頭挺胸活下去。因為她覺得那些中傷批評都是身外事，並非她本身的錯。啟造想想，確實認為陽子是這樣的人。然而陽子在聽到夏枝指控她是殺人犯的女兒，才發現自己體內可能流著罪惡的血。以往陽子最自豪的，是她全身內外找不出一絲和罪惡沾邊的東西。這是少女特有的道德潔癖。而這潔癖，未嘗不是一種傲慢。

現在陽子的心思肯定全被身上的罪惡給占據了，她想必正為這問題獨自煩心。若不解決，陽子就無法恢復成從前的那個她吧。然而夏枝完全不懂陽子的心思，她只是個自私又淺薄的女人。

「那孩子寫說希望獲得寬恕。辰子，其實我也一樣，最近腦中總有這念頭，希望自己能夠得到寬恕。」

「原來是這樣。陽子服藥自殺時，大家都很心痛。」

「痛極了！即使是現在也覺得痛。辰子，真教人心痛啊。」啟造的表情像吞下一口苦藥。

「可是啊，老爺，寬恕這件事，人真能辦得到嗎？」

辰子放下筷子，目不轉睛地凝視啟造。

5 一片雲

潮水的氣息隨著微風飄來，再走三四個丁目就該到小樽港了。阿徹在通往色內町的坡道停下腳步，猶豫著該不該往下走。六月初的午後陽光晒得他肩頭發熱。

阿徹正在前往三井惠子家的路上。他為這件事已經煩惱了好幾晚。陽子嘴上說不想見自己的生母，但這是她的真心話嗎？阿徹覺得陽子身邊的人該替她想一想。先不說什麼大道理，一個人想見自己的生母，不是人之常情嗎？就算她現在不想見，將來總有一天會的，所以阿徹想幫陽子先把三井家的狀況打聽清楚。

剛才車站前那家藥店裡有公用電話，阿徹找到一本電話簿，封面已被撕掉一半，書頁沾滿汙垢破爛不堪。想到陽子生母的地址說不定就寫在這本髒兮兮的電話簿裡，阿徹有種奇妙的感覺。

沒想到姓三井的人這麼多，阿徹以指尖一一確認紙頁上的名字。有開保險公司的，也有開汽車公司的，還有航空服務營業所。三井勇、三井市之助、三井龍雄……大量的姓名羅列在紙頁上，為了查出其中哪個三井才是自己的目標，阿徹仔細檢查每個人的職業欄。好不容易，終於找到「三井彌吉商店（海產批發）」幾個字。他記得高木曾透露三井是海產批發商，而這本電話簿裡姓三井的海產批發商就只有這一家。

阿徹擔心弄錯，又翻開另一本職業分類電話簿。裡頭名叫三井的海產批發商同樣只此一家。電話號碼欄裡除了總機，還記載著自宅電話，商店和住家的地址都在色內町二丁目。阿徹在筆記本記下相關資料，把電話簿放回原處時，他的額上早已掛滿汗珠。

此刻，阿徹在坡道上猶豫著接下來的行動，是找到房子就回去，還是乾脆直接造訪三井惠子？他想起高木說的話。

「人家的丈夫和兒子什麼都不知情，一家無事過日子。」

高木還說最好不要上門拜訪，阿徹當時聽了很反感。陽子的生母一家人平靜過活！怎麼能允許這種事？年輕氣盛的阿徹感覺到一股怒火自心底升起。

然而現在人在小樽街頭，他又覺得似乎不該去擾亂陽子血親的平靜。

（我真的是在破壞那家人的平靜嗎？）

阿徹有些懷疑。說不定對三井家而言這是件意外的喜訊，陽子也因此能得到幸福呢。

陽子的存在並不一定會打破三井家的平靜呀，說不定三井惠子的丈夫早就知道陽子的存在了。一個活生生的小孩生到這世上，不論當初做得多隱密，真能二十年都不被發現？阿徹覺得這是不可能的事。

就拿辻口家來說吧：當初夏枝連在辰子面前都謊稱陽子是親生的，但「陽子是養女」這件事不也早已傳遍鄰里，最後就連高木也被迫說出陽子的身世之謎。阿徹很難相信在這漫長的歲月裡，只有三井一家還能平安無事過日子。說不定陽子的生母現在也很想見見陽子，或許她聽到陽子的消息會感到驚喜呢。

（但結果究竟是……？）

思考再三，阿徹的想法又回到原點。

他無法保證陽子不會捲入即將展開的糾葛，人生會發生什麼事是很難預料的。阿徹抬頭仰望藍天，一片白雲輕飄飄地掛在天際，看起來柔軟厚實，一派恬靜。

（乾脆就此打退堂鼓？）

還是別替陽子找更多麻煩了，阿徹想。就當她沒有生母也沒有其他兄弟好了。陽子的兄弟只有我一個也不錯啊。她的父母就只有辻口家的父母。這樣不是很好嗎？

（……但這樣真的好嗎？）

阿徹想到這，在坡道上猶豫起來。

這時，一名身穿藍色短袖馬球衫的青年走上坡道。青年腳步十分輕快，看到佇立在路上的阿徹，他停下來和氣地問：「您在找哪位的府上啊？」

青年生著一張長臉，長得眉目清秀。

「請問色內町二丁目，在哪個方向？」阿徹突然聽到有人問話，不禁心跳加快。

「這裡就是色內町二丁目。您要找的人家姓什麼？」青年和藹可親地問。

「……是三井商店……」

「怎麼，那不是我們的店嗎？您是哪位啊？」

（我們的店？）

阿徹覺得臉上一陣發熱。

「喔，聽說我要找的人家離三井商店不遠……」

「喔，是這樣啊。對方姓什麼？」青年態度十分親切。

阿徹更加狼狽，但他總不能說不知道想探訪的人家姓什麼。

「姓佐藤……」

阿徹聽過一個故事：有個小偷計畫闖空門，他在看似空屋的人家門前大聲招呼「你好！」，並隨手推開大門。如果沒人從屋裡出來，小偷便下手偷東西，如果有人出來，小偷便問：「這附近有沒有一家姓佐藤的？」據說不論哪個町至少都有一戶姓佐藤的人家，這樣問話就不會遭人懷疑。情急之下，阿徹想起這個故事。

「佐藤家？」青年歪著頭思索片刻。

「我們町裡沒有姓佐藤的人家唷。是叫佐藤什麼呢？」

「沒關係……多謝，打擾您了。」

阿徹說完，低頭行禮，逃也似的離開了。青年一臉狐疑地目送他離開。

走過街角的消防隊，阿徹這才鬆了口氣。

（那就是陽子的兄弟嗎？）

剛才那青年說三井商店是「我們的店」。「我們的店」，如果是店員也可能這麼說吧？但那青年似乎還是大學生。阿徹想起青年的長臉，鼻翼旁有顆不小的痣，牙齒很白，眼睛細長，目光很清澄。不過他長得和陽子一點都不像。

（應該沒錯，那就是陽子的哥哥吧。）

阿徹推斷那名青年就是陽子的兄長。真是個親切過分的傢伙！阿徹拭去額上的汗珠。

轉過消防隊所在的街角，路面陽光都被擋住了。阿徹手提西裝上衣和照相機，悠閒地漫步在大路上。附近一帶似乎是歷史悠久的批發商區，沿途堅實的石材建築店面、紅磚房舍櫛比鱗次，家家店門前停著大型或小型卡車。阿徹逛了一會兒，又回到消防隊附近的香菸店。店外疊著三個運送麵包用的空木箱，店門是以四片玻璃組成的老式拉門，阿徹拉開門走進店內。

「給我一包『Hi-Lite』香菸。」

看店的是個亮麗的少女，和店裡的舊式氛圍不太搭調，她伸出豐潤的手遞給阿徹一包菸。阿徹從菸盒抽出一支菸叼在嘴裡。

「請問三井商店在這附近嗎？」

「是啊。」女孩的大眼睛轉了一圈，覺得好笑似的吃吃笑了起來，「三井家就在隔壁唷。」

「怎麼？就在隔壁……？聽說三井家好像有個和我年紀差不多大的兒子？」

「對啊，還有個和我同樣大的男孩，有兩個兒子。可惜啊……」

少女說到這裡，又聳著肩膀笑了起來。

「可惜什麼？」阿徹想不透女孩究竟在笑什麼。

「可惜他們都長得像爸爸，如果像媽媽就好了。」

阿徹故意裝作不在意地問：「那位太太真長得這麼美？」

「三井家的太太是有名的美人唷，你不知道啊？」

「不知道。」阿徹答完，又買了巧克力和牛奶糖。

「我好喜歡三井太太，她一點都看不出來兒子已經大學畢業了。」

「因為人家漂亮才喜歡她？」阿徹惡作劇地問。

「才不是呢。她對人很和藹，是個很好的人啦。不管誰看到她，都會喜歡她的。不喜歡她的人才奇怪呢。」少女說著露出嚴肅的表情。

「誰都喜歡的人，我可不喜歡。」

老實說，阿徹對這位素未謀面的三井惠子懷著幾分敵意。所以他很意外眼前的少女那麼喜歡她。惠子瞞著丈夫生孩子，這足以令人對她有負面印象，現在卻聽說她是個人人都欣賞的好人，阿徹有些困惑。難道她偷偷生下陽子，心裡一點愧疚都沒有？

「客人您連看都沒看過人家，也會不喜歡喔？」少女噘起嘴唇說。

阿徹笑了起來，「既然那位太太那麼好，她丈夫應該也是好人嘍？」

「可是比不上他太太啦。大家都這麼說呢。」

「不過他們家大兒子倒是對人很親切。」

「哎呀，客人您知道啊？我倒是比較喜歡弟弟。」

「是嗎？可是聽說他們夫妻關係不太好喔。」阿徹試探性地說。

「客人您真會胡說，他們夫婦恩愛是出了名的。」

（真的是幸福的一家？）

阿徹又買了一包香菸才離開。果然，隔壁的店門外高掛一塊大招牌，上面寫著：三井海產批發店。招牌是用厚實的木頭做成，幾個大字由右至左浮雕在木招牌上，店面寬度約六間[6]，格局很深，約有十間。

阿徹心臟跳得劇烈，緩步走過店前，偷窺店內景象。室內光線昏暗，約二十坪大的空間裡排列著多張辦公桌，十五名左右的男女職員正在辦公。

（這裡就是陽子的生母家。）

一種難以言喻的感覺在阿徹心底升起。

走上橫跨運河入海處的月見橋，阿徹茫然佇立，視線不由自主地轉向右方的埠頭。一輛黃色鏟車前前後後地移動著。一艘輪船緊貼岸壁停靠，似乎是專門運送鋼材的船隻，岸邊有一輛乳白色起重機正把鋼材堆上船艙；七八名男人戴著黃色頭盔在一旁作業。眼前光景就像是默片的一幕。

阿徹腦中重新浮現三井商店店內的光景。

店面和鄰家之間有一塊約三公尺寬的空地，空地盡頭可見一扇老舊的格子門[7]，門上掛著一塊陶瓷燒製的名牌，上面寫著「三井」二字。顯然這就是內院住宅的玄關。只要打開這扇門，三井惠子就在裡面。阿徹覺得心跳得胸口發疼，緊盯著那扇格子木門。

要不要假裝問路進屋去呢？可是這條路上店家那麼多，特意走進幾公尺深的民家問路，一定很不自然。十幾隻海鷗發出小貓似的叫聲在港口上空來回飛舞，綠油油的水面映著鳥群的身影。

（如果拉開了剛才那扇格子門……）

應門的，肯定是三井惠子。

「妳長得和我妹妹一模一樣。」

或許，我會貿然說出這句話吧，阿徹想。

「妳有個女兒對吧？」

或許，我也可以單刀直入地問她。惠子聽了一定臉色大變。

「妳女兒企圖自殺了。」

惠子聽到這話，會怎麼反應呢？

「妳這母親多可怕！竟把孩子丟在育幼院，一個人幸福過日子。」

或許自己會這麼責備她也不一定。

「嘟」的一聲，一艘小型機動船發出尖銳的汽笛聲駛向運河河道。船頭站著一個男人，茫然望向蔚藍的水面。男人的臉晒得黝黑。

阿徹不禁苦笑。事實上，他根本不敢走近那扇格子門，只敢在幻想裡和惠子攀談、質問她。總之，今天順利找到她家了，就此打道回府吧，阿徹思索著，沿著港口的道路往回走。

---

6 間：長度單位，一間約為一．八一八公尺。

7 格子門：木製拉門上以木條釘成格子花樣，現已少見。

走到運河入海口附近，發動機船汽笛又響了一聲，船身後拖著堆滿魚粉肥料的平底駁船一路向前駛去，行至橋下，前後艘兩船都失去了蹤影。而另一艘遊艇這時朝港口駛來。岸壁上掛著幾個大輪胎，可能是用來當作緩衝撞擊力的軟墊吧。一個穿白衣的女人站在遊艇甲板上，背對岸邊眺望著遠處海灣。那女人的身影深深刻印在阿徹的腦海裡。

＊＊＊

「你去過小樽了？」北原吃驚地從草地坐起身來。

「嗯，我覺得還是得去一趟。」

阿徹趴在草地上，輕撫柔軟的草葉。他和北原來到札幌中島公園，兩人在池邊的草皮休息。已經五點半了，六月的太陽依舊高掛天空。水池對面那座文藝復興式的白色建築「豐平館」，在綠蔭的襯托下十分美麗，建築物上的圓形露台更是富有異國情調。

「我找到三井家了，是一棟堅實的石屋。」

阿徹把昨天在三井商店外看到的辦公室景象、位於路邊深處的玄關格子門等瑣事，都向北原描述了一遍。

「和對方見到面了嗎？」

「怎麼可能！只是想看看她家而已。」

「我想也是。」

北原深思著阿徹對陽子的感情，靜靜地點著頭。

北原曾暗自讚嘆阿徹是個照顧妹妹的好哥哥，後來從阿徹口中得知陽子和他並沒有血緣關係，北原這才看出阿徹對陽子的感情。

「或許有一天，陽子會想見生母吧。」

「對啊，一切得看陽子的意思。」

和生母相見對陽子是幸或不幸，沒有人知道。她可能明知生母在世，卻終其一生不肯相見。

（她對辻口又是什麼感覺呢？）

北原相信陽子在自殺那天之前是愛著自己的，只是後來眾人一起看護陽子的四天三夜，他看著阿徹毫不掩飾地表露對陽子的感情。

另一方面，不管陽子如今情歸何處，北原覺得那四天的沉睡似乎已將她推向遠方，或許沒變的只有他和阿徹，陽子早已邁向另一個完全不同的世界吧。

「未來真可怕。」阿徹說。

「嗯，就連下一秒會發生什麼事，我們都無法預知。」

「對呀，許多事都是突然發生的。生了急病、意想不到的人突然現身、突然死去……什麼時候會在哪裡發生什麼事，我們沒辦法預知。『還有未來』，也是指還有許多無法預知的恐怖可能發生吧。」

「嗯，的確沒錯。」

北原的聲音裡充滿同情與體諒。阿徹的這段話，令北原想起阿徹至今承受過的重擔。琉璃子遇害，陽子又企圖自殺，這兩件事在阿徹心裡所占的比重一定很大吧。

「老實說，昨天我嚇出一身冷汗。」

阿徹想起昨天的事忍不住笑出來。一旁的日本紫杉在草地覆上一層濃密的樹蔭。阿徹把自己在色內町的坡道遇到那位熱心青年的事告訴北原。

「難怪你會嚇一跳。不過那男生究竟是誰？」

「嗯，感覺不太像店員。」

「那他是陽子的……」

「八成是她哥哥吧。只是五官長得完全不像，那人是一張長臉。」

「感覺很奇怪吧？」

「是啊，心情很複雜。如果那是陽子的兄長的話……」

「我也想見見他呢。」

北原說完，阿徹抬眼望他，兩人的視線瞬間交會。北原先移開了視線。阿徹沒放過北原內心的變化。

「老實告訴你，本來我想裝著問路上門瞧瞧的。」

「你沒進去？」

「是啊。很奇怪，事到臨頭卻演不出戲。北原，如果換成是你，你會怎麼做？」

「我連小樽都去不了。我可不像辻口，沒你那樣的資格。」

「資格？你是說什麼資格？」

「……去探訪陽子生母家的資格啦。」

阿徹沉默地看著北原。

「不管怎麼說，你都是陽子小姐的……她身邊最親近的人啊。」

「哪裡，要說親近，你還比較親近吧？」

說完，阿徹探詢地打量北原。北原目光轉向波光粼粼的池水。

遠處傳來人群的叫喊聲。轉頭望去，原來是群穿著運動褲的高中生從前面的遊樂場跑來，一眨眼工夫那群高中生已從他們身邊跑過，阿徹和北原默默目送他們逐漸遠去。

「辻口！」北原下了決心抬起頭。

「幹麼？」

「老實說，這件事我一直想找機會跟你說，你讀過夏目漱石的《心》吧？」

「對啊，讀過。還讀過兩遍。」

小說故事是描述兩個朋友同時愛上一個女人，後來失戀的男人自殺了，而背叛朋友獲得勝利的男人婚後也自殺了。

「我不希望我們變成那樣……」

「……」阿徹又習慣性地蹙起眉頭。

北原看了手表一眼，還不到六點，高木今晚邀他們倆到家裡吃飯。

「辻口，我老實說，希望你聽了不會不高興。你也知道的，陽子小姐對我來說一直很重要，我相信我在陽子小姐心裡大概也是同樣比重。」

「……」

阿徹想起陽子遺書裡的那句話：「陽子最敬愛的人究竟是誰，現在終於明白了。」但北原並不知道這件事。

「可是啊，當我聽說你跟陽子小姐不是親兄妹時，我內心有點慌，也有點不安。」

阿徹沉默著點點頭。

「那時，我不想把陽子小姐讓給你。但經過這次事件，我的心情出現一些變化。」

「變化？」

「嗯，可以說有點改變吧。我相信，辻口你一定早就愛著陽子小姐了，你明知她是佐石的女兒。」

「……」

「這可不是一件簡單的事情喔。我懂你對她的感情有多偉大、多真摯。跟你比起來，我覺得自己的情意實在太淺薄了。」

「北原，沒這回事。」

「不，我根本無法和你比。最近這半年，我反覆想過這件事。」

說到這裡，北原又想到自己從前不顧阿徹的感覺去追求陽子，阿徹看到自己和陽子愈走愈近，他心裡是什麼感覺呢？

「所以，我決定放棄陽子小姐了。你真摯的愛和我平凡又自以為是的感情，我想陽子小姐早已敏銳察覺其中的分別了。陽子小姐有這種能力的。」

「怎麼說放棄，北原……你不能這麼做。」阿徹連忙說道。

「不能？怎麼不能？」

「因為陽子要的究竟是誰，不是你我能決定的，不是嗎？」

阿徹也沒想到自己會說出這種話。的確，人在面對「死亡」這種異常狀況時，心理也處於異常狀態，所以她才會寫出那種字句吧。我不能用那封遺書束縛陽子，阿徹想。由於北原的態度出乎意料，使他生出這種想法。

「當然，一切要看陽子的意思，可是……」

北原一手撐住腦袋橫臥草地，兩眼不經意地望著天上白得耀眼的雲彩。

阿徹說得沒錯，陽子究竟需要誰，應該由陽子自己來決定。但北原覺得陽子心裡似乎已做出決定。

發生那件事後，陽子只寫過一張明信片給他，是感謝他關心的謝函，字裡行間嗅不出一絲少女情懷。北原甚至覺得這張明信片比陌生人寄來的搬家通知更疏遠。

「可是，辻口，我覺得她似乎已經不需要我了。」

「我也一樣，北原，我也覺得陽子已離我遠去。」

阿徹也覺得陽子的世界豎起一道看不見也沒有入口的圍牆，若說阿徹現在是靠那封遺書做為精神支撐也不為過。

「是嗎？」北原的視線仍舊凝視著遠方。

「是啊。所以我們兩個也不必急著做出答案，對吧？」

「嗯，大概吧。」

北原不置可否地答道，腦中浮起了陽子的身影，緊接著，又浮現夏枝的臉孔。

「北原，我們不會像漱石的《心》那樣的，別擔心。只要陽子幸福，我怎麼樣都無所謂。」

北原的表情出現些微的變化。

「時間差不多了。」

北原平靜地說。那群身穿深紅運動褲的高中生又跑了回來，眾人齊聲喊著：「一、二！一、二！」一起跑過兩人身邊。

阿徹和北原並肩走過橫跨池面的石頭拱橋，這時公園裡增加了許多學生和剛下班的上班族，一名身穿水手服的高中女生走過他們面前，她的腿部肌膚閃耀著麥色光輝。兩人沿著池邊朝藤樹花棚走去，藤樹上滿是含苞待放的花蕾。

「對了，北原，陽子很掛記佐石的女兒呢，還擔心她不知是否過得幸福。」

「是嗎？這也難怪。陽子小姐不可能把她當陌生人看待了吧。」

「嗯，的確。和她生母比起來，陽子或許更關心那女孩的下落吧。北原，你覺得佐石的女兒現在會在哪裡？」

公園裡的豐平館似乎在舉行婚禮，圓形露台下站著四五名身穿振袖[8]的年輕女孩，女孩們齊聲爆出一陣開朗的笑聲。

「辻口，說不定她就在那些人裡面喔。」

「開玩笑！」阿徹轉頭瞥了那幾個女孩一眼。

兩人越過橫跨創成川的小石橋走出公園。創成川在這一帶彎度較緩，沿岸種著垂柳，翠綠奪目。創成川南北縱貫札幌市內，河如其名，是以豐平川為起點的人工運河。

「但是，辻口，如果佐石的女兒真的穿著振袖和朋友一起笑得那麼開心，你不認為值得高興嗎？」

阿徹突然想起家裡供桌上琉璃子的照片。上次陽子說她希望佐石的女兒過得幸福，自己當時明明深有同感，現在卻覺得北原這句話有點刺耳。或許，這種感覺並非針對佐石的女兒，而是反映出自己在無意識中對北原所持的感情表現吧。

阿徹和北原順著河邊小路並肩前進。左側路邊就是公園，右側沿途並列許多高牆環繞的寬敞豪宅，附近的環境寧靜整齊，路上幾乎不見行人，偶爾聽到響著警報的汽車駛過窄路。

將來究竟是自己成為陽子的丈夫？還是北原？阿徹邊走邊想像著無法預知的未來。

（如果，陽子選擇嫁給北原的話……）

阿徹頓時心如刀割，心痛得想要蹲下身子。就在幾分鐘前，他還冷靜地接受了北原的話。我也實在太容易受刺激了，阿徹想。

這時，一名身穿黃洋裝的少女踩著涼鞋在柏油路上發出清亮的響聲超越兩人。兩人在割烹料理店[9]「鴨川」的轉角右轉，走進一條混著砂礫的碎石小路。路旁水泥牆綿延不絕，包圍起「鴨川」面積寬闊的房舍，兩人沿著院牆走了大約一百多公尺，左側有個轉角，從這裡可望見電車大道，轉角處掛著一塊塑膠招牌，上面寫著：高木婦產科。

「辻口，你到小樽的事，最好不要告訴高木醫生喔。」

北原交代阿徹。他並沒發現阿徹的心境產生了複雜轉折。

「是啊，現在最好不說。可是高木叔叔也有責任，我希望他能站在陽子的立場，為她想一想。」

「問題是，什麼時機告訴他比較好。」

「當然，這點我知道。這也得看陽子的意思。」

只要是為了陽子，任何痛苦阿徹都能忍下來。

「你可真好啊。」北原低聲說道。

「什麼好？」

「沒什麼……」

自己不能說的話、不能做的事，阿徹都可說可做。北原沉思著，目光停留在一叢綻放香味的紫丁香。

兩人來到高木醫院的三層樓房前，一列電車發出震耳欲聾的聲響駛過。

＊＊＊

---

8 振袖：未婚女性所穿的和服，因袖長及地得名。

9 割烹料理店：傳統日本料理店。

高木家就在醫院裡。走進醫院寬敞的正門玄關，右側是事務室，走廊兩側依序分別是：候診室、診察室、分娩室、手術室等單位。

玄關左側有扇大門，那就是高木自宅的入口。兩人按下白色門鈴，高木的母親立刻迎出來，瘦削的她穿著雪白的和服圍裙。

「啊唷！來啦！正在等你們呢。」

高木夫人那雙和兒子一點也不像的丹鳳眼流露出和藹的笑意。

「家母很美吧？跟我一點也不像。」

也難怪高木常自豪地稱讚自己母親，高木夫人的容貌確實秀氣脫俗。

高木家除了兩間十疊和兩間八疊的和室，還有六疊大小的廚房和浴室。他的母親不喜歡洋式房間，家裡沒有一間房擺著沙發或椅子。

「唷！難得未來的理學博士和醫學博士大駕光臨，歡迎歡迎！」

高木身上的藍色浴衣胸口敞開，露出胸毛。

「總算又見面啦！理學博士大人上次把我整得好慘啊，請你今天對我客氣點喔。」

眾人來到能欣賞美麗庭木的和式客廳，高木一屁股坐下，大手立刻抓起啤酒瓶。

「對不起，那時是我太激動了。」

北原伸手搔著腦袋道歉。客廳的凹間[10]掛著一幅字軸，上頭寫著「清風在竹林」。他上次上門的時候，凹間牆上的是一幅福壽草的圖畫。五個月前，北原在這間房裡嚴厲逼問陽子親生父母的事，還差點和高木打起來。現在回想起來，他覺得那好像只是昨天的事。

那時高木聽說夏枝洩漏了陽子的身世祕密，吃驚之餘立刻和北原趕往旭川。兩人一抵達旭川，就聽說陽子服毒自殺了。

「對了，你們倆好像是同宿舍吧？」

「是的，寢室也是同一間。」

「原來如此，是透過阿徹，北原同學才成了陽子的男朋友啊。」

那時北原曾對高木說，不論陽子是誰的小孩，他都不會離開陽子。當時他臉上認真的表情，高木還記得很清楚。

聽到高木把北原當成陽子的男朋友，阿徹和北原都沉默著沒說話。高木立刻就察覺兩人之間微妙的氣氛。

「我說呢，原來是這樣！你們倆的關係就像我和辻口啊！」

高木交抱的雙臂靠在餐桌上，左右打量著兩人。

「什麼？叔叔，像你和爸爸是什麼意思？」

阿徹用筷子揀著高木母親端上的綠蘆筍吃，藉發問轉移話題。

「嗯，簡單地說，就是情敵啦。」

「情敵？喔……」阿徹笑了。

「你還笑得出來啊？雖然當時我徹頭徹尾贏不了，辻口也沒把我當成對手，但你們可是旗鼓相當的對手。」

「才不是，我們並不是情敵。」北原含蓄地說。

10 凹間：又叫床間或壁龕，室內裝飾設計。在房間一角做出一個內凹的小空間，通常以掛軸、插花或盆景做為裝飾。

「幹麼！不要客氣，北原！當情敵也很有意思嘛。這樣不是很好？你們倆就像我跟辻口一樣當對感情好的情敵吧。」高木認真地說。

「你在胡說什麼！他們年輕人聽了會當真的，對吧？」

高木夫人拿了幾瓶啤酒進來，聽到高木的話，忍不住笑罵兒子。

「媽，您扯我後腿可不行喔。我現在可是在扮演因失戀而終身未娶的悲劇男主角喔。」高木朗聲大笑。

「是嗎？高木醫生，原來您一直單身是因為無法忘懷辻口的母親啊。」

「嗯，哎，可以這麼說。」

「啊唷，又胡說！」

高木夫人在高木膝上輕輕打了一下。阿徹和高木都笑起來，北原卻笑不出來，因為他很可能也一生暗戀陽子而終身不娶，然後將來哪一天，他也能像高木這樣開自己玩笑吧。北原拿起啤酒豆，一顆一顆慢吞吞地嚼著。

這時，年輕的女傭跪在門外報通：

「醫生，孤兒院[11]的人打電話來了。」

「喔，來了。」

說完，高木站起身來。阿徹則一臉驚訝地目送高木離去。

轉眼之間，高木又回到客廳。

「叔叔，您不只在育幼院當醫療顧問，也在孤兒院幫忙啊？」阿徹問。

「當然啊。育幼院有些孩子找不人收養，到了適當年齡，他們就得送到孤兒院去。」

「喔，原來如此。育幼院裡也有沒人收養的孩子喔。」

「那當然。有些是親生父母不肯接回去，有些是找不到領養人……那些孩子就得住進孤兒院，每天從院裡去上學，中學畢業後踏入社會，很可憐呢。」

高木話語間難得多了幾分柔情。

阿徹難以想像那些從小生長在孤幼院、每天自孤幼院上學的孩子的心情。陽子原本也可能在那種環境長大，阿徹想，或許她在孤幼院比在辻口家更幸福呢，至少不會被逼上絕路。

即便如此，阿徹只要想像陽子在孤兒院生活的光景，仍是一陣心酸。

（佐石的女兒被人收養了嗎？）

阿徹轉眼看著高木。

「怎麼了？阿徹，幹麼不講話？」

「不是啦，我是在想孤兒院那些孩子。」

「是嗎？那些在父母身邊長大的傢伙，真該想想自己有多幸福。尤其像我，到了這把年紀還能在母親身邊生活，簡直太幸福了。」

「高木先生，您為什麼沒結婚？」

「你想知道嗎？北原同學？」

「當然，因為您這年齡還沒結婚的男人很少見呢。」

「『您這年齡』是什麼意思？我自認還很年輕唷。」高木拿起一塊以海苔裹住的奶油往嘴裡送。

---

11 孤兒院：日文原文為「育兒院」，指收容一歲以上幼兒與孩童的機構；本書前面章節曾出現「育幼院」一詞，日文原文為「乳兒院」，指專門收容一歲以下嬰兒的機構。

「高木先生，避重就輕不回答太狡猾了。」

「什麼話！我才沒有避重就輕的意思呢。我又不是因為見不得人的理由沒結婚，只不過一眨眼，就發覺自己已經四十好幾了。」

「是嗎？」北原滿臉狐疑。

「是啊，就這樣！像我這種婦產科醫生，早就不覺得女人有什麼神祕。我又在育幼院幫忙，成天看著那些夫妻分手後沒人要的孩子、被父母拋棄的孩子……哪裡還想要老婆和小孩。」

「原來如此，也算有理。」

「更重要的是，我何必因為大家都結婚就照做呢？單身也挺不錯的。女人愛吃醋、使小性子，誰受得了啊。世上的男人裡，覺得娶了老婆很幸福的，我想一個也沒有吧。結了婚的男人個個都在後悔呢。怎麼樣？是我聰明吧？」

「可是高木先生不會寂寞嗎？」

「什麼話！會覺得寂寞的，是那些結了婚的傢伙吧？」

「我們雄二郎，老說這種話！」

高木夫人嘴裡這麼說，看著兒子的臉上卻帶著滿意的表情。

「哎，老實說啊，還不是我這位囉唆的老媽肯定和媳婦合不來。像我這麼膽小的男人，結婚可會折壽的。」

說著，高木露出無法分辨是認真還是開玩笑的笑容。

6 延齡草

星期天下午，啟造坐在起居室仰望窗外陰暗的天空，夏枝坐在他對面。陽子收拾午餐碗盤後便回到自己房裡，家中顯得異常寧靜。

「陽子常出門散步嗎？」

「放學回來後幾乎都不出門呢。」

「看起來倒是比較開朗了。」

「是嗎？我可不覺得。整天一副若有所思的模樣，看得我心情沉重。」

六月十五日的札幌神社祭就快到了。陽子自殺到現在已經過了五個月，她也該重新站起來了，啟造想。

玄關傳來物體落地的鈍重聲響。

「辻口先生，掛號信。」

「會是誰寄來的呀？」

夏枝從食櫥取出圖章，快步朝玄關走去。

「是我爸從茅崎寄來的啊。」

沒多久，夏枝提著一個略大的包裹回來。她也不拿剪刀，動手去解包裹上的繩子。她向來都像這樣花上很多時間，慢條斯理地解開縛繩。

好不容易，繩子總算全部解開了，夏枝一絲不苟地把繩子繞成球狀放在一邊，不慌不忙地打開箱蓋。箱中空隙塞滿了報紙，夏枝一張一張仔細攤平。啟造在一旁不免焦躁起來，同時也感到佩服。一般人收到包裹大都很想早點確認裡面裝了什麼東西吧。夏枝察覺啟造的視線，抬起頭向他微笑，說道：

「我覺得像這樣慢慢拆開包裹的過程最有意思了。」

啟造不覺露出嘲諷的笑容。

「啊唷，是浴衣呢。這是你的，還有阿徹的，這個是給陽子。哎呀，怎麼寄給我這麼花稍的花樣。」

果不其然，夏枝皺起了眉頭。

「這花樣很時髦啊。」

「我不喜歡，這麼大的海螺圖案！」夏枝不滿地把自己的浴衣推到啟造面前。

「這是岳父特意寄來的，不該抱怨吧。」

啟造腦中浮現老丈人的面孔，他打包這些禮物時心裡一定在想像女兒欣喜的表情吧。

「品味未免太糟了，一定是我嫂子選的。」

夏枝手指捲起繩子，不高興地低下頭。夏枝這種收到饋贈也不欣喜的舉動，總是教啟造看了不痛快。

說起夏枝的性格，啟造真是愈想愈難以理解。她待人有禮，舉止也算優雅，天生愛整潔，家裡總是打掃得乾乾淨淨，飯菜也做得精緻，不論任何人看她，都覺得她是一個溫柔的女人。

但也不知怎麼回事，夏枝收到禮物從來都不表現出欣喜。每次收到禮物，她肯定會挑三揀四一番。

「老是送肥皂，收了這一大堆也用不完！」

「又收到菸灰缸，真討厭，都沒地方放了。」

「這種掛毯，好丟臉，沒辦法掛啦。」

每次都是這種語氣。收到的如果是食品，夏枝就嘀咕「吃都吃不完」、「早就吃膩了」，一直埋怨到吃完為止。其實從前來幫忙的次子雖住在家裡，她的自宅就在附近，啟造覺得夏枝大可把禮物送給次子呀，或是分送給鄰居也好，但她卻不這麼做。夏枝貴為教授千金，從小收禮收慣了，後來又嫁作醫生夫人，更把收禮當成理所當然的事。

其實夏枝會那麼直接地表達不滿，不只因為她習慣收禮，而是因為她原就缺乏體諒和真正的柔情。那些送禮的人為了討好她花了多大心思，她是永遠無法想像的。

「缺乏想像力的人也缺乏愛心。」

啟造想起以前曾聽過這句話，嘆息著拿起岳父送給自己的浴衣。

有人拉開紙門，陽子走進房來。

「陽子，茅崎的外公寄了一件浴衣給妳喔。」夏枝不帶感情地說。

「啊！我也有？媽，好高興喔！」

陽子在膝上攤開浴衣。她的浴衣不論花樣或構圖都很大膽，白底配上藍色的螃蟹和紅色小蝦。

「哎呀，真漂亮！媽，您看！」

陽子站起來，拉起布料披在肩上比畫著。

「陽子，很適合妳喔。」啟造鬆了口氣，仰望著陽子喜孜孜的臉龐。

「是嗎？什麼螃蟹、海螺之類的圖案，我可不喜歡。陽子，妳真喜歡這種花樣？」

「喜歡呀！我覺得這螃蟹圖案既大膽又有新意呢。」

「那這海螺圖案妳也喜歡？」

「喜歡啊。之前流行過兩頭尖中間寬的瓶罐圖案，可是我覺得海螺比較有詩情呢。」

「是嗎？看來只要是別人送的，陽子不管什麼都喜歡喔。」

夏枝的語氣令啟造吃了一驚，他連忙轉臉看陽子的反應。

「是啊。我覺得不管收到什麼禮物，都該心懷無限感激收下。媽，謝謝您。」

夏枝的語中帶刺，陽子並不以為意。

「陽子真了不起！現在那些年輕女孩，就連父母給的東西也會嫌棄呢，說什麼品味不好之類的。」

聽了啟造這話，夏枝繃緊了臉皮。

「老公，這也是沒辦法的事嘛。衣著畢竟是女人的生命啊！只要是稍有品味的人，就不會隨便誰給的禮物都那麼容易滿足啦。」

「是嗎？有品味的人嗎……」

啟造瞥了夏枝一眼，又轉頭看陽子。陽子若無其事地向夏枝微笑道謝。

「媽，謝謝您。陽子要趕快寫一封感謝信給外公。」

陽子說完，走出房間。

「只要是禮物，不管收到什麼都那麼高興，簡直就像乞丐！」

等到陽子的腳步聲漸遠，夏枝開口說道。

「是嗎？那像妳這樣收到禮物就嫌東嫌西的人又像什麼？」

「哎唷！我可沒抱怨什麼喔。只是碰到不合自己品味的東西，沒辦法喜歡罷了。只要稍有個性的人，都會想穿有個性的衣服啊。」

「哼！也不知妳說的個性是什麼，故意賣弄個性的人和收到不中意的禮物也心懷感恩的人，比起來我覺得後者的心地比較美。」

「啊！好過分！你的意思是要我不管收到什麼都欣喜若狂啊？」

啟造氣呼呼地閉嘴，不再說話。他認為不管收到的禮物多小也心存感激的人，就像是聖人。因為人總是有這麼多不滿啊。啟造又想，厭棄妻子性格的自己或許也是那些不懂感恩的一分子。即使如此，他還是不能接受夏枝的態度，尤其是她對陽子的那些批評，他實在無法不耿耿於懷。

啟造猛地起身。

「我去散步。」

「去啊。」夏枝賭氣地回說。

啟造忽然很想邀陽子去散步。那件事之後，陽子還沒進過實驗林。以陽子目前的狀況，她應該能到森林去了。再說，正因她死裡逃生，更必須讓她看看自己曾經想了結生命的地方。

陽子坐在書桌前，看到啟造進房，吃驚地抬起頭。

「我想邀陽子一起去散步。」啟造不好意思地說。

「散步？」陽子訝異地抬頭看啟造。

「是啊。我們到實驗林逛逛吧？上次看到林中的延齡草開了很多白花，很美唷。」

啟造避開陽子的視線，佇立在窗邊望著森林。陽子盯著啟造半晌，肯定地點點頭說：

「爸，我陪您去。」

「妳要去嗎？真教人高興。陽子這還是第一次去喔。」

「第一次？……喔，您是說自我服藥以來？」

「嗯，是吧。」

「爸，是第一次沒錯。」

陽子目不轉睛地直視啟造。

森林入口的白松樹幹纏滿蒼翠的蔦蘿，高高的樹梢上薄雲籠罩天空，宛如蒙著一層面紗。父女倆默默前進。今天的天氣穿著薄夾衣都嫌熱呢，啟造想。短促的蛙鳴不知從何方傳入耳際。

最近這半個月，啟造好幾次都想邀陽子到森林散步。只是每次正想提起，又因種種顧忌而始終沒有開口。今天是因為包裹的事被夏枝氣壞了，他才藉著氣憤的力量邀約。

父女倆很快就走到那道貫穿森林的堤防。水泥階梯角落，處處雜草叢生。啟造走上階梯，揣測著陽子再次踏上堤防的心境。陽子佇立在堤防頂端，回頭望著自己的家。

（那時我也曾在這裡回頭瞭望。）

她的視線越過那片白松林，辻口家的紅色屋頂遙遙可望。當時回頭是為了看辻口家最後一眼。就在一月十五日那個新雪方降的早晨。

堤防上狗尾草已長到及膝高度，順著堤防往下走，就能抵達歐洲雲杉林。那天啟造獲知陽子打算在河濱服毒，立刻奔上這道堤防，那時他目睹了陽子一路留在林地上的足跡。

「我們就在堤防上走一走吧？」

啟造實在沒勇氣提議走進那座陽子留下足跡的森林。

「爸，沒關係啦，陽子想進森林走一走。」

若不進去，爸爸特地帶我來的心意豈不是白費了。陽子抬頭望著啟造。

（不愧是陽子……）

啟造鼓起勇氣，走下通往森林的階梯。

＊＊＊

歐洲雲杉林裡暗得像是黃昏時分，陣陣山鳩鳴聲傳來，聲音悲戚得就像貓頭鷹的啼聲。

陽子在啟造身後幾步之遙的位置站定，林外光線從樹幹間透進來，顯得模糊而朦朧。啟造回過頭，看到陽子的視線停留在林中某處，她的臉有如雪白的雕像般聖潔。

陽子朝他走來，身上的灰褶裙裙襬搖曳。啟造想安慰她幾句，卻想不出該說什麼。

（如果她當時就那麼死了……）

這個想像不知在他腦中出現過多少次，此刻又在腦中浮現。一根烏鴉的羽毛，掉落在腳邊隆起的樹根。

「陽子，真是萬幸啊。」

聽到啟造的話，陽子落寞地笑了笑。現在的她還無法切實感受到「活著真好」的感動。

高中畢業典禮，陽子被選為畢業生代表致答詞，然而她在講台上打開講稿時，發現講稿被換成了白紙。這件事是夏枝的計謀，她想讓陽子在眾人面前出糗。即便如此，陽子對夏枝並不懷恨。她暗下決心，不論別人怎麼欺負自己，她絕不變成脾氣古怪的壞小孩。

就連夏枝指控她是殺人犯的女兒那晚，陽子寫下遺書的那一刻，她心裡也不恨夏枝。

然而在陷入昏迷的那四天，陽子似醒非醒，一直做著難以告人的噩夢。夢中陽子掉進了黑暗的深淵，深深陷進泥濘的沼澤，幾乎無法呼吸，她扭動著身子拚命掙扎，突然，一陣天旋地轉，正暗自慶幸掙脫泥沼，下一秒，身體又陷入原先的黑洞。接著，又是一陣旋轉，再次下沉，反反覆覆之間，陽子很想吐，還看到無數蚯蚓和青蛙在自己胸中翻騰著。陽子的手伸進胃裡，但她什麼也沒抓到，只覺得腦袋發疼，眼皮沉重。

不知不覺間，陽子發現自己來到一片廣闊的原野。夕陽直射在她臉上，她感到頭暈目眩。這時，有人按住了她的口鼻，使陽子幾乎窒息，然後就像在看皮影戲般，她看見了那個人的輪廓。

（啊！是媽媽！）

陽子全身顫抖起來，她掙扎著想擺脫夏枝的手，但那雙手更加有力地緊緊壓住她的鼻腔。

（我好痛苦！媽！救我！）

陽子大聲呼救了好幾次。

也不知過了多久，她睜開眼，只見眼前有個影子，朦朦朧朧的看不清楚，不過影子愈來愈清楚，下一秒，陽子倒抽一口冷氣。她看到了一張般若面具[12]。

儘管害怕，陽子仍然凝神注視那張般若面具，突然，雪白的面具朝她嘻嘻一笑。而那竟是夏枝的臉。

「妳醒來了嗎？」

接著，陽子聽到辰子緊張的聲音。

服藥自盡的陽子覺得自己在清醒前做的這個夢醜陋極了。她醒來後第一次看到夏枝，竟看見了般若面具。在那之後，在陽子眼中夏枝的臉常和般若面具重疊在一起。

「陽子，怎麼了？」

注意到陽子的腳步慢了下來，啟造回頭問道。

「沒有，沒什麼。」

山鳩低沉的叫聲又傳來。愈靠近河邊，雜草愈高，陣陣熱氣從草叢散發出來。

「真不該帶妳到這裡來。」

看到陽子凝重的表情，啟造說道。陽子搖了搖腦袋。父女倆穿過森林，來到河邊。河水有些渾濁。當初陽子就是在這片一望無際的河灘吞下安眠藥。啟造轉頭看陽子，只見她嚴肅地注視河灘。半晌，陽子說：

「對不起，爸！」

「爸爸才該向妳道歉。」

陰暗的天空下，兩三個少年在原野上燃起一堆野火。陽子專注地望著紅豔的焰火。將醒未醒時所做的那個夢，她還記得很清楚。小學一年級的某天，陽子放學回家後看到夏枝坐在鏡台前化妝，她毫無表情的臉就像面具一樣。那天，夏枝突然扼住陽子的脖子。對年幼的陽子來說，那件事既恐怖又難以理解，但她始終沒把這件事告訴別人。

陽子之所以做了那個夢，而後又把夏枝的臉看成可怕的般若面具，或許都跟幼年的恐怖經驗有關，那件事或許已根深柢固地潛入她的心底。陽子並不想憎恨夏枝，她不知自己為何會做那種夢，並且覺得做這種夢的自己令人厭惡。

陽子目不轉睛地瞪著河灘，啟造在一旁看著覺得很不安。或許今天帶她來還太早了，啟造想。

「陽子，回家吧？」

「不，我還想待一會兒。爸，夢是什麼啊？」

「夢？妳是指人懷抱的夢想？」

啟造以為陽子有了新的夢想，不覺提高了音量。

小河對岸傳來一陣杜鵑鳥的鳴聲。

「不是的，我是說睡著時所做的夢。」

陽子的視線緊盯著對岸柳樹下一匹正在吃草的黑馬。

「啊，妳是說夢境……夢境的確奇妙，自己從沒說過的話或做過的事，卻可能在夢裡發生。」

啟造想起今早所做的那個夢。

12 般若面具：能劇裡代表女鬼的面具，頭上長著兩角，代表憤怒、嫉妒、苦惱的表情。

他走進院長室，看到高木坐在自己的椅子上。高木責問他：「你是什麼人？」啟造笑道：「別開玩笑了！」然而高木冷冰冰地對他說：「我是辻口，才不是什麼高木！」這時，夏枝穿著護士制服走了進來，她一副不認識啟造的表情，和高木熱絡地談笑。

「爸會做夢嗎？」

「會啊，我算是比較多夢的人吧。尤其是身體疲累的時候。」

啟造這才發覺陽子大概是做了令她不安的夢。

「爸，自己從沒想過的事也可能在夢裡出現嗎？」

「不，聽說不是這樣。心理學的書記載著，人無法意識到全部的自己，據說有百分之八十的自我都藏在潛意識裡。」

「哇，百分之八十？」陽子吃驚地睜著一雙長睫。

「對呀，所以能意識到的自我只有百分之二十。」

「……」

「有些人說什麼『我最了解自己』，根本是胡說。也有人自以為溫柔，其實性格可怕又冷酷呢。」

啟造對夏枝剛才的言行還是耿耿於懷。夏枝嘲笑陽子說：「看來只要是別人送的，妳不管什麼都喜歡喔。」

「爸，也就是夢境反映了自己的心理對吧。……說得也是，畢竟做夢的就是自己啊。」

也許是我對媽媽心懷恨意才做了那種夢吧，陽子想。她原以為自己不會憎恨別人，但那個噩夢讓她看清了自己的真面目。陽子不禁垂下眼皮。

「大概吧。人在夢裡缺少清醒時的理性與抑制力，換句話說，就是自我抑制力減退，潛意識裡的自己露出臉來。像爸爸就常在夢裡罵人，甚至拿著武士刀亂砍呢。」

啟造謹慎地為陽子解說，他希望陽子就算做了不安的夢也不要太過在意。

聽到啟造說曾在夢裡揮舞武士刀，陽子認真地問：

「啊！真的嗎？爸！」

「是啊，是真的。我還夢過自己在眾人面前發號施令或演講。爸爸一直以為自己不喜歡在眾人面前說話。我想大概是因為平時太膽怯，才會在夢裡發洩吧。」

陽子聽得連連點頭。沒想到平日穩重的父親竟有不同的一面，不但在夢裡粗暴地揮舞日本刀，還像獨裁者對人發號施令。儘管難以置信，但或許是事實。她的噩夢肯定也是出於內心深處的想法。別的不說，我一直以為自己心裡沒有憎恨存在啊，陽子想。

「總之，夢境真的很奇妙，不過潛意識是否全會在夢裡顯現出來，這點還沒有結論。譬如人常做上廁所的夢，但奇怪的是，夢裡總會碰到廁所門壞了或是便器骯髒等狀況，並不會真的如廁。」

陽子臉上露出一絲淺笑。

「那是因為啊，即使在夢裡，抑制力還是多少起了作用，知道如果真的弄髒棉被就糟了。從這一點看來，我總覺得人可能還存在著不會在夢裡顯現的更深層的意識。」

「哇，即使在夢裡也不會顯現的自己……我覺得好可怕唷。」

陽子說完，沿著河邊小徑往上游走去。啟造也跟在她身後。

「陽子覺得可怕嗎？」

「是啊，可怕，覺得自己好可怕。」

陽子停下來，回頭說道。隔著她的肩頭，可見美瑛川閃著渾濁的光流動著。

「我太傲慢了。爸，我以為了解自己，其實對自己一點都不了解。自以為體諒，卻不知體諒當中也可能隱藏著另一個卑鄙的自己，光想到這一點我就覺得可怕。」

說完，陽子又向前走去。小河裡，有個男人在水深及腰處拿著長釣竿在垂釣。那幅景象看來寧靜祥和。

然而，陽子已經知道，無法只憑外觀來推測他人心境。啟造在她身後說：

「不必害怕，陽子。內心擁有自己未知的一面，就表示同時還擁有希望啊。」

「希望？」

陽子回頭看著啟造。啟造深深點頭。不論如何，我都得讓陽子懷著希望活下去。啟造的目光投向北海冷杉的淺綠新芽。

7 佐呂別原野[13]

高木身披和服棉外套，手裡提著一條溼漉漉的手巾走進房間。

「還是溫泉好，身體裡都暖起來了。」

「是嗎？那很好啊。」正在看報的啟造抬起臉來。

「趕了三百四十公里的路果然會累啊，肩膀有點疼呢。」

高木露出毛茸茸的小腿，彎起一隻膝蓋坐下。

「是啊，辛苦你了。我可是身心都煥然一新，應該是你開車太辛苦了。要不要叫人來按摩？」

「嗯，也對。才九點吧？」說著，高木拿起放在凹間的電話聽筒。

「請幫我找個按摩師……啊？男的女的？哎呀，只要能幫我按摩，不論男女都可以啦。」

高木「喀嚓」一聲放下話筒。

啟造和高木今天一起造訪稚內附近的豐富溫泉[14]，兩人在山裡找了一間僻靜的溫泉旅館住下。這次溫泉之行是高木的邀約。兩星期前的一個晚上，高木打電話給啟造，說住在斜里的妹妹今年春天搬到稚內去了，

---

13 佐呂別原野：亦稱「沙洛別滋原野」，位於北海道北部的廣大沼澤地。一九七四年九月二十日併入利尻島、禮文島組成的「利尻禮文國家公園」，現名「利尻禮文佐呂別國家公園」，總面積約兩百五十平方公里，是日本最北的國立公園。

14 豐富溫泉：日本最北的溫泉，位於北海道稚內市豐富町。

最近吵著說寂寞，要哥哥到稚內玩。電話中高木提議：「反正我遲早得去一趟，你要不要跟我一起開車去玩？」由於高木的邀約來得太突然，啟造一時間無法回答。

「喂，難不成你不信任我的駕駛技術？」

高木笑著說。啟造學生時代去過稚內一次，突然很想再去看看。再說高木和他平時都忙，從沒相約出遊過，啟造有點心動了。

「我去。稚內我只在戰前去過一次呢。」

「喔，決定啦，辻口終於願意離開家啦。去年那件事以來，你連札幌都沒來過呢。」

「喔，是嗎？」

「對呀。那件事都已經過了一年半，這段時間你一直守在旭川不是嗎？」

「有一年半了？不對，是一年又四個月啊。」

啟造秉持平日一絲不苟的作風糾正高木。一陣宏亮的笑聲從話筒傳來。

「哎，一年半也好，一年四個月也好，我也說了好幾次，出生到現在可從沒碰過這麼嚇人的事。陽子真是個做狠事的小姑娘。」

「是啊，給你添麻煩了。」

「不，是我給你找的麻煩。陽子還好吧？」

「託福，還不錯。」

那天掛上電話後，啟造輕嘆一聲。他覺得陽子自殺彷彿是不久前的事，事實上已經過了一年多。辻口家現在看似平靜，啟造的日子卻過得莫名不安，總覺得不知何時又會鬧出事來。

高木今天一早從札幌開車出發，路過旭川的辻口家時休息了約二十分鐘。

「陽子，叔叔有個壞毛病，一坐上車就想喝酒。而且我最討厭時速一百公里以下的慢郎中！」

高木喝茶時這麼說。坐在一旁的夏枝信以為真，不安地皺起眉頭。

「這可教人為難了。如果是這樣，我不讓他去了。」

「什麼話！辻口這老公可以報廢了啦。妳趕緊給他保個巨額壽險，說不定今天就能發一筆大財呢。」

「我才不要錢呢。」

夏枝一本正經地回答。啟造在一旁心想，這女人也太沒幽默感了。誰知上車後高木卻說：

「夏枝還像個少女呢，她認真的模樣真可愛。」

上車前，陽子站在夏枝身邊揮手送別父親。啟造在車中再三回想當時陽子的表情，突然覺得自己還不能死，不能丟下陽子離開這世界。

高木的駕駛比啟造預料的謹慎多了。啟造不禁發出由衷的讚嘆，高木笑起來。

「這話可不像辻口嘴裡說出來的，別說了！我這麼優秀，怎麼可能像那些笨蛋一樣開快車嘛。那些開快車的不是沒大腦，就是壓力太大。」

啟造這下更加覺得高木是個值得信賴的男子漢。

「對了，辻口，我們看電視吧。」

高木說著走向隔壁房間，緊鄰寢室的洋式客廳裡放著一台電視。

「不了，我還有本書沒看完。」

「是什麼書？」

「嗯，齋藤茂吉的歌集。」

「歌集？三十一文字那種[15]啊？難不成你也會寫喔？」）

「不……」

啟造不禁紅了臉。他最近開始創作短歌，但還沒寫出可以給別人欣賞的作品。

「辻口，別寫什麼短歌啦，只要會寫點打油詩，就算得上好男人了。」

高木笑著說完，把沙發當床橫躺在上面。

「高木……」

「幹麼？」

「……想跟你聊聊陽子的事。」

「陽子又怎麼了？」

「嗯，陽子說她想去參觀育幼院。」

「喔？」

高木手臂枕在腦後，轉臉看著坐在榻榻米上的啟造。

「我在想她的打算，陽子為什麼想去參觀育幼院呢。」

說著，啟造燃起一支香菸。

「我覺得可以理解。陽子因為自己的背景，一定很可憐育幼院的孩子吧，才想看看自己待過的地方。」

「她還說大學可以晚一點上，想用這一年時間好好觀察社會，再決定自己未來的路。」

「很好啊，我贊成！」躺在沙發上的高木抬起腦袋說。

「可是我沒法贊同。不論到育幼院或孤兒院，都可能給陽子帶來過度刺激吧？」

「你說得也沒錯。那些地方的孩子，有的是被父母拋棄，有的是父母分手，的確都很可憐。」

「對吧?所以我才擔心陽子看到那些孩子會怎麼想……」啟造不安地看著高木。

「到時候再說嘛。哎!不要自尋煩惱啦。」

「嗯。聖經裡也說,不要為明天憂慮[16]。我卻連五年後、十年後的事情都擔心……高木,陽子在小樽的生母知道孩子的下落嗎?」

屋外除了偶爾出現的腳步聲,連一點車聲都聽不到,恬靜的旅館宛如被窗外的黑暗緊緊包裹著。

「你說那位太太?不知道吧。她大概只知道孩子在旭川,你問這幹麼?」

「沒什麼,只是有點好奇。」

「喂!辻口,可別怪我呀!當時這麼做是否錯了,我可不是沒反省過呀。」

「不,我不是怪你。要怪,也該怪我自己。」

「這件事沒法說是誰的錯。只是,不知道陽子心裡怎麼看待佐石的女兒?」

「啊?佐石的女兒還在嗎?」

「當然!父母沒了,孩子還是會長大呀。」高木坐起身來。

「在哪?」

「札幌。我整天都在擔心,深怕哪天阿徹會碰上她呢。」

說到這裡,有人敲門,一名女按摩師走進來。高木打開電視開關。

「辛苦妳了。」

---

15 三十一文字:即指短歌。因短歌的形式為五句,每句字數為五、七、五、七、七,總共三十一字。

16 《馬太福音》第六章第三十四節的內容為:「所以,不要為明天憂慮,因為明天自有明天的憂慮;一天的難處一天當就夠了。」

說完，他趴下身子。女人戴著墨鏡，小嘴微張，開始為體型高大的高木按摩全身。啟造打開歌集閱讀。

按摩師沉默地按摩著高木的背脊。

「妳力氣很大喔。」

高木搭訕著，但女人並沒回應。

「從豐富到稚內有幾公里啊？」

「不清楚，坐火車大約四十分鐘吧。」

女人的聲音倒是出乎意料的圓潤。

「妳還是單身？」

「單身又怎麼樣？」女人微微一笑。

「沒別的意思，只是猜想妳一定遇過各式各樣的客人吧。」

高木轉頭看女人。女人的臉很白，和黑墨鏡呈現極端的對比，她的唇角隱約透露一絲笑意。

「是啊，遇過很多種男人。」

「也有壞男人吧？」

「不壞的男人，這世上恐怕沒半個吧？」女人的語氣裡隱含了幾分虛無縹緲。

「我就是個好男人，而且還是單身喔。」

女人不掩飾地從鼻子發出一聲嗤笑。

「怎麼，妳不信？」

「不是。只是客人您剛說自己是好人，又說自己單身對吧？好人和單身，這兩者有關聯嗎？」

女人的語氣裡仍是透著虛無，這引起了高木的好奇。

「妳是一個人住吧？」

「哎唷，為什麼這麼問？」

「我可是心理學家，只消跟妳講一兩句話就知道了。妳們做服務業的，也有立刻看透客人的本事吧。」

「我可看不透。不只眼睛看不見，我連心都是盲目的。」

「什麼？怎麼如此憤世嫉俗？」

「我只是實話實說。」女人臉上浮起諷刺的微笑。

「原來如此。都是實話？但妳的眼睛看得見吧？」

「最近的確有很多看得見的按摩師，但我什麼都看不見。」

啟造猛然抬頭望著女人的背影，他覺得那聲音有些耳熟，但又埋頭閱讀手上的歌集。

「妳在這裡出生的？」

「在海的對岸，是樺太[17]。」

「樺太？……那裡現在算外國了吧。」

女人沒有回答。

「豐富這地方挺安靜的，我們抵達時還聽到黃鶯叫呢，我看這裡約莫有五六間旅館？」

「有十間左右。」

17　樺太：中文名稱為庫頁島，位於黑龍江入海口處。最早於十七世紀有少數日本漁民定居南部沿岸，一八五三年始有俄國人入居於島嶼北部。日俄戰爭之前，俄國曾短暫取得全島統治權，日俄戰爭後，兩國以北緯五十度為界分別占有南北部。第二次世界大戰結束後，俄國重新取得全島主權，並將島上的日本居民全數遣返。

女人稍嫌冷淡地說。不知為何，高木對眼前這個不獻殷勤又技術高超的按摩師起了興趣。說是興趣，或該說同情更貼切。這女人，搞不好是在孤兒院長大的。高木不由得做此聯想。

高木再次轉頭打量女人。只見她生著一張櫻桃小口，可愛的圓鼻像被人揪住似的，皮膚雖白卻很粗糙。高木聽人說過，皮膚粗糙的人內心煩惱也多。他覺得女人年紀大概三十多了。

「妳父母還健在？」

「早就死了。但您問這些，有什麼用處嗎？」

高木抓抓腦袋。

「沒用沒用，一點用處都沒用。對不起，我惹妳不愉快了吧。」

高木的語氣溫柔，就像在對孤兒院的孩子說話似的。女人的手停下了。

「……」

「我動不動就打聽起別人的身世，真是壞毛病……」

「沒關係，我對別人的看法已經無所謂了。現在這時代，生在哪裡、死在哪裡，都沒人會在意了。」

說著，女人的語氣軟了下來。她沿著床走了幾步，打算移動到高木的右側去，不料撞到了床頭櫃。

「啊！妳沒事吧？」

「我的感覺很遲鈍，因為我是三十歲以後才瞎的。」

「三十歲以後？妳都這把年紀了？」

「客人，我把自己的身世講給您聽吧？」

「好啊，我很想知道呢。」

聽到高木懇切的回應，女人娓娓道出自己的身世：她在樺太出生，雙親早死，日本戰敗後和兄長兩人回到國內……電視機裡不斷傳出低微的管弦樂聲。

「我在工作的地方愛上一個人，但他已有老婆，而我工作的地方有個壞人，把我……當成他的玩物。」

「原來如此。」

「還發生了很多事，我喜歡的人不願看我一眼，我在他身邊很痛苦。有一天，我就離開了……」

原本在一旁有一搭沒一搭聽著的啟造，霎時露出緊張的神色，他支起上身坐正身子。

（是松崎！松崎由香子！）

啟造一陣驚愕。

（她還活著！）

啟造茫然凝視著為高木按摩的白衣女子。雖然戴著墨鏡，但那張臉確實是由香子。啟造膝頭微微顫抖。

「松崎！」

這聲呼喚差點就從啟造嘴裡脫口而出，他花了一番工夫才把聲音吞回去。在這種場合下相認，他無法判斷時機是好是壞。

由香子這時轉向啟造，他緊張得全身僵硬，覺得她墨鏡後的雙眼正注視著自己。但由香子旋即低頭說：

「客人，我是受到了老天的懲罰才瞎的吧？我不該愛上有婦之夫……」

「別胡說！當然啦，別人的老公最好不要去愛，這是沒錯。但這和眼睛瞎掉是兩回事。」

「是嗎？」女人低聲笑起來。

「如果要說受到報應，那也應該是我。我才是個壞蛋呢。」

「哎唷，您剛才不是說自己是好人嗎？」

「不管多壞的人都會自稱是好人啦。這姑且不說，妳現在還想見妳愛的男人嗎？」

「不，一點也不想！要以這副德行跟他見面，我還不如死了好。」

由香子的話刺得啟造胸中一陣發疼。

「不過，我覺得自己是個幸福的女人，因為我能如此思念一個人。」

「……」

「因為過於思念那個人，我有一段時間連飯都吃不下……或許眼睛是這樣才瞎了吧。總之，我覺得自己就像把這雙眼睛獻給了那個人。」

啟造幾乎不忍再聽下去。

「妳這人真不得了！」

高木真摯地說。啟造擔心高木會叫出自己的名字，看到高木抬頭望了自己一眼，他狼狽地胡亂翻著手裡的歌集。

「對不起，請您躺下來。」

高木依由香子吩咐，巨大的身軀平躺著。由香子開始替他按摩手臂，高木忍不住苦著臉。

「啊，好痛！真有效啊！」

「您的肌肉很僵硬。」

「嗯，因為從札幌一口氣開車到這裡。」

聽到兩人換了個話題，啟造這才鬆一口氣。電視裡傳出男人的歌聲，樓下的浴場傳來被水霧包住的說話聲，日光燈瞬間顫抖起來，霹靂霹靂閃了幾下。

「妳什麼時候開始做這工作的？」

「五六年前，不，已經快七年了吧……對了，客人您一個人出門旅行啊？」

或許是因為電視的聲音掩飾，由香子並沒發現在裡間的啟造。

＊　＊　＊

啟造緊跟在由香子身後走出旅館，門前緊鄰一座小山，附近一戶人家也沒有。除了旅館窗子流瀉出的燈光，四周一片漆黑。這家旅館位於山中，離溫泉區的商店街有兩三百公尺的距離。

啟造拿著向櫃台借來的手電筒，強烈刺眼的光圈裡，由香子的背影浮現眼前，只見她拄著白手杖慢吞吞地邁步向前。啟造真想立刻跑上前去牽著她的手，領著她走。

然而，啟造始終和她保持四十多步的距離。由香子走上神社前那條寂靜的小路，身子搖晃著摸索前進。她以這種姿勢走路已經多少年了？想到這裡，啟造忍不住流下淚來。一隻大狗不知從哪裡冒出來，緩步走到由香子身邊，她微微欠身，摸了摸狗兒的腦袋。

（松崎！）

啟造停下腳步，他覺得自己太冷酷無情了，居然沒有出聲叫她。但他實在是提不起勇氣叫住由香子。

「要以這副德行跟他見面，我還不如死了好。」

「我覺得自己就像把這雙眼睛獻給了那個人。」

剛才由香子說過的話在他耳中回響。如果這時叫住她，又能怎麼樣呢？

由香子繼續前進，手中的枴杖不時閃著光。只要她活著一天，就得永遠那樣走路嗎？啟造猶豫起來。畢竟她曾是自己醫院的職員，不是嗎？姑且不提由香子對自己的感情，如果袖手旁觀，這是為人之道嗎？

（究竟該怎麼辦呢？）

啟造差點就發出呻吟。他總覺得應該有辦法才是。

猛然間，啟造心底對村井升起一陣憤怒。

（村井這混蛋！）

如果當初村井沒有凌辱由香子，啟造覺得由香子的命運可能迥然不同。那時，由香子或許的確愛過自己，她失蹤前曾打電話告白：

「我想幫院長生個孩子。」

不過啟造覺得她會打那通電話，並不完全是因為她愛著自己。

當時，跟由香子發生過多次肉體關係的村井要結婚了，這消息一定對由香子衝擊很大吧，或許是這個原因促使由香子打那通電話。啟造再次確認，由香子之所以失蹤，大部分原因都得歸咎於村井。也因如此，村井才會為她造墳吧。男人凌辱女人後，會給那女人的命運帶來多大的影響啊！啟造無法抑制內心的憤怒。

＊＊＊

「怎麼回事？今天早上你靜得出奇喔。」

開車的高木操控著方向盤，轉眼看了身邊的啟造一眼。

「沒有，沒什麼……啊，對不起，可以在商店街那裡停一下車嗎？」

「要買東西啊？」

「我想拍些照片。」

啟造慌忙跳下車。他想把由香子居住的這條街攝入鏡頭。街道右側有間旅館，左側有多家小酒店，一丁[18]外的道路盡頭，還有一間旅館像擋在路中央般矗立著。啟造把鏡頭對準這些建築，多次按下相機快門。

由香子就住在這些建築的某個房間裡！一想到這點，他就無法控制自己的雙手。

「幹麼呀，這種無聊的景色還拍得那麼仔細。你什麼事都要向老婆報告啊？」

高木從駕駛座的窗戶探出腦袋，滿臉無奈地說。

汽車駛出商店街後，他們一路上欣賞路旁的山間牧場和苗圃園區，又駛了幾公里，來到豐富町。兩人把車開到一家加油站詢問到佐呂別原野的路。一名穿工作服的年輕男人笑著說：

「現在到佐呂別原野沒什麼看頭啦。」

不過男人還是熱心地指點兩人路線。

沒多久，汽車開到長滿白色觀音蓮的平野，四處混雜著金黃色的立金花叢，蝦夷延胡索的淺藍色美麗小花就像開在水中似的，帶來幾分溼潤氣息。觀音蓮構成的花毯延伸到牧地，草地上幾頭牛悠然吃著草。

「辻口，好美啊！」

「對呀，真美！」

「連這種美景都說沒什麼看頭，那有看頭時究竟是怎樣的景象啊？」

「近在眼前就不覺得稀奇，不論多美的景色都一樣，習慣這玩意兒真可怕。」

「就像辻口身邊明明有位嬌妻，卻還整天板著一張臉。對了，這次要是把我家老母也帶來就好了。」

「是啊，真該這麼做才對。」

「你也該帶夏枝來啊。」

「對呀……」

此刻啟造真想帶由香子來欣賞這些白色觀音蓮。她雖住在這塊土地，這輩子卻再也看不到這些花叢了

18 一丁：約為一百零九公尺。

嗎？啟造一想到這就心酸難耐。

不久，車子駛出夾雜白樺樹的雜木林。下一秒，啟造不禁睜大雙眼，眼前突然出現一片浩瀚無邊的原野。

廣闊的褐色原野上，厚重渾濁的黑雲掛在天空，前方遙遠的地平線上一道不知是山丘還是樹林構成的黑影，就像一條綿延不斷的黑線。原野不見一隻飛禽，甚至連可供鳥兒休憩的樹木也沒有。這幅景象沒有大海的生氣，只是一片無邊無際的荒野。大海會咆哮，富有生命力，但佐呂別原野只是了無生氣躺在沉重的天空下，散放著難以形容的不祥氣息。

「就算長棵樹也好呀。」

路邊橫躺著無數乾枯的蘆葦，其間流水潺潺。高木用力一跳，飛躍過眼前的小河。

「哇，感覺真不舒服。你也過來吧。」

啟造聽了也一躍而過。鞋底傳來一種奇異觸感，就像踩在巨大的海綿墊上。

「好壯觀的沼澤地。看來水分太充足也未必是好事啊。」

「是啊，不錯。」

啟造又想起了由香子。

「這裡真是一塊不毛之地。」

「就是啊。」

啟造覺得自己似乎也像一塊不毛之地。如果有人問他：「你覺得自己心中擁有確實的成就感嗎？」他覺得自己似乎一無所有。

自己心中甚至連可能長成樹木的種子都沒有，啟造想。拿夏枝來說，他不確定是否真的愛她。至於陽子，他可能永遠無法付出真正的父愛；就連親生兒子阿徹，也無法在他面前抬頭挺胸擺出父親威嚴。不論做什麼，自己都做得不到位。啟造納悶，究竟該怎麼活才算有人樣？他雙手插進口袋，佇立在鬆軟的土地上。

「這裡面積有兩萬五千公頃，相當於兩萬五千町步[19]，好廣闊呀！」高木看著釘在白樺樹樁的標示牌說。

「辻口，這麼大的地不用真是浪費啊。」

「話是沒錯，不過我覺得人類也需要這種自然景色。我就很喜歡這種拒人於千里之外、毫不獻殷勤的風景。」

「我不贊成你的說法。我倒覺得像看到隨意揮霍的有錢大少爺，這種蠻橫浪費，教人看了心痛啊。哎，我當然是開玩笑的。只是如果好好開發，這一帶能整頓成一千公頃的大牧場呢。」

「我覺得應該讓大自然維持原有的風貌。這樣才能讓人明白，不論如何發展，人類終究是人類。」

世上最令人羞恥的事，就是人活得不像人。

啟造想起昨晚看到旅館的月曆上印著這句話。

兩人再度上路，沿著一條貫穿原野中央的道路前行，沿途只見泛白的殘竹隨風搖曳，款冬蒲公英四處叢生，不久，又看到觀音蓮零星點綴在原野上。汽車逐漸駛近丘陵地帶，轉眼間就開進沙丘林，遠遠可見林中面積更大的沼澤。

「下車看看吧？聽說附近有很多大小沼澤，應該就是這裡了。」

啟造正在回想由香子手持枴杖漫步在黑暗中的模樣，聽到高木的聲音這才猛然回神。

19　町步：為丈量山林田地的單位，或稱「町」。一百二十公頃等於一百二十一町，一町約等於零點九九公頃。

兩人下了車，海潮氣息傳入鼻腔。

「這裡離大海很近嗎？」

「是啊。剛才的沼澤地聽說從前就在海裡，後來在海風吹拂下，形成這片沙丘和那一大片沼澤地。」

道路右側有一塊大型標示牌，上面寫著：原生沙丘林。高木走到標示牌前，只見那排大字下還有幾個字：利尻禮文國立公園稚咲內地域。

「原來如此！原來沙丘是在海邊啊。不過，你不覺得這裡有種深山的感覺？」

雜草叢深處可見殘雪，樹木枝頭新芽正準備探出頭，濃密的樹林圍繞在沼澤四周，陰暗的天空映在水面，散發寂靜的灰色光輝。黃鶯稚嫩的啼囀不時傳入耳中，沼澤岸邊有株櫻花樹，白花花的身影反映在水面。

「這裡真不是兩個男人共遊的地方。」高木笑著走向沼澤邊，突然回頭說：「昨天晚上那個按摩師現在不知在幹什麼呢？」

啟造心中一驚。

「真可憐！那女人還真遲鈍，連你在旁邊都不知道，還問我是不是獨自旅行。聽她說了那些話，我只好說是一個人。」

啟造無言地望著一棵倒在地上的老樹。

「說不定她的眼睛還能治好，只是她不知道，才出來幹那工作吧。聽那女人的描述，她八成沒找醫生診察過。」

高木應該不認識由香子。他對陌生女子也這麼溫柔體貼嗎？啟造有種難以抵擋的衝動，很想把由香子的事全告訴高木。

「高木，昨晚那個女人……」

「怎麼了？」

兩人轉身走回車子。

「沒什麼……只是突然想到，如果請村井幫她診察的話。」

「村井？嗯，那傢伙為人雖然有問題，醫術倒是挺不錯的。說到村井，咲子很偉大喔，一個人帶兩個小孩還上班呢。不過女人一個人生活，看了實在覺得可憐，像是昨晚那個按摩師，還有咲子……但阿辰就不一樣，她是特例。」

＊＊＊

視野下方的稚內市房舍林立，更遠處可以看到突出海面的宗谷角。高木和啟造登上位於笹山的公園，兩人抬頭仰望著「冰雪之門」紀念碑。兩根高達五六公尺的門柱之間，聳立著一尊向天默禱的少女雕像。這座紀念碑是為了紀念眾多死在樺太島的冰雪中的同胞而建，碑文上寫著：

同胞在此啟程前往樺太，從樺太歸來這裡。

啟造才念了碑文的開頭第一段，又想起昨夜的由香子。聽說她在樺太出生，後來才回到北海道。

「喂！那是什麼？」

高木突然大喊。啟造順著他指的方向看去，只見遠方天空下隱約可見海中有一座扁平的島嶼，右邊的山上白雪清晰可見。

「高木，是樺太！」

「對，果真是樺太！」

高木誇張地抱著雙臂，凝望著樺太島。聽說每年只有幾天看得到樺太島，所以兩人都很興奮。

「要是曾在樺太居住的人看了，一定很興奮吧。」

聽了高木的話，啟造情不自禁地又想到由香子。她再也不能親眼目睹兒時居住過的樺太島了吧。

兩人又來到「少女九人碑」前。這塊屏風狀紀念碑由三片四方形石塊構成，右側石塊嵌著少女的浮雕，左側石塊刻著九名少女的姓名，正中央的石塊上寫著悲痛的字句：

同胞們，這是最後一刻，再見！再見！

這是那群死守崗位的電話接線生留下的最後一句話。一九四五年八月那天，蘇聯軍集中砲火猛攻真岡，少女們說完最後的這句話後，集體服用氰酸鉀自殺。

永不再戰！祈求和平，告慰九位可敬的女孩在天之靈。

讀完碑文，啟造的視線轉向九名少女的姓名：高石美雅、渡邊照、吉田八重子……

「……松崎綠！」

看到這個名字，啟造忍不住出了聲。她是松崎由香子的親人嗎？是姊姊或堂姊？還是阿姨呢？不知為何，他就是無法將這個人視作毫無關係的陌生人。

啟造的視線又轉向青色的樺太島，胸中湧起一股暖意。強風不斷吹拂，啟造一動也不動地佇立在風中。

「怎麼了？難道你在樺太有忘不掉的女人？」高木問道。

「對，有啊。」

啟造認真地回答，眼睛仍舊凝視著樺太島。

「喂！真的？你可不要嚇我。」

高木很吃驚，他也注意到遙望樺太島的啟造表情十分嚴肅。

「這裡寫著一個名字松崎綠，對吧？」啟造手指著碑文說。

「怎麼？這就是你的情人？」

「我有話要告訴你。」

啟造鼓起勇氣，決定告訴高木由香子的事。

「這可有趣了。好吧，我到車裡聽你說。這麼大的風，吹得人全身發抖。」

五月陽光雖然燦爛，但海上吹來的強風仍舊刺骨。

高木率先上了車。

「你跟那個松崎綠是在哪裡認識的？」

「不，我不認識松崎綠……高木，我要說的是昨晚那個按摩師。」

啟造的視線透過汽車前窗玻璃，注視著樺太島。

「昨晚？」

「嗯。她啊，以前是我們醫院的事務員。」

「啊？你說什麼？」

「她的名字叫做松崎由香子……」

「真的？」

高木身子挺向方向盤，神色嚴峻地轉頭看啟造。

「大概在十年前，她突然失蹤了……我真是做夢都沒想到她會失明。」

高木的視線仍舊沒從啟造臉上移開。

「是嗎？那我懂了，她思念的人就是你，而那個把她的一生搞得亂七八糟的人就是……」高木視線轉向山下白浪滔滔的大海，「……就是村井吧。」

啟造沒說話，靜靜閉上了雙眼。

「是嗎？原來是這樣。可是你為什麼沒當場跟她相認？你這個薄情郎！」

「我也覺得自己很無情。可是，高木，就算我跟她相認了，我又該如何是好？」

「說得也是。就算跟她相認了，總不能跟她說：『好久不見，妳怎麼會瞎了？』頂多只能說：『祝妳幸福。』……這可不是三言兩語就能打發的事。」

「是啊。只是，雖然沒法幫她，總不能棄之不顧啊。老實說，我一直以為她已經死了，但很奇怪，心裡總是一直牽掛她。現在看到她那樣活著，我真的覺得很不忍。」

「也難怪啦，這件事太教人吃驚了。」

樺太島上仍可看到點點殘雪，一縷薄雲像刷子梳過般從日本上空伸向島上。

「昨晚她離去後，我說要去洗澡就離房了，對吧？」

「嗯，我還納悶你怎麼洗那麼久，後來我就睡著了。」

「我是想偷偷送她回家，躡手躡腳地跟在她身後。我也想查出她住在哪。好可憐啊，她拄著白手杖慢吞吞地走。」

「是嗎？拿手杖啊？」

「可惜她還有其他工作，又走進另一家旅館去了。我在門外等了一會兒，後來覺得日後應該還有機會打聽出來，就回來了。」

「原來如此，所以你今天早上才猛拍那條溫泉街。」

啟造臉上微微泛起紅暈。

半晌，兩人沉默地看著車窗外的大海。

「辻口，你喜歡她嗎？」片刻後，高木語氣沉重地問。

「不，談不上喜歡或討厭。她雖然只是我醫院的一個女職員，但她失蹤前曾突然打電話給我，說想幫我生個孩子。我很不高興，當場把電話掛斷了。」

「原來是這樣。不愧是辻口，真像你的作風。那你知道她跟村井的關係嗎？」

「不，那時我還不知道。她是在村井結婚前失蹤的。」

「結婚前？」

「嗯。村井婚後沒多久，有天喝得醉醺醺跑來我家。那時我才知道由香子對我有意……還有村井和她關係匪淺……」

「他媽的！可惡的傢伙！村井居然還厚著臉皮和咲子結婚。」

「哎，聽說村井曾向松崎求過一次婚。」

「該死的傢伙！」高木憤怒地罵道。

「村井對她很愧疚呢，聽說還為松崎造了墳。」

「墳墓？混蛋！」高木盤算似的沉思片刻，整個身子轉向啟造，「喂！我們應該把她交給村井，讓他負責。」

「不，那可不行。很抱歉，把她交給村井……對她太可憐了。」

「別誤會，我只是要讓他負責，不准他碰她一根寒毛。叫他付生活費，至於眼睛的毛病，那傢伙是專家，能治好的話，希望能幫她治好呀。」

村井是高木的遠親，也難怪高木會動氣。

海上白浪愈盪愈高，兩人停著車繼續商量。

「我當然希望村井能幫她治眼睛，只是我們不能強迫松崎。再說，也不是村井害她瞎的……」

「那你說怎麼辦？你要她在那個溫泉過一輩子啊？」

「唉，昨晚我也一直在想這件事，根本沒法睡。」

「好虛偽的傢伙唷。為什麼沒有馬上告訴我？」

「不是的，我也不知道該怎麼辦啊。不過，現在我總算下了決心。」

「你打算怎麼辦？」

「還是想請她回旭川去，生活費我來負責。」

「弄不好別人會誤會是你小老婆喔。你想過夏枝的感受嗎？」

「當然考慮過了，不過我更在意松崎的感受。昨晚她不是說，與其這副德行和我見面，還不如死了的好。我想我不會再見她了。」

「不會再見她？這是什麼意思？」

「就是說我不會直接和她接觸。我會在旭川找間小房子，然後請個人照顧她，這樣的話……」

「喂！等一下，那誰去接她呢？」

「問題就出在這裡。對了，能不能拜託你安排？」

「拜託我？嗯，就算我答應好了，你想讓誰去？以什麼理由帶她回旭川？不說清楚，她不會回來吧。」

「嗯，這就是問題所在。就算請她回辻口醫院，她也不肯回來吧……」

「更重要的是，看她那態度，現在不論誰說什麼，她都不會再回旭川的。」

「大概是吧。還有沒有其他辦法呢？」啟造說著，嘆了口氣。

「……辻口，你難不成喜歡那女孩？」

「怎麼可能！我只是同情她。」

「喔？我聽過一句話：心生憐惜就等於愛上嘍。」

高木發動引擎，眨眼間海面成了斜面，汽車順著陡坡下山，一路沿著環繞笹山而建的稚內公路行駛。路面極為狹長，沒多久左手邊出現一座美軍基地，開到野寒布海峽的燈塔前。海峽外的日本海巨浪滔天，今早從稚咲內海岸無法望見的利尻富士山[20]悠然矗立在遠方。純白的積雪在青山襯托下，顯得格外耀眼。

20 利尻富士山：又稱利尻山，野寒布海峽外的火山島利尻島上的主要山峰。

8 筷聲

「牛群躺在觀音蓮的花海裡，多美呀！我也一起去就好了。」

夏枝停下筷子對啟造說。啟造昨晚返家，由於太疲倦，早早就上床休息。現在啟造坐在晚餐桌前，向夏枝和陽子報告旅途見聞。

「是啊，真想讓妳們也看看那景色。對了，我還碰到一個意想不到的人。」

啟造輕描淡寫地提起由香子。他覺得這件事應該早一點告訴夏枝，但昨晚實在是說不出口。

「意想不到的人？是誰啊？」

陽子和夏枝一起抬頭看著啟造。

「是陽子不認識的人。就是那個從前在醫院當事務員、後來突然失蹤的女孩，名字叫做松崎由香子……」

「突然失蹤的……？」

夏枝臉上浮起一線陰影。她還沒忘記那件事，不只沒忘，她對那個說要幫啟造生孩子的松崎由香子很反感。啟造竟在陽子面前說出碰到那女人的事，夏枝很不以為然。

「我想起來了。你在哪裡遇到她的？」

「我們在豐富溫泉的時候，高木叫了一個按摩師，那個按摩師就是松崎。」

「啊？她眼睛不好嗎？」這消息讓夏枝也吃了一驚。

「完全看不見了。」

但啟造沒有把自己跟蹤由香子的事說出來。

「哎唷，爸，真可憐！」

陽子的聲音裡充滿了同情。夏枝瞥了陽子一眼，對啟造說：

「真的好可憐呢。她看到你一定嚇一跳吧？」

啟造說不出自己沒出聲的事。不敢和由香子相認的那份心思，他實在沒勇氣和夏枝解釋。

「是啊，嚇了一跳吧。」答完啟造有些忐忑。

「她現在一個人過嗎？」

夏枝聽出啟造語氣變得曖昧，探詢似的盯著啟造。

「那我就不知道了。」啟造立刻就後悔說出由香子的事。

「她以前在爸的醫院工作過啊？您看到她的遭遇一定很難過吧。」陽子一臉若有所思的表情。

「他當然難過嘍……老公，你覺得她看起來幸福嗎？」

「怎麼可能幸福，眼睛都瞎了！」

啟造覺得夏枝實在無情，居然提出這種問題。

「哎呀，也不能說失明就一定不幸啊。海倫．凱勒就是一個例子，不是嗎？盲人過得幸福並不稀奇啊。」

「話是沒錯，可是松崎君起來並不幸福。」

理論上，夏枝的話的確沒錯．但她這番話背後讓人感受到無情的冷血。

「你讓她按摩了？」夏枝臉上浮現溫柔的微笑。

「沒有，只有高木。」

「哎呀，你該請她幫你按摩一下呀。至少可以讓她多賺點錢，不是嗎？」

啟造很想回說：「我的神經才沒那麼大條，讓瞎了眼的由香子幫我按摩！」當初村井的告白，夏枝應該也聽到了。由香子是為了啟造婚姻幸福，才勸阻村井繼續追求夏枝。村井則利用由香子這個弱點侵犯她。後來，由香子懷著對啟造的思慕失蹤了。如今事過境遷，由香子也已失明，夏枝究竟怎麼看這件事呢？

「你要是讓她按摩，她一定很高興。」

「是嗎？」啟造壓制著內心的憤怒，夾起海膽。

「我覺得啊，爸一定是不好意思請她按摩吧。」

「陽子，妳又不清楚這件事的始末，可是媽媽很清楚。」夏枝語氣雖溫和，眼神卻很冷淡。

「媽，對不起。」陽子真誠地道歉。

「不，是陽子說得對。」

啟造忍不住開口。夏枝默默動著筷子，突然開口：

「老公，醫院裡不是需要按摩師？把她接回來怎麼樣？」

「這樣啊……只是讓她回醫院似乎有點殘忍。再說，村井還在醫院呢。」

「可是有你在呀。」夏枝臉上露出譏諷的微笑。

「怎麼這麼說……夏枝。」

在陽子面前她究竟想說什麼啊！啟造感到狼狽。

「陽子，我跟妳說呀，那女孩喜歡過妳爸爸啦。如果換作是陽子，妳會怎麼處置她呢？」

啟造和夏枝的視線交會在一起。

陽子停下手裡的筷子。她從夏枝口中的訊息裡，聽到無法掩飾的強烈嫉妒。

「喂，陽子，如果妳是妳爸，會怎麼對待松崎小姐呢？」夏枝又問了一遍。

「……」

（他們之間究竟發生過什麼事啊？）

陽子懷疑，或許啟造也愛過松崎由香子。她忍不住對夏枝湧上同情。

「陽子，爸爸並不知道她的心意。爸爸什麼都還不知道，她就突然失蹤了。」

啟造擔心陽子誤會自己。

「是那女孩對爸單相思啊。」陽子總算放下心來。

「是的。」啟造肯定地答道。

「陽子也不知道該怎麼做。」

父親啟造堅持自己對那女孩沒有意思，母親卻仍是嫉妒得發狂，難道夫妻都是這樣的嗎？陽子想起自己的生母。啟造告訴陽子，她是在生母和情人的愛情中孕育的孩子。瞞著丈夫生下自己的生母，最終能得到丈夫的原諒嗎？陽子想，生母絕不會被原諒的吧。

（我是在世人不接受的關係中誕生的。）

陽子又想起從沒見過面的生母，和那個遭妻子背叛的丈夫。

「都是十年前的往事了。就算當時你對她也有意思，都過了那麼久。如果我聽說自己的員工成了身障者，可沒法坐視不管啊。」

啟造默默地撥了一些鮭魚卵在白飯上。

「總之，不管那個人是不是松崎小姐，我覺得你都該照顧人家。更何況你說她看起來過得不好，那就更應該照顧她啦。」

啟造猜不透夏枝的心思。她形狀優美的唇角帶著微笑。夏枝一笑，就顯得甜美。啟造望著她美麗的嘴唇，不知該如何作答。陽子來回打量著父母，垂下眼皮。

「也不知道人家肯不肯回來呢。」

「唷！那你打算坐視不管啊？」

說完，夏枝把筷子擱在餐桌上。這時，忽聽辰子開朗的聲音從後門方向傳來。

「我買了草莓唷。當飯後水果正好吧？」

辰子走進房間，轉眼望向餐桌。

＊　＊　＊

「喔，原來是這麼一回事。」

燈光下，辰子帶來的熟透草莓閃著光澤。陽子拿出煉乳，一一澆在各人盤中的草莓上。雪白的煉乳看似能堆得千層高，但轉眼間從草莓間滲落，積在藍色玻璃盤底部。

「呵，真好吃。」啟造用湯匙舀起一顆草莓，送入口中。

「那就好……所以，你們還沒得出結論？」辰子剛才聽說了由香子的事。

「妳看怎麼辦才好？」

「我覺得不一定非要接她回旭川不可。」

辰子仔細地把草莓一顆一顆壓碎。

「可是，辰子，要是妳聽說自己的學生成了身障人士，妳會怎麼辦？」

聽了夏枝的話，辰子笑了出來。

「我的狀況和眼前這件事，根本不能相提並論。」

「不能相提並論？差別有這麼大？」

「我覺得是兩回事。而且松崎那女孩的事，我從村井那聽了很多。」

「喔？村井跟妳說了？」啟造詫異地問。

「他都說了。為她造墳的事，我也聽說了。這件事，我大致知道。松崎那女孩固然可憐，但我總覺得她有些自私。」

「自私嗎？」

由香子為了啟造夫婦犧牲自己，辰子卻認為她自私。啟造實在不願以這種眼光看由香子。

「不是嗎？老爺？我是不清楚她待在老爺身邊有多痛苦，但也不必鬧失蹤啊。對吧？送上一份辭呈，好好打聲招呼說：『謝謝您的關照。』打完招呼再離開旭川，不是很好？」

「唔，妳說得確實不錯。可是人生在世，有時也會遇到被逼得走投無路的時候啊。」

啟造像在替由香子辯護，夏枝冷冷瞥了他一眼。

「哎，或許是當年她還太年輕。像那樣一眨眼從老爺面前消失，其實可說是一種愛的告白啊。」

「什麼愛的告白，怎麼會……」

「一定是她在表白愛意唷。故意搞失蹤，好讓您一輩子都記得她。女人就是愛耍賴！」

辰子語氣平淡，說出的話卻很犀利。

「原來如此。或許是這樣吧。」

啟造頓時食不知味，覺得草莓沒了滋味。

「老爺，總之那女孩是個危險人物。」

「危險人物？」

「因為她做事缺少智慧。她不是和村井先生發生了那種關係？這事當然是村井先生不對，但他們後來不是又見了好幾次嗎？如果她真的不願意，就不要讓他有機可趁，不要和他獨處就行了。所以我並不同情她。再說，她是在村井先生結婚前夕失蹤的對吧？雖然嘴裡口口聲聲說喜歡老爺您，但她的作法讓人覺得她喜歡的是村井先生。」

「我也有這種感覺。」

啟造回答時心裡竟對村井生出一絲嫉妒。由香子替高木按摩時曾說，她覺得自己似乎把雙眼獻給了所愛的人。那句話啟造一直偷偷藏在心底，再三咀嚼。

「欸，老爺，松崎那女孩行動力很強吧，我覺得她八成是想到什麼就做什麼，聽說這種片刻都不能等的人缺乏自制力，少年罪犯大都是這種性格。」

聽到這裡，陽子忍不住垂下眼皮，覺得就像有人拿著短刀逼近自己。辰子說得不錯。想到什麼立刻去做，或許這真是少年犯常見的性格。只要自己想要，別人的東西也可以偷；只要不爽，不論是誰都可以殺。陽子覺得那些行為和自己吞藥的舉動並無太大分別。即使當時她以為經過深思熟慮，但自己的行為的確太過莽撞了吧？

當時陽子一心想死，完全沒考慮夏枝和啟造的立場，也無法顧及阿徹和北原對自己的感情。陽子現在反省，覺得自己確實犯了嚴重的錯誤。

「辰子妳的意思是，不用理會松崎小姐？」

「對呀，我覺得這樣比較妥當。當初也沒人叫她離開，她卻搞得大家為她操心。總之啊，無法控制自己行為的人很危險，也很麻煩。」

「辰子，這話好嚴厲啊。」

「我知道很嚴厲才說的。當然，我也覺得村井先生的作法太齷齪，那女孩很可憐。可是我並不贊成你們因為她可憐而接她回來。」

陽子悄悄走向廚房。

「我們還是聽辰子的比較好。」

啟造說完，把最後一顆草莓送進嘴裡。夏枝嘴角的微笑消失了。

「辰子說的話不會錯。」啟造沒察覺夏枝的表情，繼續說道。

「哪裡，我犯的錯可多了唷。不過，犯錯本是人之常情。」

辰子笑著說。夏枝一直沉默地看著兩人，這時開口了：

「可是，辰子，我還是覺得松崎小姐好可憐。如果她的眼睛能治好，真希望盡早幫她治好呢。」

「那妳想怎麼辦呢？」辰子冷冷地問。

「從前是從前，現在不提從前那一段了，我覺得還是請她到我們醫院治療，再說，村井醫生現在是一個人嘛。如果真像辰子說的，松崎小姐喜歡村井醫生的話……」

「簡直胡鬧！」

啟造忍不住斥道。夏枝露出冷笑。

「我哪裡胡鬧？咲子搬回娘家，村井先生根本無動於衷呢。他卻幫松崎小姐造了墳。要是他聽說松崎小姐還活著，不知會有多高興呢。」

「喔？難不成妳想讓他們倆結婚？」

夏枝點點頭。

「夫人，看來妳的心還是向著村井。那人可比妳想的更無情唷。」

辰子端起陽子送上的茶，喝了一口。

「辰子，拜託妳啦。無論如何請妳想個辦法，治好松崎小姐的眼睛吧。」

夏枝撒嬌似地兩隻白嫩的手掌合十，懇求辰子。

「笨夏枝。」辰子苦笑著問啟造：「老爺覺得如何？」

「這個……我啊……」

啟造實在不忍心丟下由香子不管，如果能有萬全之策，啟造還是希望把由香子接回旭川。

「老爺真是不可靠！一下說要聽辰子的意見，一下又覺得還是夫人說得對……好吧，這件事讓我回去再想想看啦。」

啟造不禁苦笑。

9 後視鏡

走出百貨公司，夏枝抬頭仰望天空。天色陰暗異常，似乎快下雨了。夏枝抱著啟造和阿徹的襯衫在等計程車。她一身格子花紋泛白綢布和服，配上深藍織花腰帶，過往行人都忍不住多看她一眼。

夏枝有點後悔。剛才看到一件適合陽子的襯衫，卻沒買下來，因為她一想到那件淺藍襯衫穿在陽子身上的模樣，立即打消了購買的意欲。現在捧著丈夫和阿徹的襯衫，她覺得自己實在是個小心眼的壞女人，竟不願看陽子變得更美。夏枝改變了心意，決定還是幫陽子買下那件襯衫。

夏枝剛要轉身回店裡，一輛灰色轎車不偏不倚地在她身邊停下。

「買東西啊？」

駕駛座的車門打開，村井走下車來。

「啊唷，好久不見。」

村井每年都跟咲子一起到家裡拜年，但今年新年他是獨自上門，那之後夏枝還是第一次見到他。

「我送您回去吧。」

看到村井凝視著自己，陽子的襯衫早已被夏枝拋到腦後。

「可是……」

「還要到別處購物嗎？」

「不。」

村井看她猶豫不決，臉上露出微笑，笑容中帶著幾許憂鬱與虛無。路上有兩三名年輕女性回頭看了他們幾眼，互相使著眼色。夏枝為了躲避她們的目光，逃跑似的躲進車裡。

「今天醫院的工作已經結束了？」

「是的，星期六嘛。不過院長說有重病患者，還留在醫院。」

「為了那位病患，他這幾天都很晚回家呢。」

「他其實可以多吩咐底下的人啊，院長個性真是吃虧。不，應該說他是有良心的醫生，責任感很強。」

夏枝從後視鏡裡看到村井臉上諷刺的微笑。

汽車開上一條通，往西駛去，前方的丘陵今天感覺特別迫近。

「他天生就是這種個性啦。」

村井沒有回答，車速稍微加快了些。車子駛過忠別川上的橋，進入神樂町。不知為何，村井一直不發一語。夏枝抬眼看著後視鏡裡的村井。他又加快了車速。

「哎呀，錯過要轉彎的街角了。」

聽到夏枝的話，村井露出一絲淺笑。

「多陪我三十分鐘沒問題吧？現在還不到三點呢。」

夏枝聽到只要三十分鐘，也不好拒絕。

「可是……」

汽車開上橫跨美瑛川的兩神橋，河上可以望見遠處的實驗林，夏枝不安地望著那片綠蔭。

「可是什麼？」

「您總是不問一聲就自作主張，我很為難呢。」

「我要是約您去兜風，您一定會拒絕吧？因為夫人向來對我很冷淡。」

村井說到最後，語氣軟了下來。

「哪裡冷淡了……」

夏枝說著露出微笑。村井吹起口哨，是一首叫做〈平底船之歌〉的歌。吹了一會兒，他喃喃地說：「戀愛吧，少女？」

這是其中一句歌詞。

「什麼『趁紅唇尚未褪色』，真是一首老歌。」

夏枝聽著村井吹出〈平底船之歌〉，又聽他念了歌詞，似乎能理解村井的心情。

村井繼續朝前方丘陵駛去，車行五六百公尺，從山腳向右轉，開進一條坡度極緩的長坡道，兩旁林木茂密，彷彿突然進入山中。

「哎呀，這不是前往墓地的路嗎？」

「正是。」看到夏枝驚訝的反應，村井冷冷答道。

「您要到墓地去？」

「是的，夫人，您不喜歡嗎？」

「我才不想去呢。」

夏枝皺起眉頭。村井發出乾澀的笑聲，大幅度轉動方向盤。

「不想去嗎？我還準備帶您去看松崎的墓呢。」

「可是，她還活著不是嗎？」

「哪裡！她已經不在人世了。我認識的松崎已經死了！在溫泉苟且偷生的人不是松崎，是她的鬼魂。」

「啊唷！好過分！」

夏枝瞪著後視鏡裡的村井。村井也看了夏枝一眼，眼神很陰沉。沿途兩旁的刺槐開滿白花，香甜的氣味飄進車內。

丘陵斜坡闢建成一片遼闊的墓園，村井把車停在園中，下車幫夏枝開門。

松崎由香子的墳位於一堆長滿款冬蒲公英的草叢裡，既沒種花也沒建圍欄，只有一座小小的石碑，孤零零矗立著。夏枝看著深刻在墓碑上的「松崎由香子之墓」幾個字，不由得同情起由香子。

「愚蠢的女人！糟蹋了造墳的錢。」

夏枝不發一語，望著隔壁的墳墓。那座墳墓碑氣派，地上種滿白雛菊，四周還以鐵鍊欄杆圍住。

「她活著，您不高興嗎？」

村井佇立墓前，抽著香菸，「有什麼好高興的。」

「……她的眼睛看不見了，確實也教人高興不起來。」

「這事跟我無關。那傢伙要是在我認為她已死時，真的死了就好了。」

「啊！好過分！」

「妳是不會懂的。」

說完，村井把菸蒂甩在地上，用腳踩扁。

「您為什麼帶我到這裡來？」

「因為您是不懂事的人。」

「不懂事的人？」

「對呀。阿辰告訴我，您說既然我已和咲子分手，不如娶由香子。您不是這麼說過嗎？」

「是的，我是說過。您正好單身，那位小姐也是一個人。」

「所以就是叫我照顧她贖罪？」

「哪是贖罪……」

夏枝說了一半答不下去。村井看著她，諷刺地笑了。

「夫人，每個人都會在心裡造墳。我在心裡造了咲子的墓，也有由香子的墓，過去遇到的男男女女，我都在心裡給他們造了墳。」

（在心裡造墳？）

夏枝背對村井，轉眼注視由香子的墳。由香子對村井來說已是過去的人？或者是因為沒法讓她變成過去的人，才硬是給她造了這座墳墓吧？或許我對他而言也是過去的人了吧，夏枝想。

「可是，夫人，我實在無法給自己的兩個小孩造墳。還有，妳的墳墓，我也沒法造。」

「啊？」夏枝情不自禁回過頭。

「我是說，我沒法給妳造墳。我無法埋葬妳，妳這個可恨的人。」村井眼神炯炯發光地看著夏枝。

夏枝露出迷人的微笑。

「不可以這樣。村井先生，別跟我開玩笑……」

「夫人，我可沒開玩笑。」

村井再次投去一瞥激動的目光。夏枝不經意地望向由香子的墳。

「……現在更重要的是，您應該幫由香子的眼睛想想辦法。」

附近的樹上傳來陣陣蟬鳴。

「由香子的眼睛？老實跟妳說吧，這件事我根本不相信，但院長不至於說謊，所以我跟院長說，要先去豐富確認一下。」

「您去瞧瞧也好啊。」

「院長狠狠罵了我一頓，還說：『你開什麼玩笑！』結果我們大吵一架。」

「啊！」夏枝又蹙起眉頭。

「反正我是個沒信用的人。不過這次我可對院長大為改觀，我還是第一次看到院長氣得腦門冒出青筋呢。」

村井別有深意地笑了笑。夏枝臉則繃得緊緊的。啟造為由香子的事那麼認真，那份心意激起了夏枝的嫉妒。這時，款冬蒲公英的葉片上滴滴答答傳來雨點滴落的聲響。

「走吧！下雨了。」村井伸手接著雨滴，抬頭看著天空說：「要不要坐這裡？」

村井說著，打開前方副駕駛座的車門。夏枝遲疑了一秒，坐進去。

「夫人，聽說您提議把由香子接回旭川？」村井手握方向盤問。

「……是啊。」

「請您別再幹這種事了，我不可能娶由香子的。所以，最後還是得由院長負起責任。夫人，妳覺得這樣也行嗎？」

「……但是我覺得村井先生應該替松崎小姐治療眼睛。」

「好啊。我會幫她治眼睛，可是只限眼睛。」村井語氣冷淡。

「那就夠了。只要治好眼睛，她也能展開新的人生了。」

「不過要是她的眼睛治得好，不必等我幫她，應該早就治好了。」

村井漠不關心地說，加快了車速。

「村井先生，您真是可怕。」

「過獎了！按照辰子小姐的說法，我就像個三歲大的小鬼。」

原本滴滴答答的雨點很快就變成豆大雨滴，愈下愈急，抵達辻口家時，車外雨勢已變成傾盆大雨。儘管雨刷激烈地來回擺動，水霧仍是立刻就凝結在車窗上。

「等一下吧，現在下去和服會弄髒的。」

夏枝聽從村井的建議，靠在椅背上。隔著雨水打溼的車窗，夏枝茫然望著自己的家。即使撐傘，和服的下襬一定在進屋前就會溼透。夏枝望著水花四濺的驟雨，突然憶起很久以前的那一天。

（那天也下著傾盆大雨。）

那是村井前往洞爺療養院的前夕，他到家裡向夏枝辭行。在沒有其他人的辻口家，他吻了夏枝的脖頸。夏枝並沒留意到頸上的吻痕，而那個吻痕激怒了啟造，促使他決定收養佐石的女兒。現在回憶起來，既像是很久以前的往事，又像是才發生不久。

「夫人，您還記得嗎？」村井說。

「什麼事？」

「我出發到療養院的前一天，也下著這種大雨。」

「那天是雨天嗎？」

原來村井也在想同樣的事，但夏枝假裝不記得。

「是嗎？您忘了嗎？」村井依舊瞪著汽車前窗，喃喃說道。

「……」

突然，村井轉眼看著夏枝。夏枝慌忙地垂下眼皮。

「您沒忘！您還記得，對吧？」

「……」

「只要您還記得就好，我不期待更多了。」

村井氣憤地說。雨勢漸漸小了，陽子拿著傘和木屐從家裡出來。

「媽，您回來啦。雨剛下得好大啊。」

陽子似乎是剛發現夏枝回來了，趕緊出來迎接。她看到村井，吃驚地低頭行禮。

「嗨！妳好！」村井高興地揚手招呼。

「是村井醫生送我回來的。我從百貨公司出來，剛好碰到醫生。」夏枝辯解似的說明。

「請到家裡坐一下吧。」夏枝鄭重地對村井說。

「那我就打擾了……」

陽子沒說話，將自己的傘遮在村井頭上。

「陽子，妳爸呢？」

把村井請進客廳後，夏枝走進起居室柔聲問陽子。剛才沒替陽子買下那件襯衫，還讓村井開車送自己回家，都讓夏枝內疚，態度自然也溫柔下來。陽子沖著咖啡，回答：

「爸說那位病患狀況很不好，說不定不能回來吃晚飯了。」

「是嗎？」

「媽，爸好辛苦喔。」

夏枝沒回答，只吩咐陽子：「媽媽去換件衣服。陽子，妳準備水果和咖啡送給客人。」

「好。」

看到夏枝臉上流露著幾分興奮，陽子移開了視線。不知為何，她總覺得今天的村井有點奇怪。陽子國中時曾因雪盲[21]到村井的眼科看診，村井每年也會到家中拜年，照理說，陽子對他並不陌生。但不知為什麼，陽子覺得今天的村井身上潛藏著她不熟悉的東西。

陽子端著咖啡和香蕉走進客廳，村井蹺著腿坐在沙發上。

「妳長大嘍，都長成漂亮的大姑娘了。」

村井的視線停在陽子白嫩的脖頸。陽子並不清楚村井和夏枝之間的事，但不久前才聽說過他和由香子的那一段，或許是這個原因，村井的視線讓她有種甩不掉的不快。她沉默地放下咖啡和香蕉。村井對她說：

「坐下來聊一聊吧。」

客人都開口了，陽子也不好拒絕，微微一笑便坐下。

「妳真漂亮，青春之美果然令人無法抗拒。」

「謝謝您。」

陽子平靜地回答，毫不忸怩地注視村井。他輪廓深邃，五官姣好，卻給陽子一種支離破碎的印象。

「妳們這年紀平日都在想什麼啊？一定很愛聊衣服和男朋友吧？」

「醫生，腦子裡想的事會隨年齡而有分別嗎？我倒覺得是隨著每個人的氣質而不同。醫生平時都在想什麼呢？」

「妳倒把問題拋回來了。我平日想的自然是工作的事囉。不過這回答半是真的，半是騙人的。」村井的表情認真起來。

---

21 雪盲：長期處在雪地等容易反射紫外線的環境引起的光照性眼炎。

「那剩下的一半在想什麼？」陽子以少女的率直進一步追問。

「拜託妳饒了我吧，大小姐……另一半啊，唔，都在想妳這年齡不能聽的事。譬如女人啦、討厭的男人啦、錢啦，還有怎麼打贏麻將，全是對世界進步沒有助益的事。」

村井自嘲地笑了笑。陽子不發一語地看著他，覺得眼前的人和父親啟造完全不同。

「家父腦中所想的也跟您一樣？」

「這個啊，院長跟我不同，他是個認真的人，腦中八成都是工作的事吧。可是啊，陽子，老實說我覺得外表認真的人，搞不好本質上也跟我這種人沒什麼分別。有句話也不知該不該對妳說，『清純少女無人能拒』，這句話的意思是只要男人活著一天就會被女人誘惑。妳最好記住這句話。在女人面前，院長八成和我沒什麼不同，至少內心深處想要的都是一樣的。」

這時，有人輕輕敲門，夏枝走了進來。她換上一身紅豆粉色和服，腰上繫著同色系的深色腰帶，頭髮全梳到頭頂。

「唷，你們聊得很開心啊。」

陽子站起身來。

「沒關係呀，陽子，坐下吧。」

「我端一杯茶給您。」

陽子走出客廳。夏枝甚至連髮型都換了，她對這事感到不痛快。她記得從前也有過這種感覺。那是北原到辻口家暫住一週的夏天，夏枝對北原講話時提高八度的音調，還有塗得豔紅的嘴唇，都曾讓陽子生出同樣的不快。

陽子為夏枝沏了一杯綠茶。夏枝最近很在意皮膚變粗了，很少喝咖啡。陽子邊沏茶邊思索村井剛才那番話。他說男人的腦子全都想著女人。陽子不願意相信這是事實。她覺得村井的話裡夾雜著某種黏答答的不潔之物。或許啟造也會想女人，但感覺一定不會跟村井相同。陽子直覺地認為，不論是高木、北原或阿徹，他們想著女人的時候感覺一定跟村井不一樣。男人想女人並不是什麼骯髒事，陽子想，才不像村井說的那樣。

＊＊＊

陽子準備端茶給夏枝時，忽聽玄關傳來開門聲，她連忙迎出去，只見啟造一臉疲憊地在脫鞋。

「啊，您回來了！病患怎麼樣了？」

「嗯，過世了。本來以為可以撐到晚上的……有客人啊？」

「爸，是村井醫生喔！」

啟造眉頭微蹙。「村井嗎，真難得。」啟造不進客廳，走入起居室。

「爸，您累了吧！」

平日啟造下班回來，夏枝一定會立刻迎出來，今天卻不見人影，啟造心裡很不高興。他走到裡間想解開領帶，但偏偏鬆不開，他覺得就連指尖都疲憊萬分。

「啊唷，真對不起。聽說你今天要晚點回來，不知道是你進來了。」

夏枝悄聲走來，把單衣和服[22]披在啟造肩上。

「村井來做什麼？」

啟造氣呼呼地問。村井明知自己在醫院，怎麼跑到家裡來了？

22　單衣和服：沒有內裡的棉布和服，常作日常居家服。

「我今天到百貨公司買你的襯衫，出來時剛好碰到村井醫生開車經過，他就送我回來了。」夏枝心情愉快地答道。

「喔？送妳！他還真好心。」

啟造不屑地說完，走到洗臉台漱口。夏枝生氣蓬勃的語氣讓他很不愉快。

回到起居室，已經不見夏枝。啟造坐在沙發打開報紙，一不小心竟把標題「都城中心」幾個字看成「都城心中」[23]。啟造不禁苦笑，腦中浮現剛在醫院去世的四十多歲女病患的臉。她的丈夫號啕大哭緊抱妻子的遺體，大聲呼喊她的名字，那身影深深烙印在啟造眼底。啟造思索片刻，起身走進客廳。

「歡迎，聽說你送夏枝回來……」

看著臉上猶帶笑意的村井和夏枝，啟造有種異樣的感覺，彷彿自己打擾了兩人。

「打擾了。聽說那病患去世了？」

「是啊，真不願看到病患去世。只有這件事，我總是無法習慣。」

啟造端起陽子送上的茶，喝了一口。

「是嗎？還不習慣啊。我很少碰到患者死亡，不太能體會這種心情。」

村井的語氣聽在啟造耳裡顯得十分冷淡。

不論是村井的表情、言語，還是態度，啟造近來覺得樣樣都看不順眼。自從目睹由香子抓著手杖緩步前進的身影以來，啟造對村井懷抱的那種難以原諒的憤慨又冒出新苗。

「爸吃布丁吧？」

陽子先把一個布丁放在村井面前，然後才分給父母。

「好啊，吃吧。陽子親手做的呢。」啟造溫柔地說。

「做得不太好啦……」

「不，很好吃唷。陽子也過來一起吃吧。」

啟造由衷希望陽子留在自己身邊。只要有陽子在，他就能安心。夏枝聽了啟造的話，瞥了陽子一眼，刻意溫柔地說：

「陽子，拿妳的布丁過來吧。」

「您好久沒來家裡玩了，別急著回去喔。喝點啤酒或威士忌吧？」夏枝說著，就要站起來。

「不了，我還要開車。」

「可是您難得來一趟嘛，等一下叫車送您回去。老公，對吧？」

「喔，對呀，就這樣吧。」

啟造心裡很生氣。夏枝當醫生老婆這麼多年，難道不知道自己現在有多累？最近幾天為了那個病患每天累得筋疲力竭回來，今天病患不幸去世，自己已是身心俱疲。對夏枝來說，村井或許是稀客，但自己和他可是每天都得見面呢。

「反正明天是星期天嘛，真的別急著回去，我請您吃牛排。」

「唷！牛排啊？拒絕真可惜，但我還是改天再來拜訪吧。」

看啟造逕自沉默地喝著茶，村井改口答道。陽子拿著自己的布丁進來，啟造緩緩轉動著僵硬的脖子。

「爸，醫生這工作很辛苦吧。還得對家屬說『已經過世了』，要宣告人的死亡一定是件痛苦的工作吧。」

「是啊，很痛苦。陽子居然能體會這種苦。」

23 心中：為男女殉情之意。

夏枝眼中突然閃現陰霾。

「其實我也不是很懂，我聽高木叔叔說過，向新生兒的家屬宣告出生是件高興的事。所以，宣告死亡應該正好相反。」

啟造重重地點著頭。

啟造在心裡反芻陽子說的「宣告死亡」這個字眼。到現在為止，他親眼目睹過無數患者去世，每次都是在遺族的悲泣中宣告死亡，然後像被眾人的悲嘆聲驅逐般走出病房。這工作當然痛苦萬分，但仔細想來，自己不過是以醫生的立場旁觀死亡過程而已。而自己在宣告死亡的那一刻，對於「一個人的人生結束了」代表的意義究竟又能理解多少？

「現在聽陽子說『宣告死亡』這字眼，我才發現真不得了，人的死竟由另一個人來宣告，想起來就令人毛骨悚然呢。」

「院長，或許吧。因為死亡不容混淆，也不允許曖昧。」

村井說完，把香菸捻熄在菸灰缸裡。

「就是啊。診斷時發現了癌症症狀，或許可用『可能是癌症』來表現，但『可能死了』這句話可說不出口啊。」

「可能死了？」

村井忍俊不禁地笑起來，夏枝和陽子也笑了。啟造露出苦笑，心裡有什麼讓他笑不出來。當他明確宣告一個人的死亡，自己為那些聚集的家屬帶來的，只有洩氣、絕望、悲嘆和痛苦，沒有一線希望。啟造想起那次看護陽子的四天三夜，當時儘管絕望，他心裡卻懷著一線希望，「或許有救」的萬分之一希望。只要有一線希望，哪怕是萬分之一或億分之一，甚至是兆分之一也好，就不是完全絕望。

「死亡意味著什麼？完全的絕望嗎？」

「當然絕望啦。老公，死掉的話什麼都完啦。」夏枝用湯匙舀起一口布丁。

「大概吧。死亡就是結束，只剩一堆灰燼和碎骨，最後化為一縷輕煙。這就是死亡！」村井撩起垂在額前的髮絲說。

「是嗎？死了就只剩下骨灰啊。」

「當然也有人說過『人死留名』這種話。哎，或許能留下一些事業成就，但也不是所有人都能擁有值得留下的事業成就。」

「可是，村井醫生，人死之後還能留下回憶呀。我就沒有忘記過琉璃子。」

夏枝想到琉璃子，不禁脫口而出。說完，她忍不住望向村井。琉璃子被害那天，他曾到客廳來過，當時客廳裡只有她和村井兩人。夏枝為了和村井獨處，叫琉璃子到外面玩。

「我討厭醫生！也討厭媽媽！都沒人要和琉璃子一起玩。」

琉璃子說完跑出房間。這是夏枝聽到琉璃子的最後一句話。這句話不知讓夏枝心痛過多少回，也不知讓她痛苦了多久。

「夏枝，只談回憶或名聲是不夠的，這些都只是現世的問題。我想說的，是人死後會發生什麼事。說得白一點，就是死後會在地獄或極樂世界啦。」

啟造最後這句話，似乎是刻意說給村井聽的。

「地獄或極樂世界？這種騙小孩的故事我可……」村井說著露出一絲淺笑。

「騙小孩的故事嗎？」

以現代人的眼光來看，地獄、極樂之類的字眼或許就像路邊雜耍般散發著低俗氣息，但其中確實蘊含著

「永恆的生命」或「罪惡」等更深刻的意涵。啟造看著村井。

「我希望有天堂或極樂世界……」

夏枝說到一半，眼中湧出淚水。她想起了琉璃子。村井看她那模樣，換了一種語調說道：

「院長，不論天堂或地獄都不是醫生的管轄範圍，那是和尚或牧師的專業領域。」

「的確，那不是醫生的管轄範圍，可是……」

「院長，醫生只要治好病就行了。」村井打斷啟造說。

「你說得也對。可是啊，病患最大的痛苦是對死亡的恐懼。村井君，這問題你怎麼看？」

「人都會死的。死亡這問題不論我們如何思考，都不會有答案。人到最後終會一死，沒辦法的。所以，活著的時候我們要享用美食，做完想做的事再死。話說，院長，我最怕談這種沉重的題目啦。」

村井像要結束話題，站了起來。

＊＊＊

村井離去後，啟造坐在起居室的沙發。村井的人生一直只做喜歡的事，可他看起來一點也不幸福，啟造覺得很諷刺。

「妳上了村井的車到哪裡去了？」

夏枝無言地在沙發另一端坐下。

「他……他帶我到松崎小姐的墳墓去了。」

啟造聽了夏枝的話，表情變得嚴厲。

「他帶妳去了？」

「是的。他說要送我回家，我以為會直接開到家裡，沒想到他在神樂的十字路口沒轉彎，一路開過了兩神橋。」

（沒禮貌！）

他把別人老婆當成什麼了！啟造不覺怒火中燒。

「妳沒叫他轉回來？」

「因為他說只會耽擱三十分鐘。」

夏枝不想讓廚房裡的陽子聽到，小聲回答。

「是嗎？只有三十分的話，不論哪裡妳都跟去啊？」

「哎唷，怎麼這麼說，哪有……」

「何必讓人家送妳。叫車不就好了？叫車嘛！」啟造聲音雖低，語氣卻很尖銳。

「何必說成這樣嘛……村井醫生可是我們醫院的職員，不是嗎？」

「職員只要做好醫院的事就夠了。還有妳，如果妳還牢記琉璃子死時的經過，就不會想坐村井的車。這不是為人母的基本嗎？」

「我知道了，原來你還在對二十年前的舊帳記恨。」

（廢話！）

如果那天村井和夏枝沒把琉璃子趕到外面，她就不會慘遭殺害。如果村井沒到家裡來，不，就算來了，如果夏枝在門口就讓他回去的話，就不會出事。夏枝做事看似謹慎能幹，但碰到村井竟如此疏忽！啟造在心底咒罵著。如果琉璃子沒死，陽子也不會被辻口家收養。廚房傳來湯匙碰撞的聲響。

（可憐的孩子！）

陽子什麼都不知情，還把親手做的布丁送到村井面前。啟造刻意遺忘自己執意收養陽子的決定，把村井看作辻口家一切災難的禍根，他的心底又對村井燃起嶄新的憎恨。

「你這人真可怕。」

「是嗎？我也覺得夏枝是個可怕的女人。」

「啊！我嗎？」夏枝轉臉看著啟造。

「總之那男人很討厭，光挑自己喜歡的事做，這種男人是不會顧慮對方立場的。夏枝妳最好小心點。」

「老公，你還在懷疑我？」夏枝怒形於色，氣沖沖地說。

「不，我不是懷疑妳。不過任何人看妳，都覺得妳頂多就三十多歲。」

啟造迫於夏枝的氣勢，認輸般說道。

「老公，最近你口才變好了嘛。我一想到被你懷疑，心裡就難過。」夏枝換了一種撒嬌的語氣。

「從今以後，我希望妳盡量避免跟村井獨處。我只拜託妳這件事。」

「可是，讓他開車送我回來總可以吧？」

「不可以，汽車等同於密室。」

「好討厭，什麼密室嘛。密室是指和外界隔絕的房間吧，汽車的前後左右不都是玻璃窗嗎？」

「可是你們在車裡講什麼，車外可聽不到啊。從這點來看，汽車比旅館的房間更稱得上密室。而且這間密室還可以避人耳目，移到山裡去呢。今天墓地就沒有其他人在吧？」

說著說著，話題又回到原點。

「你看，你又在懷疑我了，我不管啦。」

「村井也真可惡，沒必要把妳帶到人煙絕跡的墓地去呀。」

「又來了……」

「妳可能覺得囉唆，但像妳這樣的人是有必要反覆叮嚀的。」

「老公，他是帶我去參觀松崎小姐的墳墓啊。」

「如果是故人的墳墓，去掃墓倒是能理解。可是松崎還活著啊，去看活人的墳墓很有趣嗎？」

由香子抓著手杖在黑暗中摸索前進的身影又浮現心頭，啟造心底又對村井和夏枝燃起怒火。他覺得他們是利用由香子當藉口，好進行什麼勾當。

「我不管啦，你太囉唆了。」

夏枝說完，臉轉向一旁。突然，刺耳的電話鈴聲響起。啟造看著夏枝，但夏枝仍是板著臉，一副不想接電話的樣子。鈴聲響個不停，啟造也不願起身去接。陽子從廚房探出頭，看到父母任憑電話響個不停，默不作聲地坐著，便前去接電話。

「喂！這裡是辻口家……唷！是哥啊……！對呀，你好嗎……？啊？啊唷！過世了？是，是，在，你等一下。」

「過世了？誰啊？」

啟造站起身來。

10 香煙裊裊

啟造聽了阿徹在電話裡的報告，立刻和夏枝趕往札幌的高木家，兩人抵達時已經晚上八點多了。醫院大門全開，眾多人影在燈火通明的走廊來回奔走。

幾名弔唁的賓客百無聊賴地坐在和式客廳，啟造和夏枝穿過人群，走進停放靈位的房間，只見高木一個人茫然地坐在母親枕畔。

「就算要走也給我個預告啊。」高木對啟造和夏枝說。

事情發生在今天下午，那時高木在醫院巡視病房。趁著今天星期六，阿徹和北原到高木家拜訪。高木的母親拿出坐墊招呼他們坐下，正要站起來，突然倒在地上。阿徹以為她不小心摔倒，連忙上前攙扶，誰知情況危急，北原慌慌張張去請高木，然而高木趕來時他母親已經往生了。死因是腦溢血。

「我這不孝子，最後沒能給母親送終。虧我們還生活在同一個屋簷下呢。」

高木神情落寞地說，一點也不像平日的他。這時副院長瀨戶井走進房間來。

「院長，明天守靈式的細節已大致安排妥當。和尚要請五位吧？」

一看就知瀨戶井是個精力充沛的男人。

「是的，謝謝。萬事拜託你了。」

高木的話音剛落，瀨戶井已轉身走出房間。

「他辦事還是這麼俐落，一定幫了你大忙吧。」

「嗯，他做事顧慮周到，簡直有點可怕。家母剛嚥氣，他就立刻忙著打電話給廣告公司、葬儀社……」

高木苦笑著說。

「有這麼一位幫手在身邊，能讓你省心不少。碰到這種事，家裡人往往只會原地打轉、乾著急。」

副院長前腳剛出去，北原緊跟著進來。夏枝一看到他，立刻垂下眼皮。雖然沒有必要，但她對北原仍有些畏懼。自從陽子服藥以來，今天是他們第一次見面。北原看到啟造和夏枝的瞬間似乎有些驚訝，但立刻若無其事地向他們請安。

「好久不見。」北原雙手放在膝前，行了個禮。

「是啊，好久不見。今天你辛苦了。」

「哪裡，高木婆婆是在阿徹懷裡去世的。」

北原的表情倒不像心懷芥蒂。

他向高木低聲說了幾句話後又走了出去，夏枝這才敢抬起頭。我為什麼不敢正眼看他呢？夏枝暗自納悶。陽子服藥那天，北原曾痛罵夏枝一頓，夏枝也不甘示弱地嘲諷北原，但後來在看護陽子的那四天裡，北原和夏枝一直生活在同一個屋簷下。

只是不知為何，夏枝心裡只留下北原責罵自己的印象，其實她和北原並非不歡而散。北原離去後曾寫過幾封信給陽子，但沒有給夏枝隻字片語。夏枝雖然知道這是必然的結果，心底卻很在意。

夏枝離開啟造和高木，起身走向客廳，想找些事幫忙。一踏進廚房，只見兩三個身穿和服圍裙在準備茶水的女人閒聊。眾人看到夏枝，同時閉上了嘴。

「我也來幫忙。」

夏枝剛說完，身後傳來一個聲音說：

「夫人，您還是陪在高木先生身邊吧。」

原來是村井。他的手放在夏枝背上，將她推出廚房。

「唷，您什麼時候來的？」

在一堆陌生人當中看到村井，夏枝不覺語氣熱絡起來。

「剛到。」

「開車來的？」

「是啊，開車來的。」

村井的手仍在夏枝背上，兩人從廚房出來，只見阿徹就站在門外。

「啊！阿徹，辛苦了。」

阿徹一臉氣憤地扭過頭，佯裝忙碌匆匆回到醫院。

「您會待到葬禮結束嗎？」

「是的。」

夏枝很不滿意阿徹剛才的態度，臉上表情頓時陰沉下來。

「回去時我送您吧。」

「謝謝。」

說完，夏枝來到醫院走廊，她看到事務室點著燈，五六個男人坐在裡面，有人忙著打電話，有人在交談，阿徹坐在其中無聊地以手支頤。

北原走進玄關，看到夏枝笑了笑。夏枝這才鬆口氣，也報以微笑。

「高木先生妹妹家的人從稚內趕來了。」

「哎唷，那一定累壞了。」

「您看到阿徹了嗎？」

「看到了。」

北原毫無芥蒂地和自己交談，夏枝這才放寬胸懷。北原轉身走進高木家。夏枝從窗外打量著阿徹，遲疑了幾秒，走了過去。

「阿徹！」

夏枝站在敞開的門口喊了一聲，阿徹則回了夏枝一記白眼。

「幫我打通電話給陽子好嗎？」

「自己打不就好了。」阿徹冷冷地回答。

＊　＊　＊

第二天晚上七點，高木夫人的守靈式在附近寺廟舉行。高木平日交遊廣闊，弔唁賓客來了近五百人，把寺廟二樓的大堂擠得水洩不通。

阿徹這天負責處理雜務，忙得沒時間參加守靈式。他急著下樓到接待處報告今夜留宿寺廟的親友人數。下樓後就是玄關，右側是負責接待賓客的櫃台，五六名來幫忙的鄰居在這裡收下奠儀，將喪家致謝的禮盒交給賓客，並把賓客姓名和禮金數目記在帳簿裡。

玄關左側是鞋子寄放處，有四五名男子待命負責接待。阿徹跑進櫃台，報出留宿賓客的人數後，又去確認第二天需要預定的早餐份數。這時，一名穿著黑洋裝的女人走近接待處，把奠儀放在櫃台上。隔著招待人員的肩頭，阿徹瞥見信封上的姓名，那一瞬，他差點發出驚叫。信封上的簽名是「三井惠子」。阿徹心臟怦怦亂跳，直盯著惠子。惠子並沒注意到阿徹，她接過裝著謝禮的紙袋，靜靜離開接待處。

阿徹昏亂中也走出接待處。剛才看到的那張臉，在他腦中和陽子的臉重疊在一起。那張臉的眉目輪廓像極了陽子，神情卻完全不同。惠子臉上找不出陽子那種清純和深度的氣質，她身上散發的是一種薄紗遮掩的妖冶之美，短短數秒之間，臉上表情彷彿就變換了無數次。

阿徹仰望著惠子上樓的背影。她的手肘自然地貼著身軀，緩步踏上階梯，令阿徹聯想到托爾斯泰筆下的安娜．卡列尼娜。他鼓起勇氣，一步跨兩階飛快地奔上樓。

「哎唷！」

惠子看著在樓梯轉角擋住去路的阿徹，臉上露出微笑。

「請問……」

阿徹的嘴唇瑟瑟發抖，他還沒想好說詞。

「您有什麼事嗎？」

惠子的微笑溫柔地籠罩著阿徹。

（多奇妙的一雙眼睛！）

「不，對不起，是我看錯了。」

「看錯了？您認識的人長得很像我嗎？」

就連聲音也很像陽子，都是帶著鼻音的圓潤嗓音。

「是，有個人，只是……年紀不同。」

「這樣啊。」

惠子溫柔地應著，上樓的腳步沒停。誦經聲比剛才更響亮了。

「妳們真……真的很像。」阿徹試圖挽留惠子。

「抱歉。等守靈式結束後，我們再談好嗎？」

發現注視著自己的阿徹表情很不尋常，惠子平靜地說。

「可以嗎？」

「等等請在外面等我。」

阿徹茫然目送惠子離去。

（我這嘴巴可闖禍了！）

阿徹恍如置身夢中。他對陽子生母的事一直記掛在心，沒想到竟在這裡遇見她。阿徹為了探訪三井家，去年六月跑過小樽一趟。他好幾次想再去，都忍住了。幾次回旭川，陽子的狀況都令他覺得要找惠子時機尚未成熟。另一方面，阿徹和北原漸漸不再提起陽子，陽子的話題成了禁忌。兩人都害怕與對方談論陽子，但不說話又令人沉不住氣，於是他們只好閒扯一些不相干的事。每次分手，阿徹總是對北原絕口不提陽子的事感到焦慮和不滿，有種如鯁在喉的感覺。他和北原就在這種狀況下，度過了似漫長又短促的一年。

阿徹站在大堂門口確認惠子所在的位置。堂內擠滿了賓客，儘管晚風不斷從窗口吹進來，眾人呼出的熱氣和體溫使得堂內悶熱不已。惠子坐在最後一排，雙手恭敬地合十默禱，阿徹看著她的背影，有種想立刻上前的衝動。

祭壇上點著幾支蠟燭造形的燈，燈光下高木夫人的照片顯得特別小，賓客中有些人垂頭默禱，有些人絮絮叨叨地交談著。阿徹打量著賓客，心中好奇地想著：這些人都是在哪裡和高木夫人或高木叔叔相識的？一個人的離世使得五百多人齊聚一堂，阿徹很想一個個上前詢問他們和高木之間的關係。尤其是惠子，她和高木究竟是怎麼相識的？是怎樣的交情才能讓惠子說出陽子出生的隱情？阿徹凝視著惠子的背影，腦中胡思亂想。這時，阿徹發現北原竟就坐在惠子身邊，只見他抱著膝蓋默然低著頭。

阿徹還沒告訴北原惠子的事。他原想把北原叫出來，告訴他這個消息，但立刻又打消主意。因為他並不想和別人分享任何和陽子有關的事。或許這作法不夠磊落，但阿徹情願把這個重大祕密獨自藏在心底。

＊＊＊

守靈式結束後，賓客陸續離去。想向主祭者高木致意的賓客到祭壇旁找高木，有些人只說兩三句話便行禮而去，也有些人拍著高木的肩膀表達激勵之意，賓客各自表達哀悼之意後紛紛離去。啟造和夏枝一直坐在高木身邊，望著眾多賓客。

「哎呀！老公，那不是咲子嗎？」

夏枝突然低聲說。啟造轉眼望去，果然是咲子。她穿著一身不起眼的灰色和服和黑外套，向高木恭敬行禮。啟造雖有些意外，轉而又想她趕來參加守靈式也是應該的。

咲子向高木打完招呼，走到祭壇前上香默禱，正要起身離去，夏枝叫住了她。

「咲子，好久不見。」

咲子似乎吃了一驚，但立刻換上懷念的表情在啟造和夏枝身邊坐下。

「上次多虧兩位遠道而來，給您添麻煩了。」

咲子離婚時，曾擔任她婚禮介紹人的啟造夫婦特別到札幌一趟。咲子是為了那件事向他們道謝。

「孩子們都好吧？」

「託您的福，都很好。只是有時孩子找爸爸，我不免懷疑自己是否做錯了。」

但咲子的語氣倒不像覺得自己做錯了事。

「今晚見到他了吧？」夏枝壓低聲音問。

「見到了。一見面就問：『怎麼！妳也來了？』」

咲子爽快地回答。啟造在一旁聽著覺得不可思議，難道夫婦分手後就是這種關係？如果夏枝丟下自己離家出走，哪天兩人在路上偶遇，自己會採取什麼態度？他想，自己一定是滿臉憎惡地瞪著夏枝，一句話也不肯說吧。

「啊！只說了這句話？」

「是啊，只有這句話。我也只答一句：『來啦，不行嗎？』」

「問了孩子的事嗎？」

「什麼都沒問，至少也該問問孩子好不好啊。或許他是不甘心開口吧？」

「他心裡還是希望妳回來吧。」

啟造尋找村井的身影。高木的親朋好友三五成群地聚在各處聊天。會場周圍的牆邊排滿了花籃和花圈，啟造看到村井無聊地獨自盤腿坐在那裡抽菸。

「喔，他在那喔。妳過去跟他聊一聊吧。」啟造看著村井，對咲子說。

「才不要呢，我沒話跟他說。」

「可是啊，我也說過了，畢竟妳是做母親的人了，得為兩個孩子著想啊。」

這個時候，高木在和三井惠子交談。不過啟造和夏枝完全沒發覺，他們的注意力全被村井和咲子占據了。

「這件事我想過無數遍了，可是，院長……」

咲子對啟造的稱呼仍和從前在旭川時一樣。

「做為母親，我想讓孩子們明白為什麼今天我會走到這一步。我覺得讓女兒們知道輕率結婚會遭致多麼嚴重的後果也好。」

「……」

咲子瞥了遠處的村井一眼繼續說下去。

「院長，雖然村井有大學學歷，也從事社會上政經地位較高的職業，但他從來不把女人當人看待，像他這種人，根本就是人渣！我想孩子長大之後也會看清他的。」

啟造覺得儘管咲子這段話過於主觀，不過聽到她把村井說得那麼不堪，他很痛快。一想到琉璃子遇害時夏枝和村井所幹的好事，他甚至希望咲子能痛罵村井一頓。何況後來還有由香子的事。啟造想，如果這個世界上沒有村井這個人，琉璃子就不會在那天被人殺害吧。換句話說，自己的家肯定也能過得平安和樂。說不定由香子現在也早就生了幾個小孩，過著幸福的日子呢。

「院長，如果我不和村井分手，我想女兒對父親懷抱的形象一定會完全幻滅。不久前我讀過一篇文章，其中寫著，與其有個流氓父親，不如沒有父親比較好。失去父親的小孩反而能長得茁壯誠實，或許是因為去世的父親會被美化的關係吧。」

原來如此。或許也對吧，啟造想，如果孩子蔑視父親，或許反而會導致孩子學壞。想到這裡，啟造不由得反省起來。自己夫婦雖算不上多麼偉大的父母，至少比村井好一點吧，他對咲子的意見點頭稱是。

「喂！你們看到了嗎？」

高木這時朝啟造他們走來。啟造坐著目送咲子離去，聽到高木的聲音轉過頭去。

「看到什麼？」

五六名幫忙招待顧賓客的女人穿著圍裙，端來酒菜。

「請慢用！」

一名看來不到二十歲的少女把托盤放在高木和啟造面前。

「怎麼！順子，這麼晚了還在幫忙？」

高木拿起裝溫酒的小酒瓶，幫啟造斟酒。

「還不算晚啦，我要跟爸一起回去。」

女孩說完笑起來，頰上出現深深的酒渦，表情十分溫柔。

「順子，這位叔叔是我最要好的朋友，他也是醫生喔。」

名叫順子的少女又露出深深的酒渦，然後就離開了。

「那孩子的父親是個能幹的傢伙，當藥劑師的，在琴似開店……喔，這不重要，你看到剛才那個和我講話的黑衣女人了吧？」

「黑衣女人？沒有，沒注意。」

「是嗎？沒注意就算了。」高木也替自己斟了酒。

「哎唷，您這麼說不是更令人好奇嗎？對吧？老公？」

「沒什麼啦。沒注意到就算了，葬禮上總會碰到意想不到的人呢。」

「那當然啦。結婚典禮的賓客大都是認識的親友，可是葬禮的賓客啊，就算是主祭者也很難預料吧。我看到咲子也覺得意外呢。」

「辻口，夏枝，你們別吃驚，小樽的那個人也來了。」

「小樽的？」

啟造和夏枝同聲反問。

「你是說，陽子的那個？」

「對呀。」

啟造和夏枝互望對方。

「沒什麼，倒也不必勉強相見啦。」

高木逕自說完，拿起酒杯和小酒瓶站起來。

「竟把自己老娘給忘了，這是我媽最愛的。」

說著，高木坐在祭壇前，倒酒進自己杯中，雙手合十默禱。

（是嗎？陽子的生母嗎？）

惠子出現在眼前，我們倆竟沒發現。啟造覺得這件事含意頗深。他轉頭看了夏枝一眼，不知為何，頓時感慨萬千，深切感到夏枝和自己畢竟是多年夫妻。

＊＊＊

阿徹在寺廟的山門附近等候三井惠子。一輛又一輛亮著前燈的汽車從院內停車場駛出，經過阿徹消失在夜色裡。阿徹看了一眼手表，已經過八點半。或許陽子的生母已經離開了吧。真是這樣也好。阿徹想著轉身走回山門內。就在這時，一道明亮的車前燈打在阿徹身上，一輛車停下來。是三井惠子的車。

「請上來吧？」

阿徹按吩咐上了車，坐在副駕駛座。汽車向右一轉，開上了燈火通明的電車大道。

「我們找個地方喝杯茶吧？」

惠子的聲音十分親切，就像在對老朋友說話似的。

「謝謝。但您還要開車回小樽吧？」

話才問完，阿徹頓時十分狼狽。

「小樽？」

惠子有點吃驚地轉頭看了阿徹一眼。

「還是找個清靜的地方談談吧。附近那家山愛飯店的一樓咖啡廳怎麼樣？」

看阿徹沉默不語，惠子繼續說。

阿徹原打算佯裝不認識惠子，兩人只是偶遇，但剛才一不小心說錯話，原先的計畫也就泡湯了。要怎麼自圓其說呢？阿徹腦中思緒飛快轉動，看著車外的來往車輛乾焦急。

「您也是從小樽來的？」

汽車抵達山愛飯店時，惠子問阿徹。阿徹一臉曖昧地下了車。

飯店大廳十分寬敞，進進出出的賓客絡繹不絕，其中還有不少外國賓客。惠子和阿徹抬頭欣賞著屋頂的豪華水晶吊燈，在大廳靠窗的座位坐下。

庭園裡，水銀燈照著綠茵草地，一道寬而不高的瀑布奔流著，濺起無數水珠。

「我住在小樽，姓三井，您呢？」

惠子說完，雙手輕輕交握放在桌上。阿徹覺得那動作優雅極了，心中感到幾分壓力。

「我……」

阿徹說了一半停下來。惠子舉起一隻手招呼侍者過來。

「我喝咖啡，您呢？」說完，她露出微笑。

「我也要咖啡，不，還是冰淇淋好了。」

侍者離去後，微笑仍然留在惠子臉上，她直截了當地問：

「您怎麼知道我住小樽？」

阿徹輕咬嘴唇，覺得自己已無處可逃。

他終於做出決定，目光正視惠子。

「是我一時說溜了嘴。老實說，我原想假裝不知道您住在小樽的。」

「……」惠子微微垂下眼皮，立刻抬眼看著阿徹。

「我的名字叫辻口徹，失禮了。」阿徹誠懇地鄭重行禮

「辻口先生？辻口徹？真是好名字。您為什麼知道我呢？」

阿徹沉默著沒說話。他想，三井惠子大致猜到情況了吧。又或者，她真的一無所知，所以才這樣問我？

如果她真的毫不知情，那我接下來要說的話將給她帶來多大的衝擊啊！

「究竟怎麼回事？辻口先生？」

「一言難盡。」

「那讓我一件一件問您吧。剛才您說有個人長得很像我，那時您的表情好嚴肅，就從這件事說起吧。」

惠子把奶精加進咖啡。

「是我妹妹，我妹妹長得很像您。」

「妹妹？她今年幾歲了？」惠子攪拌咖啡的手停下來。

「今年秋天滿十九歲。」

「十九啊。」

惠子臉上的微笑消失了。阿徹頓時呼吸困難，覺得自己在做一件殘酷的事。

「我妹妹是養女。」

惠子用力點點頭，抬頭凝視阿徹。一種難以形容的悲傷浮現在她眼底，深深打動了阿徹的心。

「那我懂了，大致的情形……」

「對不起，我……或許不該告訴您這些的。可是，陽子……這件事實在沒辦法三言兩語交代。」阿徹看了手表一眼。

「喔，您要回去了吧。」

「不，我今天住在寺裡。倒是您回去的時間是否……」

「不必為我擔心，今晚我住在札幌的母親家。」

（她的母親？）

她的母親不就是陽子的外婆嗎？

「那就讓我再說幾句。」

「請說。您話只說了一半，我也沒法讓您回去啊。」

惠子的嘴角淺淺上揚。惠子表情變化多端，阿徹覺得她身上有種豐饒的美。

「去年冬天，我妹妹自殺過一次。」

「自殺？」惠子睜大了眼睛。

「為什麼？」

阿徹把琉璃子遇害到陽子自殺之間發生的事簡要地說了一遍，也說了自己曾到小樽探訪陽子生母的事。

惠子一面傾聽一面點頭，聽完阿徹的敘述，只聽她長嘆口氣。

「太可怕了。」惠子感慨地說。

「對不起。」

「辻口先生，我是說我自己太可怕了。的確，我生過一個女兒，替她暫時取了一個名字叫澄子，拜託高木先生送到育幼院去。我只顧自己，根本沒有替孩子著想，該負的責任也沒有承擔……換句話說，我等於是拋棄了那孩子。」

「……」

「我是個隨便又糊塗的女人，以為自己深愛著三井，卻在三井出征時愛上了中川。那時我以為，自己愛的是中川。」

「……」

「結果那孩子還沒出生，中川就過世了。後來，我接到三井要回來的消息，又覺得自己似乎更愛三井，接著，我又懷了他的兒子……」

阿徹想起去年在小樽色內町遇到的那名熱心青年。

「辻口先生，我真是個壞女人。這麼多年來，我假裝什麼事都沒發生，跟三井過著幸福的日子。當然，我並沒忘記那孩子。可是老實說，我心裡雖然很疼惜那孩子，卻沒像對身邊兩個兒子那樣關心。然而我隨便的決定不但讓您府上捲入一場大災難，還逼得那孩子去自殺……」

惠子閉上雙眼，一臉慘白。聽到惠子老實地認錯，阿徹一時不知該如何接口。惠子竟連一句辯解也沒有，這點也和陽子很像。

「辻口先生，我該怎麼做才好呢？」

惠子眼底寫滿了無助，向阿徹求援。這瞬間，她看來就像個孩子。

「只要您把陽子記在心裡就行了。」

「陽子？字怎麼寫？」

「太陽的陽。」

惠子露出寂寞的微笑，連連點頭。

阿徹用湯匙舀起已經融化的冰淇淋，心裡覺得很不可思議。見到惠子前的幾分敵意此刻竟已完全消失。

他想起去年三井商店隔壁香菸鋪的女孩說過，任誰都會喜歡惠子。

「她恢復健康了嗎？」

「身體倒是很健康，只是在那件事之後陽子變了。」

「是嗎？她對我是怎麼想的？」

「希望您不要難過，陽子並沒說想見您。」

「那是當然的。不論是出自什麼理由，我把孩子送到別人手裡，等同就是拋棄了她。所謂的母親，應該是把孩子養大的人，是歷經艱辛養大孩子的人。」

惠子竟跟陽子說出同樣的話！阿徹驚訝地看著她，又瞥了手表一眼。

「您該回去了……」

「能否再多聊一會兒？您剛才說，您父母也來參加葬禮了。」

「來了，不過我沒有把您的事告訴任何人。」

「為什麼呢？」

「我……是為了陽子，才決定這麼做的。」

「是嗎？」惠子目光轉向夜色中的瀑布，露出若有所思的表情。

「我再也不會見您了。」

「為什麼呢？」

惠子視線回到阿徹身上。她此刻的眼神像極了陽子。

「我不想擾亂您平靜的生活。」

「我倒是打算和您交個朋友呢。那孩子的事，我還想多知道一點。」

「知道了又能如何呢？」

「或許什麼也不能做。但總覺得如果多知道一些她的事，我也能就此走上正道。」

「我會考慮的。今晚先告辭了。」阿徹頓時覺得疲憊異常。

「我送您回寺裡去吧？」

「我自己叫車回去。走路也不過幾步路而已。」

惠子也跟著站起身。

「或者，還是讓我開車送您回去？」

「我是個遲鈍的女人，不會受今晚的事影響鬧出車禍的。」

說完，惠子臉上再度浮現孤寂的微笑。

* * *

夏枝不看啟造，注視著火車窗外逐漸變暗的天空。她一直暗自期待村井能開車送他們回旭川，誰知啟造拒絕了村井的提議。

「真抱歉，還是在火車裡補眠比較輕鬆。今天很累了，不跟你客氣啦。」

啟造婉拒了。村井聽了，露出諷刺的笑。

「那就不勉強您搭我的車，畢竟我對自己的駕駛技術可不大有信心。」

夏枝覺得啟造未免太善妒了。村井必須開一百四十公里的車回旭川，有人同行比他一個人開車安全得多，夏枝想。但啟造卻為了避免她和村井走得更近，拒絕了他。夏枝心中非常不滿，她覺得就像被啟造監視著。

「村井先生現在不知開到哪裡了？」

夏枝窺探著丈夫的表情，對啟造的反感使她忍不住這麼問。

「誰知道。話說回來，高木這下一定很寂寞吧。」

「……」

「說不定他不久就會起了結婚的念頭。」啟造不理會夏枝，逕自說道：「記得他說過曾向辰子求過婚……」

「啊？向辰子求婚？」夏枝不禁反問。

「好像是半開玩笑說的，再說辰子一直單身也不太好吧。」

「如果是高木先生和辰子，倒也挺相配的。」

「他們兩個都是成熟的大人，我覺得是很好的一對。不過辰子不可能丟下這麼多弟子搬到札幌去吧。」

「……高木先生的母親，真可憐，還沒看到孫子的臉就過世了。」

「嗯。的確。先不說這個，村井和咲子究竟怎麼回事？咲子說了那些話……」

「他們倆不可能復合的啦。」

夏枝冷冷地回答。啟造瞥了她一眼，翻開報紙來看。他從第一版開始，一頁一頁讀下去。突然，啟造驚叫起來：

「夏枝！三井惠子她……」

「啊？怎麼了？」

夏枝讀完啟造告訴她的那則報導，不禁倒抽一口冷氣。

守靈式後返家途中，女駕駛追撞受重傷

報導裡簡要地敘述了三井惠子昨晚十點撞上卡車的經過。

11 堤防下

陽子走出家門。今天她決定鼓起勇氣去參觀孤兒院，但她不清楚是否可以隨意參觀，決定先去看看孤兒院的建築也好。

聽說孤兒院就在石狩川的堤防邊，距離市立醫院不遠。陽子平時很少在那一帶活動，對附近環境很陌生，好在她一眼就看到孤兒院的古老大型建築。那是一棟板牆樓房，蓋在金星橋下一角，板牆上的白漆早已剝落。陽子站在堤防上俯視整棟建築。兩層樓房的總面積超過兩百五十坪，建地面積約為建築總面積的四倍，院中角落有一座古池，四周種植了柳樹和白樺。

孤兒院靠堤防的空地上設置了溜滑梯和鞦韆，但不見一個孩童。沒多久，陽子看到一個中學年紀的女孩提著書包走進院內。

陽子沿著堤防緩步前進。七月的陽光在寬闊的河面上閃閃發光，堤防兩側沿岸長滿比人高的虎杖草，濃密草叢時而遮蔽視野。河對岸的原野上有間汽車駕駛學校，只見五六輛車在炎熱的陽光下緩慢移動。

「姊姊，妳要到哪裡去？」

不知何時，陽子已被幾個小學三、四年級的孩子團團圍住。

「我在散步。」

陽子轉臉看著向自己發問的圓臉男孩。

「什麼，原來是散步啊？姊姊家就在附近？」

「不是，我住很遠，在神樂町。」

「神樂町在哪？那邊嗎？」

「不是啦，是對面。」陽子手指向南方。

「姊姊，妳有沒有爸爸媽媽？」

孩子裡身高最矮、脖頸附著一層灰垢的男孩問道。

「有啊。」

「姊姊的爸爸和媽媽結婚了嗎？」

「結婚？」

「嗯。」

兩個孩子幾乎同聲回答。

「結婚了啊。」

陽子突然想到自己的親生父母，同時也對孩子們的問題感到不解。

「喔，結了婚就好。」

「對呀，如果已經結婚就沒問題。在哪裡結的婚？」

這種問題很明顯不是孩子該問的。

「你們的家在哪裡呢？」

「我家在留萌[24]。」

「留萌？」陽子驚訝地看著那個孩子。

「我不知道自己家，因為我三歲就來了。」

（三歲的時候來的？）

陽子這才發現他們就是孤兒院的孩子。

「是嗎？你們就住在那裡對吧？」陽子俯視著堤防下的孤兒院。

「對呀！」孩子們開心地答道。

「姊姊，妳要回家了嗎？」

「妳手表幾點了？」

一個女孩抓起陽子的手腕，小手汗水淋漓。

「哎呀，已經三點半啦？」

女孩似乎不打算離開陽子身邊，進而抓住她的手。

「姊姊，妳好漂亮喔。」

「真的呢。好像電視上的人。」另一個孩子也抓住她的手。

「討厭啦，本來是我在她旁邊的。」

孩子們個個都想抓陽子的手，簡直像一群愛慕老師的小學生。

「姊姊妳叫什麼名字？」一個梳辮子的女孩問。

「辻口陽子。」

「辻口陽子？那是妳爸爸的姓？還是媽媽的姓？」女孩執著地問。

「……當然是爸爸的姓啊。」

24 留萌：位於北海道西北部海岸，距離旭川約一百五十公里。

「喔，那真不錯。姊姊，我啊，是姓我媽的姓喔。因為她沒和我爸結婚。」

（還沒結婚?!）

陽子吃了一驚。難怪孩子們一直提起結婚的事，原來背後竟隱藏著如此複雜沉重的實情，陽子這才恍然大悟。這時，從孤兒院傳來音樂鐘聲，曲名是〈似曾相識的那條路〉。

「哎呀，這音樂是做什麼的？」

「嗯，這是表示自由活動開始的音樂。」

「現在開始才是下課時間？可是你們剛才不是在這裡玩嗎？」

「不是啦，我們才不是在玩，剛才是在附近調查地上有些什麼草。你們說對不對？」

男孩辯解著，把手裡的虎杖草和艾草舉起來給陽子看。

「姊姊，來！到我們院裡玩吧。」

「對！對！來玩吧。」

孩子們一起用力點頭。

陽子沒想到今天能在堤坊遇到孤兒院的孩子，也沒想到他們竟主動向她搭話。現在還接到他們的邀約，陽子更意外了。

「姊姊，學校的同學也常來玩唷。大家說，對不對？」

一個男孩說著拉起陽子的手。陽子猶豫片刻，跟孩子一起下了堤防，走進孤兒院。

大門敞開，一旁的鞋櫃沒裝門，裡面整齊地排列著多雙童鞋和大大小小的皮鞋與涼鞋。陣陣孩童嬉戲的歡鬧聲從屋裡傳來，陽子看到一名三歲女童獨自坐在走廊上玩耍。

「這是我的房間。」

孩子們打開玄關旁一扇門，招呼陽子進去。進了房間，只見左側是一排書架似的特製長桌，桌前放著一排沒有靠背的木凳。這就是孩子們溫書的地方，每個人的位子都很小，稍微撐開手肘就會侵入別人的領域。書桌前的牆上整齊地掛著一排背包和手提書包；牆壁更靠上方釘著小型置物架，上面的包袱似乎是裝孩子們的換洗衣物。

「好能幹，你們很會整理東西呢。」

留下一條狹窄的通道，右側是一排雙層床，上下兩層加起來可以睡十個小孩。這裡是小孩的世界。這些還需要父母照顧的孩童究竟是懷著怎樣的心情睡在這裡？陽子想。一名女孩對她說：

「姊姊，妳今天就住在院裡好不好？」

「住在這裡？」

「去跟院長說一下，今天跟我們一起睡吧。」

「對呀！對呀！住在這裡吧。我們可以一起洗澡。」

「下次我先跟家人說好再來吧。」

「真的？說好嘍，不准賴皮喔。打勾勾！呵！呵！呵！」

女孩迅速勾住陽子的手指，對著小指呵了幾口氣。這時，音樂鐘又響了。

「姊姊，我們到禮堂去吧，要點名了。」

孩子們拉著陽子往禮堂走。從三四歲的孩童到中學生，約五六十個孩子走進禮堂。

「這個人是誰啊？」

其他孩子看到陽子都圍了過來。

「不要太靠近啦，她是我們的客人。」

領陽子進來的那些孩子得意洋洋地說。不久，幾個年輕的男女職員也走進禮堂。陽子不安起來，不知自己未經許可就跑進來是否妥當。

＊＊＊

從孤兒院出來，陽子走進四條八丁目的餐廳「龜屋」。這家餐廳生意很好，許多人全家老小一起來吃飯。由於剛好碰上晚餐時間，店裡客人很多，陽子好不容易在窗邊找到一個空位。她覺得很渴，點了一杯檸檬蘇打後，吐出一口氣。

陽子剛才在禮堂見到了院長。年近五十的院長穿著簡樸，表情慈祥。她看到陽子被孩子們團團圍住，便主動走過來。

「孩子們很喜歡妳唷。小孩對善心是很敏感的。」

後來院長帶著陽子參觀院內的大浴室、洗衣室、餐廳和醫務室，還跟她說了很多孩子們的故事。直到晚餐鈴聲響起，陽子才告別孤兒院。

餐廳裡，身穿藍制服的侍女忙著分送餐點，陽子點的檸檬蘇打卻一直沒有送來。她想到正在準備晚飯的夏枝，心中覺得不安，但不知為何，陽子就是不想立刻回家。剛才爭相來抓她手的那些孩子的面容，一直在陽子面前徘徊。餐廳屋頂的巨大風扇轉動著，陽子身邊的一葉蘭隨著微風來回搖曳。

「請問這個位子空著嗎?」

忽然聽到有人說話，陽子回過頭，只見一名年輕母親牽著大約四歲的男孩站在桌旁，還有一個抱著嬰兒的年輕父親。

「空著，請坐吧。」

一家三口分別在三張椅子落座。父親把嬰兒交給母親後打開菜單，男孩立刻嚷道：

「我要兒童餐唷。」

「怎麼，阿太每次都點兒童餐啊。」年輕的父親笑著點點頭。

（兒童餐！）

陽子想起了剛分手的那些孩子。他們當中有幾個人曾和雙親一起來吃過兒童餐呢？恐怕一次也沒吃過就長大成人了吧。

（兒童……）

陽子在心底喃喃念道。難道眼前這小孩才是兒童，孤兒院裡那些孩子都不是兒童嗎？她喝了一口面前的檸檬蘇打。女侍端來兒童專用的高腳椅，男孩坐在上面，烏溜溜的一雙小眼睛轉來轉去，打量周圍景象。這時，母親解開乳白色上衣的鈕扣給嬰兒餵奶。嬰兒專注地看著母親，吸吮乳房。眼前這畫面雖不稀奇，對陽子而言卻是新鮮和強烈的一幕。

年輕母親給嬰兒餵奶，同時輕拍嬰兒背部，嘴裡不斷念著：

「嗯嘛、嗯嘛、嗯嘛、嗯嘛、嗯嘛、嗯嘛。」

母親規律地重複著溫柔的語調。

「嗯嘛、嗯嘛、嗯嘛，好吃嗎？是喔？那真好。」

母親滿足似的對丈夫點著頭，露出微笑。

陽子又想起剛才和院長的對話。她主動向院長提起自己也待過育幼院，看到那些孩子後她無法繼續保持沉默，因為她和他們有相同的境遇。院長溫柔地聽她訴說，讓她一吐為快，並告訴她一些育幼院的故事。院長對陽子說：

「妳能在育幼院就找到收養家庭，是很幸福的。在育幼院長大的孩子和在一般家庭長大的孩子比起來，語言發展方面落後很多唷。」

育幼院的保母必須一個人照顧好幾名嬰兒，不論保母性格多溫柔，終究無法代替真正的母親。譬如餵奶時嘴裡反覆念著「嗯嘛、嗯嘛、嗯嘛……」重複幾十遍。這種事，保母是做不到的。保母很少對嬰兒說話，而且上下班採輪班制，嬰兒並不是同一個保母照顧，而每個保母擁抱嬰兒的方式、說話的方式都不一樣，孩子語言發展緩慢也是理所當然的結果。陽子望著眼前這位年輕母親，終於明白院長的意思，小孩就該像這樣養育才對。

兒童餐送到男孩面前，餐盤上插了一面小旗。男孩抓起小旗搖晃一陣，又插回飯上。陽子環顧店內，今天看在她眼裡小孩特別顯目，但這裡沒有一個是孤兒院的小孩。淚水頓時湧上，剛才孤兒院孩子在禮堂唱的歌在陽子耳際回響。

「今天再受神的恩惠

……我們都是神的小天使。」

這是他們每天都唱的歌吧，就連不到三歲的幼童也張著小嘴跟著唱。他們唱出的卻是出人意料的歌詞。陽子的目光停在面前的小男孩，腦中想著那些沒有父母帶他們來吃兒童餐的「小天使們」。

「爸爸，我要吃爸爸的壽司。」

男孩把自己那份吃得掉滿飯粒的兒童餐推到父親面前。

12 草叢

阿徹從剛才起一直躺在自己房裡的沙發上，他感到身心俱疲。他很久沒有回家，今天才回到旭川。夕陽從窗外射進來，杜鵑鳥的啼聲不時從實驗林方向傳來。七月還能聽到杜鵑的啼叫，阿徹覺得很稀奇。房間的灰泥天花板上有一塊淺色汙漬，看起來很像人臉。阿徹上高中時就注意到了，每次瞪著看，他都有種那張人臉即將開始呼吸、走動起來的錯覺。現在阿徹眼睛瞪著那塊汙漬，腦中回想三井惠子那張慘白的臉。

（從那天以來已經過了十天。）

過去這十天，惠子的傷勢稍微好點了吧？阿徹很擔心惠子。

阿徹是在高木家葬禮的第二天早上得知惠子出車禍的。當時他在看前一天的晚報，無意中讀到三井惠子車禍的報導，阿徹大吃一驚。車禍發生的時間距他和惠子分手不到五分鐘，惠子的車撞上停在路上的大卡車。這場車禍，可說清楚反映出惠子的心理狀態。車禍的原因顯而易見。

阿徹立即扔下報紙趕往醫院。不過當他站在那家大型外科醫院玄關時，他有些猶豫。他擔心自己來探病會造成惠子的困擾，但又無法不進去看惠子一眼。車禍發生在前天晚上，惠子的親人現在一定都圍在她身邊吧。阿徹猶豫了兩三分鐘，終於鼓起勇氣走向病房。

惠子的病房在三樓，是單人病房。阿徹遲疑了幾秒才敲門。門內傳來男人的應答聲，阿徹推開門，剛跨進去他就猛然一驚。因為站在房裡的青年正是他上次在小樽色內町坡道上遇到的那名熱心男子。

「傷勢怎麼樣？」

阿徹走近惠子的病床。惠子正在休息，蒼白的臉頰略傾向一邊。床邊的椅子上坐著一名像是高中生的少年，他正注視著阿徹。

「受驚了吧。傷勢現在怎麼樣了？」阿徹客氣地問候青年。

「是，謝謝您。據說是膝關節骨折，現在上了石膏，大概要住院三個月左右。」

青年臉上帶著令人愉快的微笑，就像上次阿徹在坡道遇到他時那樣。但他立刻露出狐疑神色看著阿徹。

「好像在哪裡見過您，可是想不起大名了……真抱歉，請問您是哪位？」

青年似乎已經忘了在坡道遇到阿徹的事。阿徹很慶幸，如果青年還記得阿徹曾在自家附近徘徊，事情可就麻煩了。阿徹迅速接口：

「我是高木家的……」

後半句在嘴裡含糊說完，阿徹低頭行禮。病床旁的少年看起來比較敏感，聽到阿徹的回答他眼中亮了一下。

「喔！是高木醫生府上的……這次高木夫人的事十分遺憾。」

青年似乎誤以為阿徹是高木醫院的年輕醫生，客氣地招呼阿徹。這時，惠子睜開了眼睛，阿徹不由得向前一步。

「真對不起，我……」

少年眼中再度閃出一道光。惠子緊盯著阿徹，無言地對他搖搖頭，那動作既像叫他不用擔心，又像叫他什麼也不要說。少年這時開口了。

「你為什麼說對不起？」

少年目光銳利的眼睛直視著阿徹。阿徹怯生生地不敢向前。

「達哉，不可以這樣說話。他是高木先生家的人，所以才說對不起啊。」

少年板著臉不再說語。

「真抱歉，這孩子平日很溫柔的，但比較依賴母親，車禍發生後他很容易激動。」

青年對阿徹解釋。惠子交代青年：「阿潔，拿張椅子給辻口先生吧。」

惠子的聲音很微弱，但阿徹總算鬆了口氣。惠子似乎並不憎恨阿徹，這點可以從她的言詞和表情判斷。

「我改天再來吧。」

阿徹看著惠子的眼睛說。惠子又輕輕搖了搖頭。

「真對不起……今早看到昨天的晚報，嚇了一跳……」

惠子第三次搖了搖頭，這次似乎是叫阿徹什麼都不必再說了。過程中達哉始終專注地觀察兩人的表情。

阿徹走出病房時，鼻頭冒著汗，他不由自主吁了口氣。惠子的傷勢比他想像中要輕，看到報上寫著「重傷」兩個字，阿徹腦中浮現惠子戴著氧氣罩渾身血汙的模樣。一想到她可能受到一輩子無法治癒的重傷，甚至處於瀕死狀態，阿徹擔心得立即飛奔而來。

在玄關附近的長廊，他意外看到高木快步趕來。

「怎麼了？哪裡不舒服？葬禮的事累壞你啦？」

阿徹遲疑了幾秒後回答：「叔叔，我剛剛去看了那個人。」

「那個人？」高木的濃眉擠成八字形。

「就是小樽的那個人。今早看到報紙，我大吃一驚，立刻趕來了。」

「什麼！你憑什麼來探病？」高木不悅地說。

「……」

「阿徹，就算報紙登了，這消息也跟你一點關係也沒有，不要到你不該出現的地方來。」

「對不起，但車禍的起因是我。」

「車禍的起因？這是怎麼回事？」

高木拉著阿徹坐在走廊的木椅。阿徹把惠子和自己守靈式後在山愛飯店的談話向高木報告。高木聽完一句話都沒說，一臉嚴肅地瞪著阿徹。

「她是在我們談完陽子的事後出事的。不，可說是剛談完就出事了。這都要怪我。」

高木瞪著阿徹看了半天，氣憤地說：

「你真糊塗！你自己也開車吧？該知道不該讓駕駛喝酒，可你說的那番話比酒精還厲害。怪不得她會出車禍。」

「對不起。」

「不，該道歉的人是我，真是太對不起了。不過這件事也說不清誰對誰錯，惠子也算是自作自受吧。哎，發生在人世間的事，誰也不敢斷定是因為某一個人的錯。只是啊，這下可真棘手了。」

「對不起。」

「喂！不要再說對不起了。我還以為她只是在返家路上發生了車禍……哎，也沒辦法了。不過，阿徹，你總不會在病房裡說出什麼傻話吧？」

「沒有，我假裝是叔叔家的人……」

「這樣啊，這倒是好辦法，但你別再來探病了。很可能惹出麻煩呢。」

高木說完站起身時，阿徹心頭一驚，因為他看到五六公尺外，達哉正抱著胳臂倚牆而立。阿徹很不安，擔心剛才的談話達哉都聽見了，便趕忙走出玄關，誰知達哉追了上來。

「我媽開車十五年了，可從沒發生過車禍。」

達哉只說了這句話，便轉身回醫院。

＊　＊　＊

想起達哉，阿徹又盯住天花板的汙漬。他覺得達哉是個單純的人，然而這種人一鑽牛角尖就不知會幹出什麼事。阿徹感到害怕。

「阿徹，在睡啊？」夏枝走進房來。

阿徹沉默地看著母親。夏枝身穿白底藏青色漩渦花紋的浴衣，阿徹覺得她今天顯得特別溫柔可親。

「阿徹，吃飯嘍。」

「對不起，我吃不下。剛才在火車上吃過了。」

「真可惜，我特別做了炸蝦呢。你怎麼好像很累的樣子？」

「嗯，是很累。炸蝦我等下再吃，好久沒吃到媽媽做的菜了。」

阿徹難得想對夏枝撒嬌。夏枝欣喜地望著兒子，手放在他肩上說：

「那你就休息一下吧。」

「嗯，媽！」

「什麼事？」

「不，沒什麼。」

阿徹原想告訴夏枝惠子的事。

「阿徹今天有點怪喔……啊，對了！聽說小樽的三井女士出車禍了。」

阿徹微微蹙眉。

「阿徹沒聽說嗎？聽說是在高木先生家的守靈式結束後，回家的路上出事的。」

「……」

「也不知她傷勢如何，好擔心啊。」

阿徹望向窗外。自己在守靈式結束後和惠子見面的事，還有到醫院探望她的事，說不定哪天高木叔叔會告訴父母吧，阿徹想。他翻身趴著，點燃一支菸。

「您聽誰說的？」

「葬禮結束後，在回家的火車看報上寫的。媽媽可嚇了一跳。」

「陽子知道嗎？」

「不知道。你覺得讓她知道比較好嗎？」

「不，她知道了也沒用。」

「可是，阿徹，我是說萬一喔，萬一她因為車禍去世了，到時候該怎麼跟陽子說呀？」

「如果對方想見她，當然另當別論。這樣看來，她雖然只是生了陽子，兩人間還是有種難解的聯繫啊。」

夏枝忍不住微笑，她覺得阿徹總算願意親近自己了。今天阿徹那種身上帶刺的感覺消失了，她覺得阿徹真的回到了自己身邊。

「你好好休息吧。」

夏枝在門口交代完，這才走出去。

（萬一她死了……）

阿徹光想像都受不了。如此一來，不就等於是自己殺死了生育陽子的人？這實在太可怕了。幸好她只需住院三個月，只是不知會不會出現後遺症或併發症，阿徹心裡七上八下的。

阿徹疲倦地迷糊入睡，睡夢中他站在陽子的枕畔。陽子臉色蒼白地躺在床上，頭上纏著繃帶。

「原諒我，陽子。對不起，陽子。」

阿徹反覆向她道歉，但陽子的雙眼仍舊閉得緊緊的。阿徹心痛難忍，嘴裡一直喊著：「陽子！陽子！」最後大喊一聲「陽子」驚醒過來。房裡一片昏暗，天空僅存一線夕陽，窗上映出泛黃的天空。阿徹打開電燈，下樓。他必須去看看陽子，否則無法放心。

起居室一個人也沒有，他聽到浴室傳來陣陣潑水聲，大概是啟造在洗澡，夏枝一定也在浴室幫啟造擦背。阿徹走進廚房，下意識地環顧四周。鍋子都擦得閃閃發亮，地板光可鑑人，但奇怪的是，竟讓人感到一種刺透心扉的悲涼。他覺得很不可思議，與平日同樣清潔的廚房，今天竟讓他感到孤獨。阿徹原打算到廚房喝杯水，但打消了主意，他直接走向陽子的房間。

「陽子，在嗎？」

陽子房間的紙門敞開著，門框上垂著蕾絲門簾。透過蕾絲布幔，阿徹看到身穿浴衣的陽子轉過頭來。

「啊！哥，你回來啦。」

陽子開心地說。習習涼風從實驗林吹進紗窗。

「身體還好嗎？」阿徹盤腿坐下。

「很好呀，多謝。哥，你餓不餓？」

「不餓，最近總是沒食欲。」

「啊唷，因為太熱了嗎？」

陽子的表情有些擔心，阿徹不覺鬆了口氣。

「我剛才夢到陽子了，在夢裡一直向陽子道歉，拚命說對不起、對不起。」
「啊，怎麼會這樣。哥，你又不需要向我道歉。」
「不，我要道歉的事可多了。」
說著，阿徹想起惠子。陽子的長睫毛連連眨了幾下。
「哥，發生了什麼事嗎？」陽子認真地問。
「嗯，是有點。」
「什麼事？」
「……現在還不能告訴妳，但將來有一天我會對妳說的。總之啊，陽子，我對自己一直以來的生活方式產生了疑問，總覺得自己似乎犯了很大的錯。」
「生活方式犯了很大的錯？怎麼會？我不覺得哥做錯了什麼啊。」
涼爽的晚風不時吹拂在兩人之間。
「不，陽子，我確實犯了錯。妳看，我們在沙灘或雪地上走路時往往自以為走得很直，結果回頭一看，才發現腳印歪七扭八的，不是嗎？」
「的確，有時簡直亂得一塌糊塗呢。」
陽子想起決心自殺的那個冬日清晨。她在堤防上看到自己凌亂的腳印，那景象至今仍鮮明地映在她的眼底。
「人都是這樣吧，總認為自己是對的。我也一樣，總認為自己的作法才是正確的，但事實並非如此，陽子。」
「可是我覺得哥從沒做錯事啊。」

「陽子，妳真的這麼想嗎？如果我真是這樣，就不會犯錯才對。」

明知三井惠子要開車回家，卻對她說了那些可怕的話。我的行為確實就如高木叔叔所說，比讓駕駛喝酒更危險。自己為什麼明知故犯？難道不是因為心中總是充滿了責怪他人的憤恨？一直以來，阿徹對夏枝和啟造始終懷著怨懟，以致於他面對惠子也自然而然表現出內心的責難。這次事故，正是他那充滿憤恨的心所導致的。

「哥，發生了什麼事？陽子好擔心。」

「沒事，我只是對自己的生活方式失去了自信。」

「哎唷，哥，你跟我說了一樣的話喔。」

「是嗎？陽子一直覺得自己罪惡深重對吧。我不太懂什麼是『罪惡』，現在我只覺得自己淺薄又可厭。」

阿徹的心情彷彿是在對惠子說話。一想到她慘白的臉，阿徹就坐立難安。

陽子腦中閃過一個念頭，覺得阿徹可能是對某個女人做錯了事。她凝視阿徹半晌，低聲說道：「哥，我也很厭惡自己。」陽子的手放在膝上。

「嗯，這種感覺我終於能體會了。」

阿徹覺得這是他有生以來第一次和陽子談心。

「哥，我決定自殺之前一直認為自己是個純潔的人。明明隱約發覺自己罪孽深重，我還是試著肯定自己。我是因為肯定自己，那時才決心自殺的。」

「陽子一點也不罪孽深重啊，妳是如此潔淨無瑕。」

「才不是呢！我是個討人厭的人，再討厭不過的人！」

從陽子激烈的言詞中，阿徹感受到她心中沉重的悲傷。以前完全不懂這種感覺，但現在的他覺得似乎能夠體會一二。

「可是，陽子，妳沒做過傷害別人的事，也從沒在背後說人壞話不是嗎？」

「是啊。哥，我也以為是這樣，但大錯特錯了。我誤以為外在表現的就是真實的自己。的確，我不喜歡說人壞話，也一直努力溫柔待人，可是我現在才了解，人就算一直躲在深山裡什麼事也不幹，心裡仍然存在令人厭惡又無奈的東西。」

「……」

「爸說過，即使是夢裡所做的事，自己也有責任。爸還說，我們都具有即使在夢中也不會表現出來的無意識的自己。居然還有連自己都不知道的自己，想起來就恐怖。人就是這樣不負責任的動物啊。」

阿徹深深點頭。

「哥，今天陽子到孤兒院去了。」

「孤兒院？去做什麼……我的問題會不會太唐突了？」

「其實我想參觀的是育幼院。要認清自己，我覺得這件事非做不可，可是旭川沒有育幼院。」

「原來是這樣。那妳參觀孤兒院後有什麼感想？」

「我……那些小孩這樣問我：『妳的爸爸和媽媽結婚了嗎？』不過是小學三四年級的小孩子喔。一見面就問這種問題，可見對那些孩子來說這個問題十分重要。我回答父母結婚了，他們便說：『那就沒問題了。』那些孩子都因為父母沒結婚而懷抱著傷痛。」

「唔，三四年級的小孩就這麼想嗎？」

「其實我也是父母私通生下的小孩。我覺得，不論是結婚或生子，都不可以抱著隨便的態度。隨便的態度是不對的。」

「妳說得沒錯。」

「我真的好壞。看著那些孩子，心裡好恨他們的父母，也好恨那個生下我的人。這輩子不論在任何情況下，我都不想看到那個人。我竟說出這種話，很可怕吧？」

阿徹環抱胳臂凝視著陽子。她的眼睛閃閃發光，乍看之下就跟從前一樣，然而，她身上的確有地方不一樣了。

「是嗎？妳打算一輩子都不見小樽的母親嗎？」阿徹表情嚴肅起來。

「我不認為她是我的母親。」陽子毅然說道。

「那……不論發生什麼事，陽子都不願見她嗎？」

陽子點點頭。阿徹手按著額頭，思索半晌，然後抬起頭來。

「我剛才說過對自己的生活方式失去了自信，對吧？」阿徹換回原來的溫柔聲調。

「是的，說過。我一直在想這是什麼意思呢。」

「我遇到了什麼事，陽子一定想像不到吧。」

「……」

「陽子，我犯了一個天大的過錯。」

陽子驚訝地看著阿徹，更確定了那件事一定是和女人有關。

「過錯？」

「嗯，我害人受了重傷。」

「什麼，重傷？」

「嗯。陽子，妳知道那人是誰嗎？」

「不知道。」陽子低聲答道。

「我本來決定不說的，因為即使說出來也於事無補，可是聽了陽子的話，我覺得一定得說。陽子，那個因我受重傷的人，就是三井女士。」

「啊？」陽子露出驚愕的表情。

「反正陽子根本不把那人看成母親，這件事或許跟妳無關吧。」

陽子垂下長睫毛。阿徹簡短地交代了遇到三井惠子的經過，還有那場車禍。

「我的想法原本也跟陽子一樣，所以忍不住對她說了幾句重話。她表現得很鎮靜，可是，我們分手後她立刻就出了車禍。總之，是我做事太輕率了。」阿徹自嘲地繼續說：「她當時一定大受打擊吧，我還對她說了那些傷口撒鹽的話……」

「……」

「我們到外面去吧，我今天想跟陽子談一談。」

陽子點點頭，跟在阿徹身後走進院子。實驗林中樹影漆黑，紅色的半弦月在枝葉間低低地露出臉來。

陽子聽到惠子車禍的消息，心情很複雜。即使她自認和惠子是不相干的人，仍是無法保持平靜。

＊　＊　＊

不知名的蟲兒在林中草叢鳴唱，遠處傳來陣陣蛙鳴。阿徹和陽子並肩走進夜晚的森林，高大的白松林裡有一張木椅。

「好安靜啊。」阿徹環抱雙臂，抬頭仰望樹梢。

「森林裡真安靜。」

陽子彎身在木椅坐下。兩人一時都沒說話，等到眼睛習慣了黑暗，林中草叢逐漸顯出了輪廓，只見草叢微微晃動著。

「陽子，我和妳小樽的母親見面後，突然明白了很多事，譬如那個叫中川光夫的男人為什麼會愛上有夫之婦的她，她又為什麼愛上了中川。」

「……」

「我也喜歡她。她和陽子確實有許多不同之處，但她真的很像妳。雖說她是以有夫之婦的身分陷入情網，即使如此，我還是覺得他們的愛情很美。」

陽子搖扇趕蚊子的手停了下來。

「哥，一點都不美。」陽子打斷阿徹的話。

「為什麼？陽子，妳要是和她見一面就好了。那樣的話，妳一定會明白她是個會譜出美麗戀曲的人。」

「哥，美麗的事應該會結美麗的果實，會譜出美麗戀曲的人怎麼可能拋棄孩子！溫柔多情的人為什麼會背叛自己的丈夫？拋棄自己的孩子？」

陽子激動地說。阿徹默默在她身邊坐下。

「今天我在孤兒院看到的小孩，他們或許也是戀愛的結晶。可是看到他們，我絕不會把他們想成是美麗的果實，太教人悲哀了。」

陽子的憤慨來自她向來的道德潔癖。

「陽子的想法我能理解。或許是我太天真了，我真的希望妳能對生母懷抱少許思慕之情。」

「哥的意思是我不該氣她？一個背叛丈夫、拋棄親生骨肉的女人，哥要我不生氣，還要思慕她？陽子才不要！我還不到二十歲，就要我不能憎恨這樣的大人，這也太可悲了。」

「對不起，陽子。我並非不了解妳的心情。只是她受了重傷，必須住院三個月，她受傷的原因又和我有關，所以才希望妳能原諒她。」

陽子抬頭仰望在松林樹梢間移動的月亮。一片浮雲和月亮交錯而過飄向遠方。

「我覺得人與人之間的交流很可怕。」

「人與人的交流可怕？」

「很可怕。與人相識、與人親近，都很可怕。」

「那妳也怕我？」

陽子停了幾秒才回答：「可怕，哥也很可怕。」

「為什麼？為什麼怕我？」

陽子沒有回答，揮扇趕著腳邊的蚊群。

「為什麼我可怕？」阿徹追問。

「不只有哥可怕。總之，我覺得與人交流很可怕。不論如何謹慎交往都會受傷，愈親近的人愈可怕，譬如像哥，你是我最怕的人。」

阿徹不禁屏住呼吸。陽子認為自己比北原更親近嗎？

「所以，哥，我不想輕舉妄動，不論任何事都一樣，對小樽那個人也一樣。」

陽子語氣十分平靜，像要壓制阿徹的感情。阿徹猜不透陽子的心思。

「我知道了。對了，陽子，有件事我一直想對妳說。」

「什麼事？哥？」

陽子的聲音與三井惠子相像得令人驚異。

「陽子，妳覺得最珍貴的東西是什麼？是生命嗎？」

「是啊，或許就是生命。」

「我觀察陽子這麼多年，妳對別人的禮物總是抱著感謝的心接受，這讓我很感動。即使收到的只是一朵花，妳也顯得很開心。」

「我懂了。哥，你是想說，生命比和服、戒指更寶貴，你希望我對那個賜予我生命的人懷抱更多感謝之心，對吧？」

「對啊，陽子，至少她是把妳帶到這世上的人啊。」

「誰知道她是不是真的想生下我。」

「不能這麼說，陽子。這麼說只會傷害妳自己。」

「可是，如果是在允許墮胎的時代，她肯定不會願意生下我的。」

「不。就算在那時代也有很多方法能打掉小孩，聽說有藥物可用。我想起來了，今年我們醫院接生了一個沒有腳的嬰兒。母親不知吃了什麼藥，結果只有打掉兩隻腳。」

「啊，好恐怖。」

「真的很恐怖。更可憐的是，那孩子只有三根手指。」

「太過分了！這孩子的一生要怎麼辦啊？」

「就是啊。而且孩子的父母還說，這種孩子他們不養，因為不但丟臉，也會破壞夫妻感情。」

「太自私了，好過分！吃下那種藥的又不是嬰兒，而是做母親的啊，她對自己的行為一點責任感都沒有嗎？」

「畢竟她本就打算打掉孩子。」

「哥對這件事是怎麼想的？」

「我覺得很可怕，所以才認為應該感謝把自己生得四肢俱全的父母。」

陽子沉默著沒說話。

「畢竟把寶貴的生命賜給自己的，是父母啊。」

「哥，我覺得人有比生命更重要的東西。」陽子的聲音雖低卻很有力。「我不清楚自己究竟是在期待中，或是在不受歡迎的情況下出生，總之，我已誕生在這個世界。可是這種誕生方式，我可沒法表示肯定。」

「陽子，妳真嚴苛。」阿徹苦笑著說。

「我嚴苛嗎？我現在說的是很理所當然的事呀。哥，一個人的誕生方式實在影響深遠。這一點，你只要看我是怎麼長大的就明白了吧。」

如果不是一出生就被送進育幼院，自己不會受到辻口家的母親虐待，也不會被誤以為是佐石的女兒，更不會被逼上自殺絕路。

「嗯，我明白。」

「不，你不明白。如果哥明白的話，就不會說喜歡小樽那個人。」

「可是……」

「哥，我們還很年輕。我覺得年輕人缺少道德的憤怒是不行的。」

「可是，陽子，對妳而言，現在最重要的是責難妳的生母嗎？責難別人、憎恨別人的日子，能帶來什麼好處嗎？」

「有些事情不能不責難，哥。我是因為父母不倫出生的，這件事在我心底留下多大的陰影，你知道嗎？我就像從泥沼出生的。能被辻口家收養，是我幸運。」

13 紫陽花

玄關地上放著許多女鞋和童鞋，三味線的樂聲不時從練舞場方向飄來。

「來！一、二、三，停！手不要動，脖子……」

練舞場的門扉敞開著，辰子清脆的聲音清晰可聞。夏枝面帶微笑傾聽著。乾脆別打招呼了，回家吧，她想。不過她決定把做為禮物的西瓜放到廚房再離開，便抬腿走了進去。頂著烈日一路走來，夏枝全身早已汗溼。這麼大熱天的，辰子還能陪學生練舞！夏枝暗自佩服，走進玄關右側的廚房。

夏枝從櫥櫃裡拿出一個大碗，扭開水龍頭裝水，忽然看到面前有一面鏡子，她滿意地打量鏡中的自己。突然，她發現一個女人的身影在鏡中晃動。夏枝以為是辰子的入室弟子，不在意地回頭對女人招呼著：

「天氣真熱，我把西瓜放在這裡冰一下。」

說完，夏枝心頭一驚。原以為是辰子的入室弟子，誰知竟是一個戴著墨鏡的陌生女子。女人聽到夏枝的聲音似乎也吃了一驚。

「啊！對不起，我以為這裡沒有別人。」

女人在地上滑行似的緩慢移動，兩隻手伸向前，一步步朝夏枝走來。

「請問……妳是哪一位？」夏枝上下打量女人問道。

「我叫松崎。」

夏枝斜著身子以免擋住由香子的路。可能是辰子家出入的人很多，由香子似乎不覺得夏枝的出現有什麼特別。

「我幫妳倒杯水吧？」

看到由香子的手在杯子附近摸索著，夏枝問。

「謝謝。今天好熱啊，練舞一定真辛苦吧。」

「是啊。」

夏枝嘴裡曖昧地答著，把一杯水放在由香子手裡。幸好她把自己當成辰子的學生，夏枝想。這時課程結束了，兩三個學生走進廚房。

「好渴啊，喉嚨乾得不得了。」

學生是幾個年輕的家庭主婦。夏枝悄悄走進對面的起居室。

遇到由香子後，夏枝覺得不能就這樣回家。辰子究竟什麼時候把由香子接來的？竟沒給自己送個信？夏枝心中十分狐疑。當初確實是自己拜託辰子帶由香子回旭川，但她應該事先打聲招呼啊。更何況，現在人都已經接來了，辰子更該通知自己才對呀。這太不像辰子平日的作風了。夏枝正襟危坐，等候辰子。

起居室的角落，七八個套著白布套的坐墊疊在一起；走廊上，剛練完舞的學生三三兩兩正要離去。夏枝面色凝重地傾聽學生們的腳步聲。從窗口看見庭院一角紫陽花開了七八朵。夏枝向來喜歡紫陽花的寧靜氣質，但今天就連紫陽花也無法平復她的心情。

（或許……？）

或許只有我一個人不知道這件事？夏枝暗自疑惑。說不定啟造早就知道由香子住在這裡？或許他早跟由香子見過面？夏枝覺得自己的猜想並非沒有可能。她真想早點見到辰子，向她求證。練舞場又傳來三味線的樂聲。原以為學生要回去了，誰知她們又走回練舞場。夏枝焦躁地瞥了時鐘一眼，快四點了，該是準備晚餐的時間了。但夏枝實在不願離去。她拿起身邊的電話，撥了號碼，電話裡一連傳來五六響呼叫音，然後聽到陽子的聲音。

「陽子，媽今天會晚一點回去，麻煩妳幫我做晚餐好嗎？」

夏枝也聽出自己的聲音很不自然，心裡更不高興了。

「好的，我知道了。要做些什麼呢？」

「什麼都可以，就炸點什麼，再弄個清燉肉湯，妳看怎麼樣？」

「這些我會做。媽，妳今天到哪裡啦？」陽子溫柔地問。

「我在辰子家啦。」說完，夏枝壓低聲音說：「松崎由香子在這裡喔。陽子知道嗎？」

「松崎小姐？就是那個豐富溫泉的？」

「是啊，妳別告訴爸爸喔。就說我出來買東西，要晚一點回去。」

「我知道了，別擔心。」

放下電話，夏枝心情稍微平靜一些。她拿出紗布手帕擦拭滿是汗水的領口，在心中盤算是否也給啟造打通電話。想了幾秒，夏枝打消主意，她覺得這件事最好還是當面告訴他。

「哎呀，真難得！」

高中美術老師黑江鬆開運動衫的領口，走進房來。夏枝微微皺起眉頭。

「陽子最近怎麼樣啊？」黑江開心地問，盤腿坐下。

「託您的福，陽子還是老樣子。老師您看起來也很好，真是萬幸。」

黑江是陽子高中的老師，夏枝不能不稍微應酬一番。

「今天好熱啊。這麼大熱天，阿辰還真努力。稀客光臨，也不給您倒杯茶。我去看看冰箱有什麼吃的吧。」

說著，黑江向廚房走去。不一會兒，他端著一盤西瓜進來。

「有了，有了，可惜還不夠冰涼。您先請用吧。」

說著，黑江把西瓜端到夏枝面前。夏枝吃驚地抬頭看他。

「好像不太甜。不過味道還可以。請您多包涵嘍。西瓜還是本地種的好吃，不過旭川西瓜最好吃的時候，天氣已經冷得穿單衣都不夠嘍。」

黑江不知道西瓜是夏枝帶來的，自顧自地發表意見。

夏枝實在不想在辰子未吃之前先享用自己帶來的禮物。

「最近學校在放暑假，這裡比自家舒服，我就跑來了。今天看到豌豆不錯，想煮些豌豆飯，就買了一些帶來。」

「老師您還是單身啊？」

「如果我能遇到像阿辰這種性格的女人就好了，女人總愛使小性子……太太，西瓜再不吃就不涼嘍。雖然馬馬虎虎，可要是溫了就更不好吃了。吃吧，您請用吧。」

「謝謝。對了，老師，剛才在廚房看到一位眼睛不方便的女士……」

「哦，那是由香子啦。是阿辰雇的按摩師。」黑江若無其事地答道。

「喔，這樣啊！她什麼時候到這裡來的？」

「讓我算算，她是祭典前來的，來了還不到十天吧。」

「十天前啊。」

「哎呀，今天怎麼還沒人做飯。真沒辦法，還是我來做吧。」

黑江說著，端起西瓜的空盤走出起居室。

（好過分！她十天前就到了。）

夏枝再也等不下去了，起身走向練舞場。有四五名學生坐在舞台前，辰子和兩名少女拿著雨傘在台上跳舞。

辰子手撐雨傘，蹲下身子，俯視舞台，一副藝妓在小溪邊欣賞細雨的姿態。夏枝有種錯覺，彷彿辰子身邊真的下著雨。身穿浴衣的辰子，宛如溫柔穩重的藝妓。這就是她的舞藝功力。

望著婆娑起舞的辰子，令夏枝深深折服。眼前的人不再是自己的朋友辰子，而是舞技出眾的陌生人藤尾辰子。

又排練了兩三遍，學生恭敬行禮後離去。辰子這時才發現夏枝在場，一隻手輕輕插在腰帶間走過來。

「妳久等啦。什麼時候來的？」

「等一個小時了。」夏枝表情僵硬地說。

「那可委屈妳了。幹麼，一副滿腹怨言的表情。」辰子拍了一下夏枝肩頭。

「辰子，妳好過分喔。」

「什麼事？」

「還說什麼事，就是松崎小姐的事啊。」

「我就猜是這件事。咱們別去起居室了，練舞場比較涼快唷。」

辰子輕鬆地說，逕自朝舞台走去。

「腳伸出來嘛。」

辰子拿了一個薄坐墊給夏枝，自己也斜著身子坐下。一名入室弟子端來兩杯冰汽水和兩條溼毛巾。

「老師，黑江先生幫我們煮了豌豆飯唷。」那名弟子忍俊不禁，縮著肩膀笑起來。

「看來有好東西吃了，有人幫了妳們大忙呢。」

這弟子和黑江之間不知發生什麼事，只見她笑著走回廚房。

「辰子，松崎小姐什麼時候到你這的？」

「還不到十天呢。」

「妳為什麼不告訴我一聲？」

「是她要我暫時別通知任何人的。」

「什麼！」

辰子明明是自己的好友，但她竟不顧好友，更重視由香子的感覺。夏枝很不滿。

「還有，夏枝，妳和老爺還是假裝不知情比較好吧。」

「可是，當初請妳把她帶回旭川的，是我啊。」

「夏枝，我並不是因為妳拜託我才把她帶來的。」

「我可聽不懂辰子在說什麼。」

「是這樣的，妳確實曾求我帶她回來，還雙手合十拜託我。可是，我一開始不打算帶她回來的。再說，我也不覺得她會輕易跟我回來……要不是因為她眼睛不好，我原想丟下她不管的。」

夏枝賭氣地低下頭。

大約二十天前，辰子獨自到豐富溫泉旅行。儘管聽了村井和啟造的描述，辰子也很同情由香子，但另一方面還是覺得她的作法太自私了。於是，辰子決定把練舞場的工作交給幾個入室弟子，請十天假。她想如果有十天時間，多少能了解由香子目前的生活狀況和心境。辰子除了做事果斷，也相當謹慎。

抵達豐富溫泉當晚，辰子立刻就找來由香子。當時她什麼也沒說，默默地讓由香子按摩。結束後，辰子對她說：

「我看妳似乎是對一件事專注的人，從妳按摩的手法就知道了。明晚再來幫我按摩吧。」

聽到有人稱讚自己，由香子頓時露出悲戚的笑容。

「客人您是有工作的人吧？」

第二天晚上，由香子客氣地問。

「妳怎麼知道？」

「您的氣質不像家庭主婦，身體也結實……」

「謝謝，我平時跳舞啦。」

「原來如此。您是舞蹈老師嗎？很久以前我也學過舞，不過是在樺太的時候，早就忘光了。」

「是嗎？妳是從樺太回來的啊。看來我們都吃過戰爭的虧呢。」

「老師您是遇到空襲，還是……？」

「我的遭遇可慘了，我喜歡的人死在監獄裡呢。」

「啊，死在獄裡。」由香子按摩的手停住了，「政治犯嗎？」

「是啊，其實他沒做什麼可怕的事，只是說了：『這場戰爭必敗。說什麼聖戰，根本只是為了某些人的利益而戰。為什麼大家都不明白這一點呢？』換作是現在，任誰都會同意這些話呀。他眼睛雖小，卻把時代看得那麼透徹。」

辰子語調平靜，但她的話深深打動了眼前的由香子。

「我還替那人生了一個孩子，只是出生沒多久就死了。」

「老師，我也有喜歡的人。」

由香子被辰子的話打動，也主動說出自己的過去。她的遭遇辰子雖已經聽說了，但從眼盲的由香子口中娓娓道來，分外令人同情。

「女人真可悲啊。」

聽完由香子的故事，辰子感慨地說。從那晚起，由香子對辰子完全敞開心扉。辰子生來有一種受人信賴的特質。

由香子向辰子細述幼年的記憶，以及回國後遭逢的苦難。她也接受辰子的邀請，兩人結伴洗過溫泉。辰子還請由香子吃午飯，帶她參觀歸國時抵達的稚內港；甚至還帶由香子去佐呂別原野的原生花園，只因她說此生想去一遊。

一星期很快就過去了，辰子告訴由香子自己第二天就要離去。

「老師，您要回去了？」

由香子無精打采地垂著肩膀，臉色也顯得蒼白。

「我要回去了。」辰子故作冷淡地回答。

「求求您，再多住一晚。一想到要跟您分別，我好難過。」

這不是按摩師該對客人說的話。

「我也一樣難過。如果妳願意，到我家來吧。我雇妳當專屬按摩師。」

「老師！真的嗎？」由香子不敢相信自己的耳朵。

「謊話能當玩笑說嗎？」

辰子已經說出自己與啟造、村井很熟稔的事，由香子思索片刻，回答：

「老師，請讓我留在您身邊吧。」

說著，她兩手伏地向辰子行了一禮，放聲痛哭起來。由香子許久未曾嚐到向人撒嬌的滋味。她早已不抱期望，認為自己將孤老終身。這麼多年來的孤寂，一下子隨著痛哭爆發出來。

＊＊＊

「經過就是這樣，夏枝。換句話說，她是我的朋友。」

「她是辰子的朋友？」夏枝不安地反問。

「我打算讓她學三味線，教她如何活得積極一點。女人一個人活下去是什麼滋味，我最了解不過了，因為我也是單身啊。」

夏枝覺得辰子和自己的距離一下子拉遠了。

「幫妳介紹她，我們上二樓吧。」

兩人登上樓梯，三味線的琴音停了。

辰子撥開珠簾領先走進房間。

「老師，有客人來了嗎？」

由香子的聲音傳來，聲音很沉穩。夏枝躊躇著走進房內。

「是院長夫人來了，由香[25]。」

「啊？」

由香子肩頭微微一震。夏枝仔細打量由香子後才開口：

25 日本人對音節較長的名字習慣以前一兩個音節做為暱稱，表示親暱。

「初次見面……」

由香子手足無措地低頭行禮。

「對不起。」

「由香，妳不需要道歉。」

「可是……我害大家操心了。」

由香子好不容易恢復鎮定。但夏枝一時也不知該和她說什麼才好。

「由香，我剛才跟夫人說了，往後妳會跟著我生活。這裡就是妳的家，妳不必客氣，對誰都不必客氣。唯有一件事要記住，不可以愛上別人的丈夫。我可不喜歡這種野貓偷吃的行為。」

這句話辰子也是說給夏枝聽的。

「對不起，夫人……我和院長真的連手都沒握過，院長是位了不起的人物。」

「哪裡！馬馬虎虎啦。夏枝，對吧？」

然而夏枝實在笑不出來。

「妳眼睛不好，生活很不方便吧？辰子，還沒帶她到醫院去啊？」

「我也正在盤算呢。最近為了秋季發表會的事要去一趟東京……想說順道帶由香到東京的醫院瞧瞧。」

「啊？到東京？」

夏枝心中充滿嫉妒。辰子為什麼非要對由香子這麼好？她有資格接受這樣的待遇嗎？夏枝真想這麼問辰子。

「旭川也有高明的眼科醫生啊，像是池田醫生。」

「這我知道。不過我在東京的師父兒子是眼科醫生，更何況，我也不能把由香一個人丟在家裡呀，總是不放心嘛。」

最後一句話，辰子故意加重語氣。夏枝無可奈何地笑了笑。

「對了，夏枝，妳乾脆也帶陽子到茅崎走走吧。我很想和夏枝一起悠閒地出門旅遊呢。」

＊＊＊

「媽說今天要晚點回來。」

陽子跟在啟造身後進來，她想像夏枝平日那樣幫啟造更衣。

「不用了，陽子，我自己換吧。」

啟造有些狼狽，因為陽子正想替啟造鬆開領帶，她的臉太近了。

「沒關係啦，我代替媽媽幫您換。」

陽子天真無邪地幫啟造解開領帶，她的鼻息柔和地吹向啟造面頰。脫掉襯衫後，陽子立刻把浴衣披在啟造肩上。

「妳媽去買東西啦？」

「對不起，我沒問那麼多。」

夏枝不在家，心情就是無法安穩。啟造心裡想著，走向洗臉台。

「爸，您要不要淋浴？」

「唔，算了吧。」

原來夏枝不在，自己竟連淋浴都懶。啟造扭開洗臉台的水龍頭，水管先流出溫水，但馬上就變成冷水。

啟造洗完手走進起居室，陽子立刻送上晚報來。

「陽子真懂事。」

「哎呀，我只是模仿媽平日做的事啦。」

「是嗎？是這樣喔。」

仔細想想，這些事夏枝確實每天都幫自己做。或許在自己眼裡，妻子所做的一切早已像空氣般毫無感覺，而陽子做的每件事卻又是那麼新鮮有趣，啟造想。

「對呀。爸，媽真可說是妻子的典範唷。她到現在都還幫爸穿襪子不是嗎？我常看到她自言自語念著：拿晚報、送茶水，一項一項地確認唷。」

「是嗎？妳媽原來這麼體貼。」

啟造對夏枝的看法大為改觀。

「等媽回來再吃飯嗎？」

陽子抬頭看一眼時鐘，還不到六點。

「好啊，她應該馬上就回來了吧。」啟造說完，攤開晚報，「是因為天熱的關係嗎？報上都是車禍的消息呢。」

陽子在廚房裡似乎回答了什麼，聽不清楚。啟造看到車禍的新聞，不由得想起三井惠子。也不知她的傷勢怎麼樣了，啟造在心中掛記著。

不一會兒，陽子端著茶走出來。她給啟造泡了一杯熱番茶[26]。夏枝認為天氣熱時應該喝熱茶才好，所以啟造平時在醫院也喝熱茶。

「妳媽怎麼這麼晚？」

「啊唷，爸回到家還不到一刻鐘呢。」

啟造不禁苦笑。老實說，他的心境就像是等了夏枝一個多小時。啟造無奈地又翻開晚報。

（難道……）

眼前浮現出村井的臉孔，啟造突然不安起來。

「陽子，妳媽是不是到辰子家去了？」

陽子心頭一驚。夏枝剛從辰子家打電話回來，告訴她由香子在辰子那裡，但交代不要把這件事告訴啟造。

「這……？不知道啊。」

陽子覺得自己說謊的技巧實在太差了。

「妳打個電話到辰子家問問看。」

或許夏枝會佯稱自己到辰子家去了，啟造心裡已經斷定夏枝是和村井幽會去了。陽子以眼角偷看啟造一眼，遲疑地拿起電話聽筒。啟造緊盯著陽子的動作。陽子慢吞吞地撥著號碼，撥了一半，弄錯了數字，她又重頭撥起。聽筒裡傳來通話中的指示音。

「爸，通話中唷。」

陽子鬆了口氣，開朗地向啟造報告。

「是嗎？通話中？」

啟造覺得彷彿躲過了攤牌的局面。他寧願相信夏枝是在辰子家，然而雖然想弄個清楚，卻又不願知道真相。沒過幾分鐘，他又對陽子說：

26 番茶：由較硬較粗的茶葉製成，茶味較高級綠茶清淡，咖啡因含量也少，老人和小孩都能喝。

「陽子，妳再打通電話看看。」

「爸，您今天有點怪呢。」

「爸爸奇怪嗎？」

「是啊。以前媽回來遲了，爸比現在沉著多了，總是到樓上書房看書呢。」

啟造又露出苦笑，摸著自己的腦袋說：

「是因為年紀的關係吧。人家都說，上了年紀比較沒耐性。」

「才不是，爸還很年輕啦。」

「陽子，我都快五十嘍。」

啟造最近每次照鏡子都會發現白髮。以前常被人稱讚滿頭黑髮，但現在想想才發現這種讚美僅限於四十幾歲時。自己會如此焦躁地等待妻子歸來，或許真的是因為年齡的關係。啟造不安起來，他自認還年輕，現在卻發現自己的肉體和精神已在不知不覺間步入老年階段。

「聽說妳去參觀了孤兒院？」

啟造已從夏枝口中聽說這件事，但他從沒提起過。

「是啊。」突然聽到父親提起參觀孤兒院的事，陽子有些害羞。

「看了孤兒院之後，有什麼感想？」

「簡單用一句話說的話……我覺得，勿妄為人父母。」

「原來如此，勿妄為人父母？這句話可真是一針見血。」

「我到過那裡之後，愈來愈覺得人好可怕。這話我也跟哥說過，爸，人類真是罪惡深重啊。」

陽子把覆在桌上的碗盤擺正一些。

「是啊，這話說得沒錯。爸爸我……」啟造說到一半停下來，抬眼看著陽子。

「怎麼樣呢？」

「沒什麼，爸爸似乎不會為了自己的罪過苦惱。」

啟造顧左右而言，沒把自己真正想說的說出來。其實他心裡很想對陽子說：

（陽子，妳自殺之後，爸爸很痛苦。我愈來愈感到罪惡深重，妳不知我多麼期望妳寬恕我的罪。陽子在遺書裡不也寫過期待自己的罪獲得寬恕嗎？）

啟造覺得這些話會刺激陽子心裡的傷痛，所以沒說出口。

「陽子也有同感，爸，我雖然時常為自己的罪惡煩惱，但最近卻總是注意到別人的罪。譬如去參觀孤兒院的時候，還有想到自己身世的時候……」

「這樣啊，這也是人之常情。畢竟陽子從沒做過一般人認定的犯罪啊。對我們這些平凡人來說，『罪惡』這個字眼並不會給我們特別感覺，因為大家都認定自己沒做過大奸大惡之事，因而能夠平靜度日。對了，說到罪惡，上次我在書店裡看到一篇文章。」

大約一星期前，啟造曾到書店去。最近他有個習慣，一走進書店就忍不住去翻宗教類書籍，那天他讀到一篇登在基督教雜誌裡的散文。

「文章裡說啊，有個男人責問牧師，我又沒犯過罪，為什麼耶穌基督要認定人類都是罪人？究竟是什麼意思？結果牧師指著庭院裡的石頭對男人說：你去把那塊大石頭搬來好嗎？男人使出全身力氣，將那塊比醃菜用的石頭[27]還重一倍的大石頭搬到牧師面前。」

27 日本人製作醃菜時，為了使鹽分迅速滲入菜葉，習慣在撒鹽之後以重石壓在菜上。

森林的方向傳來陣陣嘈雜的烏鴉叫聲，或許是烏鴉歸巢的時間到了。

牧師又叫男人去找一堆小石子，總量要跟那塊大石頭差不多。男人找了半天，終於找來許多小石子，接著，牧師叫他把那些石子放回原處。這下子男人沒辦法了。他只記得那塊大石頭是從哪裡搬來的，另外那一堆小石子，他怎麼可能記得哪塊石子是從哪裡找來的。所以那些小石子一塊也沒放回原處。

「這故事真有意思。」陽子點頭說道。

「很有意思吧。換句話說，殺人、搶劫之類的行為對我們來說是大石頭，而說謊、憤怒、憎恨、道人長短之類的日常瑣事就等於小石子，反而是我們難以改正的。」

啟造突然想起醫院裡發生的一件事。一位老年女性病患住在六人病房，她是糖尿病患者。一天，這位患者未經醫師許可擅自出院，理由是同病房的年輕女患者都不跟她講話。但那些患者表示，她們並非不跟老婦講話，只因年輕人之間比較聊得來，自然就冷落了老婦。換句話說，年輕女患者只是對老婦不抱絲毫關懷之情，而她們的漠不關心給老婦帶來難熬的疏離感。如果是一家人，或許老婦會被逼得離家出走，甚至自殺也不一定。年輕患者的行為背後並沒有任何犯罪意識，但對老婦來說，她們的冷漠就像鞭打一般折磨。

那些年輕病患沒有一個人認為自己有錯，對她們來說，自己的行為連一粒小石子都算不上。在今天這個社會，憎恨、道人長短之類的惡行人們早已習以為常，以致冷漠之類的小事根本不被人放在眼裡。

啟造覺得自己彷彿每天也在堆積無數大小石頭，而自己就坐在龐大的石頭山頂上，一味告訴自己：你沒有罪。

「真是太可怕了。」

啟造把老婦和年輕患者的故事告訴陽子，感慨萬千地發出嘆息。

＊＊＊

玄關傳來開門聲。啟造抬頭看了時鐘一眼，陽子快步跑向玄關。

「我回來啦。抱歉，老公。哎呀，你們應該先吃飯的。」

夏枝心情似乎很不錯。

「嗯。」

啟造板著臉，看都不看夏枝一眼。夏枝向陽子使個眼色，聳了聳肩，臉上堆起嫵媚的笑容對啟造說：

「老公，辰子要去東京唷，還提議要我也去茅崎看看爸爸。」

「怎麼，妳到辰子家去了？」啟造不禁抬頭看著夏枝。

「當然嘛。我能去的，除了辰子家也沒有別處了。」

「是嗎？不，我就猜是這樣。」

啟造的心情當下就變好了。陽子不解夏枝為何不讓她說出由香子的事，納悶著把清燉肉湯盛進碗裡。

「欸，我可以到茅崎去一趟吧？」夏枝撒嬌似的坐在啟造身邊。

「可以呀。可是現在去很熱喔，聽說旭川今天都有三十二度呢。」

「不，不是現在就去。九月以後才去。陽子也一起去吧？」

夏枝拆開包裝紙說道：「來，這是給陽子的裙子。」

說著，她從袋中拿出一條裙子，攤開給陽子看。那是條偏白的蛋青色裙子，上面淺淺印著藍點花紋。

「哇！真好看，好美唷！媽，謝謝。」

陽子高興地說。不過，她也注意到夏枝的表情和平日不太一樣，有些在意。

「欸，陽子，妳也一起去茅崎吧？到時候給妳做一身新套裝。」夏枝顯得興致勃勃。

「可是爸爸就落單嘍。」

「爸爸沒關係啦，偶爾過過單身漢生活也不錯。」

「對呀，高木先生也還是單身呢。你偶爾過一下悠閒的單身生活，挺不錯啊。」

夏枝為啟造買了一條領帶，她把領帶隨意打個結，放在啟造胸前比畫著。那不像夏枝平日會有的動作，啟造也注意到了。小孩發燒前也會吵鬧躁動，啟造覺得夏枝的反常只是因為出遊前的興奮，並不覺得討厭。

一家人開始吃晚餐，夏枝忍俊不禁般笑了起來。

「陽子，黑江老師也沒搞清楚西瓜是媽媽送的，就端出來請我吃，還抱怨西瓜不太好吃。」

「辰子家還是老樣子，今天還是黑江老師煮飯呢。辰子那裡老是有各式各樣的人進出。」夏枝對啟造說。

「哎唷！」陽子也笑起來。

「喔，是嗎？」

啟造沒在注意夏枝說什麼，只要夏枝回來他就放心了。

「老公，我們打算四個人一起去旅行。我、辰子，和陽子，你猜猜看，還有一個人是誰？」

「嗯，也好啊。」啟造也沒聽清夏枝說些什麼，隨口胡亂應著。

「好討厭，你都沒在聽我講話。」

「是嗎？嗯，這扇貝炸得真好吃。」啟造嚼著已經變冷的炸扇貝說道。

「別用炸扇貝轉移話題！我在跟你說，除了我、辰子、陽子之外，還有一個人跟我們去旅行。」

「還有一個人，是誰？」

「你不知道吧？」

「不知道啊。」

說完，啟造突然想難不成是村井。但村井應該沒那時間，不可能離開醫院跑到東京去。

「這人你也認識喔。」

「高木嗎？」

「不對。」

「誰都無所謂啦。」

說完，啟造把飯碗遞給陽子。陽子有些同情啟造，也感到有些不是味道，原來夏枝是為了親口說出這件事，才不讓她先說。即使如此，陽子對夏枝的心情也並非毫不同情。

「真的跟誰去都可以嗎？」夏枝看著啟造的表情帶著一絲揶揄。

「是啊。」

啟造這才發現情況似乎不容輕忽，說不定對象真的是村井。啟造想，村井可能會強行請假，把工作推給辦公室職員和她們去旅行呢。對了，村井今天可能也到辰子家去了。

「老公，另外那個人當然是女人，她現在就住在辰子家。」夏枝審視著啟造的眼神。

「我說呢，原來是她的入室弟子。」啟造鬆了口氣。

「哎呀，老公，你還不知道嗎？是松崎由香子啦。」

「啊？松崎？」

啟造不覺提高了音量。夏枝滿意地看著他驚訝的表情

「是呀。由香子和辰子已經變成好朋友了。」

「從什麼時候開始的？」

「真受不了她！你不覺得辰子很過分嗎？她說不是因為我求她才把由香子接回來，可就算給我們打個電話，通知一聲，也是應該的吧？」

夏枝也不回答啟造的問題，忿忿不平地說。

14 十字路口

阿徹在草地坐下，便對陽子說：「北原也說要來。」

兄妹倆坐在北海道廳[28]廳舍庭園的池畔，池水平靜，微波不興，水面映著充滿異國情調的紅磚建築倒影。這是九月的札幌難得的一個無風午後。

「啊？北原先生？」陽子吃了一驚，臉色微微泛紅。

昨晚，阿徹從札幌打電話給陽子，告訴她：「我弄到F交響樂團演奏會的門票，明天是星期六，我下午休假，妳兩點半左右在北海道廳南側的水池邊等我。」但阿徹完全沒提到北原也要一起來。

「我弄到三張門票，所以也邀了他。」

阿徹解釋。陽子自殺後還沒見過北原，事情發生後北原曾寄過兩三封信給陽子，陽子只簡短地回過一封信，之後兩人便斷了音訊。陽子心底認為，在寫下那封遺書的瞬間，從前的自己就已經死了。在這種狀態下，她實在無法寫信給北原。而北原的存在，也提醒了她那段不願再想的可怕日子。

（哥為什麼要讓我和他見面呢？）

陽子想不透阿徹心裡究竟在想什麼。

「我不該叫北原一起來嗎？」

28 北海道廳：北海道從前的政治機關，紅磚的廳舍樓房建於一八八八年，並於一九六九年被指定為日本國家重要文化財產。

阿徹輕聲問正在欣賞池邊美人蕉的陽子，她搖搖頭說：

「……只是，很突然嘛。」

「『未來』總是突如其來降臨的。」

阿徹故意逗笑地說出上次和北原聊到的一句話。陽子看到阿徹的表情，只好無可奈何地笑了笑。好一陣子，兩人靜坐不語。陽光寂靜地打在廳舍中央高聳的圓形屋頂上。廳舍前，一名身材高大的外國人在幫一名金髮女子照相。

陽子突然低聲問阿徹：

「哥，你每天在醫院裡都做些什麼？」

「最近在實習預診[29]，問患者一些『有沒有食欲』的蠢問題。」

「蠢問題？」

「是啊。那些眼神呆滯、必須拚了命吸氣才能說話的人，怎麼可能有食欲？可是碰到這種患者，我還是得問同樣的問題。」

等等該怎麼和北原打招呼呢？陽子內心思索著，面對阿徹的話點頭稱是。阿徹也顯得坐立難安，不停以手帕擦拭脖子。

「啊，北原來了。」

阿徹站了起來。只見池塘對面的刺槐樹蔭下，北原和一名年輕女性並肩走來。

陽光突然被雲層遮住了。

「嗨！妳看起來氣色不錯。」

北原開心地走向他們，臉上率直地表露出與陽子久別重逢的欣喜。

「許久沒和您聯絡……」陽子說完，深深低頭致意。

「哪裡，彼此彼此啦。」

北原輕鬆地答著，轉頭望向身後的女子。

「辻口，順子小妹也來嘍。」

「喔，怎麼，原來是順子小妹？」

阿徹一心注意北原和陽子的重逢，沒發現曾經一起在高木家葬禮幫忙的順子。

「這位是辻口的妹妹陽子小姐。陽子，相澤順子小姐在高木夫人的喪禮時曾來幫忙。」

順子一身明亮的深藍洋裝，襯著白色蕾絲衣領，顯得十分清新。笑起來嘴角出現的小酒渦也很可愛。

「你們什麼時候變成朋友了？」

「喔，我想想看，應該是上次葬禮後過幾天吧？」

北原回頭問順子。陽子覺得他看順子的眼神十分溫柔。

「大概是喪禮後第十天，我們在石狩的海灘碰巧遇到。」

「是啊，我們在海灘玩了半天。」

「那可真是巧遇。」阿徹開朗地說。

「然後，剛才又在北海道廳門口遇到。我告訴順子小妹，今天跟你約好在這裡見面，她吵著要見你，就跟著我來了。」

「這可是連續的巧遇喔，你們倆！」

29 實習預診：醫師正式診察前，先由其他人員對患者進行問診。

阿徹故意在「你們倆」幾個字加重了語氣。

「嗯，要是小說或電影，一定會被嫌棄未免太巧了吧。」

北原和順子並肩坐下，四個人圍成一圈，順序是阿徹、陽子、北原、順子。順子對陽子嘻嘻一笑，陽子也露出微笑。這女孩真可愛，陽子想，叫她「順子小妹」確實很適當。

「身體還好吧？」北原問身邊的陽子。

「託您的福，身體倒還不錯。」

「只有身體不錯啊？」北原露出一絲愁容。

「總之，今天很高興看到妳來。」

「本來應該先向您道歉，才和您見面的……」

陽子覺得自己辜負了北原，就算被他指責變心，也無可反駁。但北原並沒為此責問過陽子，陽子也就沒再和他聯絡，一晃眼工夫，就過了一年半。陽子一直以為自己在那天就已經死了，但事實上，她還活著。

——這真出乎意料，陽子想。

「妳不需要道歉……我倒是有很多話想告訴妳。」

北原對陽子說。阿徹坐在一旁傾聽兩人談話，這時，順子對阿徹搭訕著說：

「這座紅磚建築，聽說是宮本百合子[30]的父親蓋的？」

「是嗎？」

「辻口先生家有幾個兄弟姊妹？」

「兩個。妳呢？」

「我是獨生女。辻口先生和妹妹長得不像呢，是不是一個像爸爸，一個像媽媽？」

「不知道……」

阿徹冷冷地答著，因為他全副精神都放在北原和陽子的談話上。道路汽車絡繹不絕，噪音使他皺起了眉頭。

「北原，我們換個地方吧？」

「喔，好啊。要不要去植物園？那裡比較安靜，而且也近……」

北原和順子率先站起身，陽子跟在阿徹身後。順子抬頭對北原說了幾句話，然後轉過頭露出調皮的笑容。

「辻口，順子小妹嚇了一跳呢。沒想到你這傢伙這麼沒禮貌。」

阿徹抓抓腦袋，順子又回頭笑起來，笑容天真無邪。

「她很可愛吧。」阿徹放慢腳步，等候落後的陽子。

「是啊，感覺很不錯。她和高木叔叔很熟嗎？」

「好像是，聽說家裡開藥房。」

阿徹也不太清楚詳細情形。

「哥，你對人家不禮貌了？」

「沒有呀，我不是有意的……只是因為車聲太吵了。」

阿徹有點發窘，他不能讓陽子知道，剛才是因為自己專心在聽她和北原說話。四人走出北海道廳大門後，北原轉過頭說：

30 宮本百合子（一八九九—一九五一）：小說家，日本民主主義文學的領導人物，著有《伸子》、《播州平野》、《道標》等。

「順子小妹說想跟陽子小姐聊聊。」

順子害羞地看著陽子。

「我也想和順子小姐聊聊。」

陽子說著和順子並肩而行。陽子比順子稍微高一點。

「聽說妳家裡開藥店？」

「是啊。所以我應該當藥劑師，不然父母太可憐了，結果我進了幼保系。」

「妳喜歡小孩啊？」

「因為我是獨生女，覺得小孩就像洋娃娃。將來結了婚，我想要生一打呢。」

「哇！」

順子笑了起來，但陽子卻笑不出來。不知為何，孤兒院那些孩子的臉孔在她眼前浮現。

順子毫不介意陽子的表情，問道：「欸，陽子小姐，妳有沒有夢過自己生了小寶寶？」

「我？沒有。」

陽子吃了一驚，沒想到順子提出這種唐突的問題。

「我夢過喔，高中時做過兩次這種夢，兩次都生了男孩。嬰兒滑溜溜的，好可愛唷。我是不是不正常啊？」

「可見妳真的很喜歡小寶寶。」

「我很喜歡啊……可能是我房裡掛了一幅聖母抱耶穌的圖畫，受到那幅畫的影響吧。總之我確實有點奇怪。」

順子無邪的眼睛望著陽子。

兩人走到十字路口，燈號變成黃燈，阿徹和北原已在馬路對面。阿徹回過頭來，順子開心地向他揮了揮手。

「陽子小姐，妳哥哥給人一種很乾淨的感覺。」

「謝謝。北原先生也很乾淨啊。」

「是啊，他也不錯，只是太老成了一點，總把我當小孩看。他不像朋友，反而比較像叔叔。」

「說他像叔叔，太委屈他了。」

說完，兩人相視而笑。

「上次我喊他北原叔叔，他還一臉無所謂地回應我呢。對了，陽子小姐，我可以跟妳哥哥做朋友嗎？」

「可以啊，我很高興。」

燈號變成綠燈，路口兩側的行人陸續前進，路中央人群交錯，一名高中生模樣的少年迎面而來，他緊盯著陽子，和她擦身而過。陽子忍不住回頭看他，少年也轉過頭，目光銳利地望著她。

「他是高中生嗎？那男生好奇怪。」

順子也回頭看著那名少年。

大約五十公尺前方，阿徹和北原在路旁楓樹綠蔭下等候。

「剛才有個怪高中生，就站在十字路口正中央，死盯著陽子小姐看呢。」

「喔？怎麼回事？難不成是變態？」

「感覺很不好吧？陽子小姐。」

北原轉頭望向十字路口，但只看到往來飛馳的汽車。阿徹裝著不在意點燃一支菸。

阿徹知道那少年是誰，因為剛才就在這裡看到他。他是三井惠子的小兒子達哉。阿徹一眼就看到達哉提著包袱從轉角走過來。

「北原，我們在這裡等她們吧。」

他裝作沒事走到路樹下仰望樹梢，達哉從他身後經過。

阿徹的視線緊盯擦身而過的三井達哉。達哉走路時右肩微微聳起，愛鑽牛角尖的激烈性格從背影表露出來。

（他會注意到陽子嗎……？）

阿徹心中很不安。他看到達哉在路中央停下腳步，一直瞪著陽子她們，兩個女孩也回頭看他。直到陽子她們通過路口，達哉還站在原地瞪著她們。阿徹緊張得無法呼吸，他擔心達哉隨時會追上來。

（對了，他一定是要去醫院。）

今天是星期六，達哉一定剛從小樽抵達札幌。這附近正好是從車站到惠子所在醫院的必經之路。

「怎麼了？辻口？」

看阿徹一語不發地領頭向前走，北原不解地問。

「什麼？」阿徹假裝不懂。

「怎麼突然不講話？」

「是嗎？」

阿徹瞥了陽子一眼，又對順子笑了笑。

四人一起走進植物園。占地四萬一千坪的園內十分安靜，一點也不像是在市中心。路徑兩旁是寬闊的草坪，許多遊人在草坪上休憩，路又向左右分開，更向前走，小路又分出岔路，岔路盡頭隱沒於數百年樹齡的古木和茂密的草叢之中。

北原感到刺眼般，眼睛瞇成一條縫。太陽開始施展威力了。路旁一名穿著有領運動衫的青年在睡覺，臉上覆著一本文庫小書。

「哎呀，是杜斯妥也夫斯基的《白痴》耶。」順子偷看了書名，聳聳肩膀說：「居然把《白痴》蓋在臉上睡覺！」順子低聲說完，露出頑皮的笑容。

「有什麼不好？用《白痴》蓋臉，我覺得很有意思啊。」

「對呀。如果用書名叫《智者》的書蓋臉，就更滑稽了。」順子溫順地點頭同意。

「很好，聽妳這麼說我就放心了。辻口，對吧？」

阿徹猛地回過神來，向北原點點頭。剛才看到達哉，他突然擔心起惠子的傷勢。惠子的住院生活還得持續一段時間吧，阿徹想，這麼熱的夏天，住院一定很辛苦吧。他忍不住嘆了口氣。

「順子小姐，妳個性真開朗。」陽子說。

「大家都這麼說呢。」

「妳一定很幸福。」

順子瞪著陽子幾秒後才回答：「是很幸福啊。」說完便停下腳步。

順子等阿徹和北原走遠了，才對陽子說：「我們坐一下吧？」

兩人在草地坐下。

一個穿和服的老人和一個年輕女人並肩緩步走過她們身邊。

「真是悲劇啊。」老人說。

「我沒辦法啊。」

年輕女人似乎含著淚說。陽子和順子目送兩人通過，從背影看來他們就像普通的祖孫。

聽到老人嘴裡說出「悲劇」這個字眼，陽子有點意外。

「人生真是千種百樣啊。」

順子低聲說。她也聽到老人的那句話吧。陽子深深點著頭。

「可是，上天賜予的人生就該盡一切努力活下去。」

順子朗聲說道，凝視著陽子。

「剛才聽到陽子小姐說『妳一定很幸福』，我嚇了一跳呢。」

「為什麼？」

「因為聽起來妳似乎並不幸福。對不起，我的頭腦很單純，想到什麼馬上就說出來了。」

「順子小姐，妳真敏感。妳說對了，我並不幸福。」

「可是妳有一位這麼好的哥哥，上次喪禮我也碰到妳的父母，他們看起來人很好。」

「對啊，他們是好父母，好哥哥。但一個人是否真的幸福，我想是關係到那人的心。」

這對幸福的人來說，或許很難理解吧，陽子想。

「妳說得沒錯。沒找出自己活著的意義或目的之前，內心會覺得很空虛，是虛無的。虛無，就是一種沒有獲得滿足的狀態，當然不會覺得幸福。」

順子這番話令陽子很意外。

「順子小姐，妳滿足嗎？」

「現在是很滿足啦。」

「妳也經歷過不幸？」

「有啊，沒經歷過不幸的人不會得到真正的幸福。對了，陽子小姐，如果幸福與否是關乎心的問題，那我覺得人不論處於任何狀況下，都可能得到幸福的。」

「不論處於任何狀況下？」

外表天真無邪的順子到底經歷過什麼事，讓她覺得不幸？陽子轉眼望向阿徹和北原，兩人在一棵榆樹下來回走著。順子躺在草坪上。

「陽子小姐，天多麼高啊！人只要壓低身子，天會變得更高喔。」

＊＊＊

這時，北原望著遠處草坪上的陽子她們，說道：

「……是嗎？所以陽子小姐見到了自己的親弟弟，卻毫不知情。」

「是的。」

「可是話說回來，真沒想到那天守靈式結束後，你竟和小樽那位太太見面……」

「嗯，這件事一直沒告訴你，我很不安。」

「不，我了解你的感覺。這事和陽子小姐有關，你也沒有義務一切都向我報告。」

北原的話刺痛了阿徹。

「北原，每次看到那個叫達哉的男孩，我總覺得很不安，不曉得為什麼？」

「唔，我不知道他是怎樣的人，也不能胡亂表示意見。」北原推卻地答道。

「該說是直性子嗎，總覺得他很愛鑽牛角尖。」

「我最怕這種人了，腦袋太硬了，年紀輕輕就像得了動脈硬化症。要是陽子小姐的事被他知道了，恐怕會很麻煩。」

阿徹不安地停下腳步，伸手撫摸著桂樹粗糙的樹皮。

「不說這些了，你和陽子已經一年半以上沒見面了吧？」

「到這個月十五日，就滿一年八個月了。」

北原不假思索地答道。阿徹一驚，抬頭看著北原。北原能立刻答出準確時間，表示陽子在他心裡還不是過去式。

「陽子變了吧？」

「是啊。以前的陽子小姐美得耀眼，現在她的美比較穩重，飄逸著幾分憂愁。」

兩人沉默片刻，之間瀰漫的空氣從未有過的沉重。北原望向茂密的草叢，半晌，毅然決然地說：

「辻口，去年我曾跟你說，打算放棄陽子小姐。結果你叫我不要想太多，還說要照她的意思做決定。」

「嗯，所以呢？」

「當時雖然聽你那麼說，我還是想放棄，因為我實在不願我們的交情落得像漱石的小說《心》的角色那樣。然而，今天看到陽子小姐，老實跟你說，我覺得不如不見比較好。」

「……」

「辻口，要忘掉一個人可不容易。總之，我覺得你說得對，我不用太性急。」

阿徹傾聽北原的表白，腳跟踢著附在地上的樹根。

「這是宣戰通知？」阿徹半開玩笑說。

「對，就是宣戰通知。」北原也笑了。

「是嗎？我只希望陽子幸福，不論她選擇的是你或其他男人，只要她過得幸福，我都不會有怨言。」

「真的嗎？辻口？」

「我是說真的。儘管心裡不好受，也是沒辦法的事。只是，如果你讓陽子不幸，我可不會饒了你。」

「是嗎？我果然比不上你。」北原轉眼望向草坪上的陽子。

「北原，你跟順子小妹一起出現時，我……很高興呢。」

「我跟順子小妹？怎麼可能！那女孩對你很傾心喔。從上次葬禮就對你有意。」

「別開玩笑了。」

「不，不是開玩笑。她跟我說了好多次，說想跟辻口做朋友。次數多到我都想把你跟陽子小姐的事告訴她呢。」

陽子和順子走了過來，阿徹和北原都閉上了嘴。

「你們在聊什麼？」

順子問。北原毫無笑容地說：

「宣戰通知。」

「在談戰爭的事？真討厭，在這麼祥和的地方還談這種事。世道竟已變成這樣了。」

「那妳們倆聊什麼？」

「我們在聊現在最想要的是什麼。陽子小姐，對吧？」

四個人分成兩排沿著小路前進。

「順子小妹，妳最想要什麼呢？」北原回頭問順子。

「你猜是什麼？」

「男朋友吧？」

「別開玩笑啦，我有比男朋友更想要的東西。」

「那要不然，是錢？」

「錢？北原先生真討厭，把我看成小孩似的，我想要的是一顆純淨的心啦。」

「已經很純淨啦，順子小妹的心。」

「別敷衍我了，我可不像外表那樣純淨唷。」

北原和阿徹都看著順子笑起來。

「你們真過分。那你再猜猜看，陽子小姐最想要的是什麼？」

北原和阿徹互看著對方。順子對他們說：

「陽子小姐最需要的是好男人，就像北原先生這樣的人。」

「怎麼！這次變成妳開我玩笑了？」

「當然。陽子小姐最想要的東西，我絕不會告訴你的。」

順子嘴角浮現了酒渦。

＊＊＊

火車預定下午四點二十分出發，離出發還有一點時間。阿徹注意到月台上的往來行人都在偷偷打量身邊的陽子，他感到十分自豪。

「妳以後可以常來玩，旭川到札幌不過兩小時左右。」

「好啊，我會來的。哥，昨晚的柴可夫斯基真不錯。」

那首猶如捲起陣陣不安渦流的〈悲愴奏鳴曲〉仍在陽子體內回響。據說創作這首樂曲的柴可夫斯基死於霍亂，他是因為預知自己的死亡才寫下這首名曲嗎？或者是對難解的人生懷抱的疑惑催生這首樂曲？難道就連創造出這種偉大作品的人物心中也有恐怖與不安嗎？昨夜起，陽子對人生的沉重又有了一番體認。

「以後有好的表演，我會先買票的。」

「謝謝。幫我向順子小姐和北原先生問好吧。」

「沒問題。北原本來說要來送妳呢。」

陽子剛踏上火車，發車鈴就響了。

「啊！抱歉，來晚了。」

北原突然捧著一包東西跑來，他才跳上火車階梯，誰知車門竟關上了。

「啊！北原。」

阿徹不禁叫道。北原一臉無奈地朝他揮揮手。

阿徹瞪著漸行漸遠的火車，心中很想立刻追去。說不定北原一開始就計畫和陽子一起去。北原偷跑嗎？不，他不是這種男人。再說，我也沒資格批評他，阿徹想。我瞞著北原獨自跑去小樽探訪過三井家，守靈式的晚上還瞞著他和惠子見面，就算他罵我作弊偷跑，我也無話可說。阿徹在心底寬慰自己，但又覺得無法原諒突然和陽子一同離開的北原。

「辻口先生。」

忽聽有人呼喚，阿徹轉過頭，心頭不覺一驚。惠子的大兒子阿潔就站在身後，表情很嚴肅。

「啊！你好。」

「來送行啊？」

「是啊。你呢？」

阿徹擔心他看到了陽子，心臟不由得怦怦跳。

「我來探望家母，正要回去。」

開往小樽的列車這時駛進旁邊的月台。

「你母親的傷勢怎麼樣了？」阿徹垂著眼問道。

「可能要比預定時間多住半個月。」

「那真糟糕。」

「辻口先生，你剛送走的那位小姐是誰？」

「喔，是我妹。」阿徹燃起一支菸，故意迴避阿潔的視線。

「妹妹？你妹妹嗎？」阿潔若有所思地看著阿徹，然後表情又明朗起來，「……是嗎？我嚇了一跳呢。她和家母實在太像了。」

「是嗎？聽你這麼一說，的確有點像。」

阿徹用力吸了一口菸。

「不是有點像，簡直像極了。」

「有那麼像嗎？」阿徹十分不安。

「對了，我弟弟達哉也說了，昨天碰到一位酷似家母的女孩。當時也沒特別留心，說不定他遇到的就是你妹妹。」

「不知道啊。聽說世界上有三個和自己長得像的人呢。」

阿徹情急之中，擠出這句話。

「你妹妹住在札幌嗎？」

「不，住在旭川。對不起，我還有事……」

「我是否說了讓你不高興的話？有件事我很掛慮。」

阿徹停下正要邁出的腳步。

「掛慮的事？」

「沒什麼。啊，我弟弟來了。請不要告訴他你妹妹的事。那傢伙有些……」

達哉愈走愈近，看到阿徹，他停下腳步無言地行了一禮。

「達哉，你真慢。」

「嗯，還有兩分鐘啊。」

今天的達哉聲調很溫和。

「那，祝令堂早日康復。」

阿徹逃走似的離開兩兄弟。他的皮膚被汗水沾溼，心裡七上八下，因為阿潔好像發現不對勁了。北原跳上陽子火車的事讓阿徹如鯁在喉，而阿潔那番話更讓他心情忐忑。

阿徹心生一計，不如現在到醫院探望惠子。車禍發生後他只去探望過一次，現在過去也不會在病房碰到那對兄弟。

走出車站，阿徹吁了口氣。他喉嚨乾渴，便到車站前的飲水處喝水。水管裡噴出的自來水打溼了阿徹的臉。

（北原這傢伙！）

北原大概正和陽子坐在一起聊天吧。阿徹壓下波濤起伏的思緒走進混雜的人群，要把陽子身邊的北原身影掃去，除了去探望惠子，沒有更好的辦法了。

＊＊＊

惠子坐在病床上。一身深葡萄紫的厚質睡袍，一頭秀髮剪得短短的，這副打扮使她顯得清新。

「哎呀，歡迎。」

惠子看到阿徹走進病房，先是一愣，但臉上立刻浮現可親的微笑。

「好久沒來看您。身體恢復得怎麼樣了？」

「謝謝。如你所見，我非常好。」

「但我聽阿潔說，您出院的日期又延了半個月……」

「哎呀，你見到阿潔啦？」

「是，剛才在車站碰到的……真抱歉，那麼久沒來，因為高木先生禁止我來探病。我真不知該如何向您道歉。」

「怎麼會？你道什麼歉啊？」惠子溫柔地凝視阿徹。

「因為，都怪我那晚說了不該說的話。」

「不該說的話？是我做了不該做的事。再說，我又不是聽了那些話就會心煩意亂的女人。」

「可是……」

「不是的，不是因為你。你為這種事感到內疚才不應該呢。聽我的，別擔心了。對了，你帶了什麼來給我？讓我看看。」

惠子看向阿徹捧著的禮物，微微一笑。阿徹這才有機會把手上的東西交給惠子。

「啊，是麝香葡萄！好高興啊。我最喜歡吃葡萄了。你怎麼知道我喜歡？幫我洗一下好嗎？」

惠子指著病房附設的小廚房說道。廚房除了供應自來水，還有瓦斯爐。阿徹點點頭，清洗葡萄去了。水異常冰冷，阿徹洗著葡萄，覺得在向惠子撒嬌似的，他很高興。

「我要吃嘍，剛好才吃完晚飯。」

「醫院的晚餐時間很早，很不方便吧？」

「是啊，習慣前是很不便。」

惠子捏起一顆葡萄。葡萄沾溼了她形狀美好的嘴唇，滑入她的口中。她就連吃葡萄也那麼優雅，阿徹暗自讚嘆著。

「真好，你也吃啊。」

「不，我……」

「辻口先生，請不要客氣唷。我們不是好朋友嗎？我們可是共享了一個重大祕密啊。」

阿徹俯視著庭院裡的山楸樹，樹上的果實已經紅了。

惠子吃完葡萄，阿徹絞乾一條毛巾交給她。

「謝謝，你真體貼。你媽媽一定很幸福。」

惠子慢條斯理地一根根擦拭雪白的手指。

「我在我媽面前很任性。」

「那是在撒嬌吧。你媽媽一定是位溫柔的女性。」

「總體來說或許是溫柔吧……不過，女人似乎都有殘忍的一面。對不起，您也是女人。」

「是啊。我就是殘忍的女人，我拋棄了自己的孩子。」

「不，我不是這個意思……」

「其實仔細想想，或許人活著就是一件殘忍的事。不管是雞或牛或豬，人類不都開懷大啖？光是這一點就夠殘忍了。更何況，人與人之間還以各種方式彼此傷害，我想，沒有一個人能活下去而不給別人帶來傷害。」

「……」

「就拿我來說吧，把生下的孩子交給別人後，裝作沒事又生下小兒子達哉。我很怕那孩子，好像他在我肚裡時知道了我的祕密，聞到了他姊姊的氣味。」

這是男人不能了解的感覺。

「怎麼會？不可能有這種事的。」

「我一直很內疚。那孩子打出生就愛盯著我的臉看。那雙清澈的眼睛發著光，一直定定地注視我，好像祕密都被他看穿似的，好可怕啊，辻口先生。」

惠子垂下長長的睫毛。阿徹總覺得她的臉愈來愈蒼白了，她就像少女般多愁善感。阿徹對她說：

「您不能這樣自責，這也會影響達哉……」

「沒錯。達哉很體貼，他是個敏感的孩子，和哥哥阿潔完全不同。」

「就算是殺人，追訴時效也只有十五年。您還是別再這麼想了。」

阿徹只和達哉見過兩次，兩次他都從達哉身上感受到一股無形壓力。達哉身上不僅表露出純真與機敏，還散發著一種偏激。這種特質確實如惠子所說，他彷彿在娘胎就獲知母親心底的祕密。

惠子蓋著毛毯的腳輕輕移動一下，身子靠在床頭。

「辻口先生，時效是法律問題，我覺得良心問題是不該有時效的。」惠子臉上浮起一絲微笑。

「但您太自責了。」

「哪裡，要說良心，我的良心最不值錢了，只會偶爾冒出頭來，大部分時候都在沉睡。當然，最初我也痛苦過，但後來慢慢淡忘了，轉而整天提心弔膽，害怕被三井和孩子發現。這和良心毫無關係，只是害怕東窗事發，只顧自己的自私心理罷了。」

「是嗎？」阿徹只能這樣回答。

「對呀。難道不是嗎？譬如殺人犯逃亡時害怕被警察逮捕，那和良心可沒關係。除非他肯說聲『對不起』，主動去自首，那才表示他有良心。老實說，我確實覺得把孩子送人很可憐，背叛丈夫是不對的，但我心裡害怕別人知道這些事的心情更強烈。剛才你說殺人的追訴時效是十五年對吧？那麼背叛丈夫替別的男人生小孩的追訴時效是幾年呢？」

「……」

「我因為不想讓人知道自己不貞，把女兒送進育幼院，這種罪時效又是幾年？辻口先生，我的良心早在時效過期前就睡著了。我明明知道良心問題是不該有時效的。」

阿徹看到惠子眼中泛起淚光。他很難過，覺得自己的出現給惠子帶來了痛苦。

「辻口先生，我覺得遇到你之後自己的良心覺醒了。我和高木醫生見面時就沒有這種感覺，或許是因為他是我的共犯吧，而你不同。那件事過了將近二十年，是你揭開了這筆舊帳。我覺得這次出了車禍也好，自以為那件事不會被發覺才是大錯特錯，事實上，天知、地知、你知、我知。我不能不這麼相信。」

「真抱歉，我……」

阿徹確實曾在心裡譴責惠子，所以他才會在山愛飯店和惠子談話。但此刻他已不再這麼想了。惠子遭遇這場車禍，已經為她的錯誤付出代價。阿徹的視線轉向天色漸暗的窗外。

阿徹打開燈，倚著牆望著惠子。燈光下，她低頭沉思。阿徹突然有個念頭，他想設法讓惠子和陽子見一面。

惠子從不為自己辯護，老實認了罪。像這種不懂得自我辯解的人，必須有人站出來替她說話才行。希望陽子和惠子見面的想法，就表示自己站在惠子這一邊，阿徹猛然省悟到這一點。一直以來，我自認凡事為陽子著想，為什麼立場突然改變了呢？阿徹感到不解。難道是因為陽子和惠子在自己心中變成同一邊了？不，不是的，自己是希望陽子幸福才希望她見惠子的，阿徹想

「你在想什麼？」

惠子的聲音像極了陽子，阿徹記得上次也這麼想。

「不，沒什麼……」

「是嗎……？對了，辻口先生，昨天達哉激動地說在附近的十字路口看到一個長得很像我的小姐。」

「……」

「你知道是怎麼回事嗎？」

阿徹看著惠子沉默地點點頭。

「她人在札幌？」

阿徹在床邊的椅子坐下。

「昨天來的，今天回去了。」

阿徹把昨天達哉遇到陽子的經過描述了一遍。

「啊！達哉和她碰面了……」惠子睜大眼睛說道。

「幸好那時我不在她身邊，可是剛才阿潔看見我在車站送陽子了，他也說那女孩酷似母親，問我是誰。」

「哎唷，連阿潔也看到了？他也發現那孩子了？而且是跟你在一起的時候……」

惠子臉色大變。她沉默半晌，視線落在床頭。

「……辻口先生，那孩子長得這麼像我，是老天給我的懲罰吧。自以為從頭到尾都隱瞞得很好，結果女兒卻跟自己這麼像，留下活生生的證據。這下我可一點辦法也沒有了。」

「您不必太擔心……不是有句話說，『意外地酷似』？」

「是啊，我真該感謝古人替我創造了這個方便的藉口。」

惠子突然看了手表一眼，說道：

「三井快到了，你要不要跟他見個面？」

「啊？您先生要來？」阿徹不由得站起身來。

「沒關係的，你跟他見個面我也方便。再說，你愈了解敵陣情況，對你愈有利唷。」

「可是，今天我還是告辭吧。」

「是嗎？那請你有空再來喔。除了週末，隨時都歡迎你來。」

惠子說著，伸出手。她的手心厚實而柔軟，但出人意料地冰涼。

「我真希望能和陽子握握手啊。」

阿徹低下頭。就在這時，忽聽有人敲門。阿徹立刻抽回手，彌吉開門走進病房。

「老公，正在等你呢。」

「啊，歡迎。」

聽到話聲，阿徹先低頭行禮才抬頭看彌吉，只見眼前站著一位舉止端莊的紳士，和阿徹的想像完全不同。這位五十多歲的紳士一頭豐厚的銀髮，背脊挺直，身材高大，看起來更像一位學者而不像商人。那雙溫暖的眼眸深深打動阿徹的心。

「老公，這位是高木醫生的好朋友辻口先生。辻口先生，這是三井。」

「我姓三井。多謝您遠道而來，不好意思。」

阿徹拘謹地向彌吉還禮。

「他還帶了葡萄來唷。」

「真是……真是太感謝您了。」彌吉畢恭畢敬地低頭行禮。

「那我先告辭了，請多保重。」

阿徹拋下這句話便匆匆走出病房，他實在沒有勇氣再和他們聊下去。

附近大樓窗口早已亮起萬家燈光，驟雨將至的天空籠罩街頭。阿徹第一眼看到彌吉便對他有好感。當然，阿徹對惠子的印象也很好。但他現在對彌吉的同情更甚於惠子。

惠子為什麼背叛了彌吉呢？阿徹覺得萬分遺憾，他希望他們是一對美好而真實的夫妻。阿徹愈想愈覺得惋惜，如果母親夏枝背叛父親生下別人的小孩，自己是否能原諒她呢？絕對辦不到吧。陽子是因為父母通姦而出生的，自己卻要求她原諒生母，這顯然是強人所難啊。阿徹在擁擠的人群中向前邁進，一路上好幾次險些撞到別人。

電視塔的電子告示板上，時鐘顯示為六點三十五分。北原和陽子這一路上都聊了些什麼？一想到這，阿徹停下腳步。驟雨啪噠啪噠地落在他臉上。

15 夜會

北斗飯店的金枝宴會廳裡，二十多張八人餐桌如花朵綻放般排成放射狀。今天是外科醫師比羅田醫院改建落成的慶祝酒會，陳腔濫調的祝詞才剛結束，餘興節目已在舞台上展開。一個啟造不認識的年輕男人正以中氣十足的悅耳嗓音演唱〈歸來吧！蘇連多〉。

「她今天看起來更美了。」

無心觀看表演的內科醫生西川朝斜對面那張編號「櫻」的餐桌抬了抬下巴。女醫師正木千鶴子在和身旁的賓客聊天，只見她手掌支著玫瑰色的臉頰，臉上露出豔麗的笑容。

「是啊，不論什麼時候看她都那麼美。」啟造隨聲附和說。

「可是，一個醫生被人稱讚是美女，這是好事嗎？」西川不以為然地說。

「有什麼關係，長得美又沒錯，何況大家對她的醫術評價也很好啊。」

「你是因為自己家裡也有個美女老婆嘛，也難怪平日不苟言笑的辻口醫師會幫美女說話。」

西川拿起小酒瓶半強迫地要給啟造斟酒，他苦笑著拿起自己的酒杯，看看面前的村井。

「正木千鶴子是美女，那俊男就是村井醫生嘍？」

西川說著，高聲大笑起來。村井露出冷笑，仰頭望著屋頂的水晶燈。西川拿著小酒瓶走去正木千鶴子那桌後，陸續有人離座跑到別桌敬酒。

村井突然抬眼看了啟造一眼，眼中閃出一道光，緩緩起身走到西川的座位坐下。啟造警戒地瞪著他，因為不論參加哪一種性質的宴席，村井從不會坐到啟造身邊。啟造拿起手邊的酒杯，遞給村井，再幫他斟酒。

「哎呀，不好意思。這可反過來了，應該我敬你的。」

村井的反應倒是很平常。

而啟造從剛才就有如坐針氈的感覺。因為這次改建醫院的比羅田比村井年輕許多，仔細想來，村井擁有卓越的醫術，但他一直在辻口醫院任職而沒自己開業，犧牲頗大。就憑村井的醫術，如果自行開業，不論是經濟面還是社會面，肯定都很有利。啟造雖不認同村井平日的行事作風，但不能不承認村井確實擁有不計小利的優點。啟造曾想過，或許是村井對經營能力缺乏信心，才沒開業。但像今天這種場合，啟造仍免不了對村井感到歉疚。

「院長，結束後我們一起到阿辰家去吧？」村井別有用意地笑著。

「阿辰家？」

啟造看著村井。那張臉就算喝了酒也是慘白，只見他眼裡帶著少許血絲，散發著殘酷的光芒。

「是啊，由香子不是到辰子家了嗎？」

「你什麼時候知道的？」

「早就知道了，因為阿辰立刻打了電話給我。」

「電話？」

啟造吃了一驚。這時伴奏音樂突然提高音量，震耳欲聾，舞台上有人開始表演魔術節目。

「是啊，她要我暫時不要上門，因為由香子來了。她沒打過電話給院長吧？」

「沒有，我向來很少到辰子家去。」

「原來如此，只有經常去打擾的我才被下了禁足令。但不只是這個原因吧？」

村井一口氣喝乾杯中三分之一的酒，嗤笑一聲。

四周響起掌聲。舞台上，幾個紅、黃氣球飛舞，似乎是魔術師變出來的。村井對默不吭聲的啟造說：

「院長，由香子很想見您唷。所以阿辰才沒打電話給院長啦。哎，反正不管她，今晚我們倆一起去看由香子吧？」

「不，我還是算了。」

啟造菜夾了兩三樣桌上的中國菜放在盤裡。

「不想跟我一起去啊？也對啦，院長自己一個人去的話，各方面都方便。」

村井又別有深意地笑了笑。

「一個人或兩個人都無所謂。只是當不速之客，似乎不大好……」

「不對，如果是院長，對方一定很歡迎。不論由香子還是阿辰，都會歡迎的。要是我自己去，一定在門口就被趕回家了。再說，院長也有義務去看看由香子啊。」

「是嗎？」

「對呀。還是由香子眼睛瞎了，你已經用不著她了？」

村井仍不肯放棄。

「就算要去，這樣帶著滿身酒氣跑去也太……」

村井愈是糾纏不清，啟造心裡愈氣憤。另一方面，又覺得或許今晚是個探訪由香子的好機會。上次在豐富遇到由香子之後，啟造心中一直惦記著她，後來聽說她住到辰子家去，他經常興起探望的念頭。

然而心裡雖有這想法，啟造卻沒有勇氣實行。他覺得夏枝在嚴密監視自己，根本不敢去見由香子。

（是村井硬拉我去的。）

啟造在心底低聲說道，他打算用這當作向夏枝解釋的說詞。

「辻口醫生，回去時要不要去喝一杯？」

平日和啟造交情不錯的內科醫生佐藤態度熱絡地走過來問道。村井立即回答：

「可惜啊，佐藤醫生，院長已經跟我約好了。」

「抱歉，今晚就……」啟造為難地低頭致歉。

「可惜！那下一次嘍。」佐藤和顏悅色地點頭離去。

宴會結束後，啟造和村井一起走出飯店。啟造仍有些猶豫，像這樣渾身酒臭跑到別人家拜訪畢竟不妥，夏枝的臉也浮現在他眼前。村井看到啟造面露躊躇，一把抓住啟造的胳臂往前走。

（這是幹麼！我居然和村井挽著手走路。）

啟造生理上感到不快。

飯店到辰子家距離不到三百公尺，兩人一路默然無語。來到辰子家門前，只見二樓房間的燈亮著。啟造退縮止步，村井推了推他的背，伸手拉開大門。

「晚上好！」

啟造無奈地大聲打招呼。起居室的紙門拉開了，一名入室弟子探出頭來，立刻又縮回去，接著，辰子走出房間。

「哎呀，老爺來了，怎麼回事？有酒味喔。」

辰子跪坐著，抬臉望著啟造，對他嫣然一笑。

「阿辰，我也來嘍。」

一直躲在玄關外的村井這時慢吞吞地探出頭來。

「什麼！村井醫生也來了？」辰子毫不掩飾地蹙起眉頭。

「不要這麼不高興嘛，是因為院長一直邀我。」

啟造連忙轉頭看村井。

「別亂講，一定是村井醫生先開口的，我辰子可不會連這都不知道，老爺，對吧？」

「好過分，妳總是這樣，沒有信用的人真吃虧，就算說實話妳也不信。」

「實話？村井醫生的字典裡有這兩個字嗎？算了，今天看在院長的面上，讓你進來吧。」

辰子毫不客氣地說完，拿出兩雙拖鞋。

「有何貴幹？」

進屋後，辰子面無笑容地問兩人。啟造和村井彼此互望。

「怎麼用『有何貴幹』和客人打招呼，我們到阿辰家來，自然是為了探望阿辰嘍。」

村井盤腿坐下，隔著襪子搔了搔腳底。辰子瞪著村井說：

「你們倆，不是為了看熱鬧才來的吧？」

「不……說什麼看熱鬧，怎麼會？只是還在猶豫，不知是否要跟松崎見面。」

啟造一臉尷尬。看他那副模樣，辰子忍不住拍著裹著乳白色和服的膝蓋，大笑出聲。

「老爺你太老實了。不過為什麼要喝了酒才來呢？」

「阿辰，我們都是膽小鬼，不喝點酒不敢上門啦。院長，對吧？」

「是嗎？如此說來，你們是打算要見由香子吧？已經做好見面的心理準備才來的，對吧？村井先生？」

入室弟子送上三杯茶後退出房間。

「好討厭，什麼心理準備啊。」村井咕嚕一聲喝了口茶。

「村井醫生，我可不是開玩笑唷。如果把你嚇得酒都醒了，那就抱歉嘍。但你還是做好心理準備再去見由香。對了，你們倆各別進去比較好。」

「各別進去？」

「是啊。如果你跟院長一起進去，由香原本想說的話也沒法說了。來，就從村井醫生開始，進去面試吧。」

辰子開玩笑說，然後站起身來。她爬上樓梯，大聲喊道：「由香，有客人來了。」

「請進。」

聽到由香子的聲音，村井不禁停下腳步。

「由香，是村井醫生喔。」

走進房間，辰子對由香子說。由香子大概已經聽到玄關的談話聲，只是默默點了頭，像是還看得見般狠狠瞪向村井。

「沒想到妳還活著。」

村井打量著身穿毛料和服正襟危坐的由香子，盤腿坐下。由香子沉默不語。

「妳變漂亮了嘛，墨鏡很適合妳。」

「村井醫生，有這樣跟人打招呼的嗎？」辰子不客氣地斥責著。

「不是啦。真的很適合，我才這麼說。不過如果可以不戴，還是別戴了。我的意思是，如果可以治好，我幫妳治。」

「不必。」由香子的聲音令人心底發寒。

辰子事先已經料到，只要由香子回到旭川，遲早必須跟村井或啟造見面，所以她早已為了這一天告誡過由香子。

「由香，要把過去的記憶拋到腦後，最快的方法就是和記憶裡的人見上一面。不是有句諺語說：『不要重尋記憶。』這句話的意思是，美好的記憶終究會幻滅。所以我們可以反過來利用這句話，與記憶正面對決。」

十年歲月過去，辰子認為最好讓由香子跟啟造或村井見一面。過去這些年，由香子始終把啟造視為偶像，對村井滿懷憎恨，為了開展嶄新的人生，由香子必須先向過去告別。

「由香，妳老是活在記憶裡。這種放任自己的人生態度，我可不喜歡。」

辰子曾為此指責過由香子。

「反正我就是任性不聽話。因為根本沒人寵我嘛，我在自己記憶裡任性一下，有什麼不對？」

由香子抗議著說，不過最後還是決定接受辰子的建議。

由香子應該做好準備了。辰子決定在一旁靜靜陪伴她，看她如何面對兩人。

聽到由香子冰冷的口吻，村井嘴角露出一絲淺笑。

「妳還是一樣頑固啊。先告訴我，妳眼睛是怎麼壞的？」

「這跟你無關。」

「相隔十年不見，妳究竟生什麼氣啊？因為我結婚了？」

「少臭美了。」由香子面具般的表情毫無改變。

「阿辰啊，這傢伙是在我結婚前夕人間蒸發的喔。她還打了莫名其妙的電話給院長，說要幫他生小孩。」

村井轉頭看著辰子。

「你的事，我可不知道。」

「是嗎?妳眼裡只有院長吧?算了，這些都無所謂了。問題是妳的眼睛，聽說妳沒找醫生好好檢查過吧?」

「……」

「妳的眼睛要是還能看見，就治好吧。我不清楚妳在氣什麼，可是視力和生氣是兩回事。」

「瞎了就不必看到你的臉，瞎了也好。」

「這話說得好狠啊。可就算妳不想看到我的臉，總想看看喜歡的人吧?」

村井不懷好意地笑著，朝由香子噴了一口香菸的煙霧。

「你到底來幹麼?又來戲弄我?你還沒戲弄夠嗎?」由香子的嘴唇微微顫抖著。

「聽說妳還活著，來看看妳究竟有沒有腳。」

村井說著，對辰子笑了笑。辰子以看學生練舞的嚴峻表情瞪了他一眼。

「我聽院長夫人說，你為我造了墳。原來你這種壞人也會怕，怕我變成鬼跑出來作祟吧?」

「現在看妳變成這麼厲害的幽靈，我就安心啦。」村井不以為意地說。

「你請回吧。」

「我還會再來。」

村井抬眼環視四周，屋內只有一個五斗櫃和一張小書桌，但洋溢著女性氣息。

「請不要再來了。」

「什麼話，妳很想我吧。因為這世上，只有我最了解妳。」

「……」

「妳聽阿辰說了吧。我現在是光棍，如果妳想跟我一起過也行。」村井說著，又不懷好意地笑了。

「請回吧。」

說完，由香子身子扭向一旁。一直不作聲的辰子這時也忍無可忍，說道：

「村井醫生，你還有話要對由香說吧？」

「話？沒有啦。」

「是嗎？只有這樣？我在等你趴在地上向她道歉呢。」

「趴在地上？道什麼歉？」

「你玩弄過由香，不是嗎？」

「喔，男人和女人玩過就必須道歉？阿辰，如果只有我單方面的意思，我們能玩這麼久？」村井忍俊不禁似的抖著膝蓋笑起來。

「村井醫生，你忘了當初是你強迫她就範嗎？由香一直很不甘心啊。你玩過那麼多女人，難道一點都不能體會女人的悲哀？」

辰子同情地凝望村井。

「要教訓我嗎？阿辰，如果是妳，要教訓整晚我都洗耳恭聽。」

＊　＊　＊

啟造和村井分手後坐上計程車。由香子蒼白的臉孔仍然烙印在啟造眼底。今晚由香子身上散發著一種強忍心痛的悲壯之美，和在豐富遇見時那種可憐兮兮的感覺完全不同。

「哎呀，院長，我被罵得好慘唷。」

村井從二樓下來後，啟造遲疑著走進由香子房間。由香子聽到他的聲音，什麼話都沒說，只生硬地垂下腦袋。兩人沉默無語對坐了好一會兒。由香子的墨鏡下方出現了兩道淚痕，淚水不斷自她面頰流下。

此刻坐在車裡，啟造又想起由香子的淚水。他覺得在這世上，會像那樣看著自己流淚的，大概只有由香子了。一想到這，由香子在他心裡的地位變得重要許多。

然而，離家愈近，啟造心中甜蜜的感覺逐漸轉變為對夏枝的歉疚。如果告訴夏枝自己去過辰子家，她會露出什麼表情呢？就算告訴她是村井提議的，夏枝也不會輕易諒解吧。可是自己連由香子的手都沒碰過，也沒和她說什麼溫存話，更沒表現出任何足以落人話柄的態度。我根本沒有內疚的理由啊，啟造在心底這麼對自己說。但由香子的眼淚帶給他的那種難以形容的窩心，還是讓啟造無法不內疚。

今晚是九月的旭川少有的悶熱夜晚，啟造搖下車窗讓風吹進來。突然，他想說何不買點水果給夏枝和陽子，便吩咐司機停車在神樂町一家還沒打烊的水果店前。但他轉念又想，如果買水果回家，不就證明自己真的做了虧心事。結果最後他車也沒下，又吩咐司機開回家。

「今晚真熱鬧。」啟造對迎到玄關的夏枝說。

「是嗎？」

「只是覺得有點對不起村井。」

啟造領先走進起居室。

「村井到現在還沒開業，我也有責任。想起來就覺得他可憐。」

今天啟造特別饒舌，和平日作風不同。

「表演倒是挺不錯的，還有變出鴿子的魔術節目呢。」

「是嗎？」

啟造在沙發坐下，夏枝站在面前俯視著他。但夏枝一直沒答腔，啟造有點不安。

「由香子小姐過得好嗎？」夏枝冷笑著說。

冷不防從夏枝口中聽到由香子的名字，啟造頓時狼狽不堪。

「啊？」

「何必那麼驚訝，剛才村井醫生打電話來了。」

「村井打來？」

夏枝緩緩坐在啟造身邊。

「是啊。說是辰子不讓他去，一直不敢去，今天被你強拉著才去了。」

「開玩笑！是村井硬邀我去的！」

「他也說，你一定會這麼說。」

「真受不了這傢伙。」啟造覺得中了村井的圈套。

「老公，那你告訴我，為什麼在我開口前不說去看由香子的事？淨說些騙小孩的話，什麼鴿子從帽子裡飛出來。」

「事情有先後順序啊，說完宴會的事，我正想告訴妳，妳就搶先說出來了。」

「是這樣嗎？」

夏枝不屑地說完走進廚房，用托盤端著一杯水走回來。

「事情是有先後順序沒錯，但你去見由香子小姐的事重要多了。要是你從重要的事先說多好啊。」

「那件事並沒那麼重要，說這些太無聊了。」

「什麼！無聊？」

「是無聊。我去洗澡了。」

啟造不高興地走出房間，夏枝不像平日緊跟身後進來幫他擦背。啟造泡在微溫的水裡，對夏枝今天不替自己擦背感到生氣，也很氣村井打電話來興風作浪。他生著悶氣，豎耳傾聽夏枝的動靜。不過聽了老半天，遲遲沒等到夏枝的腳步聲，只聽到院裡的陣陣蟲鳴。

啟造決定不管那麼多了。

（由香子過得如何關我什麼事！）

啟造在心底自語著。但說完又覺得奇怪，因為回家前他確實對夏枝感到內疚。我明明做好心理準備了，啟造想，我明明早知她會不高興或鬧彆扭嘛。

或許每個人都是這樣吧，即使明知自己有錯，遭到詰問時卻總是惱羞成怒。假設自己今晚真的和由香子發生了什麼，事後遭到別人指責，自己肯定會厚著臉皮反擊：「你有什麼資格管我！」俗話說，小偷也有三分理。為什麼人會這樣呢？難道人做錯事不能老實接受指責嗎？

（是因為沒有意識到自己的罪？）

啟造覺得，事實似乎並非如此。走進家門之前，自己心裡一直被內疚的情緒纏繞。難道在遭受指責的瞬間，人類的罪惡感也會隨之消失？

啟造跨出浴池，拿起肥皂往身上抹。忽然，由香子的櫻桃小口浮現眼前。那張令人憐惜的小嘴，外形雖小，唇瓣卻很厚實。啟造回憶起那張小嘴，心頭便甜甜的。

由香子眼睛小，鼻子也小。啟造想起十年前的由香子，那雙又黑又圓的小眼睛總是閃閃發光。

（她……）

她總是一臉無可奈何的表情，彷彿遭人逼到牆角，一直在絕望中掙扎。啟造不禁對由香子生出憐惜之心。他想起她總是貼著人走路，對人毫無防備。這就是她的特質，啟造想。

十年前我為什麼沒把由香子攬進懷裡？她甚至還打電話來，說想幫我生個小孩。當時她那種迫切的心情，自己為何沒能多加體諒？啟造現在才發覺自己是個冷血的男人。

他重新踏進浴池，洗澡水愈來愈冷了，但夏枝一直沒來確認水溫。啟造閉上雙眼，耳中只聽到蟲鳴唧唧，屋內屋外一片死寂。

啟造突然湧起想把由香子抱進懷裡的衝動。結婚二十多年來，他自認是忠實的丈夫，夏枝應該對這一點心懷感激才對。

（可是竟讓我洗這種冷掉的洗澡水！）

啟造不認為他對由香子懷抱的感情有任何不妥。

蟲鳴忽地停止。啟造坐在浴池有一下沒一下地以手巾沾水擦拭脖頸，水聲聽起來格外震耳。

「心生憐惜就等於愛上嘍。」

啟造想起高木曾引用漱石這句名言。當男人對一個女人產生憐惜之心，就表示他已經動心了。啟造想起這句話，竟莫名討厭起像夏枝這種永遠站在人家頭頂上的女人。

遠處傳來一聲巨響，像是有樹倒塌了。

啟造在更衣處換上家居和服，對村井感到氣憤異常。啟造想，明明是他硬拉我到辰子家去，結果竟打那種無聊電話給夏枝，說是我強拉他去的。這傢伙只要有機可趁，就厚著臉皮破壞我們夫妻感情！啟造覺得忍無可忍，無法原諒村井。

走出浴室，啟造望著右側的陽子房間。紙門縫隙透出燈光，啟造不想立刻回到夏枝身邊。不知從什麼時候起，每當和夏枝鬧彆扭，他就想和陽子聊一聊。

「陽子。」啟造在紙門前叫喚。

「啊！您回來啦。」

紙門輕輕拉開，身穿藍毛衣的陽子抬頭仰望啟造。

「啊，爸洗過澡啦？陽子都不知道您回來了呢。」

「唷，在用功啊？」

啟造坐下來，打量陽子的書桌。桌上擺著英文教科書和筆記本。

「談不上用功啦……」

「明年妳也要考大學了。」

陽子沒有答腔，對啟造笑了笑。她其實還不打算上大學，只是突然想念點書，才把高中課本拿出來翻翻。

「爸，你暫時要一個人了，好可憐唷。」陽子換了個話題。

「一個人？」

「咦？媽沒跟您說我們要去茅崎的事嗎？」

夏枝提說想和辰子她們一起去東京和茅崎旅遊，是許久以前的事。那之後啟造沒再聽她提起這件事。

「奇怪，我們四五天後就出發了呢。」

「喔，這四五天嗎？」

「真奇怪，媽一定是想嚇您一跳吧。」

「哎，無所謂。現在去東京，搭飛機一眨眼就到了。」

啟造真的覺得無所謂。他甚至覺得，沒有夏枝說不定日子更有意思呢。

「爸……」陽子欲言又止。

「陽子，什麼事？」

「是這樣的，今天黃昏的時候有您的電話。」陽子猶豫地說。

「誰打來的？」

「一個女人，她問我院長在不在，我說不在，她馬上就掛斷了。」

啟造皺起眉頭。大概是由香子吧？他想。或許是她等得不耐煩了吧。她肯定每天都盼著：「今天會來嗎？明天會來嗎？」也許因為等了那麼久都沒等到我去看她，忍不住打電話來了。

「這件事跟妳媽說了嗎？」

「沒有。那時媽在裡面的房間。陽子沒跟媽媽說這件事。」

「是嗎？沒什麼，說了也沒關係。」

啟造心裡鬆了口氣，雙臂環抱在胸前。為什麼她不打到醫院去，而打到家裡來？因為不好意思打到從前工作的地方嗎？

「爸，我很期待能和辰子阿姨去旅行，可是不太想跟那個叫由香子的人一起去。」

「為什麼？」

或許陽子也猜到那是由香子打來的電話吧。

「因為她眼睛看不見呀。在盲人面前欣賞風景，很讓人難受。」

「妳可以描述景色給她聽呀。」

「……而且，我不喜歡那種愛上有婦之夫的女人。」陽子斬釘截鐵地說。

「那已經是十年前的事了。」

啟造故作無事回答，但心中悚然一驚，覺得好像被陽子看穿了心思。

「就算是十年前的事，我也不喜歡。」

「是嗎？可是，陽子，愛上一個人是沒辦法控制的事，就算在心裡告訴自己不行，還是會愛上的。」

「是嗎？我不這麼想。愛上一個人，其實是因為自己想沉浸在陷入愛河的氣氛裡。會愛上某人，只是因為自己容許這種感情滋生。」

「大概是陽子還沒談過戀愛吧。人是沒辦法把感情分得那麼清楚的。」啟造不禁苦笑。

「爸說得或許沒錯。可是我們能任意愛上別人的丈夫或妻子嗎？已經結了婚的人，可以愛上其他異性嗎？」

「這些的確都不好，但說成是壞事也無濟於事。愛一個人或恨一個人的感情，我們是無法控制的。」

「無法控制？」陽子目不轉睛凝視著啟造。

「是啊，人活著有時會遇到一些身不由己或無可奈何的狀況。」

啟造想要逃避陽子銳利的視線，轉眼環顧室內。不知何時換上的綠窗簾，將整面窗遮得嚴嚴實實。

人生碰到的無奈之事太多了，啟造想。譬如說，愛上了不該愛的人；明知不該討厭的人，卻萬分厭惡；明知不該痛恨的對象，卻深惡痛絕；明知不該視錢如命，卻始終無法拋棄對錢的執著；明知不該目中無人，卻又把別人踩在腳下；明知該走光明正道，卻走向旁門左道；明知不該做下流之事，卻又幹出卑鄙的勾當。

仔細想來，啟造甚至覺得人生淨是無奈之事。他把自己的感想告訴陽子。

「其實人是很不自由的，不能事事隨心所欲。」

這話有一半，啟造是說給自己聽的。

「的確。爸，以前我以為人是自由的。現在是言論自由的時代，我以為大家都活得自由自在。可是，根本沒有人是真正自由的。」

這對陽子來說是新發現。以往她以為自己活得隨心所欲，然而現在就算自己不願憎恨生母，心底卻不由自主滋生恨意；原以為早原諒夏枝，仍在不知不覺間對夏枝心懷怨恨。

「不過聽說人類被上帝創造出來的最初，是自由自在的。」

啟造回憶聖經裡有關亞當和夏娃的故事。

「後來為什麼失去自由呢？」

「我也不清楚。總之，人類原先並沒受到這麼多限制。喔，或許這就是我們生為罪人的證據吧。」

啟造想起剛才在浴池湧起想把由香子攬進懷中的衝動。對她的欲望看來暫時不會消失，就算試圖揮去她的身影，轉個身她一定又會重新鑽進自己心裡吧。

陽子思索片刻，開口對啟造說：

「爸，那位小姐是情不自禁才愛上您，這一點我能理解。但我不認為因為她無法控制感情，我們就該原諒她。假設有人痛恨某人，恨之入骨，以致殺了那個人，我們要怎麼辦？只因對方說『這不是我能控制的事』，我們就原諒他嗎？我覺得這是不對的。」

「原來如此，或許妳說得沒錯。我不打擾妳念書了……」

啟造匆匆走回起居室，想不到夏枝竟準備了鮭魚茶泡飯，面帶柔情等著他。啟造有些尷尬地把飯撥進嘴裡。

16 黃昏

黃昏夕照美麗無比，天空布滿玫瑰紅的柔軟雲彩。

走出醫院，啟造悠閒地一路散步到大街。就算立刻回家，夏枝和陽子也不在。住在附近的次子曾表示會每天來幫他做早、晚飯，但啟造婉拒了晚飯。他想一個人在外面吃點想吃的菜肴。

啟造走到一家水果店，停下腳步。店門外有個小型蒸籠在蒸栗子，碩大的栗子堆得滿滿的。站在冒著水氣的店頭，他感到懷舊與溫馨。店內陳列著色澤美麗的水果，有葡萄、甜瓜、蘋果等，今天看在啟造眼裡覺得特別新鮮。

偶爾在街上逛逛也不錯，啟造又放慢了腳步。由於正逢下班時間，街上行人熙來攘往，然而多是一臉不高興的表情，很多人還怒氣沖沖，至於臉上寫著「美滿的家正在等著我」的，則一個也沒看到。

「啊，醫生！」

走到藥店，一個女人上前向啟造打招呼。女人一身淺藍和服，配上黑色和服外套，裝扮十分別緻講究。

「唷，妳好。」

女人去年因胃炎在醫院治療過一段日子。

「託您的福。」

女人抬眼看了啟造一下，便匆匆離開。啟造轉頭目送女人快步離去。他記得這女人的丈夫是上班族，家裡有兩個小孩。一年多沒見，女人似乎變了很多。啟造突然變得傷感起來。

走上平和大道可以望見車站，路上遊人如織，百貨公司的櫥窗前擠滿人群。一個五十多歲嘴上長著小鬍子的男人站在路邊，面前鋪著一張大紙，男人拿著枴杖在紙上比畫著，嘴裡不停叨念：

「……鼠年生的男人啊，女士們聽好，結婚對象一定要挑鼠年生的男人，不但工作勤奮，還會存錢……」

周圍的路人專心地傾聽男人發言，這些人的臉孔和剛才那些氣呼呼往前衝的人群不太一樣。這些人的眼底，流露出想要抓緊什麼的期待。

我自己臉上又是什麼表情呢？啟造思索著離開人群。

一個賣烤玉米的女人在街角等待客人光顧，塗了醬汁的烤玉米香味瀰漫在四周的空氣中，女人輕輕打了一個呵欠。

夏枝出門旅行後，啟造只有第一天覺得在外面吃飯有意思。第二天晚上，他邀了內科醫師休息室的職員共進晚餐。但和同事閒聊，話題總離不開職場八卦、患者的病況等，簡直就跟加班沒兩樣。第三天晚上，他和另一位開業的醫生朋友喝酒，朋友見面不是閒聊其他開業醫生的收入，就是如何節稅。

第四天晚上，啟造在醫院餐廳吃完套餐就打道回府。次子已經幫他打開屋外和起居室的電燈，聽到壁鐘敲響六點時，啟造心底升起一種安心感。

即使在外吃天婦羅，喝點小酒，也享受不到其中樂趣。我這種性格太吃虧了，啟造忍不住深深嘆息。他上二樓書房，打算讀一下書。克羅寧[31]的《人生路上》讀到一半，還放在桌上。然而他才打開書頁，就聽到樓下有動靜，連忙下樓，但沒看到人。啟造鎖上玄關和後門，又走進書房。

31 克羅寧（一八九六—一九八一）：蘇格蘭小說家、劇作家。

他的心情始終無法平靜。樓下沒人時，待在二樓令他心神不寧。啟造試著帶書到一樓起居室讀，但仍舊無法專心讀書。死腦筋的他平日總在書房閱讀，心底根本不認為起居室是讀書的地方。

啟造放棄閱讀，打開電視開關。螢幕上播放一個以高速攝影連拍方式拍成的廣告，畫面中一個少女緩緩升上天空，那張臉酷似由香子。

啟造心生一念，上樓到書房找出一本舊相簿，翻閱起來。每年新年，醫院職員都會合拍一張紀念照，照片裡應該也有由香子。

相簿第一頁貼著夏枝抱琉璃子的照片，當時琉璃子才滿百日，胖嘟嘟的下巴疊成兩層。啟造移開視線，又翻開第二頁。

第二頁的照片裡，年幼的阿徹和琉璃子坐在庭院，兩腿伸直在沙坑裡，啟造和夏枝就蹲在旁邊。琉璃子臉上沾了些細沙，剛長出的乳牙也清晰可見。這照片是誰幫我們拍的？啟造完全不記得當時的情景了。然而這種快樂的時光一定出現過無數次，只是他早已忘光了。照片裡確實映出一個幸福家庭的形象，那時啟造和夏枝之間沒有任何芥蒂與鴻溝，琉璃子原本應該一直待在這個家裡長大成人的。對村井和夏枝的憤怒一下子爆發出來，啟造用力闔上相簿。原本他只是想看看從前的由香子，但這份期待頓時變得令人唏噓。

樓下電話鈴聲響了，啟造不覺看了看手表。電話費優惠時間是從八點開始，夏枝應該不會在八點之前打來。現在才剛過七點，啟造拿起話筒。

「是我啦。你好嗎？」

話筒裡傳來高木開朗的聲音。啟造有種得救的心情。

「老母不在了，我還不太習慣。」

高木沒頭沒腦地說。原來高木是想找人聊天才打電話來，啟造鬆了口氣。

「難免吧，畢竟從你出生就一直住在一起。」

「其實我們平日很少聊天，我是想起今天是彼岸[32]，就為老母供上一杯酒。」

「哦，沒錯，今天是彼岸。」

啟造想像在供桌前獨酌的高木，眼前又浮現出照片中的琉璃子。

「今天很暖和唷。旭川怎麼樣？」

「也一樣，不過太陽下山後有點冷。」

「下個月就要下雪了嘛。」

「你現在飲食起居怎麼辦呢？」

「喔，請了一個和我媽年紀相仿的老太太幫忙。不過她和我囉唆的老媽不同，真不來勁。你等一下，我端飯過來。」

話筒一時無聲，啟造只得靜待他開口。

「好！沒問題了。」高木的聲音從話筒裡傳來，接著又問：「喂，聊久一點沒關係吧？」

「嗯，夏枝和陽子到茅崎去了。」

啟造沒提由香子的事。

「什麼！原來你也是一個人。俗話說：『趁鬼出門，趕緊洗衣[33]。』也只有你，連這點本事都沒有。不過夏枝可不像鬼。」

---

32 彼岸：春分或秋分，加上前後三天，為期七天的期間稱彼岸；這段期間舉行祭祀先祖的佛事也叫做彼岸。

33 意即「山中無老虎，猴子稱大王」。

「哪裡，她頭上也長著角呢。」

「就算有，也是像嬰兒小指般可愛的角吧？對了，辻口啊，老婆這玩意，你覺得還是討一個比較好嗎？」

平日總是強調「妻子無用論」的高木突然問了一個不像他的問題，啟造有些納悶。

「唔，因人而異吧，你打算結婚啦？」

「……本來是想娶夏枝的，所以一直打光棍到現在，可你一點也不像要死的樣子，我只好放棄。」

高木的大笑聲從話筒裡傳來。

「是嗎？讓你久等了，真抱歉唷。你要是不嫌棄，我無條件奉送。」

「你這傢伙！也會說笑話啦？畢竟是老了啊。對了，說到年紀，辻口，你有沒有白頭髮？」

「還不怎麼醒目，但零零星星長出一些了。」

「是嗎？我今年突然開始掉頭髮，不過大家都說禿頭不會得癌。對了，聽說根室的雨山得了肝癌。」

「啊？五月還在層雲峽遇到他呢，那時看起來很好啊，還跟我說最近要去美國……」

「誰知現在他都不知能不能熬過今年呢。」

「真可憐！現在正是幹勁十足的年紀啊。」

「聽說函館的愛川也腦溢血了。」

「腦溢血……是嗎？我們也到了開始聽到壞消息的年紀啊。」

高木沒有立刻回答，大概是在喝酒吧。

「……嗯，聽說有人因為五十肩，連手術衣的衣帶都沒法繫緊呢。」

「我們也走到人生之秋了，好可悲呀。」啟造不禁嘆息。

「別說傻話，秋天綻放的花朵也很多呀。我決定等過了年就結婚！」

「你總算下定決心啦？」

「醫師這一行挺搶手的，只要想結婚，一大堆女人搶著排隊。」

「那也是。是怎樣的對象？」

「目前有兩個候選人，一個三十一，一個三十七。」

「喔！」

好年輕啊，啟造想。

「三十一的還沒結過婚，三十七的是寡婦，有兩個兒子，一個十五，一個十三。你覺得哪個好？」

「那當然是懂事的好，可是有兩個小孩……不大好辦吧？」

「你想得太天真了。」說完，高木愉快地笑起來，「我呀，打算娶有小孩的。」

「為什麼呢？」

「你想一想，假設我還能工作十五年，頂多只能幹到六十五歲吧。」

「還可以多幹幾年吧？」

「哎，差不了多少啦。假設我娶了那個三十一歲的，十五年之後她四十六，就算結了婚馬上生小孩，那時也才十四左右吧。如果我娶了三十七的這個，到時她帶來的小孩就已經三十歲跟二十八歲了。就算我自己生了小孩，那兩個哥哥也會幫忙照顧吧。起碼我可以放心離開人世啊。」

「那你已經決定要娶帶小孩的那個了？」

「嗯，她帶著十五和十三的兩個孩子，也不會有人要她。年輕的那個就算我不要她，她也嫁得出去。」

「原來如此。」

「我從事這一行，做了不少殺生的事，趁這機會養一養別人的小孩，也可以贖罪嘛。」

「那可是別人的小孩喔。」

「對呀，可不是像養小貓那麼隨便。」

一想到高木終於打算結婚了，啟造覺得難以置信。他一直以為高木很可能就這麼光棍一輩子。沒想到隨著母親去世，高木也決定結婚了。或許他有他的理由吧。啟造想起高木家裡，不論何時去拜訪，紙門都潔淨無瑕，就像新的一樣。高木的母親靠著當茶道老師的收入，一個人含辛茹苦養大高木。或許高木太清楚母親的性格了，儘管是豪放又不拘小節的他，也希望避免婚後夾在母親與妻子之間左右為難的窘狀吧。

啟造腦中瞬間閃過這些念頭，然後換了一種語調，鄭重地說：

「總之，這可是一件天大喜事！」

「也不知道是不是喜事啦……對了，村井那傢伙怎麼樣？」

「還是老樣子啊，看來咲子真的不打算回頭了。」

「對呀，看來不會回去了。分手夫妻的關係比陌生人更難處理。」

「也別說得那麼篤定。村井如果繼續這樣下去，生活不也挺不方便的？」

「不用管他！當初真不該催他結婚的，只是給人家女方添麻煩。那傢伙日子過得不方便是他自作自受。總之，不能讓他再去害其他女人了。」

說完，話筒裡傳來拍掌聲，聽到高木說：「幫我盛飯。」啟造覺得高木的話不無道理。

「喂！辻口，那傢伙打光棍，你覺得很礙眼吧？夏枝還那麼漂亮。」

高木訕笑的口吻，啟造聽了不大高興。

「哪裡，沒有的事。」

「別生氣啊。上次豐富溫泉的那個，叫什麼名字來著，對了，叫松崎吧？聽說她住進阿辰家裡了？」

「是啊。村井告訴你的吧?」

「上次他喝醉了跟我嘮叨半天,還說被你拉著去見了那女孩。村井說你太同情那女孩,令人生疑呢。你沒事吧?辻口?」

「……沒有啊,我沒事啦。」

「回答得不夠痛快喔。哎,算了。我們這年紀啊,有時會莫名其妙地心旌搖曳,這就叫做不按時令亂開花,還是花開二度?反正就像第二春之類的感覺啦。」

「……」

「喏,我自己就是這樣,不按時令亂開花。」

高木說著,大笑起來。他的笑聲刺激得啟造心中隱隱作痛。

* * *

高木的電話掛斷後,啟造感到一陣悲戚。同年友人的死訊,還有高木所說的「花開二度」,都深深刺進他的心底。

他轉眼望向牆上的鏡子,細細打量鏡中的自己。頭上確實多了幾根白髮,不過還不醒目,皮膚也沒什麼皺紋,以自己的年紀來說狀況算不錯了,啟造想。只是,現在閱讀時需要戴老花眼鏡了。

(五十肩?)

高木說有些人得了五十肩連手術衣的衣帶都沒法繫緊,這問題可不會只有別人遇上,啟造想。好在現在還能自己繫衣帶,他暗自慶幸著,手臂繞到背後試了一遍。說不定哪天自己也可能突然出狀況吧。

啟造感到眼前一片黑暗,好像人生的終點近在眼前。最近自己對由香子的感情有所變化,如果稍有不慎，確實可能演變成「亂開花」的局面。難道這也是老化症狀？啟造的心情益發沉重了。

這時後門傳來開門聲。啟造全身一驚，玄關和後門剛才應該都鎖好了，難不成是小偷？一想到這個可能，他全身都緊繃起來。

「誰？」

啟造厲聲問道。只聽有人低聲囁嚅著：

「啊，老爺，您今天回來得很早啊。」

次子端著一盤鮮紅的西瓜走進來，瓜肉上面以透明塑膠紙覆蓋著。

「怎麼，是阿次啊。辛苦妳了，每天都來幫忙。」

夏枝把家裡的備用鑰匙交給了次子。今天她披著玫瑰紅毛衣外套，但或許因為性格拘謹，看起來並不亮眼。

「老爺一個人在家不好受吧。這西瓜看樣子是今年下市前最後一批貨了，跟剛上市時一樣珍貴唷，您請用吧。」

「喔，看起來很好吃。我不客氣啦。」

冰過的西瓜味道十分香甜。

「真好吃。幸好阿次住在附近，幫了我大忙，只是給妳添了不少麻煩吧。」

「哪裡，我才時常受到太太的關照……」

啟造不由得抬頭望著次子。她的話裡透露了對夏枝的讚美，他覺得有點刺耳。

「是嗎？夏枝會關照別人？我以為她是個任性自私的女人呢。」

「哪裡，太太一點也不任性自私。」

次子為夏枝辯護。她向來不善言詞，更顯出話中的真實。

「阿次，琉璃子死時，妳已經在我們家了吧。」

啟造本想換個話題，誰知愈說愈令人彆扭。如果聽到別人批評夏枝，他一定不高興，但聽到次子讚美她，啟造又覺得不滿，好像自己遭人否定了。

聽了啟造的話，次子點點頭。她雖然常到啟造家幫忙，但像今晚這樣和啟造單獨聊天還是頭一回，次子表情有些拘束，啟造覺得內心的想法彷彿被她看穿了。

「兩個小孩都上小學了吧？」啟造用湯匙挖掉西瓜仔，愉快地問。

「是的。不過太頑皮了，真傷腦筋。」

「很好啊，頑皮的小孩很少和醫生打交道。」

次子無聲地笑著。

「西瓜真好吃，謝謝妳了。」

「哪裡……對了，老爺，陽子小姐和徹少爺究竟會怎麼樣啊？」

「什麼怎麼樣？」

「他們會不會在一起？」

「這件事啊……畢竟那兩個孩子從小是被當作兄妹養大的。阿次怎麼想呢？」

「我也不清楚，只是有點擔心，如果陽子小姐嫁給別人，徹少爺不知會變成什麼樣呢……」次子垂下眼皮答道。

「是嗎？不過他們倆還年輕，結婚的事還早，將來的事誰都料不到。」

陽子昏迷時，阿徹曾淚流滿面地把戒指套在陽子的手指上。啟造還清楚地記得這一幕。他這才發覺，过口家原先面臨的問題看似已經解決，其實還有個最大的隱憂。

電話鈴聲響起，準備把西瓜端到廚房的次子接了電話。啟造以為是夏枝打來的，準備起身接電話，誰知又是高木打來的。

「喂！剛才的女人是誰？」高木劈頭就問。

「是阿次啦。記得吧？以前在我們家幫忙的阿次。」

「我說呢，原來是阿次！真教人失望。我還在高興可以向夏枝打小報告呢。你這傢伙，究竟有沒有小辮子呀？沒有吧？我一次也沒抓過你的小辮子呢。」

「那還真是對不起。找我有什麼事？」

「啊唷！剛才把最重要的事給忘了。我的婚禮，你能不能當介紹人？」

「啊？介紹人？我可跟你同年啊。」

「沒關係啦。得讓夏枝把新娘牽到我面前來，不然我死不了心啊。」

高木的笑聲持續了好一陣子。

＊＊＊

爸爸：

出門旅行的第一晚，我們住在歌舞伎座和新橋演舞場附近的東銀飯店。媽媽正在洗澡。

今天是我有生以來第一次搭飛機。我這種只算半個大人的小孩竟然搭了飛機，真是浪費啊。飛行中，天空雲層很厚，無法欣賞到地面景色，但視野所及盡是燦爛的雲海，就像晴天的雪原一樣。雲海景觀果然和地面風景很不一樣呢。視野下方的雲層裡，我還看到一輪小小的彩虹，真是難以形容的神祕氣氛。以前我以為彩虹是半圓形的，是橫跨在天空裡的，從沒想到竟是視野下方的一個圓圈。我突然明白了一件事：不論看任何事，我們都應該隨時換個觀點來看。

說到觀點，上次跟您提過我對松崎由香子的觀點，真抱歉，爸爸，我原本不太願意跟她一起旅行的，不過……

陽子寫到這裡停筆望向窗外，對面大樓的紅色霓虹燈不知為何顯得黯淡，飯店前的高速公路不斷傳來車聲，像山谷裡的溪水滔滔不絕地流淌而過。

今天欣賞燦爛雲海和彩虹的同時，陽子心裡也對眼盲的由香子生出無比同情。她不僅看不到自己的臉，也看不到愛人的臉，甚至連書本、美景都無法看見。陽子無法想像生活在那片黑暗世界裡有多不幸。

然而由香子的嘴角卻始終帶著笑容，別人讚美風景時，她也跟著連連點頭。由香子純真的微笑深深打動了陽子的心。

陽子原本對由香子沒有好感，因為她曾公開表示對啟造的傾慕。當然這件事陽子還是無法接受，但現在她覺得，自己不該只憑一件事就全盤否定一個人。或許人的本性確實可從小地方看出來，但陽子不確定由香子的情形是否適用。

……我從松崎小姐身上學到很多。今晚，在辰子阿姨的提議下，大家去看了歌舞伎。辰子阿姨說，松崎小姐光聽聽三味線也好。

寫到這裡，陽子想起辰子和夏枝兩人對待由香子的態度。辰子似乎並不特別關照由香子，只有上下車或上下樓時才注意一下；夏枝則殷勤地細心照顧由香子，經過走廊會牽她的手、用餐前幫她把餐巾鋪在膝上。

餐桌上，只見夏枝忙著為她打開碗蓋，幫她把生魚片沾上醬油。她對由香子的悉心照顧，教人看了心疼，彷彿她是為了照料由香子才來旅行的。

陽子對夏枝的表現感到意外。剛開始，她想不透夏枝為何如此親切照料由香子，甚至覺得心中發毛。然而，從旭川出發以來整整一天，夏枝對由香子的熱情絲毫沒有改變，表情也很溫柔。另一方面，由香子也謙遜老實地任憑夏枝照顧自己，既不固執拒絕，也沒表現出過分卑下的姿態。

陽子覺得她們都很美。兩人打算如何解決彼此和啟造的問題，陽子不知道，即使如此，陽子仍舊覺得她們很美麗。

爸，媽媽把松崎小姐照顧得好周到，讓人看了眼淚都要流出來了。

陽子又向父親報告，明天她們要和辰子分手，前往茅崎。寫完信要裝進信封時，夏枝從浴室走出來，一身雪白的肌膚微微冒著熱氣，泛著櫻花色。

「在寫什麼啊？」

夏枝以小指攏起鬢角的細髮，在三面鏡前坐下。

「給爸爸寫信。我打算每天寫一封。」

當醫生的啟造平時除了出席學會，幾乎從不旅行。偶爾出一趟遠門，頂多也只能在外面住一晚，像這次夏枝和陽子將近十天的旅行，對啟造來說是可望不可及的奢求。陽子覺得自己該給父親寫幾封信，向他報告旅途見聞。

「陽子好貼心唷。」夏枝笑著對鏡中的陽子說。

「媽才體貼呢。」

「媽媽還不行啦，我只有心情好的時候才溫柔。」夏枝難得溫順地答道。

「可是像今天旅途勞頓，您也很累了，還是細心照顧松崎小姐啊。」

「誰教辰子都不管她嘛。」

聽到陽子的讚美，夏枝開心地說。

「我可沒辦法像媽那樣。不管大小事情，您都設想得到。陽子可沒辦法。」

「是嗎……？謝謝妳。我說，陽子，眼睛看不見一定很痛苦吧。真是可憐唷。」

夏枝以純白的紗絹拭去額上的汗珠，轉過頭來。陽子看到她臉上的表情，心底一驚。

（媽媽其實是個溫柔的人啊。）

夏枝第一次讓陽子留下不好的印象，是在小學一年級的冬天。那天，她放學回家，夏枝突然掐住她的脖頸。從那天起，夏枝對她的態度發生變化，儘管言詞溫柔，表情卻愈來愈冷淡，甚至連學校的午餐費都不肯給她。國中畢業典禮那天，夏枝把陽子的講稿偷換成白紙，最後還在北原面前痛罵她是殺人犯的女兒。

那些不愉快的印象，重重地壓在陽子心底。漸漸地，在陽子心中，夏枝和那些負面印象已經合為一體。

如果夏枝沒有誤以為陽子是佐石的女兒，她可能會是個溫柔的母親。就像她現在對由香子的細心照顧，是自然不造作地發自內心。儘管由香子可能仍然愛著啟造，夏枝還是無微不至地照顧她。這或許才是夏枝的真面目吧。直到今晚，陽子才看清這些，她發覺一直以來自己只看見了夏枝可厭的部分。她不禁覺得自己冤枉了夏枝，感到非常內疚。

母女倆上了床，關掉電燈。

「陽子。」

「媽，什麼事？」

夏枝和陽子很久沒有同房睡了。

「陽子，妳一定很恨媽媽吧？」

「啊？怎麼會？」

陽子想起自己從昏睡中醒來時曾把夏枝的臉看成般若面具，有點心虛。

「……當初逼得陽子服藥自殺，真不知妳心裡有多苦。可是，陽子，媽媽那時身不由己啊。這麼多年來，我一直以為陽子是佐石的小孩。」

「哪裡……這不是媽媽的錯。」陽子的淚水彷彿就要奪眶而出。

「陽子，換作妳是媽媽，妳能疼愛佐石的小孩嗎？」

「辦不到。換作是我，連她的臉都不想看，何況還要同住一個屋簷下，我根本想都不能想，更別說疼愛她了……」

「是嗎？陽子，妳真的這麼想？那妳能原諒媽媽吧？」

「說什麼原諒……陽子才對不起您，我竟起了自殺的傻念頭，害您受苦了。」

「陽子，跟妳說啊，媽媽今天在飛機裡一直在想，萬一飛機失事了，我最遺憾的事是什麼？於是我想到了，就是還沒有真心誠意地向陽子道歉。」

* * *

爸爸，

您好嗎？我寫第二封信給您了。陽子坐在茅崎外公家的客廳裡，隔著迴廊的玻璃窗，看得到被雨淋溼的庭院。小雨綿綿飄落下個不停，夾竹桃盛開，旁邊有一大叢鮮紅的彼岸花，再旁邊還有名叫白蕙蘭的小白花，紅白兩色相互輝映。

夏枝父親家的庭院有一座大池塘，常有成群牛蛙跳進池中玩耍。一座覆滿青苔的石燈籠立在池畔。這片庭院座落在面積超過千坪的松林裡，當初看到女兒住在實驗林旁，夏枝的父親也想住在松林裡。陽子認為，這是希望女兒待在身邊的父親表達心意的一種方式。

從東京過來，駛過七里濱，車子馳行在可遙見江之島的沿海國道上，接著在茅崎高爾夫球場入口轉彎，再開五六百公尺，就是夏枝父親家所在的松林。一幢占地約三十坪的樸實木屋矗立在森林中央，夏枝的父親就在這裡和兒子全家一起生活。夏枝的哥哥在橫濱的醫院服務，除了妻子，家裡還有兩個讀高中的兒子。

陽子高中畢業旅行時，曾在鎌倉和夏枝的父親見面，這次是頭一回到茅崎作客。

才到這裡，今天就和外公去海邊散步。細細的雨絲像從天空撒下的米糠，氣溫有點冷，不過外公說他每天必定出來散步，我和媽媽便陪他走一走。雨中的江之島模糊不清，像是遠方的幻影，令人覺得置身夢中。

外公房裡的書架上除了醫學書籍，還有文學全集、美術全集，以及新出版的各種書籍，整個書架充滿了年輕的氣息。

對了，爸爸，外公家牆上掛著一幅北海道大學校園的雪景油畫。畫風有點陰沉，色調樸拙。我問：「這幅畫真不錯，是誰畫的？」媽媽聽了大笑，原來這幅畫竟是爸爸的作品。

還有一件吃驚的事。以前媽媽從北海道寄給外公一座木雕熊，據說外公每天早晚都用布仔細擦拭。外公說木熊送來至今，他每天必做這件工作。聽了這件事，陽子由衷覺得媽媽好幸福啊。

「一定要持續照顧，才能產生感情，不可丟在一旁不管。不論是人是物，撇下不理的話，原有的感情也會消失。」

看我一臉驚訝，外公向我解釋。那瞬間，媽媽猛然驚覺地看著我……啊，媽媽一定是想起小樽那個人吧。不過也可能只是我自己誤會了，或許是我想太多，才會以為媽媽也和我一樣聯想到那個人。

從東京到茅崎這段路，我們是坐車來的，汽車開到川崎一帶時，我覺得呼吸到的氣體不像空氣，而像是某種粉末。不過茅崎的空氣非常好，有松樹和海潮的氣息……

第二天，夏枝和嫂嫂到橫濱購物，寬敞的家中只剩下夏枝的父親和陽子看家。夏枝出門前叮囑陽子：

「陽子，外公不知道妳自殺的事，當然也不知道佐石的……那些事。說話要留心一點喔。」

夏枝她們走後，陽子隨著夏枝的父親來到陽光和煦的庭院。有一條通往松林的小徑，兩人沿著小徑來到一片百來坪的草地，這裡有座小涼亭。

「這裡是外公最喜歡的地方，每天一定要來一趟。」夏枝的父親在涼亭的長凳坐下。

「外公，好安靜喔。」

陽子站在一旁，深深吸進一口空氣。夏枝的父親微笑地看著她。

「陽子，妳吃了不少苦吧。」夏枝的父親突然說道。

「吃苦？」陽子心情激動起來。

「外公常在後悔，小時候應該更嚴厲管教妳媽才對。我一直覺得對不起陽子呢。」

草坪被竹林包圍，陽子稀奇地打量那些枝幹上有條紋的竹子。

「為什麼？外公，媽媽是很稱職的母親啊。」

「是嗎？謝謝妳……可是，陽子，外公的教育方式錯了，這一點是錯不了的。夏枝很早就失去母親，哎，簡單一句話，她是被我慣壞了。說起來丟臉，外公實在沒法狠下心罵她，事事依她，該糾正的時候也沒糾正，把她慣得不像樣。這其實也算棄養小孩吧，她就像沒有父母養大一樣。」

陽子這才發現夏枝的父親對一切都已了然於心。

「一個人如果從小沒有受到妥當的教養，長大了會給周遭帶來很多麻煩啊。」

* * *

爸爸，您回來啦……

這天晚上，陽子給啟造的第三封信開頭就這麼寫。陽子猜想，這幾天肯定沒人對父親說過「您回來啦」，而父親下班後，馬上就會看到自己的信，她才想以這句話當作開頭。

您每天一個人生活很不方便吧？我想到爸爸孤零零在家讀書的情景，就寫信給您。

每天早晨，我們都在伯勞和竹雞的啼聲中醒來。剛到茅崎那天是雨天，聽人說，茅崎九月經常下雨，但今天是個大晴天，江之島看得好清楚，好像伸手就能摸到似的。島的右端長著兩棵松樹，樹枝伸向海面，今天看起來特別近，近得簡直可以和它們打招呼。更驚人的是，現在已經九月下旬了，海邊還有很多年輕人在衝浪或游泳。旭川現在都要開暖爐了呢，怎麼兩地的差別這麼大呢？

說到暖爐，昨晚八點多的時候，媽打電話回旭川。因為爸一定不知道怎麼開暖爐，想在電話裡跟您說明一下。可惜您不在家。

寫到這裡，陽子放下了筆。接下來要寫的內容比較嚴肅，她重新整理思緒後才拿起筆來。

現在陽子心中充滿了感激之情，這次出門對陽子來說，是一次美好的經驗。

今天我和外公在松林的涼亭裡談了許久。

「不論做任何事都不能只想到自己，人再自我還是得和很多人發生關聯，一個人抱著馬虎的態度活著，他這輩子碰到的人也會感到不快與困擾，甚至不幸。」

外公意味深重地說。他告訴我，不懂得珍惜自己的人，也不會懂得珍惜別人。

外公已經知道我自殺的事，好像是阿徹哥哥告訴他的。外公向我道歉時，陽子真不知該說些什麼，只覺得內心充滿了歉疚。前兩天媽媽也在飯店向我道歉，現在連外公也這麼說，其實真正應該道歉的是陽子啊。我真該做個能夠真誠道歉的人……

陽子由衷這麼想。享有內科之神美譽的夏枝父親，在陽子面前低下白髮蒼蒼的腦袋時，陽子遭到重擊般大受震撼。

陽子自殺前曾在遺書裡寫道：

我希望這世上有個至高無上的存在，希望祂明確地對我血中流動的罪惡表達寬恕之意。

她沒忘記這句話。然而不知從何時起，那種謙遜誠摯的想法消失了，取而代之的，是她對生母不貞的責難，以及對養母夏枝的厭惡。

……不過，爸爸，陽子覺得自己在改變。尤其今天聽了外公的一句話，我猛然省悟。外公說：

「一生結束後能留下來的東西，不是我們得到的，而是我們付出過的。」

外公告訴我，這句話是傑拉爾·尚德利[34]說的。外公說這句話總是不斷浮現在他腦中，還說：「我這輩子的生活好像都是在建立自己的功績和名聲，真不知能給妳什麼？」

爸爸，雖然我還年輕，現在思考「一生結束後留下的東西」或許還太早，但去年元月，陽子一度打算離開這個世界。我想到，如果當時我就那麼死了，究竟能留下什麼呢？外公後來又告訴我：

「人生真有意思，費盡心思弄到手的金錢與財產不會留在任何人心裡，但是悄悄給人的施捨、真誠的忠告、溫暖的鼓勵……卻能永遠留存下去。」

爸爸，陽子還不清楚自己活著的目的，也不懂人生的意義，但傑拉爾・尚德利的這句話在我心底射進一線光明。這段話也讓我深思，究竟該如何活著才能對別人有價值。

總之，儘管還不太清楚自己會怎麼改變，陽子終於能夠踏出第一步了……

這天晚上，陽子做了一個夢。

她夢到自己走在一條狹長的小路，夕陽餘暉下，前方山坡一片鮮紅。天空裡有顆星星在閃耀，射出一道銳利的光。閃著光的星星逐漸靠近陽子，一直到她眼前也沒改變大小。

「好神奇啊！」

陽子低聲自語。這一瞬，身體一陣晃動，陽子清醒過來。原來是地震，天搖地動了一段時間才停下來。

＊　＊　＊

啟造讀完陽子的第三封信，把信紙放回信封。啟造活到這把年紀，還沒有人每天寫信給他。即使是訂婚

34　傑拉爾・尚德利究竟是誰，目前研究三浦綾子文學的學者還沒找到答案，就連旭川市的三浦綾子文學紀念館相關人士也無法回答這個問題。唯一確定的是，有一位義大利籍神父費德里科・巴巴羅曾於一九三五年到日本傳教，並致力於聖經的日語口語翻譯工作，這位神父的著作《三分鐘的默想》中曾出現上述這句話。

期間，夏枝也很少寫信給他。因此，陽子的信令啟造格外感動。

「……不是我們得到的，而是我們付出過的。」

啟造低聲念著信裡提到的傑拉爾・尚德利的話。的確是真理，啟造想，但真理往往和人的想法背道而馳。他又想起一件事，抬頭望向牆上的月曆。明天是九月二十六日。

九月二十六日是啟造終生難忘的日子，那天他遭逢洞爺丸海難，海水從窗子灌進船艙的聲響至今還在他耳邊迴蕩。海水漸漸淹沒眾人的身體，一個女人哭了起來，原來她的救生衣繩扭斷了。

「我的給妳吧。」

女人身邊的傳教士脫下自己的救生衣。當時的情景又清晰地浮現在啟造腦中，他受到一種近似戰慄的感動。

（那位傳教士付出了自己的生命。）

一生結束後能留下來的東西，不是我們得到的，而是我們付出過的。這句話的確是真理，啟造又在心底複誦一遍。傳教士付出的生命，將永遠在這世上流傳吧。

啟造後來從報紙的報導得知，當時那艘洞爺丸上有兩名傳教士，一位住在札幌，另一位住在帶廣，兩人都把救生衣讓給別人，犧牲了生命。啟造聽說，兩位得到救生衣的年輕男女後來成了基督徒，其中一人還在基督教青年會工作。這兩人因為傳教士而獲得新生，今後肯定不能再渾渾噩噩糟蹋生命了。

（海難過後，十一年過去了。）

啟造嘆了一口氣。這十一年間，我究竟得到了什麼？什麼也沒有！只是苟延殘喘地活到現在。

兩三天前高木打來的電話，提到一些朋友死於腦溢血、得了五十肩，使啟造意識到自己的年紀。現在他更沉痛地體認到，人生之秋近在眼前，而自己人生的秋季可能採收不到半顆果實。啟造想，或許我救過許多患者，幫他們延長了生命，但我尚未得到任何更確實的成就。

啟造仰面躺在榻榻米上，白石膏混麻塗料砌成的天花板顯得很高。

我雖然生性懦弱，但始終勤勉努力。可是，最近怠惰又唐突的思想常常鑽進自己腦中，或許是夏枝不在家的緣故吧。

啟造坐起身子，又拿出陽子的信來看。

17 冬藏

雪，從天空一瀉而下似的落向地面，構成無數細線。

星期天午後，啟造吃過稍遲的午餐，盤腿坐在火爐前。他的視線越過玻璃窗，看到院裡以繩索固定的紫杉枝椏上積滿了白雪。

「終於積雪了。」

「嗯。」啟造抓起盤中的蘋果塞進嘴裡。

「陽子，剩下的媽媽等等收拾，妳去念書吧。」

夏枝開朗地說。陽子在廚房清理午餐的碗盤。

「媽，沒關係啦！」陽子回答的聲音生氣勃勃。

「陽子願意繼續升學真是太好了。」

「嗯。」啟造心不在焉地答道。

「好討厭唷，你在想什麼啊？」

「沒什麼，我只是在想那些患者要如何熬過冬天。」

從茅崎回來後，夏枝對陽子的態度明顯溫柔許多。這雖是啟造多年以來的願望，但他漸漸習慣後，又擔心起由香子的眼睛。

辰子從東京回來後，說由香子的眼睛已經沒救了，診斷的結果是視神經萎縮，併發青光眼。啟造通知村井結果時，村井皺著眉頭說：

「唔，這種病例倒是少見。院長，由香子說沒請醫生看過，可是青光眼這種病啊，不但眼睛痛、頭痛、會想吐，看到光還會出現虹輪、視野變窄。我很難想像有人出現這些症狀還不找醫生檢查……不過由香子本來就好強，大概是心裡認為死了也好、瞎了也罷，覺得無所謂吧。」

村井又說，他不接受這種結果，堅稱如果親自檢查，一定能查出真正病因。

「哎，不過啊，精神受刺激會對眼睛造成極大影響。以前有這樣的病例：妻子徹夜看顧丈夫，後來丈夫死了，妻子連續痛哭兩天，結果哭瞎了眼睛。由香子也說過她思念院長，哭得連飯也吃不下呢，院長。」

村井的表情不像開玩笑，但也並非一本正經，啟造不禁再三咀嚼他這段話。

啟造吃完兩片蘋果，站起身來。

「啊？怎麼了？」

「不，沒什麼……」

由香子從東京回來後，啟造一直很想去探望她。但現在外面下著大雪，他實在想不出離家的藉口。啟造若無其事地在一旁的沙發坐下。

「茅崎還很暖和呢。」夏枝仰望著窗外毫不停歇的大雪，「老公，暖和的地方和寒冷的地方，繳的稅金一樣多吧？」

「對呀。」

「那不等於繳了同樣的錢，我們住三等房間，茅崎的人卻住頭等房間。」

「說得也是。」

「好討厭，你又在想什麼？」

夏枝依舊跪在火爐旁，瞪著沙發上的啟造。

「沒什麼，我在想高木的婚事。」

「他真的打算結婚啦？」

「母親不在，畢竟會寂寞吧。」

「可是娶帶兩個小孩的女人，很辛苦喔。」

夏枝怕被廚房裡的陽子聽到，壓低了聲音。

「他應該也清楚。」

陽子似乎做完廚房的工作，回房去了。

「可是，我還真不能想像高木先生要結婚了。他還是單身比較好，這樣比較像高木先生。」

「高木要結婚，妳心裡不痛快啊？」

「不是啦，我只是覺得這樣不像他。」

「妳說這種話，高木會為難的。」

啟造露出探究的眼神，他猜想夏枝或許是對高木結婚一事感到吃味。

「好討厭唷。」

夏枝注意到啟造的表情，輕輕瞪他一眼。這時，門鈴響起。

「誰呀？」

夏枝看了啟造一眼，略整一下頭髮，前去應門。

「老公，北原先生來啦。真難得啊。」

北原走進起居室，頭髮有些被雪沾溼。

「好久沒來問候。」
「哎呀，這麼大的雪還遠道而來。」
陽子自殺後，北原這是第一次登門拜訪。
他在火爐邊坐下，感慨萬千地環顧起居室。
「坐火車來的？」
「不，開車來的。」
「下雪還開車啊。」
「神居古潭那邊沒下，聽說只有旭川這一帶下雪。」
啟造覺得應該去叫陽子，她房間在主屋外，就算北原說話宏亮也聽不見。然而夏枝只顧著準備紅茶，似乎不打算去喊陽子。
「北原先生，吃飯了嗎？」
「吃過了。」
北原的回答明快開朗，啟造不禁轉臉望著他的側臉。
「請問……陽子小姐在家嗎？」北原害羞地問。
「啊，你找陽子有事啊？」
夏枝像是很吃驚似的停下倒茶的手。啟造不以為然地望著她。
「是的。」
「啊，真對不起，我沒想到呢。陽子現在很忙，每天都在準備入學考試呢。」
「是嗎？她終於決心參加考試了？」北原像是鬆了口氣，臉又轉向啟造，「她打算考東京的大學嗎？」

「還是這附近的大學比較好，離家太遠，我們會擔心的。老公，對吧？」

啟造還沒來得及開口，夏枝就搶著回答。

「妳還是叫陽子來吧。」

啟造催促著。夏枝一臉不情願，但還是走出房間。

「女人真是……」說了一半，啟造沒再說下去。北原假裝沒聽到地說：

「陽子小姐決定升學，就表示又恢復成從前的她了，對吧？」

「唔，或許不能說完全恢復……」

走廊上傳來腳步聲，陽子單獨走進房間。

「歡迎您，北原先生。上次給您添麻煩了。」

上次陽子到札幌聽F交響樂團的演奏會，回程時北原搭火車送她到瀧川。

「陽子，到客廳去吧。火爐已經點著了。」

夏枝走進起居室說。北原和陽子走後，夏枝蹙起眉頭。

「北原先生這時候來有什麼事啊？」

啟造無言地把砂糖加進紅茶。

「我說啊，老公，北原先生是不是打算娶陽子？」

「誰知道。」

啟造心情很沉重。他知道陽子總有一天會出嫁，但他希望陽子一直留在家裡，永遠不要結婚。啟造尤其不希望陽子嫁給阿徹，儘管明白阿徹對陽子的心意，也很同情，他卻無法贊成兩人的婚事。一方面是因為兩人從小被當成親兄妹撫養，啟造對兄妹結婚感到抗拒，但理由不僅如此。

從今年春天起，啟造偶爾會在日記寫些短歌，他的文風傳統，也沒正式拜師學過。幾天前，他為陽子寫了一首短歌：

柔肩少女與吾相隨，既為吾女何事煩憂。

啟造只是一時興起寫成的，但無疑地，這是一首戀歌。

這首短歌不能寫進日進裡，在啟造內心深處，陽子不是女兒，而是異性。從陽子還是中學生起，他就常有這種感覺，但他總是立刻拋去這念頭。

或許啟造對由香子產生的情愫，也是壓抑對陽子感情的表現。當然，啟造並不願承認這一點，甚至佯裝不知。但他無法否認，反對阿徹和陽子結婚的心理背後隱藏著這種感情。

「我可不喜歡北原先生。」

「我想也是。」

夏枝和北原的爭吵，把陽子逼上絕路。這是夏枝一輩子也忘不了的痛。

「再說，我們也得替阿徹著想啊。」

「……」

「如果阿徹娶陽子，他們一定會好好孝順我們的。」

「哎，還是要看陽子的意思。陽子還年輕，才十九歲呢。」

「可是，我總覺得不放心。我們最好早點問明陽子的心意，讓她嫁給阿徹吧。」

「年輕人的感情都沒定性，一年年過去，想法也會變的。」

夏枝扭身走進廚房，一陣水聲從廚房傳來，沒多久，她端著一盤葡萄回來。

「我覺得要多提防北原先生一點。」

「不會啦，他比阿徹能吃苦，很不錯啊。」

「啊！那你的意思是反對阿徹和陽子結婚嘍？」

＊ ＊ ＊

北原走進客廳，半天都沒說話。在這裡和夏枝爭吵的情景，像昨天的事般歷歷在目。夏枝鐵青著臉抓著那張刊登佐石報導的報紙，歇斯底里地湊到他面前，那模樣深深烙印在他的眼底。

鋼琴、桌子和沙發，室內擺設都和當時一模一樣。那天，夏枝走出房間後，陽子不知所措地呆立原地。北原雙手捧住她的臉，她乾澀的嘴唇就在眼前，但北原實在不忍親吻深受打擊的陽子。他還記得當時一度無法與陽子溝通，心裡非常害怕。

那天之後，陽子不只對北原，似乎對所有人都失去了對話的興趣。上次在札幌車站，北原為了替陽子送行跳上火車，結果來不及下車，便陪她一起搭車到瀧川。一路上除非北原發問，陽子也不開口。不過臨別時，陽子主動說了一句：

「請代我問候順子小姐。」

這句話令北原很在意，他擔心陽子誤會順子是他的女友。

「聽說妳要參加升學考試，準備報考哪間學校？」

「想考北海道大學。」

「太好了，那以後我們就能常見面了。」

陽子微微一笑，但沒說要不要見面。北原凝望著她半晌，換了種語氣，鄭重地說：

「陽子小姐，上次失禮了。妳一定生氣了吧？」

「啊？」陽子一臉不解。

「就是和妳一起搭車到瀧川的事。」

「啊，怎麼會！那時北原先生來不及下車，火車就開動了，所以您就順道回了一趟瀧川老家，不是嗎？」

「……」

「我不會為這不高興的。」

「我這人太狡猾了。」北原厭惡地說：「老實說，那天我是故意晚到的，我打算在出發鈴響時跳上車去。」

他看了陽子一眼，才繼續說下去：「我按照計畫，假裝匆忙跳上火車，把禮物交給妳，然後車門就關上了。一切都是按照計畫行事。是我太無聊了。」

這時，敲門聲響起，夏枝端著葡萄進來。

「真對不起，沒什麼東西招待您。等陽子考取大學，再好好招待您。」

夏枝放下葡萄，說完便匆匆離開。夏枝冷淡的態度像在說：「陽子忙著準備升學考試，你等她考完再來吧。」不過對北原而言，陽子對自己的告白如何反應才是他最關心的。

「妳一定覺得我很可惡吧？但妳知道我為什麼這麼做嗎？我……本來打算放棄妳的，可是久別後與妳重逢，我的決心崩潰了。」

陽子垂下眼皮，避開北原灼人的目光。

「如果陽子小姐沒發生那件可怕的事，我們應該正在交往，是彼此最親近的人。」

「……」

「陽子小姐，妳因為那件事傷透了心，試圖想結束生命。而我，也只能遠遠守護著妳。可是這不表示，妳我非分開不可啊。」

眼看陽子沉默無語，北原焦躁起來。他並不想漠視陽子的意願，也不打算像現在這樣自顧自說個不停，但他實在無法控制自己。不安在他心底升起，他覺得自己這番話並沒真的進入陽子心底，而是可悲地反彈回來。但他繼續說下去：

「我和辻口是好朋友，也考慮過他的感受，多年來他對妳的感情，我自認能夠體會，所以我也想過把妳讓給他，或許妳會比較幸福。可是那天在札幌和妳重逢，我才明白這是不可能的。」

陽子平靜地抬起頭，看著北原。

「北原先生，我必須向您道歉。」

「為什麼呢？」

「那件事之後，我的心已經冷了，不論對別人或對自己都一樣……」

「對辻口也一樣嗎？」說完，北原臉紅了。

「不論對誰都一樣。」

陽子直視著北原回答。柴油暖爐的風扇低聲怒吼，房裡終於暖和起來。

「那我可以這樣理解妳的話，也就是妳和任何人的關係都恢復成白紙，對吧？」

屋外雪花依舊不停飄落。

「北原先生，今年夏天我去參觀了孤兒院。那裡的孩子都因為各種原因背負著不幸。」

「所以？」

「當時我深深覺得，自己的年紀要談戀愛，實在言之過早。」

北原一副無法贊同的表情。

「我覺得應該在確定人生的方向後，再考慮這個問題。所以，目前不論是誰，我都希望只保持普通朋友的關係。」

「我懂了。」北原有些失望地說，愣愣凝望著爐火。

「對不起，結果等於是我背叛了你。」

「沒有這回事，年輕人的想法都會改變的。」

「北原先生，您以前也說過，人心隨時可能改變。可是，當時我卻堅稱自己不會變。那時的我，想都沒想過會改變心意。」

「陽子小姐，我們並沒對彼此做過任何承諾，所以妳沒有背叛我。」

當時北原的確說過，他期許一輩子不變心，但他無法承諾永遠不變，也不保證一定迎娶陽子。

「謝謝您，北原先生。」

北原的寬容讓陽子十分感動。

「但我無法原諒自己背叛了你。」

「陽子小姐，我原諒妳了。放心吧。」

北原愉快地說。知道陽子心裡沒有別人，使他平靜下來。

「可是……」

陽子忽然又露出深思的表情。雖然北原表示願意原諒她，但她卻沒有受到寬恕的感覺。就算得到了北原的原諒，自己的背叛仍是不可動搖的事實。而且陽子覺得，即使是北原，也沒有寬恕他人的力量。

「怎麼了？」

「我覺得真的很對不起您。」

陽子抬起頭，烏黑的髮絲柔軟地披在肩上。

「我不怪妳了，妳可不能自責喔。」

然而陽子細膩深刻的心思，北原自然無從理解。

18 聽診器

高木的婚禮訂在一月十一日。高木想趁寒假帶兩個孩子一起去新婚旅行，決定過完年就舉行婚禮。

啟造夫婦雙雙出席，擔任介紹人。從札幌回來後，夏枝就得了感冒，臥病在床。出生至今，她極少因為生病起不來。

這天啟造也提早下班，坐在夏枝枕畔問道。

「今天覺得怎麼樣？」

「也不知怎麼回事，全身無力，胸口好悶。」

夏枝的眼睛因為發燒水汪汪的，啟造皺起眉頭幫她把脈。夏枝仰望啟造的表情。

「脈搏沒問題，妳說胸悶，我幫妳看看吧。」啟造從皮包裡拿出聽診器。

「哎唷，你幫我檢查啊？」

夏枝露出羞澀的表情。她臉型瘦長，看上去弱不禁風，事實上身體底子很好，向來健康，從不曾讓丈夫啟造拿著聽診器診察身體。

「要是演變成肺炎可不得了。」

啟造慎重地把聽診器按在夏枝白皙的胸口，全神貫注傾聽著，同時轉眼注視夏枝。夏枝求救似的仰著臉，表情讓啟造很心疼。

「不要緊，不是肺炎。」

啟造收起聽診器，拿出血壓計。夏枝血壓偏低，但她平時血壓是多少，啟造一點概念也沒有。

「胸悶可能是血壓低的關係，不必擔心。一定是參加高木的婚禮累壞了，好好休息一陣子吧。」

「不過陽子馬上就要考試了。我如果倒下來，她就不能專心念書了。」

「妳的身體最重要。」

啟造說著把棉被拉到夏枝肩頭，替她掖緊被角。儘管他清楚夏枝的感冒不嚴重，但眼看她在床上躺了三天，心裡還是七上八下。家中不知為何顯得冷清，陽子一個人在廚房裡忙碌也可憐。

「高木先生寄明信片來了。」

夏枝從褥子下抽出一張明信片。

喂！辻口，我賺到嘍！不只賺到一個老婆，還一下子多了兩個可愛的兒子，免得自己生養了。新婚旅行帶著兩個小孩，一路上好熱鬧，感覺挺有趣的。對了，那天夏枝似乎累著了，我有點擔心呢。

今晚我們住在別府，之後會到長崎和福岡，最後到大阪品嘗美食後才打道回府。

啟造從不曾收過高木的信，看到高木的署名旁有兩個小字「郁子」，不禁露出微笑，他想這張明信片大概是郁子細心的傑作吧。

讀著高木的明信片，啟造突然想起村井的話。那天婚禮結束時，村井對他說：

「院長，新娘長得和夫人有點像喔。您不覺得高木先生這份情意很可憐？」村井臉上掛著惡意的微笑。

啟造並不打算深究高木的心意，倒是村井的語氣令他覺得話中有話。

啟造和陽子在夏枝枕畔吃了晚飯，這時辰子帶著由香子來拜年。

「我們來拜年的，所以今天從大門進來。」

辰子穿一身松葉碎花的一越縮緬布[35]和服，氣質高雅；由香子則穿著鐵鏽紅羽二重絹[36]和服，外罩一件手繪瑞雲圖案的和服外套。由香子恭敬地向大家致謝，感謝去年秋天旅行時受到關照。

「聽說妳感冒啦？大過年的，真可憐。」

辰子在夏枝枕畔坐下，探視夏枝的臉。

「真抱歉，妳們難得來訪……」

夏枝看到由香子身上的和服，表情頓時變得僵硬。為什麼辰子要為由香子花這麼多錢？夏枝很納悶，佯裝平靜地坐起身來。

「不行，不要硬撐。」

「就算失禮，妳也躺著吧。」

辰子和啟造連聲勸說，夏枝只好重新躺下，但一看到由香子的和服，她心底又焦躁起來，無法靜臥。

「妳們的和服真漂亮。」

「謝謝。由香那套是用我的舊和服重染的。」

「啊，顏色真好看。老公，對吧？」

聽說那套和服是重染的，夏枝心情放鬆了些。啟造雖然點著頭，心中卻十分忐忑，視線自然而然就投向拘束地低頭坐在一旁的由香子。

「由香，今天就摘掉眼鏡吧，免得糟蹋了這麼好看的和服。」

---

35 縮緬布：一種日本特有的皺綢，一越是指織法。以左扭與右扭的緯線交叉織成的皺綢稱一越縮緬布。

36 二重絹：一種高級絲綢，表面光滑柔軟。

啟造和夏枝不由得互看了一眼。由香子遲疑幾秒，伸手摘下眼鏡。

「啊呀！」

夏枝驚叫一聲，因為由香子那雙清澈的眼睛與常人無異。

「妳看，看不出她眼睛有問題吧？由香卻說不喜歡讓人看到自己的眼睛。這樣可比她戴著眼鏡好，老爺，您說是不是？」

啟造目不轉睛地注視著由香子那張和十年前毫無分別的臉，那雙抓不住焦點的眼睛在燈光下閃爍。

夏枝望著凝視由香子的啟造，辰子則在一旁打量夏枝。

「老爺，高木先生的婚禮如何？」

聽到辰子問話，啟造顯得有點慌張。

「喔，嗯，還不錯吧。婚宴上，新郎新娘身邊各坐一個孩子。」

「那你們兩位介紹人就坐在孩子身邊？」

「對呀。」

陽子端著辰子和由香子的餐盤走進來。

「啊，我們吃過才來的。」

「剛才聽阿姨說了，所以只準備了甜酒和鯡魚泡菜[37]。」

說完，陽子也坐下來，看到由香子的瞬間，她一臉驚訝。夏枝立刻問道：

「陽子，由香很美吧？」

「是的，非常美麗。」

由香子那雙清澈的眸子完全不像盲人，陽子不知所措地轉臉看辰子，辰子輕輕點頭。

「陽子真聰明，還能想到以鯡魚泡菜配甜酒。現在這年頭，沒幾個主婦能做出這麼好吃的鯡魚泡菜嘍。」

「哎唷，辰子，太過獎了。」夏枝露出欣喜的表情。

「先喝點甜酒吧？」陽子問由香子。

「外面挺冷的，由香，我們先喝點甜酒。」

聽了辰子的建議，由香子點點頭。陽子把盛有甜酒的酒杯放在由香子手裡，然後走出房間。

由香子喝了一口，忽然嗆了一下，手裡的酒杯險些滑落。「啊！」坐在斜對面的啟造輕呼一聲，伸手想幫忙接杯子，不過由香子身邊的辰子已先接住了酒杯。由香子滿臉通紅，夏枝眼睛發光地看著由香子，再瞪向啟造。

「我好想看高木先生當新郎倌的模樣唷。」辰子說。

「高木竟也會害羞呢。」

「是嗎？那很好啊。我還擔心他會表現得像結第三次婚的樣子呢……其實仔細想想，五十歲還算年輕啊。」

「對呀。其實人的感情不會那麼容易改變，以前我們二十多歲時覺得五十歲是老人，可是等自己到了這年紀，心情還是和從前一樣啊。所以，我們現在把八十歲的人視為老人，這種想法可能也不正確。」

「原來如此。人心不是那麼容易枯萎的，只是，如果男人八十歲還跟十九歲的大姑娘談戀愛，有點可悲喔。」夏枝說著，眼中又閃出一道光。

＊＊＊

37 鯡魚泡菜：北海道名產，將碎鯡魚以洗米水和醋處理過後，加入酒糟和鹽製成泡菜水，再把蔬菜放進去醃泡。

因為夏枝患了感冒，辰子和由香子不方便打擾太久，只坐了三十分鐘就告辭。啟造送她們到玄關，目送客人離去後才回到房裡。

「妳累了吧。」

「……」

「今晚還是早點休息吧。」

「……」

「怎麼了？」

躺在床上的夏枝故意轉開臉，啟造詫異地問。

「老公，你對由香子很親切嘛。」夏枝冷冷地說。

「親切？沒有啊……」

「是嗎？剛才由香子的酒杯差點滑落，你的手立刻就伸出去了。」

「這不是應該的嗎？」

「應該做的？人家身邊不是有辰子陪著嗎？」

「可是她眼睛看不見呀。不管是誰碰到那種情形，肯定都會伸出手吧？」

「……」

「就算對方不是松崎，在那種狀況下，我認為那麼做是應該的。」

「可是，你一直盯著由香子看，害我在辰子面前丟臉……」

「我可沒那個意思。」啟造自覺有點理虧。

「才不是，你的眼睛一直盯著人家看，就是因為你眼裡只有她，才能那麼快就伸出手。」

「妳要這樣胡扯，我可沒辦法。」

「啊，你居然說我胡扯！老公，你竟說得這麼難聽！辰子也真是的，幹麼大老遠地把由香子帶來啊。」

「可是，夏枝，上次去東京你不是殷勤地照顧她？所以她才會想來拜年嘛。」

「我不管，辰子這人真過分，居然還幫她做了那麼高級的繪羽[38]。」

「……」

「還有，在你面前叫她摘下眼鏡，真討厭。」夏枝漲紅了臉。

「夏枝，妳真傻。」

啟造說著，彎下身子，想在夏枝額頭輕吻一下。但夏枝左右搖晃著腦袋，避開啟造的嘴唇，嘴裡還說：

「你還說自己雖然五十了，感情還是跟二十歲時一樣。你這人真教人不放心。」

聽了夏枝的話，啟造心底升起一股怒氣。

「不放心？是嗎？原來我是這麼沒信用的壞男人嗎？」

「哎唷，你生氣了？我可不是那個意思。」

「不是那個意思，那是什麼意思？我一直自認世上再也沒有比我更值得信任的男人，我這人老實得很，除了妳，我可從沒摸過其他女人的手。」

「我的意思是……」

夏枝還想說什麼，但啟造因自己的話而情緒激動，繼續數落：

「我可不像某人，我不會勾引別人老婆，也不會在別人老婆面前胡來。我和那種在別人身上弄出吻痕，

---

38 繪羽：和服上的圖案有方向性和規律，其剪裁處的花紋拼接完美，整件和服攤開時就像是一幅畫。

或被人弄出吻痕的人可不一樣。說我教人不放心，妳搞錯了吧？」

啟造猛地站起來，走出房間。

「爸，我馬上幫您鋪棉被。」

陽子手上提著吸塵器，從走廊另一頭走來。

「好。」

雖想壓低音量說話，但或許已被陽子聽到了，啟造想。他踏上樓梯，又回頭看陽子。陽子擔心地說：

「爸，您看起來好像很累。」

「不，沒什麼。」

說完，啟造直接上了二樓，走進書房。

倚著書桌坐下後，啟造立刻就後悔了。雖然妻子只是感冒，自己竟向臥病在床的妻子發脾氣，他覺得自己是個冷血的男人。啟造想起夏枝剛才接受自己診察，羞澀解開胸前衣服的模樣。

（根本不是值得生氣的事啊。）

自己之所以動怒，八成是因為心底那份對由香子的情意被人識破而腦羞成怒吧。夏枝會那麼嘮嘮叨叨地批評，也是她表達愛情的一種方式吧。自己何必重提她和村井的舊事呢？為什麼我就不能靜下心來和她說話？

（可是……）

我為什麼會對由香子動心？啟造在心底自問，他想起一句不知是誰說的話：

「比起美女，男人更容易被關心自己的女人吸引。」

這話說得真對！啟造想。突然，他感到耳鳴，就像耳朵裡有隻蟲子在叫，響得很清楚。啟造從沒遇過這種事，他有種不祥的預感。

伴隨著耳鳴，他又感到後頸傳來一陣刺痛，這種疼痛也是第一次經驗。啟造立刻想到那位因腦溢血去世的朋友，心裡湧起無限恐懼。

啟造吸著氣，全身無法動彈。耳鳴和頭痛都與以往的經驗不一樣，接下來會發生什麼事，他已經可以預料。

（如果，我就這樣死了……）

他可不想在和夏枝大吵一架後死去。

過了一會兒，耳鳴和頭痛的症狀減輕，他的心情也輕鬆了些，但仍靜坐不動。

（誰也不知道自己什麼時候會死。）

人的死期不可商量，死亡是單方面地不請自來。這時候，啟造比較冷靜了，憶起一些逝去的患者。

他想起丟下妻子和三名子女，因胃癌去世的男人；心臟麻痹猝逝的男患者，死前一個月才剛升任課長；得腎臟病的女孩，丟下孤零零的寡母離開人世；新婚才十天的新娘，得了急性紫斑症而丟了性命。那些患者逝去時，都留下了許多應完成卻來不及完成的任務與工作。死亡總是冷酷地突然降臨，從不在乎它的降臨是否為人類帶來不便。

啟造輕輕扭動脖子，耳鳴和頭痛幾乎都消失了。

（就算我現在沒死，遲早也會死的。）

沒有一個人不會死。啟造審視自己的指甲，血色良好，很健康的顏色。但他知道，自己的生命結束、指甲變成鐵青色的那天一定會來。不論是誰，都一天天逐漸走向死亡。白髮愈來愈多，皮膚愈來愈鬆，老花眼度數愈來愈深，這些都代表我們正逐漸死去。到了最後，死亡必定會降臨。這種結果太可怕了，啟造想。

(我究竟什麼時候會死?會死在哪裡?)

那些搭乘洞爺丸的乘客死在黑暗的大海裡。有些人死在山上或車中,啟造甚至有朋友是死在廁所裡。

(不管死在哪裡,人都難免一死。)

啟造希望能在夏枝、阿徹和陽子的環顧中,安靜地離開人世。

「謝謝你們的照顧,你們要和睦地過下去。」

他希望先和家人打聲招呼,再離開人世。也希望自己能面帶微笑迎接死亡,不要死得太難看。

「我不想死。」「救救我吧。」一想到那些在呻吟中痛苦死去的患者,以及噙著眼淚斷氣的病人,啟造失去微笑離去的自信。不過,無論如何他都不願在氣頭上,在和夏枝吵完架後離開人世。

傳來一陣上樓的腳步聲。

「哎呀,果然被媽說中了,您沒打開暖爐。」

陽子走進房來,伸手扭開瓦斯暖爐的開關。

「我忘了,今晚不太冷。」

啟造嘴裡雖這麼回答,卻感到全身冰冷。他猛然警覺,或許是因為突然跑進這麼冷的房間,血壓才變高的,對夏枝發脾氣肯定也是原因。不,自己變得易怒,也是一種老化現象吧。他不禁感到可悲。

「可是,爸,您臉色很不好喔。」

「嗯,剛才有點耳鳴,頭也很痛。」

「哎唷!」

陽子皺起眉頭望著啟造,表情裡透露了對啟造身體的憂心。

「不用擔心啦。」

啟造沒把自己對腦溢血前兆的擔憂說出來。

「您還是早點休息吧，棉被已經鋪好了。」

「嗯，好。」

知道夏枝派陽子上來確認自己是否點燃了暖爐，使啟造感到安慰。

「陽子，妳從茅崎寫信給我，信裡寫著，一生結束後能留下的東西，不是我們得到的，而是我們付出過的……」

「是啊。」

「爸爸到底對其他人付出過什麼呢？每當思考這個問題，爸爸就有說不出的孤寂。」

「哎呀，大家都稱讚爸是熱心高明的醫生呢。」

「是嗎？」

如果自己死了，或許病患會為了失去一位好醫生而感到惋惜吧。然而，至多也不過如此，將來有一天，人們一定會把我忘掉，啟造想，不論我把自己的死看得多重大，在其他人眼中卻是無關痛癢。正如別人的死在自己眼中，也不過是他人之死一樣。一種像是流落到荒島的孤獨感襲上啟造心頭。

「爸，剛才媽跟我說，人活在世上好孤獨啊。」陽子起身時不經意地說。

「人活在世上好孤獨？」

啟造低聲自問，夏枝眼中含淚的模樣浮現眼前。原來，夏枝也覺得孤獨呢。既然我們都是孤獨之人，何必為了無謂小事而反覆爭吵呢？如果彼此都覺得孤獨，我們就該攜手並肩，相親相愛地活下去呀。啟造在心底深深嘆息著，決定以後再也不要重複這種無謂的事，再也不要為了村井或由香子爭吵了。

19 新芽

陽子在克拉克會館[39]的學生餐廳吃完午餐的咖哩飯後，來到寬敞的大廳。廳內擠滿了男女學生，有人邊喝牛奶邊看報紙，有人抱著胳臂午睡，還有四五名學生在高談闊論，也有些人一言不發地凝視友人，形形色色。

大廳裡放著上百張座椅，陽子在其中一張坐下，仰望樓上。二樓畫廊正在舉行攝影展，牆上掛著許多照片。一名身穿紅毛衣的男生手扶欄杆俯視大廳，眼中透著憂鬱，一看就知道他不是今年的新生。

（不久之後，我們也會露出那種表情嗎？）

陽子能一眼識別新生，他們身上總是散發著說不出的純真氣息，鞋子是新的，長褲也是新的，一副新鮮人模樣，表情和動作充滿了朝氣與活力。

夏枝一直以為陽子是佐石的女兒，打定主意不讓她升學，後來知道陽子的身世真相，便積極勸她繼續念書。然而那時陽子根本不想升學，因為她已經失去活下去的意欲。現在幾經波折總算進了大學，陽子覺得不能白白辜負歷盡千辛才到手的大學生活。

「是嗎？是這樣？」鄰桌一名戴眼鏡的學生失望地說。

「對呀，『我思故我在』嘛。」

另一名年紀較長的學生從嘴裡噴出一口煙。他穿著彩色襯衫，外面搭配深色的西裝外套。

「世人全都因錢而反目成仇。」

「不，錢可是好東西，只是好東西也可能變成我們的仇敵。」

穿深色西裝的學生和戴眼鏡的學生離去後，又有四名男女走過來坐下。他們也在討論什麼，只聽其中一人說道：

「總之啊，貝多芬就是貝多芬。」

「當然，貝多芬可不是蕭邦，也不是莫札特。」

「好討厭唷，這種廢話就別說了。」

說著，四人一起開心地笑起來。

我也會在這間大廳和同學進行各種討論，度過大學生活吧，陽子想。電視機前聚集了二三十名學生，陽子走過他們，來到社團活動公告欄前。

一號集會室：電影欣賞會；三號集會室：茶道研究會；大集會室：土風舞研究會

她瞥一眼公告欄，走出克拉克會館。四月的陽光普照北大校園，走到會館玄關前的寬幅台階，陽子停下腳步，眺望著由會館筆直向前延伸的道路。這時突然有人跑下台階，險些撞著陽子。

眼前那條路從克拉克會館一直向北延伸，全長大約一公里，往來車輛不時駛過眼前，熙來攘往的學生交錯而過。陽子最喜歡站在這個位置眺望北大校園。

馬路左側是農學院，越過北邊高大的榆樹林，遠遠可望見理學院的土黃色三層樓房，榆樹林對面聳立著

---

39 克拉克會館：威廉．克拉克博士為北海道大學前身札幌農校的首任校長。北大在校園內興建克拉克會館、克拉客博士銅像，以示紀念。

幾株白楊樹，兩種樹都還沒長出新芽。在春日的照耀下，樹木像是籠罩著一層薄霧。

陽子挽著駝色真皮大包，走上右側草坪的小路。皮包是辰子送給她考取大學的禮物。克拉克博士銅像斜後方，有棵巨大的黃柏樹，陽子拿出白手帕鋪在樹根附近的草地，彎身坐在手帕上。青草十分柔軟，不時撫弄著她的小腿。

寬闊的草坪地勢起伏不定，陽子身旁的草地呈陡峭的斜坡，下方有片平坦的凹地，許多學生在那裡打排球。陽子今天下午的課取消了，每當遇到這種情況，她不是回附近的宿舍，就是到這棵黃柏樹下休息。

陽子從皮包裡拿出織了一半的蕾絲披肩，她想在五月母親節時送給夏枝當禮物，還剩三分之一沒織完。陽子的手指靈活地操作著鉤針，手裡忙著編織，腦中突然掠過生母三井惠子的照片。我這輩子都不會送她任何禮物吧，陽子想，心底不禁對生母生出一絲憐憫。

「哎呀，這不是陽子小姐嗎？好久不見了。」

站在小路上的是陽子的高中同學大野，只見他搔著一頭像是從未梳過的頭髮，走了過來。

「聽說妳進了文學部，西高中那些人提議要給妳開迎新會呢。」

「謝謝，我聽說了。」

「真是恍如夢中啊。」

大野在陽子身邊坐下，伸出一雙長腿。

「夢中？」

「對啊，因為陽子小姐是我們的偶像嘛，大家都這麼公認呢。」大野大方地說。

「不敢當。」

「這是黃柏啊？」大野抬頭看著樹幹上的白色標誌牌，問陽子：「妳知道黃柏可以做什麼藥？」

「健胃藥?」

「答得好，不過還有其他用處喔。聽說只要摸過樹幹，就會立刻陷入愛河唷。」

「又胡說，大野你一點都沒變。」

離他們稍遠的斜坡下，一名躺在草地上的學生抬頭看著他們。

大野離去後，陽子伸手輕撫著黃柏的樹幹，微微一笑。樹皮上有無數條深溝，表面很粗糙。大野剛才口無遮攔地說：「只要摸了樹幹，就會立刻陷入愛河。」但陽子覺得自己現在不論摸了什麼，都不會愛上任何人。

她拿起鉤針繼續編織披肩。父親啟造、阿徹、北原、高木先生，都曾在這所大學就讀，茅崎的外公也當過醫學院的內科教授。而現在，陽子也進了這所大學。

（還有一個人……）

陽子想起自己出生前因心臟麻痺去世的生父中川光夫，他也在這所大學的理學院念過書。陽子腦中浮現那張照片裡站在惠子身邊的中川光夫。

（他生前也曾走在這校園裡。）

草地左側的斜坡上有個人影，陽子望了一眼，是個趴在地上讀書的學生，只見他兩腳不住地搖晃著。學生穿著乳白色毛衣，肩頭有深褐色條紋。陽子看過這件毛衣，她記得前天這名學生也坐在附近。難道他也喜歡這裡？陽子還在納悶，膝上的蕾絲線團忽然滾落地面，瞄準那名學生似的滾向他。

學生拾起線團，抬頭望著陽子。

「抱歉。」陽子紅著臉要站起來。

「沒關係，我幫妳拿過去吧。」

學生敏捷地登上斜坡。

「看來這裡似乎不適合做編織手工。」

學生注視著陽子，眼瞳十分清澄，但表情有幾分稚氣。

「真抱歉。謝謝。」

「妳喜歡坐在這棵樹下吧？前天也看妳坐這裡，之前幾天也是。」

學生面對陽子，在草地坐下。

「咦？」

「妳是文學院的吧？我是理學院的。」

那學生說完笑了起來，笑容裡透著幾分陰鬱，但溫柔得令人心動。

「您怎麼知道？」

「我常在教養部[40]的走廊看到妳。」

那學生身材瘦削，看起來有點神經質，但和阿徹不同的是，他的眉宇間飄逸著更衝動的神情。

「你也喜歡這裡嗎？」

「不，不特別喜歡。因為妳總是坐在這裡，我才來的。」

「啊？」陽子不由得抬眼看了看對方。

這人說話太直接，陽子一時不知該如何回答，只好默默拿起披肩繼續編織。

「妳不覺得我像個無賴？」

「不會啊。」

「為什麼？我在這裡監視妳，難道妳沒把我想成無賴，連這種警覺性都沒有？如果真是這樣，我很失望。」

「難道你希望我把你看作無賴？可是我憑直覺就知道你不是啊。」

「直覺？說得好敷衍。我可是從去年就一直在找妳呢。」

「我們不是第一次見面嗎？」

「不對！去年九月，我在北海道廳旁的十字路口見過妳。」

這個學生其實是三井惠子的小兒子達哉，也就是陽子同母異父的弟弟。但陽子當然不可能知道他是誰。

「喔，你就是那個人？可是不太像呢。」

當時少年站在十字路口，表情激動得像要吃人。陽子一直忘不掉他當時的表情。

「就是我。妳記得很清楚嘛。」

「你一直站在十字路口，所以……」

「我從那時起就一直在找妳。」

「為什麼？」

達哉沒回答陽子的問題，繼續說：「第一次在教養部的走廊和妳擦身而過時，我差點當場大叫。不過那時妳在和別人聊天，一眨眼就走遠了。」

小徑和附近的草坪，往來行人絡繹不絕。

「你為什麼這麼做……」陽子開始覺得心裡發毛。

40 教養部：日本的大學教育為了改進戰前偏重專業的教育模式，於第二次大戰後模仿美國的教育制度，在大學設立教養部。大學的通識科目由教養部負責，集中在一、二年級修習；專業科目則由各院系負責。一九九一年，政府立法取消通識科目與專業科目的劃分，部分大學取消了教養部，但有些大學仍予以保留。

「妳我明明都在教養部，可是意外很難碰到面呢。畢竟光是教養部，就有兩千多人。後來，我偶然發現妳常來這裡休息。」

陽子重新打量達哉，她不知道眼前的人是同母異父的弟弟，專注地盯著看。

「妳現在臉上寫著：真是個怪人。」

「我想知道你為何對我這麼感興趣。」

常有異性對陽子表示好感，這對她來說並不稀奇，只是她從沒遇過態度這麼奇怪的人。

「妳覺得我可怕？」

「是有一點。」

「不用怕，其實也沒什麼，或許妳會笑我小題大作吧。老實說，因為妳和我母親長得實在太像了。」

「啊！」

陽子靈機一動，故意讓線團掉到地上，線團順著斜坡滾下去，她跟著衝下斜坡，追逐線團的同時一顆心怦怦亂跳。

（難道……）

和我長得很像的人，難不成是我的生母？如此說來，這名學生就是我的弟弟了。

（弟弟！）

陽子聽說三井家的人並不知道自己的存在。

（不能讓他知道！）

她抓起線團，蹲下身子。

「妳怎麼了？」

不知何時，達哉已經站在她身邊。

「沒什麼。」

「可是妳臉色很不好喔。」

「因為一直坐著，突然站起來就跑，有點頭昏。」陽子蹲在地上低聲回答。

「這樣喔。」達哉的聲音很溫柔。

「你叫什麼名字？」

陽子不敢看他的臉，垂下眼皮望著草地問。

「三井達哉。」

（果然！）

一陣貫穿全身的顫慄向陽子襲來。

「那就是三井同學嘍。」陽子擠出一絲微笑。

「妳的名字我已經知道了。」

「是嗎……？你一定是老么吧。」

「看得出來嗎？我家只有兩兄弟，我是弟弟。哦，原來是這樣，因為我跟蹤長得像我媽的人，妳以為我還乳臭未乾。可是這件事真有點神祕，妳們不只長得像，身材和走路姿態都像。跟妳講了幾句話，我發現連聲音都很像。」

「是嗎？太不可思議了。」陽子恢復了平靜，站起身說道。

「妳覺得我騙人？」

「倒不是，可是像到這種程度……」

「妳不相信？對了，妳何不和我母親見個面？妳一定會大吃一驚的。」

「才不要呢。跟自己長得像的人，想起來就可怕。」

陽子纏著線團，走向黃柏樹。

「我向我媽提過妳，結果她的反應和妳一樣。女人是不是都不喜歡有人長得像自己？以為自己的存在受到威脅？」

陽子望著達哉，心中湧上複雜的感覺。

「先不提我媽了，我們能不能做個朋友？」

「朋友？」

（我們可不是朋友，你是我的弟弟。）

「好啊。可是我這人向來不跟朋友走得太近。」陽子點點頭說：「不過，三井同學，為什麼因為我長得像令堂，你就想和我做朋友呢？」

陽子把蕾絲線團和鉤針收進皮包，她的手微微顫抖。

「我也不知道，可能我有點病態吧。從小只要跟我媽有關的事，我就無法輕鬆看待。妳跟我媽長得很像，對我來說可是大事。」

「……」

「該怎麼解釋呢？對了！就像集郵迷。只要是跟我媽有關的事物，我都想蒐集。妳大概無法理解這種心理吧。」

「我好像能懂。你一定很愛你母親吧。」

「現在就連幼稚園小孩都有反抗期，如果被人知道我進大學了還說喜歡母親，恐怕會被笑話吧。」

「不會的，你一定是個誠實的人。聽說男人多半喜歡母親，但他們總愛裝出嫌棄母親的模樣。而你既不口是心非，也不故意扭曲，直接表露自己的感情。」

「不，其實我一直不好意思告訴別人，但不知為什麼，竟告訴妳。」

陽子心頭一陣暖意。

「那，再見嘍。」達哉起身向陽子揮手。

「再見。」

陽子也揮了揮手，向他道別。達哉右肩微聳，匆匆穿過草坪，朝斜前方離去，走到對面草地的斜坡後，又回頭向陽子揮揮手，才走向樹牆。

等到達哉的身影完全消失，壓抑在陽子體內的熱流一下子爆發出來。她緩緩倒下，臉孔貼在地面，眼淚滴滴答答地落在草地上。這是她有生以來第一次見到自己的血親。

（血親！）

出乎意料的感動襲上陽子心頭。春日陽光下，她的一頭長髮散發著光亮。

＊　＊　＊

五月五日兒童節的午後，陽子一早起來就在家裡整理筆記。她的房間約六疊大，地上的榻榻米略微泛黃，一張矮腳書桌放在靠窗的角落。剛搬進來時，夏枝幫她換了一幅淺綠厚窗簾，書架上還擺著一座日本人偶裝飾，房裡還算雅緻。

那天之後，陽子又在教養部的走廊遇到達哉一次。達哉害羞地向她笑了笑。

「妳好？」

或許因為第二節課快開始了，達哉打聲招呼便匆匆離去。陽子心中有點失落。現在她想起達哉，嘴角不禁微微上揚。

（達哉。）

陽子在心底呼喚著。

這時有人敲門，陽子打開一看，只見順子站在昏暗的走廊。

「哎呀，歡迎。」

「這走廊好暗，白天也得開燈呢。」

順子的語氣像是自己也有責任，因為這間宿舍就是她介紹的。順子把手裡的東西交給陽子。

「來，慶祝男童節的海苔卷。」

「啊，好高興。多謝嘍，順子小姐。」

「宿舍生活如何？」

「很好啊。飯菜很好吃，房東夫婦人很好，離學校又近，就像住在校園裡似的。真是再好不過了。」

從克拉克會館旁的路向東走一町[41]，就是陽子的宿舍。這是棟外觀恬靜古舊的木造二層樓房，靠馬路邊有個小小的院子，院內種著高大的紫丁香和紫杉等植物。

不過這裡的房客只有陽子一人。最早是因為這裡離大學很近，房東的朋友拜託他們讓女兒寄宿，接著又有人借住，陽子是這房間的第三任房客。由於順子的母親和房東太太是表姊妹，所以答應收留陽子。房東年約五十多歲，在札幌市內一家大商社工作，家中兩個女兒都已出嫁。

「北原先生來過嗎？」

「不，還沒有。」

「聽說他在念博士，還真是用功。」

「是啊。」

陽子簡短回答，想起上次下雪天到旭川作客的北原。

「欸，陽子小姐。」

「什麼事？」

「妳哥哥常來玩嗎？」

「上次來過一回。」

「是嗎？」順子沉默半晌。

「快吃海苔卷吧，我的肚子餓得咕咕叫呢。順子小姐也餓了吧？」

宿舍不供應午飯，陽子拿起紫色熱水瓶，把熱水倒進茶壺。垂著眼皮時，陽子的睫毛顯得更長更美了。

「餓死了，我餓得咕咕叫乘三倍。」

「哎唷，乘三倍嗎？」

兩人相視而笑。順子穿著紅磚色西服內搭白襯衫，顯得清秀可愛，很適合她。陽子收起桌上的筆記本，打開多層便當盒，又從壁櫥裡拿出小碟與筷子。

「哎呀，真好吃。」

「好高興，這是我自己做的唷。」

「做得真好，形狀捲得好漂亮。」陽子仔細打量著油亮的海苔卷。

41 一町：亦寫作一丁，約等於一百零九公尺。

「這是我生平第一次做海苔卷。煮了好多飯，練習了好多遍，這可是我的苦心傑作唷。」

「哎唷，真不好意思。那我可不能隨隨便便吃下肚。」

「不過也多虧了這次練習，以後不必再練就會做了。陽子小姐，妳喜歡做菜嗎？」

「喜歡啊。像熬煮出汁[42]，只要稍不留意味道就會跑掉，我特別喜歡做這種需要留心的菜。」

「哎唷，我家是開藥店的，根本沒工夫慢慢熬出汁，我家都是隨便撒幾粒柴魚顆粒呢。」

「家母向來講究這些，她都是按時令來決定小魚乾、海帶和柴魚屑的比例呢。」

「哇！那妳哥一定不喜歡柴魚顆粒嘍。」順子的臉瞬間紅了，「啊唷，瞧我說什麼蠢話。不過，妳哥給人一種谷中小溪的清新感，讓人不由得就多看幾眼。」

順子聳著肩膀，大口嚼著海苔捲。

「聽妳這麼說，我真高興。」陽子的長髮微微飄動。

「你們兄妹會不會吵架？」

「吵架？」

陽子愣了愣，暗自一驚。仔細想來，我和哥哥從沒像一般兄妹那樣吵過架，他總是小心翼翼地呵護自己。

「我不記得吵過架，因為哥哥脾氣很好……」

「哎唷，連架都不吵喔？那簡直不像兄妹嘛。」

順子坦率的感想刺痛了陽子。

「對呀，是不像兄妹，或許我們感情不夠好吧。」陽子微笑地說。

「才不會呢，我看你們感情好得很……話說回來，陽子小姐，我真希望有兄弟姊妹，就算感情不好的也行，最好有個弟弟或妹妹向我撒嬌：姊姊，我這個月零用錢不夠。」

「因為順子小姐是獨生女嘛。」

陽子又想起達哉。

「對呀，當獨生女太無聊了。我好想要哥哥或姊姊。不過我看身邊其他人，就算有兄弟姊妹，似乎也不覺得高興、幸福，好奇怪唷。」

「什麼事都是這樣吧。高中時想只要能進大學，再也沒有其他心願了。可是等到真的進了大學，心裡又會生出其他欲望。順子小姐，一臉憂鬱的大學生可多了。」

「是啊。不論是房子、車子或情人，只要一到手，就覺得沒什麼大不了。我想就算是跟喜歡的人結婚，結局還是一樣吧。」

「也不能說所有人都是這樣……不過，的確很多戀愛結婚的人最後也過著滿腹怨言的日子。」

「真教人失望，我一直夢想談場美妙的戀愛再結婚呢。好不容易結了婚，最後非得惹得彼此厭惡，也太無趣了。對了，陽子小姐，妳曾經愛上過誰嗎？」

陽子喝一口茶才回答：

「有啊。」

「啊？愛過？好棒喔。」

陽子覺得一心嚮往愛情的順子看起來很美。

42 熬煮出汁：亦稱和風湯頭。熬煮出汁是製作日本料理的基本步驟，通常使用柴魚乾和晒乾的海帶煮泡而成。出汁味道會隨柴魚乾和海帶的比例變化，不同部位的柴魚乾煮出的味道也不同。

「順子小姐，真好吃。謝謝妳。」陽子放下筷子。

「不成敬意。那，後來怎麼樣了？現在呢？」

陽子默默望著對家的屋頂，越過屋頂可見北大校園的樹林。

「已經是過去的事了。我現在沒有喜歡的人。」

「為什麼？妳不喜歡他了？」

「不是。」

「那是妳心裡還喜歡，可是放棄了？」

「不是。」陽子目不轉睛地注視順子。

「我不懂。」

「順子小姐，其實我曾經一度失去求生意志，選擇服藥自殺，昏迷了三夜才被搶救回來。」陽子毅然決然地說。

「真的嗎？陽子小姐？」順子神色緊張起來。

「是真的。後來好長一段時間，我失去了活下去的意念，就連現在，我也還不算真正地活著。」

「這樣啊，陽子小姐，真對不起，我一點都不知道……」

「妳當然不會知道啦。就因為這樣，我現在沒有喜歡的人。」

「……可是，妳為什麼突然失去活下去的念頭呢？」順子探視著陽子的雙眼。

「這……我現在不能說。」

「對不起，我不該多問的。」

順子的視線轉向窗外，一片雲輕巧地飄在天空。順子緊盯那片雲，漸漸地，她的眼睛溼潤起來。

「原來連陽子小姐也覺得活著很苦。」

她的語氣像是感同身受。陽子不由自主地轉眼看她，因為這不像平日開朗的順子會講的話。

「順子小姐也有痛苦的經驗？」

「有啊，當然，我想任何人都有這類經驗吧。不過我現在沒事了，求生意志十足。」

「是嗎？那就好。」

陽子不知道順子經歷過如何不幸的過去，只希望她不像自己這麼不幸，被當作殺人犯的女兒養大。

樓梯傳來有人走動的聲響。

「誰呀？」

順子的圓眼珠咕嚕一轉，誰知竟是阿徹走進房間。順子吃了一驚，連連退了好幾步，一直退到窗邊，拉起窗簾裹住自己。阿徹看她這模樣，搔了搔腦袋說：

「出來吧，順子小姐。」

順子羞答答地從窗簾後出來，向阿徹點頭行禮。

「好久不見了，順子小妹。」

順子臉上又浮起紅暈。

「我們才把順子小姐做的海苔卷吃光了，真可惜。」

「沒關係，我吃過才來的。這是『西村』的蘋果派。」

「謝謝。那我們來吃甜點吧。來，順子小姐。」

「陽子小姐有這麼好的哥哥，真幸福。」

順子羨慕萬分地說。阿徹與陽子互看了一眼。

「不過，妳為什麼不跟妳哥一起住呢？那樣不是比較方便？」

陽子正在解開點心盒上的蝴蝶結，她停下手裡的動作。

「哪裡，兄妹偶爾見一面就夠了。」

阿徹嘴裡這麼答道，心裡卻在猶豫，不知是否該早點讓順子知道自己和陽子並不是親兄妹。剛才他走進房間，順子躲進了窗簾，那動作或許純粹只是出自少女的嬌羞，但他擔心事情沒那麼單純。或許順子對自己，抱著比朋友更進一步的情愫？

「兄妹都是這樣嗎？真可惜。如果是我，每天都想見面、聊天呢。」

「看起來很好吃唷。請用吧，順子小姐。」

陽子把切好的蘋果派擺在順子和阿徹面前。

吃完點心，順子說要回家看店，遺憾地看了手表一眼。離開之前，順子也不知是對陽子還是對阿徹說：

「對了，下次我們到支笏湖或定山溪去玩吧？坐北原先生的車子去。」

「贊成！」

阿徹不假思索地回答。順子像個孩子般連連拍手。

＊　＊　＊

「真是個天真的女孩。」順子離去後，阿徹說。

「我覺得她比我成熟多了，似乎曾經吃過苦。」

「是嗎？可是看起來像個中學生，不是嗎？」

「只是外表如此，是順子小姐聰明地掩飾了。她似乎經歷過無法向人訴說的不幸，第一次在植物園看到她的時候，我就有那種感覺。」

「年輕人都喜歡擺出吃過苦的表情，可是誰都不能和陽子所受的苦相比。」

「那很難說，世上的苦難有千萬種呢。」

阿徹無言地看著陽子，他有事想問她，是關於達哉的事。昨晚，惠子約他到山愛飯店的大廳見面，告訴他達哉認識陽子的經過。陽子應該已經知道達哉的名字，阿徹很想知道她如何看待達哉的出現。另一方面，他也覺得不安，擔心陽子又將開始另一段不幸的歷程。

「世上有千萬種苦難？的確沒錯。」

阿徹忍不住嘆了口氣，陽子擔心地問：

「怎麼了？哥，你好像有心事。」

「嗯，老實說，昨晚我聽說妳和達哉認識了。」

「是嗎？」

陽子沒問他是從誰那裡聽說的，只伸出白皙豐腴的手輕柔地撫摸自己的臉頰。

「昨晚，我跟妳……小樽的生母見面了。」

陽子的視線轉向窗外。

「聽說達哉開心地向她報告，和妳成了朋友。她從達哉嘴裡聽到辻口陽子這名字時，心裡大吃一驚。」

「……」

「她很了解達哉，知道他遲早會發現妳的身分。她說只要想到那瞬間，就覺得恐怖。」

陽子眼中閃過一線陰影，嘴角浮起一絲笑意。

「那她希望我怎麼做呢？」

「可能希望妳不要跟達哉走得太近。」

其實昨晚惠子是這麼說的：

「一想到達哉可能愛上了那孩子，我就反覆痛悔自己犯下的深重罪孽。你說，我是不是把這件事告訴三井和孩子比較好呢？可是顧慮到他們不知會受多嚴重的傷，我實在沒勇氣開口啊，辻口先生。」

然而這段話阿徹實在無法對陽子據實以告。

「沒錯，我也不打算跟他走得太近。這樣對達哉弟弟比較好。」

聽到陽子說出達哉弟弟這稱呼，阿徹很意外，覺得達哉似乎比自己更親近陽子。

「不管將來發生什麼事，只要我們不說，達哉弟弟是不會知道這件事的。」

「是嗎？可是西高畢業的那群人有人知道陽子是養女啊，再加上達哉很敏感。」

「那要怎麼辦呢？難道我得休學嗎？」

「怎麼可能。」

阿徹一時也想不出更好的辦法。

「陽子能升學是好事，可妳才進大學就碰上這種麻煩人物，很頭痛吧。」

（達哉才不是麻煩人物呢。）

陽子想，如果不管從前那段過去，達哉倒是很可愛。她腦中同樣千頭萬緒，因為她知道將來有一天，自己的存在可能會變成達哉的噩夢。

「很頭痛吧？」

看陽子沉默無語，阿徹又重複一遍。

「天氣真不錯，出去走走吧？」

和陽子獨處，令阿徹快喘不過氣。

「可是，我今天想整理一下筆記。」

「整理筆記？不是才開學沒幾天嗎？妳應該放輕鬆一點，到外面晒晒太陽比較好喔。」

其實陽子是不想和阿徹單獨走在外面，但又不方便拒絕。

「我先換件衣服。」

阿徹在屋外等待陽子。蔚藍的天空下，庭院的樹下長出新芽，黃水仙叢生一角。阿徹叼著菸在屋前踱步，忽見一名學生從電車大道的方向走來。是達哉！阿徹認出達哉，立刻轉身走開。

如果被他發現自己是陽子的家人就糟了，阿徹想。上次去探望惠子的時候，他已經被達哉懷疑了。

（他是來找陽子的吧？）

阿徹感到不安。宿舍三十公尺外有間教會中心，阿徹躲在中心的大門後偷偷觀察達哉。果然，他在宿舍門前停下，兩手插進上衣口袋，仰望陽子房間的窗子。

（陽子就要出來了！）

阿徹的擔心應驗了，陽子從房間走了出來。

「我正要跟我哥出去呢。咦，我哥到哪裡去了？」

陽子肯定這麼對達哉說明吧，只見她轉動腦袋，左右張望。

「幸好達哉不記得辻口先生的名字，我稍微鬆了口氣。」

阿徹想起昨晚惠子說過的話。他的心臟猛烈跳動著，眼睛緊盯兩人的動靜。

陽子又轉頭朝四周觀望。

「好怪唷。」

她似乎正這麼嘀咕。陽子歪頭想了一下，用手指了電車大道的方向，和達哉並肩前行。兩人之間，還有一個人身的距離。

（他趁放假特別從小樽跑來這裡？）

阿徹覺得似乎明白了達哉對陽子關心的程度。

兩人並肩走了大約一町，來到十字路口，越過左側的馬路。對面轉角有家食品店，門口掛著香菸招牌。陽子在店外停步，向達哉微微舉起一隻手，達哉也舉手向她回禮，然後他走回路口，轉身朝車站走去。這裡距札幌車站北口只有兩町的距離。

陽子目送達哉離去後，走進食品店。阿徹這才匆匆趕往陽子走進的那家店。

20 池面

「辻口，稀客啊。」

高木在隔壁房間對人在客廳的啟造說，妻子郁子正幫他脫去身上的白袍。

「嗯，突然想看看你。」

「是想看陽子和阿徹他們吧？你怎麼可能想看我嘛。」

「不，是想看你。」

「男人看男人，多無聊。」

高木換上一身深藍毛料和服，重重地坐下，和服前襟敞開，露出長滿腿毛的小腿。

「老公，這麼坐太沒禮貌了。」

郁子低聲斥責著。啟造露出微笑。

「辻口，這傢伙簡直就像我死去老娘的化身，整天都在數落我。」

高木幸福地笑著說，郁子也微露貝齒笑了。

啟造轉眼望向院子，紫杉枝葉剪成圓球狀，淺綠柳枝隨風搖曳，地面覆著芝櫻的紫花，美麗萬分。院子雖只有二十坪大，卻有個小小池塘，池畔開滿了白色和粉色的芝櫻。

「芝櫻開得好美。這院子真不錯。」

「比不上辻口家的實驗林啦。」

「實驗林可是林業局的資產。」

「哪裡，你把它看成自家財產不就好了。」

聽到啟造一本正經的回答，高木忍不住笑起來。啟造扭了扭脖子。

「怎麼？累了嗎？」

「不，最近肩膀常痠痛，還會頭痛和耳鳴呢。」

「是年紀到了。我也一樣，才當新郎，就出現老化現象了。」

「是嗎？你也這樣？」

啟造放心地望著高木。每次耳鳴發作，耳朵裡就像有隻蟲一直叫，啟造很不安。

「可是這樣放任不管沒關係嗎？我的耳鳴很嚴重呢。」

「沒關係啦。我媽三十年前就有耳鳴和頭痛的毛病，整天聽她嘮叨，說有汽笛在響，哪裡有什麼汽笛！從她有耳鳴這症狀，又活了三十年。我們也能活到八十歲啦。」

「是嗎？」高木看了時鐘一眼。

「辻口，我今天三點約了客人，大概會花上一小時左右。這段時間，你就跟郁子到我家附近的公園逛逛如何？」

「老實說……我就是為這件事來的。你的客人，就是陽子在小樽的那位吧……」

「怎麼？你已經知道啦？」

「嗯，阿徹打過電話給我，說是如果可能，要我跟她見個面……」

看到高木驚訝的表情，啟造故意輕描淡寫地說。

「三巨頭會談嗎？」

「我本想先和你商量，但想想還是盡早見面比較好。」

「阿徹畢竟太年輕，他還是經常跟惠子見面？」

高木撫著下巴，表情複雜地望著啟造。

「畢竟是阿徹害她車禍的，他一定覺得過意不去吧。」

這時，門鈴響起，啟造頓時緊張起來。

「哎唷，又淘氣了。」

耳邊傳來郁子的聲音，接著是一陣響亮的少年笑聲。

「孩子回來了。」高木換上一副笑臉說。

「叔叔好。爸，我回來了。」

一個圓臉少年走進來，年紀大約國中二、三年級，一進屋就精神抖擻地打招呼。

「回來得很早嘛，共二。今天可是星期六喔。」

「嗯，我等等要去公園划船。」

「要是船翻了，會掉進水裡的。」

「您不知道嗎？我可是游泳選手哩。」

「會游泳也不行，水還太冰，會心臟麻痺的。」高木嚴肅地說完，笑了起來，「好啦，去吧。」

他說完伸手搭在共二肩上。共二又行了一禮，走出房間。

「他哥哥叫公一，兄弟倆名字的第一個字，你連起來念念看，就是公共！」

「原來如此。」啟造忍不住笑起來。

「他們的父親真偉大，大概是把孩子看成公共財產，才取了這種名字。」

啟造覺得能夠這麼想的高木也很偉大。

門鈴又響了。這次真的是三井惠子來了。啟造離開坐墊，坐直了身子，感覺一隻耳朵又開始耳鳴。

「真抱歉，高木太太，在您百忙中來打擾。」

只聽一聲熱絡的招呼，紙門悄然拉開。啟造倒吸一口冷氣。郁子領先走進屋子，接著進來的是身穿淺藍套裝的惠子。

「哎呀，歡迎！傷勢好得差不多了？」高木豪爽地招呼她。

惠子向高木行了一禮，又向啟造深深行禮。

「上次讓您操心了，真抱歉。」

「這位是阿徹的父親。」

惠子表情突然僵硬起來，但轉眼間又換成微笑。

「初次見面，我是三井。真不知道該如何向您致意，實在無話可說。」

「不，哪裡……都是阿徹莽撞，我們聽說您受了傷，卻沒去探望您……」

說著，啟造也畢恭畢敬行了一禮。

「哎，你們兩位都把頭抬起來吧。我可是第一次參與生母和養父會面的場面，感覺好奇怪啊。」

高木端起面前的茶，喝了一大口。

「惠子女士，妳在電話裡說有事商量，這事當著辻口的面談不要緊吧？」

「這樣或許反而方便。」

惠子露出親切的笑容，望著啟造。

（原來她就是陽子的生母！）

她的微笑多麼令人愉快！誰都無法抗拒如此溫暖的笑容吧，啟造凝視著惠子。

「老實說，剛才也跟高木提過了，昨晚阿徹打電話給我，說您今天會到高木家來，建議我跟您見一面，所以我才會在這裡。真失禮，好像我在埋伏您似的。」

「哪裡，我一直很想跟您見一面，表達謝意與歉意。有機會見面真是太好了。」

高木抽出一支菸，惠子迅速點燃打火機送到他面前。

「既然兩位都不在意，我們就先聽聽惠子女士怎麼說吧。您說有事商量，究竟是什麼事？惠子女士找我商量，這還是陽子出生以來第一次，我真緊張。」

高木嘴裡開著玩笑，但眼中射出銳利的光芒。

「是這樣的，高木先生，您可能已經聽辻口先生說了，我們家達哉和陽子認識了。」

「什麼？達哉認識陽子？」

「是啊。」

惠子把達哉告訴她的話，條理分明地轉述了。

「喔，這麼說來，達哉君還不知道陽子就是自己的姊姊吧。」

「是的。他們倆同屆，他應該沒想到陽子的年紀比他大。只因為陽子跟我長得像，才對她感到好奇。但我很不安，不知這件事能否就此打住。」

高木環抱雙臂，盯著惠子看了半天，視線又轉向啟造。

「這下可麻煩了。妳打算怎麼辦？」

「就是不知道怎麼辦，才來找高木先生。」

「原來如此。可是，我恐怕也幫不上忙。妳擔心的是達哉不只想和陽子做朋友，對吧？妳怕達哉對陽子的好感超出常情。」

「是的。」

惠子煩惱萬分地看看高木，又看看啟造。

「萬一弟弟對姊姊……我光想像就害怕……」

「話雖如此，也不能和達哉明講陽子是他姊姊啊。對了，辻口，陽子的情況如何？」

「聽阿徹說，陽子已經知道達哉是弟弟，似乎很疼愛他的樣子。」

「這也難怪，要是站在陽子的角度來看……」

「不過照陽子的脾氣，她死也不會讓達哉知道自己是姊姊吧。」

「要是被當成外人求愛，陽子一定很難堪吧。達哉要是發現陽子是親姊姊，後果也不堪設想。惠子女士，陽子的事，再也沒其他人知道吧？」

惠子點點頭。

「我真是個可怕的女人。」

「女人都可怕，不只是妳一個人。可怕倒不要緊，只是這下可糟了，辻口，有沒有好辦法？」

「唔，我想，維持現狀可能是最好的辦法吧。」

「維持現狀？」

「是啊。目前還看不出達哉會不會愛上陽子，現在的年輕人和我們那時代不同了，說不定他們能純粹當朋友呢。」

這麼樂天的發言，不像啟造會說的話，但無法當機立斷這一點，倒像是他的作風。

「原來如此，或許你說得沒錯。再說，陽子是個伶俐的孩子，或許他們畢業前不會出問題。」

「如果真能這樣，我就不用擔心了。可是我好不安，總覺得達哉遲早會發現真相。」

「到時候再說吧，惠子女士。或許他會發現，或許到最後都不知情。不過當務之急是，妳不要再和阿徹見面了。要是被他發現阿徹是陽子的哥哥，事情可就麻煩了。對吧？辻口？」

啟造連連點頭，他似乎明白阿徹為什麼喜歡接近惠子。這時郁子慌張跑進來，俯在高木耳畔低語幾句。

高木立刻站起身。

「抱歉，急診患者，要動手術。」

還沒走出房間，高木已經解開腰帶，頭也不回奔了出去。

「大概是子癇[43]吧。」啟造看高木走得倉促，低聲向惠子說。

「哎唷！好可怕。」

惠子皺起美麗的眉頭。好一會兒，兩人都不發一語。院中池塘裡的金魚一躍而起，發出意想不到的巨響，池面掀起陣陣漣漪。

＊ ＊ ＊

「很高興見到您。」惠子低聲說。

「喔，哪裡。」

我怎麼回答得如此不得體，啟造想。

「最近，我一直很不安，晚上也睡不好。今天見到辻口先生，心裡踏實多了，總算可以安心。」

43　子癇：妊娠中毒症最嚴重的症狀，通常發生在分娩時，孕婦全身痙攣失去意識。

「喔。」

「達哉性子剛烈，他要是發現我做的事，肯定不會原諒我的。他一向把我看成偶像，所以說不定會殺了我呢。」

「不會吧，這種事……」

「不，達哉就是這樣的孩子。其實我就算被殺了也無話可說，但那就毀了那孩子的一生。到時，連三井和達哉的哥哥阿潔這輩子也完了。每當想到這些，就覺得自己不如死了好。辻口先生。」惠子落寞地笑了。

「您不要胡思亂想了，『杞人憂天』這句話聽過吧？再說，陽子是辻口家的孩子，戶籍上登記的是親生女兒，那孩子不是別人的，是我的女兒啊。您請放心吧。」

啟造難得以堅決的語氣回答。惠子吃驚地望著他，雙手伏在膝前，低頭行禮。

「真不知如何向您致謝。我從達哉那聽說，陽子教養很好，真的很感謝您。」

「我們只是養大自己的女兒，您不需道謝。總之，請您不要為那些無謂的小事煩惱。」

在陽子的生母惠子面前，啟造再度確認自己和夏枝才是陽子的父母。

「謝謝您。」

惠子點點頭。啟造忽然不安起來，擔心一切都會從惠子的口中洩漏出去。

惠子一臉若有所思，低頭深思的表情流露著幾分落寞，不過當她抬起頭時，臉上已換上燦爛的笑容。那魅力是夏枝沒有的。

「好奇妙啊。」

「什麼事？」啟造目眩似的看著惠子。

「雖然今天是第一次見面，我卻覺得好久以前就認識您了。」

「喔。」

又回答得這麼不得體，啟造忍不住在意，端起茶杯喝了一口。

「可能是因為辻口先生知道我的舊傷吧。」

「或許因為陽子是我們的孩子吧。」

「對啊，就像親戚一樣。我跟徹少爺談話時也有這種感覺。」

「……阿徹做事太輕率，給您添了麻煩。」

單獨與惠子談話令啟造感到莫名不安，還沒見到惠子前，他心裡有很多話要說，誰知現在見了面，卻一句也說不出來。高木已經進手術室了嗎？啟造想，手術要花多少時間呢？他無法預測。不過就算耗時也不要緊，自己今晚原就計畫在高木家過夜。惠子必須趕回小樽，她還沒跟高木講上幾句話，但無法等到手術結束。啟造的忐忑一方面是因為這件事，另一方面是因為惠子身上散發著一種甜美妖冶的氣質。

「哪裡，徹少爺是個好孩子。」

「……」

「達哉這孩子才教我為難，聽說他竟跑到陽子的宿舍找她。」

「啊？去找她？」

「達哉和我無話不談，這件事竟沒告訴我。我從徹少爺那聽說後，簡直坐立難安，看來徹少爺還沒跟您提這件事。」

「是的，昨晚只在電話裡講了幾句話……」

阿徹為什麼沒說？啟造感到耿耿於懷。

「所以，我才急著找高木先生商量。」

這時，郁子端著自己做的水果雞尾酒進來，為高木的離座致歉。

郁子離開房間後，惠子如少女般傾著頭，凝視啟造。

「辻口先生，您大概從沒背叛過您夫人吧。」

聽到惠子提出這唐突的疑問，啟造有些狼狽。

「背叛老婆的事，我自認一次都沒……」

句尾語氣說得含糊，啟造更加狼狽，腦中閃過由香子的身影。

「那太好了，能夠一次都沒有……我背叛丈夫後，為了掩飾那次過失，一輩子都在不斷背叛。」

「……」

「有過背叛經驗的人，從未背叛過的人，兩者的人生差異多大啊。」

或許吧，啟造想，但嘴裡仍說：

「嚴格說起來，沒有人不曾背叛他人。您剛才問我是否背叛過妻子，其實我聽了有些心虛，因為男人總愛痴心妄想。」

啟造想起聖經裡的一句話。自從學生時代讀過，那句話就深刻在他心底。

> 凡看見婦女就動淫念的，這人心裡已經與她犯姦淫了。[44]

若根據這段經文的高標準來判斷，啟造覺得自己無法誇口：我從沒背叛過妻子。

「可是，辻口先生，在心裡胡思亂想和實際做錯事，兩者完全不同啊。就好比恨不得殺掉某人，和真的殺掉某人，只要比較這兩者的差別就能明白了。」

「妳說得也沒錯……」

「是啊。心生背叛丈夫的念頭，和真的瞞著丈夫生下別人的孩子，這兩者完全不同，後者根本無顏再見自己的丈夫。」

惠子的視線又轉向院中明亮的池面。啟造一時想不出適切的回應。

「辻口先生，犯錯是很可怕的。自從背叛了丈夫，我必須一直設法掩飾，一直欺騙人。我的性格也因此變得扭曲，變成一個不透明的人，內心骯髒渾濁。只因做錯一件事，我必須在心底一再犯錯，使得我的罪變本加厲，這實在太可怕了。」

「不，您已如此深刻懺悔了，罪惡都已洗淨了。」

「哎唷，您說我的罪惡都已洗淨了？」

惠子不禁笑起來，毫無顧忌的笑聲令啟造想起她剛才說的「不透明」三個字，他覺得惠子身上確實有令人無法捉摸的地方。

44 出自新約全書《馬太福音》第五章第二十八節。

21 花雲天[45]

夏枝在玄關脫下披肩，辰子正好從練舞場出來。

「哎呀，妳這披肩真不錯呀。」

「是陽子織的唷，是母親節禮物。」

夏枝看了看脫下的披肩。二樓傳來三味線的樂聲。

「真是再教人高興不過的禮物了！這些不規則的淺紫色花紋，真好看。」

辰子拍了拍夏枝的肩膀，把披肩披在自己肩上，領先走進起居室。夏枝跟著進去，只見黑江等人都在，其中兩人正在下象棋。

「您還是一樣美麗。」

不知是誰說了一句。披著披肩，攬鏡自照的辰子回頭說：

「看樣子不是說我吧。」

「阿辰，妳難得會吃醋，其實我也很想讚美阿辰是美女，但我要是說出這種話，會被阿辰打耳光的。」

「沒關係，沒關係，不用安慰我。」阿辰笑著說：「對啦，大家請看！這披肩是陽子親手織的母親節禮物唷。」

「喔？送給辰子的？」

「別亂說，是送給這位太太的。」

「沒孩子的辰子羨慕死了吧。」

「嗯，被你說對了。」

辰子摺好披肩，放在夏枝面前。

「這麼說，明天就是母親節了啊。我從沒送過我媽禮物呢。」

正在下象棋的年輕男子說。他看起來還不到三十歲，藍西裝的肩頭閃閃發光。夏枝感到不解，這麼年輕的男人為什麼會想上這裡來呢？

「我去年送了我媽一雙木屐，帶她去吃壽司。」

黑江說著翻開了素描本，開始幫辰子素描。

「喔！」

一個靠在牆邊的男子隨聲應著。他從剛才就一直緊盯夏枝。

「傻瓜！這有什麼好佩服的。這麼大一個男人，只送了木屐和一頓壽司，你母親太可憐了。」

「我也這麼認為。可是，辰子，天下的母親都太偉大了，一雙木屐和一頓壽司，就足以讓我媽感動流淚呢。」

「這就證明你平日沒有好好孝順母親。」

「阿辰，妳這張嘴真不饒人。」

「我說啊，母親節究竟有沒有存在的必要啊？能收到禮物的母親固然開心，但那些拿不到禮物的母親一定覺得這天很悲慘吧。」

---

45 花雲天：專指三月底四月初櫻花盛開時那種霧濛濛的陰天。

黑江說著，畫著素描的手沒停。看到辰子泰然自若地讓人作畫，夏枝暗自訝異。

「對呀，母親節還算好，我最不喜歡敬老節。每年到了這天總會出現好幾條老人自殺的新聞。」

剛才在一旁默默觀看棋賽、滿臉鬍碴的男子插嘴說。

「就是嘛。就是因為制定了這種半吊子的敬老節，才害那些老人家寂寞得想死。有些老人雖不至於尋死，卻也被惹得無限悲傷。」

「對呀，對呀，如果大家一年三百六十五天都敬愛老人、孝順母親，就不必制定什麼敬老節、母親節了。你看，沒有父親節就是最好的證明啊。」

「不，有父親節，只是我忘了日期[46]。」

「所以說既有敬老節，也有父親節，有母親節，也有兒童節[47]？那不是全都顧到了？」

「這就表示老人、父母和子女，全沒被照顧好。」

「是啊，有些小孩遭殺害，有些小孩遭遺棄……」

「不，過度保護也算是忽視人權。」

「我媽說，必須把教育辦到讓老人院都關門的程度。」

「不錯。」

夏枝聽著起居室那群人閒聊，問辰子：「妳不練舞啊？」

「今天不練，臨時停課。」

「我就覺得奇怪，星期六竟然這麼冷清。」

「夏枝不也是星期六難得出門？今天老爺看家啊？」

夏枝看了身旁的披肩一眼。

「不是啦，辻口到札幌去了，去高木先生家。」

「真難得，有事嗎？」

「就是……聽說小樽的那位要到高木家，辻口想趁機和她見一面……」夏枝低聲說。

「喔？見了又能如何？」辰子皺起眉頭，「到二樓去聊比較好吧。」

說著，她站起身。

夏枝來到走廊後停下腳步，抬頭看著樓上。

三味線一直重複相同的段落。

「怎麼了？」辰子從樓梯俯視猶豫不決的夏枝。

「可是，樓上在練三味線吧？」夏枝不太想看到由香子。

「沒關係，我們在另一間房。」

夏枝無可奈何地登上樓梯。由香子的房門緊閉，三味線停了下來。夏枝屏息走進對面辰子的房間。

「老爺今晚住在札幌？」

隔著長火爐，夏枝在辰子對面坐下。十疊大的房間打點得很清爽，除了三個和式衣櫥並排嵌在牆上，只在凹間插了一盆水仙做裝飾。

「是啊。住在高木先生府上，給他夫人添麻煩了。」

「所以那寬敞的家今晚只剩妳一個人？」

46 日本的父親節比照美國，是六月的第三個星期日，一九五〇年左右引進日本，直到一九八〇年才開始普及。

47 五月五日原是日本的男童節，另有三月三日的女兒節。一九四八年七月二十日，五月五日正式訂為兒童節。

「哎唷，我沒跟妳說嗎？最近阿次的姪女濱子住到家裡幫忙了。」

「那很好啊。幾歲了？」

「十六歲。才剛初中畢業，但跟次子很像，性格老實，工作勤奮。」

「阿次的家也近，彼此照應起來方便。夏枝，妳比我想像的能幹多了。」

「啊？怎麼說？」

「阿次在妳家做了那麼久，連她姪女都願意來不是嗎？現在找人做事不容易，很多孩子都沒耐性，必須做好被她們使喚的心理準備，否則都做不長啦。」

「那是阿次個性好嘛。」

夏枝一直很在意三味線的樂聲停了。

「對了，老爺見過那位母親，打算怎麼做？」

夏枝把達哉和陽子相識的經過報告一遍。

「原來是這樣，所以兩家父母才那麼緊張啊。」

「我覺得好不安，好擔心陽子又會發生不幸。」

「妳會擔心也是人之常情，但說不定這不是壞事呢。」

「是嗎？達哉那孩子總讓我心頭發毛。」

夏枝形狀優美的手指輕撫著一塵不染的火爐木框，入室弟子端來了茶水和米果。

「幫由香送一份過去。」

入室弟子點點頭走出房間。夏枝心頭湧上一個疑問：辰子究竟要收留由香子到什麼時候？

「老天爺也想不到陽子會和她弟弟在大學相遇吧。」辰子雙手捧起茶杯。

「就是啊，還是同屆……這也讓我心裡發毛呢。」

「總之啊，壞事是做不得的。」

「……這個時間，辻口應該已經見到她了。」

夏枝微微低頭，看一眼手腕上小巧的手表。

「夏枝妳也一起去見她不就好了。」

「我才不要。」

「為什麼？如果是我，倒很想見見生下陽子的女人。」

「辰子妳我立場不同嘛。」

「喔，是嗎？」

「哎呀，這茶味道真好。」

「這是莖茶[48]，平常要在產地才喝得到。咦，是誰？」

辰子聽到門外有人，迅速拉開紙門。村井慢條斯理地走進來，他最近蓄起了鬍子。

「哎呀，怎麼留起鬍子來了，真礙眼。」

辰子毫不客氣地說。村井以視線向夏枝打招呼，嘻皮笑臉地在火爐邊坐下。

「有句話說：跟沒鬍子的人接吻，就像吃土司不塗奶油。」

「你果然是壞男人，所以才禁止你進我家大門。村井先生，我先把話說清楚，從沒有人未經許可就上樓的，起居室那群人也沒上來過。」

48 莖茶：以茶樹葉脈為原料，以特殊技術製成的綠茶。

「哎呀，那我真是太光榮了。」

「有何貴幹？」

「沒人是因為有事才上門的吧，雖然想說『是為了來看看阿辰』，不過，今天不是為了這個……我給府上打過電話，聽說您在這裡，我就趕來了。」

村井看著夏枝說。

「有什麼事嗎？」夏枝一臉疑惑。

「喔，因為院長不在家，我想您可能會覺得無聊。」

「啊……」

「真受不了。打聽到人家老爺不在家，就找上門來，豈不是跟闖空門的小偷沒半樣？」辰子不客氣地指責。

「別胡說，我可是忠實勤懇的部下，即使院長不在家，星期六下午還登門拜訪。」村井說著又嘻嘻笑起來。

「可憐！怎麼有這種男人！村井先生，你不是高木先生的親戚嗎？怎麼跟他一點都不像？」

「很像啊，一模一樣呢。」

村井面不改色地說，轉眼看向窗外。

「喔？那個十字架是什麼？教堂嗎？」

多雲的天空下，屋後那間教堂屋頂上的十字架近在咫尺。

「是教堂。」

「一個與我無緣的地方。」

「你這種人能上那裡就好了，夏枝，對吧？」

夏枝無奈地笑了笑。

「不對，阿辰，沒有神能夠拯救我這種酒色之徒的。」

「你和其他人說法一樣。不過，聽說酒色之徒和大壞蛋最容易拯救。如果你自認是惡棍，在神面前就抬不起頭，這種人還好救。費事的是那些不論在人前或神前都自認沒錯的人。」

「所以，像院長那種人就很難拯救嘍。」

村井又轉眼望向夏枝。

「辻口家的老爺啊，可是品行端正的君子。他就連做好事，也總像做壞事那樣反省。他才不難拯救呢。」

辰子想起數年前的冬天，啟造曾佇立在教堂門前。但她沒把這件事說出來，因為覺得啟造嚴肅的姿態會被村井當成笑柄。

「喔？那阿辰又如何？」

「這還用說，最難拯救的當然是我啦。教堂就在我家附近，可我從沒想過要去懺悔一下、默禱一番。夏枝妳覺得呢？妳覺得需要佛祖或是神明嗎？」

「我也不知道。雖然每天都對著佛壇合掌膜拜，可是仔細想來，根本不知道自己在拜什麼。」

「大部分的人都是這樣吧，雙手合十面對神壇，心中卻不認為神就在壇上。身體跪在佛像前，卻不認為佛祖就在面面。大部分的人根本不知道自己為何要合十膜拜啊。」

「就是呀！都是沒有意義的行為。總之，沒有神明這東西。阿辰，妳放心吧。」

「不，沒有神明的話，我可不安心。萬一發生什麼事，我還要求祂幫忙呢。」

「喔？妳不是說從沒上過教堂禱告嗎？」

「以後的事誰知道。」

「可是，阿辰不是才說最難拯救的就是妳嗎？」

「蠢話！因為我最難救就不肯救，那稱不上神明。神明會一視同仁地拯救每個人。」

「哎，這種事，隨妳怎麼說都行。對了，我們到旭山兜風怎麼樣？聽說櫻花已經半開了。」

「算了，要坐村井先生的車啊，我才不想陪你自殺呢。」

「阿辰不肯去的話，您意下如何？夫人？」

「我好久沒去賞花了。」夏枝既沒答應也沒拒絕。

「既然很久沒機會賞花，那您看如何，乾脆今天去瞧瞧？半開的櫻花最清純，很美唷。旭山櫻花開得可茂盛了。」村井積極地勸說著。

「可是……我一個人……」夏枝望向辰子。

「不是很好嗎？兩位就高高興興地去吧。」

「多謝您的好意，還是下次再一起去吧。」

夏枝窺視著辰子的表情，婉拒了村井的邀約。

「這裡到旭山只要二十分鐘。今天賞花客很多，熱鬧極了，到處都是人，您不必對我這麼戒備。」

「是啊，可是……」夏枝又瞥了辰子一眼。

「不必客氣啊，想去就去嘛。」

「阿辰，妳幹麼生氣啊？我只是提議去賞花呀。」

「所以我不是說了，想去就去呀。村井先生，你就不能多想一想？要邀人賞花邀誰都可以，不必非找夫人不可啊。請你不要學野貓亂偷吃！」

「哎唷，阿辰的想法未免太保守了。」村井苦笑起來。

「保守很好啊，並不是傳統的東西都不好。村井先生，有些東西愈舊愈值錢呢。夏枝妳的態度也不對，不要說什麼可是不可是，要拒絕就說得明確一點。」

「就是因為這樣，我才覺得阿辰可怕。」

村井滿不在乎地吃起米果。這時，三味線的樂聲傳進眾人耳中。

「實驗林堤防下的櫻花樹，花開得才美呢。」

辰子溫柔地對夏枝說。

＊＊＊

從辰子家回來後，夏枝沒換下外出服，坐在梳妝台前。她心滿意足地看著鏡中的自己。肌膚不顯老態，眸子充滿活力，就像啟造常說的，自己看來不過三十幾歲。今天身上這襲淺橄欖色和服，配上較深的同色系腰帶，色調很調和。夏枝正要解開腰帶的束帶，忽見濱子跪在門外。

「太太……您剛出門就有一位村井醫生打電話來。」

「喔，是嗎？」

夏枝朝鏡中的濱子點點頭，濱子起身消失在鏡中。夏枝猶豫著是否解開束帶，她有種預感，覺得村井可能會突然來訪。

村井剛才追到辰子家來找自己，還提議去賞花，這兩件事都讓夏枝有些得意，或許是這股從心底生出的暖意使然，她難得想要出門散散步。於是她到廚房吩咐濱子：

「我到實驗林散步。如果有客人來了，就在迴廊喊我一聲吧。」

「哪位客人要來啊？」

「倒不是有客人要來……」

「那麼……晚餐要準備什麼菜？」

「什麼菜啊……」

或許村井會到家裡來，夏枝在腦中思索著不論兩人或三人都夠吃的菜單。

「那就做壽喜燒吧。」

「老爺會回來嗎？」

「不回來，不過多準備一份肉吧。」

濱子一臉不解地點了點頭。

家門左手邊的森林裡，盛開的辛夷花雪白得令人眼前一亮，草地冒出新苗，林中的山鳩今天也叫得格外歡快。夏枝剛嫁到辻口家時，這片實驗林樹木非常茂密，林中很陰暗，她連跨進去都覺得可怕。現在比從前亮敞多了，隨時都能聽到孩子在林中的嬉鬧聲。

夏枝停步仰望天空。花雲天一片寂靜，像在森林上空睡著似的。一道堤防畫出柔和的弧線貫穿林間，堤防前立著一棵櫻花樹，花苞過一段時間才能滿開，但仍十分美麗。或許因為是在森林自然萌芽生長的緣故，在松林的陪襯下，這棵櫻花樹格外鮮豔燦爛。

夏枝在這片實驗林旁住了這麼多年，卻不知道有棵櫻花樹。或許因為櫻花盛開的時候，平日喜歡待在家裡的她從沒到這裡來過吧。夏枝覺得很不可思議，這棵櫻花樹就近在眼前，自己竟從沒欣賞過它開花的模樣。

難怪辰子告訴她實驗林的櫻花很美時，她沒有印象。啟造平日喜愛散步，他應該早知道這棵樹吧，夏枝想。她不記得啟造和自己提過這棵樹。如此說來，啟造總是獨自一人享受賞花的樂趣嗎？夏枝心底頓時生出幾分悲涼。

耳邊忽然傳來一陣腳步聲，五六歲模樣的男孩和女孩一起跑到櫻花樹下。

「啊！沒有！」

男孩伸直上身，用手觸摸樹身下方的枝椏。

「沒有什麼啊？」夏枝走向兩個孩子問道。

「祕密啦。」男孩髒兮兮的圓臉轉向夏枝。

「對呀，是祕密。」女孩微微一笑，她的門牙都蛀黑了。

「阿姨，是這個啦。」

女孩說著打開手裡的白色紙包，只見裡頭有三四塊瑪瑙色的小粒樹脂。夏枝忍不住露出微笑。她小時候也玩過櫻花樹脂，把樹脂纏在小指頭玩。

「請你纏給我看看好嗎？」

「嗯，我纏給妳看。」

男孩抓起一塊較大的樹脂，用舌頭舔了舔，以拇指與食指揉捏一下，樹脂表面漸漸牽出許多像納豆的細絲，男孩把細絲纏繞在左手的小指上。

「你纏得好棒啊。」

男孩的小指逐漸裹上一層薄薄的細絲，沒多久小指就像個蠶繭似的。

「謝謝你，真有趣。」

夏枝道謝後，兩個小孩便跑向堤防。夏枝以為他們會回頭向自己招手，誰知眨眼之間，兩人就消失在堤防後。

夏枝有點訝異，沒想到自己幼時玩的遊戲現在孩子也在玩。她不清楚這是誰帶起的，只知道是流傳已久的傳統遊戲。不過仔細想想，她覺得用樹脂纖維把小指纏得像個蠶繭，有點噁心。但這也許只是大人的感覺。或許這證明我失去了童心。夏枝想著，登上通往堤防的階梯。

爬上堤防，只見一名老婦蹲在地上，表情落寞地凝視堤防下的矮竹叢。翠綠的竹葉中，夾雜著不少枯黃葉片。

被實驗林包圍的堤防筆直延伸，前方七八百公尺外的兩神橋顯得很小，車子絡繹不絕地在橋上奔馳。夏枝漫無目的地走在堤防上。

遠山稜線畫出柔和的線條，山脈頂峰積著閃電形狀的殘雪。夏枝欣賞了一會兒附近的淺綠色白楊樹，轉身走上回家的路。

剛才那名老婦仍舊半張著嘴盯著竹林。夏枝停下腳步，難得開口打了招呼：

「天氣暖和多了啊。」

老婦慢吞吞地轉動眼珠，望著夏枝。

「您是哪一位啊？」

「我是住在前面的辻口。」

「我才搬來，還搞不清楚誰是誰呢。」

老婦嘴巴四周擠著皺紋，乾枯的手上抓著一朵蒲公英，看來已有八十多歲。夏枝不好意思立刻走開，只好在老婦身邊蹲下。

剛才的男孩和女孩這時跑出昏暗的歐洲雲杉林，一起奔上堤防。

「那兩個孩子在找櫻花樹脂呢。」

「喔？櫻花樹脂喔。」

「把樹脂纏在小指上玩。」夏枝伸出小指，表演纏樹脂的動作。

「喔，我也玩過。對對對，就像這樣。」

老婦也做出纏樹脂的動作。

「對了，我還玩過沙包喔。把紅藍兩色的碎布縫在一起，裝進紅豆，不過我家很窮，只好撿紅豆大小的碎石子裝進去，玩起來手很痛。我的朋友沒人願意碰我的沙包，只有阿節肯玩。」

夏枝想像老婦幼時的模樣，連連點頭。老婦眼下堆著好幾層眼袋，嘴裡念念有詞不知在說什麼。夏枝仔細聽了一會兒才明白，原來老婦低聲念著：「南無阿彌陀佛，南無阿彌陀佛。」

「欸，我們都快回老家了吧。」

「啊？」

「我可不想死啊，不過沒辦法，輪到自己的時候逃也逃不掉。」

「您還很硬朗呀。現在這年頭，年輕人反而容易因為車禍或意外送命……」夏枝只能這樣安慰老婦。

「就是啊，為什麼年輕人反而死得比較早呢？我兒子也戰死了，說是死在新加坡呢，鎮公所送回來的骨灰盒裡放著一張紙這麼寫著。我真想到兒子陣亡的地方看看，可不知不覺就過了八十歲，沒辦法去了。」

老婦無助地抬頭仰望夏枝，凹陷的小眼裡泛著淚光。

「新加坡在美國嗎？還是在俄國？」

老婦的話令夏枝吃了一驚，原來她連自己的兒子死在哪裡都不知道。

「我究竟為什麼活著啊？家裡一貧如洗，老公花天酒地，兒子也早早死了。可奇怪的是，我還是不想死。」

夏枝和老婦道別後回到家裡。夏枝想，將來等我老了，也會低聲自問「我究竟為什麼活著」吧。然後會在實驗林對面的河灘，告訴別人琉璃子就是在那裡被殺死的。

村井沒追到家裡來，夏枝也沒心情等他來訪了。只要想到村井侵犯過由香子，她就覺得看到他的臉都噁心。但為什麼每次一經他挑逗又會心動？夏枝自己也百思不解。這天晚上，夏枝和濱子兩人一起吃了涮肉火鍋。

晚上九點多，啟造打電話回來。夏枝剛洗完澡，匆匆披上睡衣出來接電話。

「明天我和阿徹、陽子到圓山賞花後再回去。」

「那邊櫻花全開了？」

「我還來晚了，這裡比旭川暖和多了。」

啟造並沒提三井惠子。

「老公，你見到她了嗎？」

「是呀，見了……」

「結果如何？」

「嗯，回家後慢慢跟妳說吧。」

「是嗎？那你好好休息，幫我問候高木先生和夫人。」

夏枝正準備放下電話，又想起一件事要問啟造。

「老公，你知道實驗林裡有櫻花樹嗎？」

「有啊，妳是說堤防旁花開得很美那棵吧，那棵樹我知道，河邊溼地那一帶應該也有，怎麼了？」啟造興致缺缺地說。

「沒什麼，只是問問。」

原來他真的是一個人賞花，獨享樂趣。夏枝躺在床上，心中充滿了孤寂。

22 陸橋

教養部前的馬路朝南延伸，通往一公里外的克拉克會館。這條路也是北大校園內最長的一條路，學生都叫它中央大道。陽子上完第五節課，正走在中央大道上。

櫻花的季節不知不覺結束了，校園裡處處洋溢著新綠，工學院前的楓樹更是綠得耀眼，走過樹下的陽子臉頰和白襯衫都被映上一層鮮綠。

「陽子小姐，好久不見。」

身後突然有人打招呼，陽子轉過頭，看到身穿襯衫的北原向自己走來。

「啊！北原先生，上次多謝你了。」

陽子開學典禮那天，北原曾和阿徹一起到宿舍探望她。

「哪裡……咦，陽子小姐好像長高了。」

北原和陽子並肩走了幾步後說道。

「好像是，我還在發育的年紀啊。」

「妳要回家了嗎？」

「想去會館買幾本書……北原先生呢？」

「我……老實說，我是在等陽子小姐下課。」

「哎唷！」

「對不起。因為我在理學院，妳在教養部，學生有幾千人，要碰到妳不知要等到什麼時候呢。雖然知道不好，我還是在這裡等妳。」

「沒關係，我們是朋友啊。」陽子微微一笑。

「真的沒關係嗎？」

「對呀。」

「那從現在起，我可以常在這裡等妳嗎？」

北原急忙問道。兩人前方一個穿著骯髒白袍的男生聽到了，回頭嘻嘻一笑。

「次數太頻繁的話，會影響彼此學業的。」

「我知道了。啊，這樣我就放心了。」北原鬆了口氣。

「北原先生，兒童節那天順子小姐請我吃了海苔卷喔。」

「我聽說了。她打過電話給我，說下次要找妳和辻口去兜風。陽子小姐，妳意下如何？」

「我很想去，不過……」陽子遲疑著沒再說下去。

「妳會暈車嗎？」

「不是啦。真不好意思，其實比起兜風，我比較喜歡走路……」

「……」

「北原先生，如果可能，我很想過三十年前的生活呢。」

「三十年前？那就是一九三五年左右嘍。」

「對呀，之前我看了一個回顧旭川舊時代的攝影展，那時路上車很少，馬車和自行車比較多。」

「原來如此。」

「聽說那時石狩川還很乾淨，每年都有很多鮭魚迴游產卵，我真想回到那時代呢。當然我知道，那時生活很辛苦，很多不方便，可是我覺得比較富有詩意。」

「是啊。對了，剛才我們走過的那條小河，聽說以前也有鮭魚迴游喔。」

北原覺得陽子深邃的雙眼皮十分美麗。他們緩步走過理學院前的榆樹，北原心底充滿了幸福的感覺。如果能像這樣經常和陽子談天，總有一天，她會重回我懷抱的，北原想。

（不能急，我要耐心等待。）

能和陽子愉快地一起散步，我就該心滿意足了，北原想。

「的確。乾脆我們來辦一個『回到三十年前』的團體好了。」

北原說著，突然注意到陽子的眼神有異。

「對呀。」

陽子點點頭，但她並沒看北原，而是望向前方的古河講堂。北原以為她在欣賞花木，但又不像，他順著陽子的視線望去，看到對面人行道上有個學生。那學生背著他們，右肩微微聳起。

「可是北原先生，現在這年頭，如果是『活在百年未來』之類的團體，或許有人參加，『活到三十年前』是不會有人願意加入的。」

陽子的視線仍然停留在那名學生的背影。學生回頭瞥了陽子一眼，又快步轉向通往正門的路。陽子唇形美好的嘴角浮起微笑，目送學生遠去，眼裡滿是柔情。北原臉上的笑容消失了。

「那是妳的朋友？」

「咦？啊，你是說剛才那個人？」

陽子這才把視線轉回北原臉上。

「也不能算是朋友……該算什麼呢？」陽子囁嚅著。

「我好像被他瞪了一眼，他大概不喜歡我和妳走在一起吧？」

「哎唷，怎麼會？不會啦。」

北原不好再追問下去，那名學生令他耿耿於懷。

克拉克會館大廳一如平日擠滿學生，陽子和北原兩人進門後，走進左手邊的學生書店。陽子立刻走到櫃台前，她似乎事先訂好書了。北原雖然很想知道陽子買了什麼書，還是禮貌性地避開一段距離，他抓起身邊的文學雜誌，翻開目錄頁瀏覽起來。

〈乾涸的大海〉、〈一個人的時間〉、〈風的極限〉……

怎麼淨是孤獨風情的標題，北原想。他覺得剛才那個學生，肯定和陽子關係親密。

「讓您久等了。」陽子走到北原身邊。

「買了什麼書？」

「《小公子》和《小公主》。」

「啊？」

「是給小孩看的書，很意外嗎？」

陽子打算把這些書寄給去年曾經造訪的那家孤兒院的孩子，他們已是陽子的朋友，但她並沒告訴北原這段經過。

「不，這些書就是現在讀還是很有趣。」

想到陽子還在讀這些書，北原覺得她很可愛。兩人一起走出書店。

「陽子小姐，我們找個地方喝杯茶好嗎？」

「北原先生渴了嗎？」

「倒不是因為口渴……」

「那還是再走一會兒吧。」

陽子不想像別人那樣隨便去坐咖啡館。

「對了，陽子小姐喜歡走路，我得好好鍛鍊腳力，否則追不上妳呢。」

兩人從教養部走到這裡，已經走了將近一公里，或許因為一直在校園裡，所以不覺得走了多少路。

「對不起，我只顧自己。」

「哪裡，妳太不為自己著想了。偶爾任性一下，我反而高興。」

陽子並沒回答，只說：

「北原先生，剛才那個人……是教養部的。」

陽子本想說出三井達哉這個名字，但還是決定作罷。

如果剛才達哉要求自己介紹北原，該怎麼辦呢？陽子想，總不能不答應。如此一來，知道內情的北原聽到三井這姓氏，一定會察覺不到勁。如果他露出狐疑或驚訝的表情，達哉會怎麼想呢？陽子光想像就毛骨悚然。

不如趁此機會把實情告訴北原吧？陽子有些心動，但終究說不出口。上次啟造來札幌，曾再三告誡阿徹和陽子，絕不可以把達哉的事告訴外人。

另一方面，北原對陽子剛才的話耿耿於懷。陽子先說了一句：「北原先生，剛才那個人……」她停頓了幾秒，才接著說：「是教養部的。」

北原覺得那段靜默有問題。

「是教養部的。」

陽子絕不會為了是否該說這句話而猶豫不決，她真正想說的應該是其他的事。北原很想知道她究竟想說什麼，沉默了幾秒，問道：

「是嗎？那他叫什麼名字？」

「……」陽子頓時露出為難的表情。

「抱歉，我忍不住覺得好奇。」

「……」

「不要生氣喔。」

北原一本正經地說。陽子微微一笑。

「我才覺得抱歉，只是關於那個人，我實在無可奉告。」

「我懂了……可是，為什麼呢？啊，妳都說了無可奉告。」

北原搔著腦袋笑起來，陽子也笑了。兩人經過沿著草坪小徑栽種的水蠟樹牆，走向校門。

「不過，陽子小姐，我這人太大意了。一直以來，我只知道留意辻口，沒想到追妳的還有別人。」

「別這麼說，北原先生，說什麼追不追的。」

「抱歉，這種說法像把妳當獵物似的，我向妳道歉。不過『追』這個詞倒是很貼切，因為男人的心可不高尚。」北原愉快地說：「總之我太悠哉了，一心只留意辻口。」

「北原先生，您再說這種話，我要回去嘍。」陽子笑著責備他。

「對不起，我不說了。」北原略帶詼諧地向陽子陪禮。

走出正門後兩人右轉，走上電車大道，沿途有許多舊書店、咖啡館和雜貨店，再前方是段坡度極緩的坡道，坡道下有座陸橋。

北原不想在陽子面前表現得過於心急，但剛才那名意外現身的學生使他亂了陣腳，他對此感到羞愧。他一步步走近陸橋，心中有些憂鬱。

一輛電車響著低沉的汽笛，從兩人身邊駛過。

＊＊＊

北原有點困惑，不知究竟該和陽子聊什麼。他們曾經一度認定彼此是最親近的對象，那時他還能從容地和陽子聊天。

然而，現在他總是焦慮，心急地想弄清楚陽子的心是否向著自己。焦慮使他無法謹言慎行，心情也因此變得憂鬱。

（我該和她說些什麼呢？）

北原緩步向前，不斷在心底自問。

和其他女孩比起來，陽子有些與眾不同。她喜歡散步，不喜歡乘車兜風；喜歡讀書，不喜歡打保齡球；嚮往辰子擅長的日本舞，不愛跳阿哥哥；寧願坐在草地上聊天，不願去咖啡館。儘管如此，她並不缺乏青春之美。

（她勻稱的肢體比任何女人都美。）

北原思索著望向陽子，她正抬頭注視北原，眼中含笑。

兩人來到陸橋前的十字路口，燈號變成紅燈，靠陸橋的路口很快就停滿了車。兩人左轉，朝亮起綠燈的馬路走去。

「妳參加了哪個社團？」

越過馬路，北原抬頭望著紅燈問。

「黑百合會。」

「喔，美術社啊。」

「是的。我父親學生時代也曾加入黑百合會，學習繪畫。」

黑百合會是一個傳統悠久的美術同好社團，北大校園裡長了許多黑百合，社團名稱似乎是由此而來。

「妳父親也畫畫？」

「畫得很不錯唷。雖然色調比較灰暗，但我很喜歡。」

北原聽了，突然興起學畫的念頭。

燈號轉為綠燈，行人開始走動，就在這一瞬間，一輛跑車發出巨響從路口左轉衝向人群，北原立刻抓著陽子的手臂往後閃，其他人也連忙閃避。那輛拆掉消音器的跑車，劈哩啪啦地製造噪音逐漸遠去。這種開車魯莽的駕駛常可在街頭看到，所幸今天沒人受傷，但行人個個都怒目瞋視。

「謝謝您，北原先生。」

聽到陽子道謝，北原放開她的手。

「好危險啊。」

陽子富有彈性的手腕觸感仍留在北原的指尖。

兩人走上陸橋，身子倚在欄杆。橋下可見和陸橋平行的市內電車的鐵軌，不遠的前方是札幌車站的月台。這座陸橋就橫跨在車站的上方。不過月台被灰撲撲的天橋遮擋，只能看到一半。

如果剛才跟陽子一起被車撞倒，結果會怎麼樣？北原在腦中想像著，放眼眺望在月台候車的人群。

陽子覺得儘管車站人潮洶湧，卻總是給人悲傷的印象。一列火車從他們所在的陸橋下駛進月台，才剛停穩，候車的人群立刻湧向車門，原本整齊的隊伍全打散了。車廂吐出許多乘客，又吸納了許多乘客。月台上，送行的人群不時靠近車廂，對車上的人說話。不久，微弱的發車鈴響起，送行的人全都後退一步，有人連連揮手，也有人彎腰行禮。或許是風向不對，或許是陸橋下的車聲掩蓋，陽子他們聽不到車站的嘈雜，火車出發的景象就像無聲的電視畫面。火車發動了，送行的人群慢慢散去，轉眼間，火車和人群都自月台消失，只有站務員還保持立正的姿勢站在原地。陽子覺得這情景實在淒涼。

「為什麼火車才開動，大家就轉身離開？」

「要是像從前那種『咻咻』的蒸汽火車，列車緩緩開動，送行的人也會不斷揮手。可是柴油引擎火車，一眨眼就開得老遠了。」

「我覺得最起碼也要等對方的火車走遠了才離開啊。」

「這樣才能真心表達惜別之情吧。」

「對呀，我希望這樣。就算看不見對方了，我也想一直揮手。」

「原來陽子小姐是性情中人。列車才發動，送行的人就轉身離去，這的確太無情了。送行本該是柔情的舉動。」

北原突然想起上次為了送陽子，自己也跟著跳上列車的事。

不久，又有一列火車駛進月台，許多乘客下車，相當數量的乘客又搭上去。他們是為了什麼目的在札幌下車？又為了什麼目的而出門旅行？這些人當中，也許有人會因為在這裡下車或上車而決定一生的命運吧？陽子覺得車站這地方，充滿了這種決定性的什麼。或許就是這個原因，即使車站裡擠滿了人，我卻覺得淒涼吧。陽子眺望著月台上的風景。

「好多人旅行啊，這些人究竟為了什麼目的出門？」

北原望著札幌車站五層大樓的外牆，似乎也在思考同樣的問題。

「有人出差，也有人是因為親人病危趕來見面吧。」

「大概吧，說不定還有人是嫁到這裡來的。」

北原看了陽子一眼，露出笑容。

陽子聽了，點點頭。在鄉村長大的女孩為了結婚搬到陌生的札幌，陽子想這種女孩一定不少。

「欸，北原先生，很多女孩為了結婚離開家鄉，但很少聽說男人搬到女人的家鄉生活呢。」

「的確如此。」

「光從這一點來看，婚姻對女人造成的麻煩比男人大。」

「大概吧。女人為了結婚得離開熟悉的城市，告別父母兄弟和朋友，確實辛苦。問題是男人如何看待這件事，能否體諒妻子所受的苦難。」

北原暗自心想，陽子願不願意跟我在瀧川度過一生呢？

「陽子小姐喜歡哪個城市呢？還是比較喜歡旭川吧？」

「這……」陽子笑了笑。

「看來我這問題問得不是時候。」

「啊，怎麼會！」

兩人相視而笑。

「比起地勢平坦的城市，我比較喜歡那種有許多坡道的港都，像是神戶和長崎，函館和小樽也不錯。小樽……」

北原忽然住口不再說下去。

「瞧我這人多粗心，妳可別生氣喔。」

「別介意。我小學時去過一次小樽，我很喜歡小樽的街道。」

陽子想起剛才在校園遇到的達哉。小樽是達哉自小生長的故鄉，就因為這一點，小樽給她的印象有了改變。對她而言，小樽不再是拋棄她的生母居住的地方，而是弟弟達哉和另一位兄長生活的城市。陽子心底升起一種想去小樽瞧瞧的欲望。

「看來陽子小姐比我成熟多了……說起港都，網走也是美麗的城市。因為網走有座知名的監獄，一般人會誤會那裡治安不好，事實上市內風景非常優美，整座城市就像一座公園，光是湖泊名勝就有四五處。」

「啊，真好！」

「簡直美極了。對了，還有網走的流冰[49]，妳一定要去見識一下。我真想帶妳去瞧瞧那場面，不過流冰最好獨自欣賞。」

適合獨自欣賞的流冰，陽子很想去看一看。陸橋下，一列經由小樽開往函館的火車拖著長長的車廂駛過。陽子的視線離開了車身，轉眼望向右側那棵長滿新綠樹葉的高大白楊樹。

49 流冰：初春從鄂霍次克海漂流至北海道沿岸的冰塊，海面浮滿冰塊，就像雪原。

23 素描

陽子加入的美術社團黑百合會固定在每週二晚上六點集會，地點在克拉克會館一號會議室。這天，陽子提早吃完晚飯，推開一號會議室的門扉。

一進門，她就看到達哉獨自站在窗邊。

「哎唷！」

陽子還以為自己走錯了房間。

「從今天起，我也加入這個社團。」

「啊，好巧，你也喜歡畫畫嗎？」

陽子挑了一張離達哉稍遠的椅子坐下。

「我才沒興趣呢。」達哉笑著說。

「哎呀，不喜歡還參加？」

「我對畫畫雖然沒興趣，可是妳在這裡啊。」

「啊！」陽子皺起眉頭。

「不可以嗎？」達哉孩子氣地搔著腦袋問道。

「你不能以這種方式選擇社團。」陽子不客氣地說。

「可是……」達哉說到一半，轉過身去，「上次和妳走在一起的那個人是誰？」

「我的朋友，他在理學院念博士班。」
「喔，博士班啊？」
達哉一臉不以為然，濃眉微微聳動著。
「我高中就認識他了，他和我哥很要好，還到旭川我家住過。」
「……」
陽子看了一眼手表，差五分就六點了。她站起身，開始排放椅子。
達哉沉默地看著陽子行動。
「我不喜歡他。」達哉說。
「誰呀？」
「妳的男朋友。」
「他是個了不起的人。」
上次那個魯莽的駕駛撞過來時，陽子確實這麼想。在那種緊急狀況，他還能抓著自己的手臂向後閃避。陽子相信當時不論誰跟北原在一起，他肯定都會做出一樣的舉動。相較之下，她在那一瞬間嚇得幾乎丟下北原拔腳逃跑。
「了不起的人？那妳下次幫我介紹。我很想認識妳認為了不起的人物。」
陽子又皺起眉頭。
「妳好像很討厭我嘛。」
「怎麼會？」
「就是有這種感覺。」

「為什麼這麼說？」

「因為從那次以來，再也沒看到妳坐在那棵黃柏樹下。我去草坪不知多少回了。」

會議室約二十多坪，陽子很快就排好座椅。她在椅子上坐好，轉眼眺望天尚明亮的窗外，修剪整齊的樹木在經過整理的草地投下長長的影子，紫丁香一簇簇盛開著。

「……可是，也不能說這是我討厭你的證據。」

「還有，我去宿舍找妳時，妳說馬上要出門，連大門都不讓我進，妳一心惦記自己朋友的下落，根本懶得多看我一眼，不是嗎？」

陽子又看了一眼手表。已經六點了，卻還沒有其他社員到。她心情很複雜，既希望快點有人來，又希望最好誰也別來。

「隨你怎麼想，就當我討厭你好了，三井同學。」陽子輕輕瞪了達哉一眼。

「對不起，不要生氣嘛。我真的很想跟妳做朋友，只是一直找不到機會，所以很焦慮。妳總是和別人走在一起，這樣下去我覺得永遠當不了妳的朋友。」達哉換成哀求的語氣說道。

「三井同學，友情應該是種溫柔的感情，不能操之過急。」

「我這人就是容易衝動，對我媽、我哥也一樣，可能是我好惡分明。我也不喜歡這樣的自己。」

陽子想起之前啟造曾交代，不要跟達哉走得太近。她不知該如何和達哉相處了。達哉以為陽子是外人，而陽子必須讓他永遠都這麼認為。而且，他們還不能當太親密的外人。所以陽子只好冷淡以對，就算達哉不高興也沒辦法，但這讓她感到心酸。

「三井同學，如果你想改掉衝動的個性，建議你參加茶道社。」陽子稍帶冷淡地說。

「如果妳希望我去，我就參加。」達哉意外聽話地回答。

這時，五六名社員也不敲門，蜂擁而入。

眾人默默畫著擺在中央的女性半身石膏像，達哉也在陽子身邊提筆畫著。他竟為了接近我而加入社團。陽子愈想心情愈沉重，拿著炭筆的手不時停住。

（我在欺騙達哉。）

陽子愈想愈內疚，她偷偷瞥了達哉一眼，只見他瞇著眼注視著石膏像。她又重新揮動炭筆。如果生母惠子看到這一幕，她會有什麼感覺呢？陽子想起啟造這麼說過：

「這些年來她一直很痛苦。達哉的事暫且不說，陽子應該見見她，感謝她的生育之恩啊。」

當時阿徹也在一旁接口：

「如果能和陽子見面，說不定她的痛苦也能減輕一些。她人很好，任何人都會喜歡她，這也是她遭遇悲劇的原因吧。」

啟造和阿徹的話中充滿了對惠子的同情，但陽子無法表示贊同。因為惠子的煩惱與痛苦都是她咎由自取，將來達哉兄弟和他們的父親發現真相後的苦痛，又該是誰的責任？一想到這，陽子更同情惠子的丈夫和兒子。

素描完成後，學長開始對大家的作品發表短評。社長伏見最後拿起達哉的作品，沉默端詳了一會兒，轉眼瞥了他一眼。

「你學過畫畫嗎？」

「沒有。」

「是嗎？線條很不錯，筆觸和辻口同學有點像，只是太銳利了點。」

伏見那張國字臉轉向陽子。陽子一驚，滿臉通紅地低下頭。

伏見每年參加北海道地區的畫展都能入選，還得過獎，他看畫的眼光應該錯不了。

（我們的筆觸很像！）

＊＊＊

社團活動結束，陽子來到走廊，心中仍然波濤起伏。達哉追了上來，和她並肩而行。

「他說我們的筆觸很像，我好高興。」

達哉天真地流露喜悅之情。陽子則輕描淡寫地說：

「伏見學長拿著畫看那麼久，這可是頭一回。」

「那我下週還是來畫畫吧。雖然妳推薦我加入茶道部。」

「……」

達哉要是繼續來社團，自己就只好缺席了，陽子想。

兩人走到大廳，時間晚了，大廳內十分安靜，只有寥寥十名學生零星地散坐各處。

走到門口，達哉說：

「下週的今晚是札幌神社祭[50]的宵宮祭。」

達哉沒注意到陽子心情沉重。

「對啊，宵宮祭是六月十四日。」

「妳那天很忙嗎？」

「大概吧，宵宮祭那天有朋友來玩。」

「是那個……博士班的人？」

「不，是女性朋友。」

「女性朋友？」達哉思索半晌又說：「才剛過九點，妳可以再待一下嗎？」

「可是你要回小樽吧？太晚了不好。」

「不，沒關係，今晚我住外婆家。」

「外婆家？」

「對呀，是我媽的母親。」

達哉的外婆也就是我的外婆，陽子想。

「這樣啊……那我陪你到九點半門禁。」

「九點半？妳的宿舍管好嚴啊。」

兩人在窗邊的椅子相對而坐。

「不是啦，是我自己決定的。」

「什麼！那妳九點半不回去也不會挨罵嘛。」

「三井同學，非得讓人罵才遵守門禁，這我可不喜歡。」

「妳這人太守規矩了。」

「是啊。如果怕處罰才做事或不做事，那簡直和馬戲團的猴子或狗一樣。」陽子故意冷冷地說。

「那妳回宿舍後都在做什麼？」

兩三名學生下樓來到大廳，似乎是其他社團的社員。

50 札幌神社祭：又稱札幌祭，是札幌神社每年一度的例行祭典，正式祭典的前夜祭稱宵宮祭。

「很普通。一回去先洗澡，太晚洗對房東太太不好意思。然後看看書或寫日記，十一點就睡了。」
「早上幾點起床？」
「哎唷，你簡直像生活指導老師。我早上七點起床，你呢？」
「我也是七點左右。」
雖然只是閒話家常，陽子還是很開心，她覺得眼前這個人和自己確實血脈相通。
「你自己起得來？」
「不，我媽每天都得大費周章叫我起床。」
在窗外水銀燈的照耀下，樹木和草地都泛著藍光，令人聯想到海底。
遠處一名在看英文報紙的學生打了個呵欠，慢吞吞地走出大廳。
「我媽很少發脾氣，但生氣的時候很恐怖，我要是不起來，她就一把掀開我的棉被。」
「哎唷！」
「還把冰毛巾蓋在我臉上。」
「你真幸福，三井同學。」
陽子覺得能向母親撒嬌的達哉很幸福，她就不能每天早上都讓夏枝叫自己起床。即使在冬天，陽子也強迫自己比夏枝早起，好先燒熱暖爐。她養成習慣，任何事都要在夏枝開口前先做好，這並非完全是她自動自發的性格所致。
「喂！棉被會突然被掀開唷，冰毛巾還蓋在臉上，這樣還幸福？」
「對啊，因為你可以一直睡到被叫醒的時候。」
「沒人叫妳起床嗎？」

「沒有……」

（你是親生母親養大的，我跟你可不一樣。）

「妳還真是模範生，就連門禁都自己決定，妳一向這麼獨立自主嗎？」

達哉當然不可能懂陽子的苦衷。

「你喜歡吃什麼？」

「我嗎？納豆。」

「什麼？納豆？」陽子忍不住笑出來。

「大家都笑我，可是納豆很好吃呀，跟蔥和芥末一起拌，再澆些醬油，攪拌出細絲倒在熱騰騰的白飯上，那美味真是天下第一。」

「不是笑你，只是很意外。你這年紀的男生大都喜歡吃烤肉或中國菜吧？」

陽子真想和愛吃納豆的達哉一起吃納豆。

「那妳愛吃什麼？」

「我什麼都愛吃，特別喜歡南瓜和馬鈴薯。」

達哉也忍不住笑出來。

「你也笑了，我們扯平了。」

「因為不像妳愛吃的東西嘛，妳這年紀的女生，喜歡的應該是鮮奶油蛋糕和巧克力，妳竟說喜歡南瓜和馬鈴薯……」

達哉模仿著陽子的語氣回答。兩人又大笑起來。笑著笑著，陽子眼中湧上淚水。他們這對親姊弟，竟然這麼大了才知道彼此愛吃的食物。

「笑得太厲害，眼淚都流出來了。」

剛才伏見說達哉的畫作筆觸和陽子相似，那句話此刻更加深入她的心底。

「我想參觀妳的房間。」

達哉看一眼手表，鄭重其事地說。陽子的宿舍距離克拉克會館不到兩百公尺，現在距九點半還有十分鐘。

「對不起，我不讓男生單獨進房間。」

「為什麼？不，問為什麼也很怪，妳未免太循規蹈矩了。」

「不是我循規蹈矩，而是我是非分明。」

「妳不信任我？」

「不是的。不只是你，不管是誰都不行。」

「妳把男人看得太危險了，真教人不爽。」

達哉板著一張臉，雙腿蹺得高高的。

「你不高興我也沒辦法。我對這世界還不了解，所以替自己訂了兩項規定：不讓男人單獨到房裡，不跟男人單獨走夜路。」

「這種教育媽媽式的思想，我可不喜歡。妳以為天下男人都會占妳便宜？」

「不是那樣。我雖然不懂男生，但如果女生不讓他進房就要絕交的男生，我才不想和他交朋友。」

達哉霎時臉色大變，猛地站起身，瞪向窗外，然後轉向陽子說：

「知道啦，妳很偉大！不過我向來討厭令人肅然起敬的女人！」

達哉不等陽子回答，橫越大廳離開了。

陽子坐著目送達哉離去，眼中盪漾著悲傷。她知道達哉為什麼動怒，也沒把弟弟達哉視為危險人物，只是她擔心達哉以後會更親近自己，而自己對達哉的骨肉之情會使她容許達哉接近。另一方面，陽子確實厭惡那種隨便讓男友進出宿舍的放浪作風，這可說是陽子對背叛丈夫的惠子的抗議表現。

剛才兩人還在談論納豆和馬鈴薯，互開玩笑，現在達哉卻氣跑了。陽子想，雖然寂寞，但這麼做或許比較好。達哉和我親近並不會帶來任何好處，我們這對姊弟最好彼此離得遠遠地活下去。

24 血緣

和達哉不歡而散以來過了四天。這四天陽子心情十分沉重，不論上課或和朋友聊天，陽子心底總無法揮去達哉氣呼呼的表情。雖然她明白分手對兩人都好，仍是覺得寂寞。

窗外下著雨，雨點打溼了窗子，對面人家後院的白楊樹在風中搖晃。陽子在藍襯衫外披了件白毛衣，在翻閱《世界美術全集》。

書頁裡，一名裸女躺在長椅上，她的右臂擱在骷髏上。那豐滿的胸部和修長的雙腿看起來很美，書上表示，這是法國繪畫史上第一幅裸體畫。陽子的視線轉向美女圓潤手臂下的骷髏。

（為什麼要在這裡畫上這麼恐怖的東西？）

美女與骷髏有什麼關聯？陽子覺得很有趣。難道是在暗示這位美女遲早也會變成骷髏？或是想告訴觀者：美麗終會滅亡？

她想起阿徹曾說：

「我看到美麗的花會害怕，因為我會想：這朵花遲早會枯萎。愈美麗的東西愈容易讓我聯想到死亡。」

陽子思索著阿徹這句話，突然很想看看他。自從達哉出現後，陽子愈來愈覺得阿徹和自己不像兄妹。她對達哉產生的那種非理性的感情，確實和她對阿徹的感情不太一樣。

陽子翻著畫冊，感嘆著阿徹和自己畢竟沒有血緣關係。

這時，房東太太突然探頭進來。

「有一位三井先生等在玄關唷。」

「三井先生？」

陽子面露疑惑。難道是上次憤而離去的達哉嗎？陽子瞬間心跳加速。

「謝謝您，我馬上下去。」

房東太太點點頭，關上房門。

陽子望著被雨打溼的窗子。已經六月中旬了，但天氣還有點冷，陽子拉了拉毛衣下襬，站起身來。她在猶豫是否要下樓去。

就這麼不歡而散，不也很好？萬一他是來向我賠罪，是否該冷淡地趕他回去？不，他既然專程來道歉，我應該輕鬆以對，和他和好。

（只是……）

陽子佇立在屋內，拚力壓抑想立刻下樓見達哉的衝動。

樓下又傳來房東太太的說話聲。

陽子在書桌前坐下。就算達哉生氣也無所謂，我應該讓他離開，陽子下了決心。如果現在跟他見面，我一定會糊裡糊塗地和他和好，達哉以後還會常來找我，將來總有一天，他肯定會發現真相。

陽子屏息靠在書桌前，這時，有人上樓的腳步聲傳來，她聽到房東太太的聲音。

「請小心腳步，這房子隔間不太好，走廊和樓梯很暗。」

陽子一驚，全身僵硬起來。有人輕輕敲門，接著門打開了。

「陽子，不好意思讓客人等太久，我帶客人上來了。請進，請進吧。」

「是。不過……」

門外傳來遲疑的回應，陽子下定決心說道：
「請進吧，三井同學。」
「那就打擾了。」
一名青年站在門口注視陽子，那頭美麗的鬈髮燙過似的，輕輕垂在額上。陽子霎時倒抽一口冷氣。
「那天晚上真對不起……」
達哉從青年身後探出腦袋，向陽子低頭行禮。
「今天我把哥哥帶來了。妳說不能讓男生單獨進房，如果兩個男生應該就沒問題了吧。」達哉抓抓腦袋。
「我是達哉的哥哥阿潔，達哉給妳添麻煩了。」
阿潔目不轉睛地凝視陽子。
（這個人就是我哥哥！）
「我是辻口陽子，請多指教。」
陽子拿出坐墊給兩人，她的手微微顫抖著。
「喂！哥，她很像媽吧？我沒騙你吧。」達哉得意地說。
陽子低下頭。
「達哉，不可以這麼沒禮貌。辻口小姐，真不好意思。」
陽子搖了搖頭。
「我哪裡沒禮貌？哥，因為像我才說像，我只是實話實說。」達哉不滿地說。
「辻口小姐，達哉太孩子氣了，一天到晚在家說妳和家母長得有多像，今天非要我跟來……真抱歉，突然造訪。」

阿潔給人的感覺親切謹慎。

「我哥總把我當小孩。」達哉愉快地對陽子解釋，「不過，我的確是小鬼。那天晚上真抱歉，昨晚我和家人說了那件事，說妳房間讓我看一眼有什麼大不了。」

陽子點點頭，插上電水壺的插頭。她恍如置身夢中。雖說眼前這兩人和自己的父親不同，但他們是自己真正的兄弟。

「我媽笑著說我傻，但我爸大罵了我一頓，說我沒禮貌、不懂事。我爸平時很少罵人，還真嚇壞我了。總之，我向妳道歉。」

眼看達哉誠懇地陪不是，陽子也不好再冷言冷語。

「我也有錯，是我拒絕的方式不好。對不起。」

「太好了，我們和好了。我以為再也不能和妳說話了，好難受。」

阿潔苦笑著，毫不在意地看著陽子。

「我總算看到妳的房間，不過布置得好簡單，我以為會更浪漫呢……」

「啊，香菸沒了。達哉，麻煩幫我跑一趟好嗎？」阿潔對環視房內的達哉說。

「OK！」

達哉抓起阿潔交給他的千元鈔票，腳步輕快地走出房間。

＊＊＊

半晌，房裡的兩人都沉默無語，陽子雖然垂著眼皮，卻感覺得出阿潔的視線停在自己臉上。當她覺得幾乎窒息抬起臉時，阿潔突然開口：

「辻口小姐，老實說，有件事想請教。」

「什麼事？」

「家母跟令兄是怎麼認識的？」

陽子吃驚地看著阿潔。

「我哥哥……和您母親認識？」

情急之下，陽子這樣反應。

「妳不知道嗎？這樣啊……？」阿潔想了想，繼續說：「是這樣的，去年家母去參加守靈式，回途出了車禍，住院治療，那時令兄很快就趕到醫院探望。」

阿潔探詢似的望著陽子。

「噢，那場車禍的事，我聽說了，哥哥是代表高木叔叔去探病……原來是您的母親啊。」

陽子最痛恨說謊，但她現在必須盡可能裝作不知情。

「代表高木先生嗎？這樣啊，我還以為他是家母的朋友。」阿潔瞥了一眼窗上的雨滴，又說：「令兄離開後，高木先生立刻就來了，我沒想到他是代表高木先生。原來是這樣，如果是這樣就好。」

「……」

「我提出了無禮的問題，真抱歉。我只是不放心，妳很像家母，實在太像了。令兄又跟家母認識，不，就算不認識，他們也有位共同的朋友高木先生。我覺得整件事似乎罩著一層不透明的疑雲。」

陽子覺得自己被一步步逼到角落。

「聽您這麼說，我也不安起來。難道……」

阿潔連忙搖手。

「不，抱歉，向妳打聽妳也不知道的事……是我考慮不周。是的，我早該想到妳應該不知道。真對不起。」

氣溫微寒，阿潔額上卻冒著汗。

「哪裡。」陽子鬆了口氣。

「對不起，剛才我說的這些，請不要向達哉提起。他不知道妳和令兄是兄妹，他又想像力豐富，要是讓他聯想到莫名其妙的事，可就麻煩了。」

「莫名其妙的事？」

「是啊。坦白說，我有過一些奇怪的猜想。自從上次在札幌車站看到令兄去送妳……」

「究竟怎麼回事？」

「請別介意，妳一定會不高興的，那只是我的妄想。」

「我不會介意的。」

「是嗎？那我就說了。家母有位兄長還沒結婚就戰死了，聽說他和家母長得很像，從照片看確實很像，所以我在猜妳或許是他的女兒。」

「哎唷！」陽子想笑，但實在擠不出笑容。

「可是我舅舅出征是一九四一年的事，他在一九四二年戰死。從年齡來推，這是不可能的事。所以我又猜想，或許妳是家母的小孩，她當初可能生下了雙胞胎，因為照顧不了，在醫院時送給別人……也就是說，我以為妳和達哉是雙胞胎。」

「哎唷，我母親聽了會生氣的，她辛辛苦苦生下我……」

「所以我才說是妄想，剛才向妳說明時，我自己也覺得好笑，太失禮了。」

阿潔拭去額上的汗水，喝了一口陽子泡的紅茶。這時，樓下傳來大門被猛然推開的聲響。

「噢，我剛才說的，請別告訴我弟弟。」

阿潔又叮囑一遍。陽子點點頭，也替達哉泡了一杯紅茶。

「喏，香菸。」達哉一打開門就對哥哥說。

「辛苦你啦。」阿潔接過香菸，撕開包裝紙。

「外面還下著雨，辛苦了。」

陽子送上紅茶，慰問著。敏感的達哉立刻察覺房裡的氣氛有異。

「你們倆聊了什麼？」

「沒什麼。」

「那你們一直沒說話？」

達哉探詢似的來回看著兩人。

「怎麼可能沒說話。」

「噢，我還以為你們是因為有話要說，故意支開我。」

「達哉你老是疑神疑鬼，那不好。」阿潔嘴裡輕描淡寫地答著，心中很焦急。

「辻口同學，我買了巧克力給妳，抱歉不是馬鈴薯和南瓜喔。」

達哉還記得陽子那晚說喜歡馬鈴薯和南瓜，故意開玩笑。

「謝謝，我也喜歡巧克力，大家一起吃吧。」

陽子把巧克力掰成三塊，把其中兩塊放在達哉和阿潔面前。

「哥，我在那間香菸鋪碰到一個稀奇的傢伙喔。」

達哉把買菸找回的零錢放在阿潔面前。

「稀奇的傢伙？」

「嗯，去年夏天媽住院時不是有個人來探病？」

「我怎麼知道是誰，來探病的人那麼多。」

「就是那個自稱是高木先生派來的傢伙啦，他還向媽道歉。我認為他一定和那次車禍有關，那傢伙叫什麼名字來著？」

陽子一驚，轉眼看了達哉一眼，但立刻收回視線。

「不記得了。事出突然，我腦袋一片空白。」

阿潔假裝忘了。達哉又說：

「我也一樣。可是那時他說對不起，哥不覺得奇怪？」

「噢，我想起來了。你還問他為什麼道歉。」

「嗯，就是那傢伙。」

「可是這件事和辻口小姐無關吧？晚點我再慢慢聽你說。」

阿潔企圖轉換話題。陽子想到阿徹可能隨時會到，著急得不得了。

「辻口同學，妳也聽聽，事情是這樣的，去年我媽出了一場車禍，那時有個年輕男人來探病，劈頭就對我媽說『對不起』。我媽那時剛住進醫院，用『對不起』這句話問候，妳不覺得奇怪？」

陽子覺得很窘，阿潔才剛問她阿徹與惠子的關係，現在達哉又提出這種問題。陽子愈想愈覺得惠子罪不可赦。

「是啊，那個人為什麼要說對不起呢？」

「問題就在這裡！就是不知道理由。我雖然不清楚原因，但直覺告訴我，他和我媽那場車禍有很大的關係。」

「直覺？達哉，不能胡亂懷疑別人！對了，他不是說是代表高木先生來的，因為車禍是在高木家守靈式後發生的，他才會說對不起，對吧？辻口小姐。」

「是啊。如果是這種情況，他說對不起也不奇怪。」

陽子突然對生母湧上難以言喻的憤怒，都是因為她，害得他們不得不說謊。

「不，辻口同學，妳不在場可能不了解，當時他和我媽表情都很緊張。哥雖然說直覺不可信，但我知道他們之間一定有什麼。」

「那是過去的事了。達哉，這事就別再說了，辻口小姐一定聽得很無聊吧。」阿潔抱歉地看著陽子。

「不過辻口同學，剛才我看到那傢伙了，他一看到我就別過臉去。會這麼做的人，通常是遇上不想見的對象。所以我故意和他打招呼，說上次家母車禍多謝探望，哥，結果那傢伙敷衍幾句就慌慌張張逃走了！」

阿潔露出同情的表情。達哉不知道阿徹就是陽子的哥哥，他擔心陽子聽了這番話會不高興。

「我問他，你幹麼要逃，那傢伙說有急事要先告辭。我怎麼想，都覺得他行跡可疑。」達哉腦袋靠在背後的窗框。

「達哉，你的行為和小流氓有什麼兩樣，太沒禮貌了！」

「那傢伙才沒禮貌，他立刻瞥向一旁，哥，這表示他認出我了。」

陽子又倒了一杯茶給達哉，阿潔凝視著她嫩白的側臉。

「達哉你也太不饒人了，就放過他吧。」

「放過他？那不行。哥！」達哉舉著茶杯，堅決地說：「哥，還好媽幸運，只住了三個半月就出院，也沒留下後遺症。要是有個三長兩短，我一定非查出那傢伙的身分不可。」

阿潔忍不住看了陽子一眼，她不動聲色地聽著達哉的話。

「不過媽已經完全康復了，你何必這麼激動。」

「可是現在看到他逃走的樣子，我覺得一定要問出他的名字。」

「淨說這些無聊事，辻口小姐會笑你唷。」

達哉神經質地皺起眉頭，閉上嘴。

「對不起，我弟弟就是喜歡大驚小怪。」

阿潔向陽子道歉。

「哪裡，不會。」

陽子嘴裡答著，想著阿徹。他一定是來找我的，陽子想。

陽子漸漸體會出自己對達哉，和對阿徹的感情有微妙的差異。儘管達哉不知道阿徹的身分，聽他近乎誹謗地批評阿徹，陽子感覺很複雜。她想起與阿徹共度的漫長歲月，也記起阿徹從小就溫柔對待自己。

「不會錯，哥，我愈想愈不對勁！」抱著膝蓋沉思不語的達哉突然開口。

「什麼事？你再提那件事，我就不理你了。」阿潔有些焦躁地說。

「哥，你不覺得媽出車禍後整個人都變了？」

「沒什麼改變啊。」

「可是媽經常在發呆，好像有心事，以前她不是這樣的……」

「大概是車禍的後遺症吧。有問題嗎？」

「嗯，有一次我問媽，剛才那男生叫什麼名字。結果媽回說，車禍時的事都忘光了，推說失去記憶了。

那時我信以為真，現在想來，媽大概是佯裝不知吧。」

「辻口小姐，達哉就是這樣子，真是不好意思。你別再提這件事了！辻口小姐和這事一點關係都沒有，也沒興趣聽你說。太失禮了吧？你究竟來幹麼的？不是為了上次的事來道歉的嗎？」阿潔低聲責備達哉。

「也是，那我不說了。可是好奇怪，不知是不是因為辻口同學長得像媽，我什麼事都忍不住跟她說，總覺得她就像表姊妹一樣。」

達哉臉上終於露出微笑。

「桌上的是什麼書？」

阿潔像是鬆了口氣，立刻換了個話題。

「這本？是美術全集，要不要看？」

阿潔接過陽子遞來的厚重書籍，翻開書頁。

「妳喜歡繪畫？」

「是啊，雖然畫得不好，可是很喜歡……」

「才不是畫不好呢。哥，上次學長稱讚我，說我們倆作畫的筆觸很像。」

背著兩人眺望雨中街景的達哉，轉過頭來說道。

「噢，達哉和妳的畫風很像啊？」

「您也喜歡繪畫？」陽子提心弔膽地問。

「不算討厭，但我更喜歡音樂。」

「您演奏什麼樂器嗎？」

「鋼琴懂一點，但只是聽聽唱片的程度啦。我什麼都不會。」

阿潔總算露出笑容，拿起面前的巧克力。

「啊！哥，你看！那傢伙就在那。」

一直望著窗外發呆的達哉突然大聲嚷道。阿潔一驚，不由得站起來。

「好極了！機會來了。我去問他叫什麼名字。」

達哉忽地一下站起身，阿潔表情緊張起來，陽子緩緩抬頭望著達哉。

「達哉！別幹蠢事！」阿潔重重地擋在門前。

「怎麼是蠢事？現在讓他逃走，下次不知什麼時候才能碰到呢。哥，快讓開！」

陽子眉頭微蹙。一直覺得達哉可愛的她，真不想看到達哉令人討厭的一面。

「你問人家的名字要幹麼？別做失禮的事。」

「失禮的可是他！」

「達哉！這裡可不是自己家。你這個樣子，對辻口小姐很失禮。這麼任性不聽話，如果被辻口小姐討厭也無所謂嗎？」

達哉聽到這話，看了陽子一眼，不好意思地抓抓腦袋。陽子覺得有點落寞。

「對不起，辻口同學，我有點不正常，總是立刻就激動起來。這是我的缺點。」

達哉爽快答道，不再堅持追出去。他走回窗邊俯視外面，但阿徹早已不知去向。

「三井同學，請坐吧。我比較喜歡沉穩的人。」

「好，我知道了。」

達哉盤腿坐下，臉上浮起抱歉的微笑。陽子看他那表情，也不忍再責備他，但心底很期待弟弟達哉能再理性一點。

「三井同學，如果你想和我來往，那你要做個意志堅定的人。如果做不到這點，我可能會討厭你。」

「那可糟了。」達哉又抓抓腦袋。

「看，我不是跟你說了？辻口小姐，請妳多勸勸他。我說的話，這傢伙一句都聽不進去。」

「是啊。做人太感情用事，友情是沒法長久的。你總是什麼心思都寫在臉上對吧？為了能夠長久交往，我希望你改掉這個毛病。」

「好，好，我知道了。哥，辻口同學連晚上門禁都自己訂，還認真執行。她很嚴格。」

「沒錯，我確實很嚴格。有人以為做了朋友就可以隨隨便便，我可不喜歡。我認為朋友應該互相砥礪，你能接受嗎？三井同學？」

「這下可不得了！」

達哉反省著自己剛才的行為。

「啊，對了！其實想想，我根本不必冒雨跑出去問他的名字，只要向高木醫院打聽一下就知道了嘛。」

25 寢室

啟造鑽進棉被，趴在褥子上。他發現枕畔換了一盞新檯燈。紅燈罩形狀像舊式油燈罩，外面貼著棉紙，裡頭是日光燈管。啟造不由得感到臉紅。

夏枝拉開紙門走進來，微笑著問：

「怎麼樣？還喜歡嗎？」

夏枝跪下來，動手解開和服腰帶。啟造瞥了她一眼，似乎有意見，但改口說道：

「嗯，不錯，很沉穩的感覺。」

啟造伸手想按開關，卻摸不到開關在什麼地方。

「哎，找開關呀？是這樣啦。」

夏枝靠近啟造枕畔說，她已經換上睡衣，身上散發著淡淡的香水味。原來開關在三公分高的檯燈一側。

「以前那盞舊的呢？」

「都用十年了，拿到濱子房間去了。」

啟造微微皺起眉頭。放在他們夫妻寢室用了十年的檯燈，夏枝竟拿給未婚的年輕姑娘使用，啟造不禁對夏枝的遲鈍感到吃驚。

「不行嗎？」

「那是我們用過的呀。」

「可是又沒壞。」

夏枝並沒發現啟造的心思，兀自鑽進棉被。這時，電話鈴發出震耳聲響。

「唷！這時間，是誰呀？」

「沒關係，我來接。」

快十點半了，說不定是急診病患。啟造穿過走廊，走向起居室。

「喂，是我。」話筒裡傳來阿徹的聲音。

「原來是阿徹。這時間，怎麼了？有急事？」

「也不算急事，不，還是急事吧。今天我到陽子宿舍找她，又碰到小樽三井家的兒子。」

阿徹把他在香菸攤前遇到達哉的情況報告一遍。

「無奈之下，我只好先回家。剛才陽子打電話給我，說他差點冒雨跑出來追我。他性格似乎有點偏激，還說要向高木醫院打聽我的名字。」

「達哉這孩子真教人為難。」

「哪裡，也不能這麼說。達哉君一定是懷疑我和他母親的車禍有關，才會這麼執著。」

「但他要打聽你名字，這可麻煩了。」

「當然麻煩啊。不過，事已至此，被他發現事實真相，也只是早晚的問題。」

「真糟糕！我上次叮囑過陽子，叫她不要和他太接近啊。」

陽子畢竟還是抵擋不過骨肉親情吧，啟造想。他把聽筒按在耳朵上。

「陽子當然也不想和他親近，可是聽說達哉帶著哥哥闖了來。陽子本來不想見他們的，誰知房東太太自作主張把他們帶進陽子房間。」

「把他哥哥也帶來了？」

「是啊。他哥哥給人感覺倒不錯，只是他知道我和陽子是兄妹，偷偷向陽子打聽他母親和我的關係。那哥哥似乎不想讓他弟弟知道我和他母親認識，這一點對我們有幫助。」

「你在哪裡打的電話？」

啟造突然想到宿舍裡或許隔牆有耳。

「怎麼了？」

夏枝不知何時已站在啟造身後，啟造稍微移開聽筒，讓夏枝也能一起聽。

「沒關係，我是在街角的電話亭打的。」

「高木那邊打過電話了？」

「當然。陽子通知我後，立刻就打了。我和高木叔叔說，達哉君可能會去打聽我的名字，高木叔叔說那就正大光明告訴他……」

「胡來！」

「開玩笑的啦，爸。叔叔會告訴他當時忙著別的事，忘了吩咐誰代表他去。不過。高木叔叔也很擔心。」

「陽子就算換宿舍，一定也會立刻被找到。乾脆叫她休學回來吧。」

「如果休學，達哉說不定會追到旭川去。不用等陽子休學，他已經說暑假要去爬大雪山，問陽子回程可否到旭川家裡看看。」

「陽子怎麼回答？」

「陽子說要問父母。爸，陽子太可憐了。」阿徹的語氣略帶責備，「您知道陽子今天電話裡怎麼對我說的？」

「她說了什麼？」

「陽子說：『我真不該出生的。』她說這種話喔。」

「哎唷，真的？阿徹？」夏枝終於忍不住開口。

「啊，是媽？十圓硬幣用完了。媽，事情變成這樣究竟是誰的錯？我的錯嗎？還是……」

阿徹說到這裡，電話斷了。

啟造回到床上仰面躺下，忍不住發出一聲嘆息。夏枝看了啟造一眼，抬起頭說：

「老公，就算他發現了真相，也無可奈何呀。」

「無可奈何？夏枝，達哉個性這麼敏感，說不定會釀成大禍啊！」

「這都要怪他那位做了見不得人的事的母親，更何況，這是別人的家務事，你操心也沒用啊。」

「別人的家務事？」

啟造望著夏枝，他覺得她的心簡直冷得像冰。

「對呀。我們養大陽子又不是壞事，我們家可沒給他們添任何麻煩。你根本不必這麼緊張嘛。」

「可是啊，陽子是那位惠子女士的女兒這事被知道的話，三井太太的家庭說不定會破裂。」

「固然令人同情，但這是她自作自受，她應該誠心誠意地向先生、兒子認錯才對。」

「原來如此，說得有理。」啟造苦笑著說。

「阿徹也不必這樣躲躲藏藏，乾脆大方告訴人家自己叫辻口徹。陽子更不需要休學……剛才阿徹問這是誰的錯，這還用問，自然是那個女人的錯啊。」

啟造突然覺得很可悲，沒想到夏枝竟是如此不懂得體諒的女人。

「可是，夏枝，都是阿徹輕率地告訴三井太太陽子的事，她才發生了車禍。而且他還衝動地跑去探病，把事情搞得更棘手，妳不覺得也有責任？」

「可是就算阿徹什麼也沒說，陽子和達哉還是會在大學遇上。達哉終究會發現陽子很像他媽媽，而來接近她。」

「……」

「如果阿徹沒有插手，說不定這件事就到此為止。難道阿徹做事輕率就不該責備？」

「夏枝妳怎麼沒想到，阿徹輕率的行為可能毀了三井太太的家庭呢？」

「老公，你為什麼只罵阿徹？那個丈夫出征時搞外遇生孩子的女人，佯裝無事過了二十年，那個人，你怎麼一句都不提？」夏枝聲音尖銳起來。

「不，與其說別人，我們應該先檢討自己的過失。」

「這話說得真偉大！可是你不肯批評那個人，不是因為你偉大，而是你袒護她。」

「袒護她？我何必袒護她。」

「騙人！還不是因為三井太太長得美，你就對她寬大。」

啟造心底一驚，夏枝的直覺是正確的。自從在高木家見到三井惠子以來，啟造就對惠子心懷同情。上次從札幌回家，他只簡略地轉述惠子說過的話，但夏枝憑著女人的直覺，竟已看透了啟造的心思。

「妳真傻！夏枝，我怎麼可能同情她。」

「那你就該說那個外遇生了孩子的人不對，不要只苛責阿徹。」

啟造覺得很奇怪。以往也是這樣，只要他斥責或教訓阿徹，夏枝立刻就對他冷眼相待，好像是她自己受責罵。阿徹不是我們夫妻的孩子嗎？啟造想，夏枝卻總把阿徹看成自己一個人的，敵視啟造。啟造完全無法理解她的心態。

「知道了。不過，夏枝啊，責備別人前，我們還是應該先自我檢討。」

「……」

「不過陽子說的話，真教人掛心啊。」

陽子對阿徹說：「我真不該出生的。」

（她不會再自殺吧。）

啟造在心中自語，不安突然從心底升起。

究竟是誰的錯？啟造想起剛才阿徹在電話裡提出的問題。阿徹當然有錯，啟造想，惠子也有錯，但他不會像夏枝那樣單純地認為所有的錯都在惠子一人身上。

阿徹把陽子的事告訴惠子，他的行為確實太輕率，但阿徹採取行動的動力是他對陽子的愛。

惠子是在丈夫出征期間和其他男人生了孩子，這的確應該受到譴責。但啟造認為，人是很脆弱的，任何人都可能犯錯。如果惠子的丈夫沒去打仗，或許她就不會犯錯。從這個角度來看，所有的錯是否都該歸咎於戰爭？開戰的人不但毀掉無數家庭，也讓無數子女失去父親，無數妻子失去丈夫。

「如果沒有那場戰爭，那女人或許就不會犯錯。」

迎著檯燈的光線，夏枝雙眼發出妖冶的光。

「說了半天，你還是站在三井太太那邊啊。」

「怎麼會？」

「照你的說法，好像三井太太是因為戰爭才犯錯的，但很多女人的丈夫也被送上戰場，她們可都安分地守在家裡。」

「妳說得也沒錯。我想說的是，人是很脆弱的，如果沒有戰爭，或許她就不會出錯，我們必須體諒她。

人與人互相交流中，有些人一輩子不會出錯，有些人卻失足犯下大錯。」

「……」

「所以說，從沒犯過大錯的人，不必自以為高人一等，更沒有資格苛責那些犯過錯的人。」

啟造沒有發覺夏枝的嘴角浮現冷笑。

「就拿三井太太來說，如果她丈夫沒去打仗，她就不會遇上中川這個男人，事情也就不會發生。」

「老公，你剛才說，我們不該責備那些犯錯的人吧。」

「對，我是說了。」

「所以說，如果是別人的老婆，就算瞞著丈夫生下別人的小孩也可以原諒？」

「……」

啟造這才明白夏枝想說什麼。

「可是換成自己的老婆，就連和其他男人單獨講兩句話也不可以！」

「那件事……那麼久的事了，現在還提幹麼。都已經過去了不是嗎？」

「才不是！對你來說那件事還沒過去，你到現在都不肯真心原諒我。」

「哪有這種事。」

「你一有機會就提起那件事，不是嗎？」

「可是妳身上被弄出吻痕，不論誰看到都會聯想到那檔事。」

「我可沒做出像小樽那位的行為。那位就算搞外遇生下孩子，你也不罵她，而我不過是那樣，你就罵了我無數次，你都忘了？」

一時間，啟造不知如何回答。夏枝說得沒錯，自己不但沒有苛責惠子，甚至對她的痛苦表示同情。

（為什麼我能體諒三井惠子，卻無法原諒夏枝呢？）

夏枝賭氣地背過身去，啟造望著她的背影自問。

「夏枝。」

「幹麼？」

「和自己愈親近的人愈無法原諒，這是當然的啊。如果我有了外遇，妳一定會責備我吧？可是妳聽到不認識的男人搞外遇，會不會生氣呢？」

「這……」

「不會生氣吧？所以說，我沒責備三井太太，只因為她等於沒關係的陌生人，不是我寬待她。」

「老公。」

「嗯？」

「你的話聽起來像強詞奪理。」

夏枝嘴裡雖這麼說，但臉上表情柔和下來。

沒過多久，夏枝發出微弱的鼾聲，啟造卻遲遲無法入睡。剛才對夏枝說的那番話，確實是強詞奪理，啟造想。

（惠子的過錯可以不追究，夏枝的過錯則不可原諒，那我自己犯錯是否就能放過呢？）

人都最容易原諒自己，啟造想。有一次夏枝把他的鋼筆摔到地上，因為沒有蓋上筆套，筆尖摔壞了。啟造當時嚴厲責罵夏枝做事粗心，毫不留情地數落她已經不是小孩。

不久之後，啟造把那枝鋼筆弄丟了，但他並沒自責，只在心底惋惜弄丟了一枝好筆。現在回想起來，類似情況在生活中不知發生過多少回。啟造躺在昏暗的室內，雙眼圓睜。

夏枝這時翻了個身，臉轉向啟造。只見她嘴唇微開，白牙隱約可見，熟睡的臉上毫無戒備，兩道眉毛勾勒出柔和的弧線，看起來就像幼兒般天真無邪。望著安穩地躺在身邊的妻子，啟造突然覺得她既可愛又可悲。

他想起新婚之夜的夏枝。她脫下新娘禮服，緊張地躺在床上。回想起來，那晚的情景既像多年的往事，又似乎像才發生不久。

啟造一直注視著夏枝熟睡的臉龐。想到她買這盞新檯燈的心意，啟造胸口不禁湧上說不出的愛憐。不知不覺中，啟造昏昏沉沉步入夢鄉。

「我真不該出生的。」

陽子的聲音忽然在他耳邊響起，只見身穿白衣裙的陽子在實驗林裡像隻蝴蝶般翩翩起舞。

26 花菖蒲

湛藍的湖面耀眼明亮，僅有一處閃著灰暗的銀光。樽前山圓球狀山頂升起一縷白煙，縷縷輕煙向右飄往天邊，與雪白的夏雲連成一片。

「支笏湖好美啊！」順子站在遊艇甲板上揚聲說道。

「真的呢。」

陽子凝視眼前深邃發綠的湖水，她戴著一頂白色寬邊帽，帽緣露出的髮絲在風中閃耀。阿徹和北原面帶微笑望著兩個女孩。

遊艇沿著樽前山麓右轉，繼續駛向風不死岳。前方一艘飛艇向前疾駛，船後拖著一條長長的白浪，飛艇眨眼間便駛向遙遠的彼方。支笏湖面積遼闊，繞湖一周約四十三公里，湖面一片寂靜，四周被惠庭岳、樽前山、風不死岳等山峰團團包圍。

船頭乘風破浪不斷前進，船內不時傳來廣播的聲音。

「陽子，就是在那片森林吧？妳記得我們以前在那裡撿過堅果？」

阿徹露出溫柔的笑容，指著逐漸靠近的碼頭上方那座小山的樹林。

陽子小學一年級時，啟造和夏枝曾帶他們到支笏湖玩。陽子還記得和阿徹手牽著手在林中奔跑，兩人撿了好多堅果和楓葉。陽子把撿來的楓葉當寶貝帶回家，一直夾在筆記本裡。

「記得啊，已經過了十三年呢。」

知道阿徹也在想同一件事，陽子很高興。

「我們還搭了飛艇吧，一連坐了兩回，我嚷著還想再坐，結果被罵了一頓。」

「那時覺得這湖好大唷，感覺要比現在大上一倍。」

北原一直沉默著傾聽兩人交談，這時接口：

「陽子小姐，幼時記憶都是這樣的。」

聽著阿徹和陽子回憶童年，北原腦中升起一個念頭：這兩人心底一定還有更緊密相連的共同記憶吧？這些記憶或許不單是回憶，而是一種更微妙的心靈契合。看來我終究無法介入他們之間，北原暗自思索著轉眼望向高聳的夫婦山。

「陽子小姐，妳真好，有哥哥能和妳一起回憶兒時往事。」

順子羨慕地對陽子說。

遊艇逐漸駛近岸邊，湖底石頭清晰可見。

四人下船後站在湖畔，清澄如泉的湖水靜靜沖刷著岸邊。四人上了岸，七月的陽光異常炎熱。順子蹲下身子，把手浸在水裡。

「湖水好乾淨呀。」順子可愛的臉蛋轉過來。

「這裡的湖水透明度有二十五公尺嘛。」

「北原真是博學多聞。」

「哪裡。剛才導遊不是說了？這是火山湖，深度三百六十三公尺，透明度二十五公尺，不是嗎？」

「哎唷，你記得好清楚。為了獎勵你，我買冰淇淋請你吃。」

陽子轉身走向二十多公尺外的碼頭。她今天穿著圓點洋裝，北原和阿徹目送她修長的背影遠去。碼頭上擠滿人潮，等著搭乘下一班遊艇。

「辻口，突然想起一件事，那個佐石的女兒現在究竟在哪裡啊？」

「佐石的女兒？不知道。」阿徹露出曖昧的表情。

「最近陽子小姐沒再提起佐石的女兒？」

「我沒機會和她說話，沒聽說什麼。」

順子低頭撿拾水中的小石子。

「沒機會和她說話？」

「是啊。」

北原探詢似的看著阿徹，阿徹也回瞪著他。

「陽子小姐最近似乎有了要好的男朋友。」北原壓低聲音說。

「噢？」

兩人走到離順子稍遠的位置。

「是我失算了，一直以為對手只有你。」

北原半開玩笑地說。阿徹的神情略顯不悅。

「北原，你好像變了。」

「變了？」

「……你上次送行都送到瀧川去了。」

「哎唷！那都是去年的事了，那件事我確實做得不磊落，我道歉。」

「不，我只是有點介意。」

這時，陽子匆匆走回來。

「久等啦。」

「辛苦了。」

三人在附近找了張木椅坐下，順子仍在岸邊熱心地擺弄小石子。

「順子小姐，來吃冰淇淋吧。」

「謝謝。」順子這才站起身來。

「順子小妹還童心未泯，好羨慕喔。」

北原說。附近山上傳來引導公車行進的口哨聲。

四人的對話停頓了一會兒。

陽子吃著冰淇淋想：眼前的湖泊和山峰，究竟從什麼時候起變成這形狀的？又能持續到何年何月？

「什麼時候回旭川？」

北原問陽子。今天開始放暑假。

「明天。」

「辻口也一起回去嗎？」

「不，我會晚點。」

「陽子小姐會去旅行嗎？」

「不會，應該會一直留在旭川。」

陽子計畫暑假到孤兒院幫忙，剛才在遊艇上看到莫拉普度假村[51]，如果可能，她真想帶那些孤兒院的孩子來玩，不過他們八成只能在炎熱的旭川度過夏天吧。

「漫長的暑假一直待在家裡嗎？那可真難熬。……順子小妹，妳呢？」

順子默默吃著冰淇淋，聽到北原問話，她愣了幾秒才轉眼望著他。

「什麼？你說什麼？」

「妳暑假要做什麼？」

「幫忙看店呀。」

「不去旅行嗎？」

「店裡很忙啦。我家雖然是藥店，也賣冰淇淋和冰棒，夏季最忙了。」

「那可辛苦妳了，順子小姐。北原先生會去爬斜里岳吧？」

「是啊。從斜里岳眺望千島，對我來說等於是掃墓。」

北原的母親是在千島去世的。

「有機會的話，我們四人環遊北海道一周吧。不過，今天為了暑假哪裡都不去的兩位小姐，再帶你們到另一個地方去。」

北原說著看看手表，才兩點半。

「現在恐怕不能去太遠的地方，北原。」

「當然不會去登別或洞爺那麼遠的地方。順子小妹，妳想去哪裡？」

「我嗎？……我想去參觀小樽的水族館。」

北原瞥了陽子一眼。

「想看水族館？還真是『天真無邪的話題』唷，『順子說想看小樽的水族館[52]』啊？」

北原模仿高村光太郎的詩〈天真無邪的話題〉，半帶著韻律念道。

「順子小妹，可惜啊，水族館只開到五點，恐怕來不及了。」阿徹安慰地說。

「是嗎？那下次好了。」

「沒問題，下次一定帶妳去。現在帶妳們去一處聞名世界、但札幌人都不知道的花園。」

北原自信滿滿地站起身。對面的風不死岳山頂籠罩著雲影。

車子在深綠色的樹林裡行進了二十多公里後，駛出千歲市，朝札幌奔駛。

「怎麼？北原，我們要去札幌啊？」

「哎，辻口，安心交給我吧。」

「坐上車卻不知道目的地，感覺真不舒服。」

「這不就像我們的人生？人生也不知要往何處去。」

坐在後座的陽子和順子聽到北原的回答，互望一眼。順子抓起陽子的手，低聲說：

「陽子小姐，我有事請妳幫忙。」

「什麼事？」

「……等一下再說吧，不能讓別人知道。」

順子瞥了一眼前座的北原和阿徹。陽子點點頭，閉上雙眼。達哉說暑假要到旭川家裡玩，陽子一直掛記

---

51 莫拉普度假村：因位於莫拉普山下得名。莫拉普為阿伊努語，矮小之意。

52 原詩句為「智惠子說東京沒有天空，想看真正的天空」。

著這件事，即使和人聊天的時候，也常感受得到恐懼。她闔上眼，為了忘掉恐懼，努力回想剛才欣賞的支笏湖風景。湖水清澄無比，但水深處愈顯深藍，看不見湖底。看在陽子眼中，這似乎是某種暗喻。北原說：「掉進湖裡的屍體是不會浮起來的，因為火山湖底下是一片樹海，屍體會被樹枝纏住，無法浮出水面。」陽子揣想著那情景：在美麗的湖底，有數具白骨。

（雖然看起來很美……）

世上或許沒有真正稱得上美麗的東西吧，人生也一樣，陽子想。

「陽子小姐。」

不一會兒，順子又低聲呼喚。陽子睜開眼睛。

「哎唷，妳在睡啊？」

「沒有，什麼事？」

順子臉色微微泛紅，湊近陽子耳邊問：

「妳哥哥有沒有喜歡的女孩？」

「……我不知道。」

「他還沒有固定的女朋友吧？」

「應該沒有。」

陽子感到很抱歉，覺得在欺騙順子。不過阿徹沒有女友，確是事實。

「我想當他的女友候選人，有希望嗎？」

陽子無可奈何地笑了笑。

「陽子小姐，妳會幫我嗎？」

「……好啊。」

陽子點著頭，心中百味雜陳。她很難想像阿徹身邊有位比自己更親近的女性。

「妳們在說什麼悄悄話？」與阿徹聊天的北原在後視鏡裡笑著問她們。

「不告訴你。」順子露出可愛的酒渦。

＊　＊　＊

「這花是古代紫[53]。」

陽子對身邊的順子說。四人來到月寒學院[54]的花菖蒲園。花朵碩大的古代紫花叢前方有片光采奪目的深藍色花海，更往前去，只見雪白、深紅、藍紫、茄藍等各色花菖蒲園連綿相接，從四人所站的位置望出去，整座花園一望無際。

從支笏湖過來的路上，北原只說要帶大家參觀一處花園，不肯說目的地。車子剛上路時，眾人還滿懷期待，紛紛在猜他究竟要帶他們去哪裡，可是當車子從千歲經由國道抵達月寒後，三人心裡早已不抱期待。

夏日豔陽照耀下，路旁的紅、藍鐵皮屋頂閃閃發亮，路上車多擁擠，天氣炎熱難當。車子駛過通往羊丘的入口，又行駛了一百多公尺，北原車頭向右一轉，駛上一條狹長小路。

53　古代紫：一種略帶灰色的深紫色，是日本傳統色彩之一。

54　月寒學院：北海道農業專門學校的前身，一九三〇年創立，原名八紘學園，一九四六年改名為月寒學院，一九七六年改為目前的校名。

汽車繼續前行，不一會兒，右手邊出現幾座巨大的青貯窖，經過一座農場，幾輛拖拉機在場上來回奔忙。接著，又駛過一段白楊樹夾道的林蔭路，通過左右兩旁的廣闊麥田，滑下一段起伏和緩的坡道，來到一座橫跨小河的橋頭。就在這瞬間，小河兩岸成千上萬的花菖蒲突然呈現在眾人面前。

看到眼前這片令人驚豔的花海，三人不禁齊聲發出歡呼，北原臉上露出得意的表情。據說這座花園種有數十萬株花菖蒲，賞花的遊客卻屈指可數。

「這麼多的花，只有我們幾個人欣賞，再也沒有比這更奢侈的事啦。」北原說。

花園周圍種滿白樺林木，越過林間枝椏，只見草原一直延伸到小山上。山丘上有棟屋頂挑高的建築，可供遊客在此享用成吉思汗鍋[55]。

「這裡就是月寒學院？」順子問。

「是啊。從剛才看到的青貯窖、那片廣大的農場還有這裡，全都屬於月寒學院。」

北原說月寒學院設有酪農科、園藝科和海外移民科等科系，而這塊總面積四百二十公頃的花園，就是學生的實習場所。這裡總共栽種了三百五十種花菖蒲，有些還是稀有品種。

「北原果然見多識廣。」

「哪裡，其實是為了今天帶你們參觀，我昨晚特地熬夜背的。」

「哎唷，要是你不說，我們還很佩服你的博學呢，陽子小姐，對吧？」

「不過我更佩服他的誠實。」

聽了陽子的話，北原高興地抓抓腦袋。阿徹聽而不聞逕自向前，北原和順子跟在後面。陽子被古代紫吸引，還不願離去。

順子折回陽子身邊。

「陽子小姐，剛才在車上說了無聊的話，真對不起。」

「妳沒說無聊的事啊。」

「有啊，就是問妳哥哥有沒有女友那件事。」

「那並不無聊。對女孩子來說，這種事很重要。」

陽子的話並不虛假。

「謝謝妳，陽子小姐。不過妳哥哥對我沒有意思，我卻說出那種話，好蠢唷。」

「我不知道我哥對妳是怎麼想的，不過……」

陽子離開了古代紫花叢。

「沒關係啦，陽子小姐。我只是想說出自己的心意，我已經放棄了。」

「為什麼？為什麼要放棄呢？」

「陽子小姐，將來有一天，請妳把我的心意轉告妳哥哥吧。」

「將來有一天？」

「對呀，十年以後吧。」

順子輕撫一朵紫中帶紅的花朵，肥厚的花瓣質地就像絲絨。她的眼中布滿憂愁，眼神陰沉得教人吃驚。

「順子小姐。」

「什麼事？啊，有小馬！」

順子抬起頭，手指著白樺樹林的方向。北原曾說，這所學院從英國進口了上百匹小馬。這匹小馬應該就

55 成吉思汗鍋：一種中間突起的圓形鐵鍋，亦即小型的蒙古烤肉鍋，為北海道地方特有的料理，主要用來燒烤羊肉片。

是那些馬吧。小馬身後車輪反射著光，一名看似牛仔的青年抓著轡繩，在草原上奔馳。

「好棒唷！陽子小姐，好像在拍電影呢。」

望著小馬的順子眼中的憂鬱已不見蹤影，但陽子覺得她的開朗很不自然，對順子心中的痛楚彷彿感同身受。

（她是真心愛著哥哥。）

陽子不知該如何安慰順子，只好也望著那匹小馬，小馬在山下的停車場繞場一周後就跑遠了。

順子臉上仍掛著眺望小馬時的表情，轉臉問陽子：

「陽子小姐，妳認識叫佐石的人嗎？」

「啊？佐石？」

聽到令人意外的問題，陽子暗自吃驚。

「剛才在支笏湖，妳哥哥和北原先生提到這個人，什麼佐石、佐石的。他們似乎跟他很熟呢。」

陽子不知道北原和阿徹究竟說了些什麼，心中急切地思索回答。

「順子小姐也認識那個人嗎？」

陽子一時不知如何回答，只好反問順子。順子盯著她看了幾秒，才說：

「不認識。只是聽到妳哥哥和北原先生談到佐石的女兒，我以為，那人或許和妳哥哥很要好。」

「啊，原來是這樣。」陽子這才鬆了口氣。

「那是誰啊？」

「我也不清楚，好像是我父母的朋友。」

「這樣啊，佐石這姓氏很少見呢。」

「對啊。」

陽子很好奇，北原和阿徹究竟在順子面前說了什麼？這時北原和阿徹回過頭來，不知在說什麼。

「他們在等我們呢。」陽子稍微加快了腳步。

「沒關係，慢慢走吧。」

北原和阿徹折回兩個女孩身邊。

「陽子，那棵白樺樹下有人賣球根喔。」

「啊，那我想買點送給媽媽當禮物。哥，你有沒有帶錢？」

「有，帶了一點。」

阿徹打開皮夾。順子從他們身邊走過。

「兩千元夠嗎？」

「夠了，我再還你。」

「不用，沒關係。我偶爾也該給妳一些零用錢。」

北原聽著兩人的對話，從他們身邊走開。

「哥，剛才順子小姐問我佐石的女兒是誰呢。」

「啊？順子小妹這麼問妳？」

「小聲一點，你和北原先生在支笏湖聊到這件事嗎？」

「是啊，聊了一下。我們在猜佐石的女兒不知過得如何。」

「只是這樣應該沒事。我嚇了一跳呢，她突然開口問我：『妳認識叫佐石的人嗎？』」

「妳一定嚇一跳吧？」

「是啊。不過，順子小姐是擔心佐石的女兒和哥很要好。」

「……」

「順子小姐很喜歡哥唷。」

阿徹默默地看著陽子。

「哥也知道吧？」

「陽子，妳希望我和順子小妹交往嗎？」阿徹表情有點落寞，「北原說陽子有了要好的男朋友。」

「要好的男朋友？」陽子思考片刻，微微一笑，「哥，他大概是說達哉吧。」

「那個三井家的？」

阿徹皺起眉頭。陽子告訴他上次和北原在路上碰到達哉的事。

「當時北原先生似乎很在意，還問我是誰，我沒回答，說不能告訴他。」

阿徹這才明白，北原口中的男朋友原來是達哉，他鬆了口氣，但立刻又擔心起北原和陽子。

「陽子，妳常跟北原見面？」

「沒有啊。雖然他說想每週見一次面，但除了那次，我們只見過一次。」

「是嗎……不論妳想和北原或是其他人見面，都是妳的自由。」

阿徹望著在二十公尺外的白色花菖蒲叢散步的北原和順子。

「哥，我還沒找到人生的目標，在我確定之前，不考慮和別人交往。」

「……啊，是我說錯話了。再說，現在有達哉的事要擔心。」

「對啊，絕不能讓達哉弟弟發現真相。我整個心思都在這件事上。」

「聽說他暑假要到旭川家裡玩。」

「是啊。」

「如果只是來玩，倒也無所謂……這件事要怪我做事魯莽，和他母親提起陽子的事……」

「別再說了，哥。不過牽扯到達哉之後，我覺得自己好可怕，更無法原諒那個母親了。」

「……」

「我是個眼睛裡容不進沙子的人。」

「……我比較在意妳上次在電話中說的話。妳說，妳不該生下來。這種話不可以再說嘍。」

「我沒事啦，哥。你擔心我又會自殺吧。」

「當然擔心。」

「對不起，讓你操心了。不過我企圖自殺後，明白了一個道理，我覺得活著其實比死容易多了。」

「原來如此，妳能這麼想很重要。」

「我還悟出另一個道理。我覺得如果是不該出生的人，更應該努力活著，讓人認為自己出生到這世上是件好事。」

＊＊＊

時間過了五點，夏日豔陽仍高掛天空，整片花園無限燦爛。

「陽子，妳真了不起。」

阿徹覺得從前的陽子似乎已經回來了。

「謝謝，但現在稱讚我還太早。因為我覺得不論自己多努力，還是會碰到無法解決的問題。」

「無法解決的問題？」

「是的。我是母親外遇的孩子，不論我如何努力，都無法消除這個事實。」

「……但這不是妳的錯啊。而且，正因妳為這件事苦惱，才想活得讓人覺得妳生下來是好事，不是嗎？如果妳總是回頭追究問題的起因，不就等於原地踏步？」

「我不覺得是原地踏步。」

陽子盯著花蕊說。阿徹環抱雙臂思考半晌，嘆了口氣說：

「哎，妳的想法似乎是本質和結果的差別，只是，我該如何幫妳解決問題呢……」

「抱歉，又讓你為我操心……哎呀，順子小姐在叫我們呢。」

順子和北原在賣球根的攤位向他們招手。

白樺林裡，四五個女人忙著把球根裝進塑膠袋，旁邊有一座帳篷，裝好的球根都排放在帳篷裡，每個紙箱上都裝飾有該品種的花。陽子選了純白、斑紋和古代紫三種。

「我買了天藍色的，還有花瓣像天鵝絨的。」

順子舉起手裡的塑膠袋給大家看。

阿徹獨自走過停車場，走向通往丘陵的小徑。

「陽子小姐，你們兄妹倆聊得好開心。」

「順子小妹說你們很像情侶呢。」

「哎唷！北原先生，好討厭。」順子臉紅起來。

陽子假裝沒聽見，「北原先生，這些花真美。花菖蒲真是美麗又高雅。」

「對呀，書上說溪蓀和燕子花都比不上。花菖蒲在花中，等於是陽子小姐等級的。」

「哎唷，好過分！」

順子假裝生氣說著，又笑起來，但立刻又換上嚴肅的表情說：

「北原先生，我有話要告訴陽子小姐，對不起，請你先去找辻口先生。」

「有話要說？順子小妹妳不會把那件事……」北原看著順子，眼中透露不安。

「搞不好喔，為了懲罰你只稱讚陽子小姐像花菖蒲一樣美。」

順子開玩笑地對不知所措的北原說。

「糟糕，那可真是……」北原瞥了陽子一眼，抓抓腦袋。

「北原先生覺得不方便的話，我就不聽了。」

聽到陽子的話，北原吃驚地望著她。

「對不起，老實說……」北原囁嚅著，說不下去。

「順子小姐，坐在草地上吧，這樣才能好好說。」

陽子領先走到丘陵中腹，坐了下來。

「陽子小姐，我說了不該說的話，請原諒。」北原低頭行了一禮。

「說了什麼？」

「老實說，剛才聽到順子小妹說妳和辻口就像情侶，我忍不住對她說：『妳的直覺好敏銳，妳雖沒猜對，卻也不遠了。』」

「哎唷。」

「說自己是說溜嘴，或許不夠誠實。其實我一直想把妳和辻口不是親兄妹，以及辻口的心意，都告訴順子小妹。我覺得這麼做對順子小妹比較好。擅自說出這麼重大的事，我真的很抱歉。」

「你這麼說，反倒讓我為難了。這件事本來就是我們不對，我們該早一點告訴順子小姐的。對不起，順子小姐，我們欺騙了妳……」

「沒有啦，誰都會有不可告人的祕密，我也有很多祕密沒告訴陽子小姐呢。」

「喔？順子小妹也有祕密？」北原抬起頭來。

「北原先生，我也是大人，當然也有很多祕密和煩惱啊。」

順子眼珠一轉，表情滑稽，但神色間似乎蘊藏著憂鬱。

阿徹走在草原的小路上，正悠閒地朝三人走來。

「陽子小姐，我還是之後再寫信告訴妳吧，本來是打算現在說的……」

順子壓低聲音說，陽子懷著一顆忐忑的心點點頭。

一隻不知名的鳥兒發出短促的叫聲飛過三人頭頂。不知不覺間，天空已布滿一層輕薄的白雲。

27 忌日

晚飯後，啟造坐在迴廊搖著扇子，把風搧進浴衣胸口。天還亮著，但院裡的樹叢已籠上陰影。啟造的視線從紫陽花移向庭院旁的實驗林，遠處傳來祭典施放煙火的爆破聲。

（那天也像今天這樣懊熱。）

啟造想起二十年前的今天。就是現在這個時間，眾人驚惶地發現琉璃子失蹤。他立刻報警，拿著手電筒跑進漆黑的實驗林裡四處找，第二天早晨，郵局局長敲門叫醒他，他朝琉璃子陳屍的美瑛川河畔狂奔而去，在清晨陽光照耀下，他看到琉璃子死在河邊……回想起來，當時情景歷歷在目，就像是昨天的事。琉璃子纖細脖頸上的指痕，還鮮明地烙印在啟造眼底。

「爸，晚報。」

「謝謝。」

自從陽子放暑假回來，每天黃昏必定會把晚報送到啟造手裡。這件事是啟造的一大期待。他望著陽子從無袖上衣露出的手臂，接過晚報，但今天實在無法集中精神讀報。

琉璃子的遺容一直在眼前徘徊。她嘴唇微微張開，嘴裡蛀牙隱約可見，這幅畫面歷歷在目。

啟造轉眼注視報紙，試圖拋開思緒，視線雖然逐字掃過版面，卻讀不進去。不一會兒，他注意到一則報導。

母親不慎，幼兒慘遭輾斃。

小字標題躍進眼簾，啟造這才集中精神閱讀。如果在平時，這麼小的標題或許會被他忽略，但今天是琉璃子的忌日，這則報導令他格外感觸良深。

（因為一時大意而讓孩子喪命的母親真不少，只是……）

只是夏枝和那些母親不同，她不是單純因為大意，啟造思索著放下晚報。村井的臉孔突然浮現眼前，他感到憤怒又從心底升起。啟造個性就是這樣，不論是幾年或幾十年前的新仇舊恨，都能令他氣憤得像是才發生。

「老公，羊羹冰好了。」

夏枝端來的玻璃盤，盛著兩塊在冰箱冰凍過的淺綠色羊羹。

「老公，聽說隔壁要改建。」

「……」

「他們要改建成磚房，我們家要不要也改建一下？」

「為什麼？」

「家裡的房子也蓋了快四十年啦。」

今天是琉璃子的忌日，夏枝竟想著房子改建的事！啟造心裡很不痛快。

「舊歸舊，房子又沒壞不是嗎？太可惜了。」

「可是我已經不想住這麼大的房子。我想賣掉這裡，另外蓋一棟房間少一點的房子。」

啟造停下揮動扇子的手，很不高興地對夏枝說：

「夏枝，我從小就住在這裡，將來也要死在這裡。我最討厭心血來潮就胡亂改變。」

「啊唷，二十多年都住同樣的房子，我早膩了。你在同樣的屋子住了快四十年，不會膩啊？」

「不膩！」

「難道你不想住新式的鋼筋水泥房子？」

「不想！因為我是個十年如一日的男人。」

「真受不了你。」

夏枝盯著啟造看了半天，起身走出去。啟造一吐心中怨氣，咬了一口羊羹。凍過的羊羹冰得他牙齒隱隱作痛，他不禁皺起眉頭。

「爸，請喝茶。」

陽子端著一杯番茶過來。啟造傍晚喝煎茶，晚上就睡不著。

「噢，謝謝。」

陽子拿起啟造的扇子，替他搧著涼風。啟造心情漸漸平靜下來。如果琉璃子還活著，應該比陽子大兩歲吧，啟造抬頭望著實驗林上空的雲彩，雲層正逐漸轉為深紅。

「爸，您在想琉璃子姊姊吧？」

「不……沒有。」啟造手伸向羊羹。

「從昨天起，我就一直在想琉璃子姊姊的事。」

「喔！」

「因為今天的夏祭，旭川從昨晚就到處掛了燈籠，我總覺得大家是為了紀念琉璃子姊姊才掛燈籠的。」

「原來如此。」

每年的今天，啟造只要看到打扮得漂漂亮亮的小孩，和父母手牽手去看夏祭盛況，他就痛苦萬分。因為這天正是琉璃子的忌日，而自己還沒有機會盡做父親的心意，琉璃子就死去了。

沉思半晌，啟造發現陽子緊盯自己，似乎有話要說。

「陽子，有什麼事嗎？」啟造不自覺地摸了摸臉頰。

「沒什麼。有件事，我正在煩惱該怎麼辦。」

「什麼事？」

「希望這是我和爸爸兩個人的祕密。」

啟造點點頭，聽到「兩個人的祕密」幾個字，一種早已忘懷的酸甜感覺又在他心底甦醒。

「陽子，紗窗不關，蚊子會飛進來的。」夏枝從起居室探出頭說。

「對不起，我忘了。」陽子開朗地答著，站起身。

「濱子不在啊？」

「爸，濱子去看祭典了。」

紗窗一關上，家裡變悶熱了些，但越過青色紗網看出去，院中的花木格外立體美麗。

陽子走出去，接著聽到夏枝在起居室對陽子說話的聲音。陽子究竟要給我看什麼？啟造有點納悶，心不在焉地聽著起居室傳來的交談聲。漸漸地，話音愈來愈清晰。

「他說一點都不想住，還說自己喜歡十年如一日。」

夏枝聲音愈來愈大，似乎故意要讓啟造聽見。陽子的回答則無法聽清楚。

「哎，他偉大嗎？你爸的字典裡沒有『進步』和『改善』這些字眼，他喜歡一成不變……」

夏枝又壓低了聲音。啟造無心回二樓書房，抬眼望著不知不覺轉暗的庭院。院中角落似乎有東西在閃，啟造以為是螢火蟲，但那道光一閃即逝，沒再出現。

「老公，要洗澡嗎？」

夏枝走過來，打開電燈。

「還是妳先洗吧。」

啟造最近覺得洗剛燒好的洗澡水，會使身體疲累，總是讓夏枝先洗。但每次洗澡前夏枝還是會先問他一聲。

「那我先洗嘍。」

夏枝「噗嗤」一聲笑出來。

「怎麼了？」

「陽子剛才說啊，人會改變，究竟是幸還是不幸，她搞不清楚呢。」

夏枝說完，又笑起來，轉身走向浴室。或許她是嘲笑我不肯改變吧，啟造不禁苦笑。

沒多久，陽子來到啟造身邊。

＊＊＊

「爸，請看看。」

陽子遞來一封厚厚的信，表情很嚴肅。信封上寄信人的姓名是相澤順子。

「這位小姐在一家短大念保育系，是我和哥哥的朋友。」

陽子又把眼鏡遞給啟造，轉身走出房間。

燈光下，啟造抽出信紙。工整的筆跡十分成熟。

陽子小姐

真不好意思，突然寫這樣的信給您。

從北原先生口中得知你們不是親兄妹，我有些吃驚，但只有一點點而已，因為我一直覺得兩位的互動有些奇怪。令兄，不，還是稱呼他徹先生吧。原來，他並不是您的親哥哥。

我從徹先生凝視您的眼中，感覺出某種令人不解的成分。所以聽到這消息，我心裡的感覺是：喔，果真如此。

陽子小姐說過您曾經企圖自殺，我一直很好奇，不知您為了什麼原因而選擇那條路。

我猜您可能是因為無法接受令兄的愛而暗自痛苦。而且寄人籬下，不論那家人對自己多好，還是有不足為外人道的苦楚。陽子小姐，我一個外人，竟寫出只有您本人才懂的痛苦，您一定覺得我很古怪吧。

其實，陽子小姐，我也是被養父母養大的。

第二張信紙在這裡結束。啟造看一眼時鐘，夏枝洗澡時間向來很長，她進浴室還不到五分鐘，但他坐立難安，於是抓著信紙上樓。

北原這傢伙真可惡，竟把我們的家務事告訴別人，啟造邊上樓邊想。他一直以為北原是個思考縝密的青年，現在有種受騙的感覺。北原雖然還沒把陽子自殺的原因洩漏出去，但現在看來，他很可能會把一切祕密都告訴這個叫順子的女孩。

朝南的書房比樓下熱，啟造打開電風扇，坐下後，他開始讀第三張信紙。

陽子小姐，我被相澤家收養前，是姓佐石……

啟造心頭轟然一響，驚訝得以為自己看錯了。

我從沒把這個姓氏告訴任何人，所以那天，當我把手浸在支笏湖水裡玩，突然聽到有人說：

「那個佐石的女兒現在究竟在哪裡啊？」

當時我內心的震驚，您可以想像得到吧。那一瞬間，冰冷的湖水彷彿從指尖流進我的體內。

陽子小姐，您父母認識的那位「佐石」是誰呢？如果您知道的話，可否告訴我。就算他不是我的父母，但或許會跟我的父母有什麼關聯吧……

啟造忍不住長嘆一聲。

（這位小姐就是佐石的女兒？）

啟造有種恍如夢中的感覺。如果當初高木按照自己的意思，真的把佐石的女兒交給自己，那現在寫這封信的女孩就是自己的女兒。

（阿徹他們在哪裡認識這女孩的？）

啟造暗自納悶，又低頭讀信。

……陽子小姐，我出生後被送進育幼院，兩歲時又轉送到孤兒院，在那裡生活到四歲。我四歲的時候，相澤家的父母經由高木先生安排收我為養女。聽說他們領養我的時候，已對我的身世瞭如指掌，但他們表示：

「一對生不出孩子的父母，一個找不到父母的孩子，正好相配不是嗎？」

養父母似乎很同情我，因為一直沒人願意收養我，我被收養時已經四歲了，當然知道自己是養女。

聽說相澤家的養父也是別人的養子，他的養父母都是大好人，在他們家當養子很幸福。我的養父似乎是因為這個原因，才想找個身世可憐的孩子收養。也因此，我一直過得很滿足、很幸福。

但陽子小姐，我是個「身世可憐」的孩子。詳細內情我還不想說，但有一段時期，我曾極端痛恨、詛咒過自己的生父，不斷在心底怨恨他。後來，相澤家的養父母帶我上教堂，我在那裡學到了有關贖罪的教義。

在那之後，我才開朗起來。當然，有時難免會感到寂寞，但現在已經沒事了。

陽子小姐，當我聽說您也是養女，就很想把這些事告訴您……

啟造讀完這封長信，闔眼沉思良久。

「一對生不出孩子的父母，一個找不到父母的孩子，正好相配不是嗎？」

這句話衝擊著他的心。多麼謙遜溫暖的一句話！啟造感動得幾乎流下眼淚。

跟那位相澤先生比起來，自己是抱著多冷酷的目的收養陽子啊！我是為了向妻子復仇才收養她的。

（收養孩子當報仇手段，我這人多麼可怕！）

讀完順子的信，啟造有生以來第一次打從心底同情佐石的女兒。孩子本身沒做錯任何事，腦中雖明白這個道理，內心卻始終無法接受，直到現在，他才終於認清這個事實。

「愛你的敵人。」

當初自己打著如此冠冕堂皇的理由，收養了陽子，現在他才深切體會自己的行為是多麼醜陋。

啟造悄然凝視黑暗的窗外。當初夏枝為了和村井獨處，把琉璃子趕到屋外，以致琉璃子遭人殺害，順子因此成了殺人犯的女兒；而啟造對夏枝和村井的憤怒與憎恨，使他收養了陽子，逼她走上自殺絕路。

（我們夫婦的罪孽太深重了！）

此時此刻，啟造真想低頭向陽子和順子賠罪。然而，她們倆所背負的痛苦，並非自己低頭認罪就能消除的。

（我該怎麼做才能得到寬恕？）

啟造又讀了一遍順子的信，然後猛然驚覺，自己責難夏枝的時候多，反而很少責備自己。

（我太自私了……）

他把信收進書桌抽屜。

（我該怎麼做，才能求得真正的原諒？）

夏枝一直以為陽子是佐石的女兒而憎恨她，陽子從六七歲起就在母親夏枝的憎恨中成長，她不知承受了多麼大的痛苦！

不，痛恨陽子的並非只有夏枝，自己從第一次見到剛出生的陽子，就一直對她很冷淡，不是嗎？啟造想，我甚至從沒摸過她的腦袋，從不肯把她抱在膝蓋上。啟造愈想愈對自己的冷酷無法釋懷。

我開始覺得陽子可愛，是在她的身體發育成少女後不是嗎？一想到這，啟造真想以腦袋猛撞書桌。

「爸，請去洗澡吧。」樓下傳來陽子溫柔的聲音。

聽到那溫柔的語氣，啟造無法回應。

一陣上樓的腳步聲傳來，陽子走進書房。

「爸，您看完了？」

「是啊。」啟造仍舊抱著腦袋坐在桌前。

「對不起，讓您讀了這種信……爸，您吃了一驚吧？」

陽子看啟造沉默不語，滿懷歉意地問。

「不是……」

啟造沒抬頭看陽子，陽子擔心地走到啟造身邊。

「爸？您生氣了？」

「……沒有，沒生氣。該怎麼說呢？……爸爸我真是差勁的人。」

「啊？」陽子猜不到啟造的心思。

「陽子，爸爸覺得我們夫婦除了該向陽子道歉，也該向這位小姐賠罪。」

「啊？也要向順子小姐賠罪？」

陽子反問，她不明白啟造他們為何該向佐石的女兒道歉。

樓下傳來夏枝的呼喚。啟造連忙把交回陽子手上的信收進抽屜。

「噢，來了。」說完，他走出書房。

夏枝站在樓梯下，注視著下樓的啟造和陽子。

「陽子，你們在做什麼？」夏枝語氣半帶責問。

「沒有，沒什麼……只是在聽她聊參觀花菖蒲的見聞。」

「陽子，真的嗎？」

「是啊，真的啦。」

夏枝探究地打量著表情不自然的父女倆。

陽子說完若無其事地走向廚房。

「老公，就算只換浴缸也好，我好想換成瓷磚的。聽說隔壁他們要改建成瓷磚浴室嘍。」

「……」

「我們家浴盆是木造的，也好舊了。」

「……」

「再說那形狀就像棺材，好難看啊。」

「像棺材的浴盆再好不過了，配我們夫妻正好！」

「哎唷，你這人太過分了。」

「對呀，我就是過分的人。」

啟造拋下這句話，穿過走廊離開了。夏枝並沒發覺他的肩頭瀰漫著悲傷。

＊　＊　＊

陽子攤開日記，放在桌上。她的日記本只是一本大學用的筆記本，順子的信放在日記旁邊。啟造夫婦的房間已經熄燈，儘管今晚是夏祭之夜，眨眼之間家中已寂靜得猶如深夜，黃昏時分的燠熱早已消失得無影無蹤。陽子拿起筆開始寫日記。

七月二十一日

人類真醜陋，這是我對人類所做的總結。我小樽的母親（這樣稱呼她，這樣寫下她的稱謂，有誰明瞭我心底的猶豫與抗拒？）很醜陋，讓她生下我的那個叫中川光夫的男人（他實在遙遠得令我無法叫他爸爸）也很醜陋。還有，憎恨那位母親的我，也一樣醜陋。

這就是我的結論。儘管我明白不該妄下論斷，應該寬恕別人，也祈求別人的寬恕，但我總是不由自主地陷入憎恨的深淵。

人生多麼無趣！順子小姐竟是佐石土雄的……我覺得她似乎被一條看不見的繩索操縱著。殺人犯的女兒！這個宿命的稱呼，也是我多年來在這個家裡一直背負的稱呼。

順子小姐很清楚，她知道自己的父親做過什麼事。她對生父的憎恨與詛咒，這份切膚之痛，我非常了解。

為人子女無法選擇父母。就算父親是殺人犯、母親通姦，做子女的對這種決定性的事實、這種無法撼動的事實，又能如何？不論自己多怨恨、多悲傷或竭力呼喊，自己仍是那個人的子女。人生裡怎會有如此殘酷的事實！我不清楚順子小姐當初如何發現這個事實，但她對生父的憎惡，我能切身體會。

寫到這裡，陽子停筆輕嘆一聲，又繼續寫。

可是順子小姐說她現在已不再痛恨那位殺過人的父親。她的憎恨是如何消除的？順子小姐說她明瞭了基督所說的贖罪。基督的贖罪是什麼意思？我不了解。但我可以想像，隱含在這個名詞後面的深意或事實，一定擁有極強大的力量。因為它竟消除了順子小姐對殺人犯父親的恨意。

不論殺人或搶劫，最忌諱與痛恨這些犯罪行為的人，其實不是受害者或受害者家屬，而是犯人的家屬吧？陽子停筆沉思。

兩三百公尺外的國道上，一輛救護車響著震耳的警報聲疾駛而過。車聲逐漸遠去，深沉的黑夜再度降臨。

陽子翻過一頁日記，萬般思緒從筆尖氾濫溢出，她覺得無法把心底的想法完全表達出來。

總而言之，順子小姐已經原諒了她那位殺人犯父親。既然如此，我應該也能原諒自己的生母。對！我應該辦得到。只是，我還是做不到。為什麼順子小姐能做到，而我卻做不到呢？

對了，剛才爸說的那些話我覺得很奇怪。爸讀完信之後，一直抱著腦袋在深思。爸究竟抱著頭想些什麼？

爸很痛苦地說：「爸爸我真是差勁的人。」

接著又說：「我們夫婦也該向這位小姐賠罪。」

我覺得很詭異，為什麼爸會想向殺死琉璃子姊姊的凶手的女兒道歉？

陽子露出深思的表情。

二十年前的今天，琉璃子慘遭殺害，然而那天村井和夏枝之間發生的事，沒人告訴過陽子。啟造曾對陽子說，他是因為懷恨夏枝才收養佐石的女兒。但陽子從不曾細想他憎恨的理由。

對了，爸一定是這麼想：

琉璃子才三歲，做父母的沒充分盡到監督責任，這是父母的疏失，如果我們那時盡力照顧，她就不會跟著陌生人跑到河邊。對佐石來說，如果琉璃子沒跟著他走，他肯定也不會殺人。換句話說，是因為我們的疏忽而導致別人犯罪，害得順子小姐變成罪犯的女兒。」

如果爸爸的想法是這樣，他真是多麼偉大啊。爸爸為人嚴謹溫和，若說他因為同情順子小姐的命運而產生這種想法，也不奇怪。

還好我把信拿給爸爸看了，陽子暗自慶幸。其實她最初並不想把信拿給任何人看，只因事關重大，她覺得不能獨自藏在心底。她也希望辻口家成員知道這件事，不，應該說，她覺得辻口家成員應該知道這件事。

但這封信不能讓阿徹看到，就算要給他看，也得另挑時機。陽子想，如果被夏枝看到這封信，那阿徹肯定會立刻知道這件事。她也擔心夏枝的反應，不知夏枝會說些什麼。但如果是啟造，陽子覺得他能守密，也會同情順子的立場，表示理解。

然而，啟造的反應遠遠超出了陽子的預期，這使她心底頓生幾分疑慮。

啟造說的話雖令她感動，但奇怪的是，那些話也在她心底某處煽起不安。她重新提筆，讓筆尖隨著思緒任意馳騁。

寫到這裡，心中總覺得不得安穩。為什麼我會如此心神不寧？或許是父親和順子小姐說的那些話給我帶來衝擊吧。

順子小姐說她已能原諒那位令人敬而遠之的父親，辻口爸爸還說想向順子小姐道歉。而我，卻完全不想原諒小樽的媽媽，也不想向她道歉。我覺得自己沒有任何理由該對她感到歉疚。但我心裡雖然這麼想，耳中卻又好像聽到另一個聲音在問我：「是嗎？」這究竟是怎麼回事？

如果順子小姐站在我的立場，一定會原諒小樽的媽媽吧。或許，順子小姐還能不懷一絲恨意，偷偷跟她見面，甚至為她打氣，要她好好活下去呢。順子小姐能夠做到的寬恕，我卻做不到，難道是因為我缺乏順子小姐那種寬容的心懷？就算是這樣好了，我還是覺得自己沒有理由該向她道歉。但做為一個人，我是否正在鑄成大錯？因為我現在感到心頭發慌，無所依循。我和順子小姐真是差太多了。

或許我原就是不懂寬恕的人。做人是否要像爸爸那樣才算懂得寬恕？爸爸對殺女凶手的女兒都能心懷歉意。

寬恕是多麼困難的一件事，多麼難以理解的一件事！是的，我覺得寬恕不但難以實行，更難以理解。特別讓我無法釋懷的一個疑問就是：人類彼此寬恕之後，原本的錯誤是否就算煙消雲散？

記得我曾因自己改變心意而向北原先生道歉。北原先生乾脆地原諒了我，並要我不必介意。但我那時不覺得自己受到了寬恕。我覺得就算別人原諒了自己，自己背叛對方的事實依然存在。這個道理同樣適用於目前的狀況。

順子小姐原諒了她的父親，但他犯了殺人罪的事實又如何呢？被他殺死的人仍舊無法復活。

小樽的媽媽也一樣，就算我原諒了她，她曾經背叛丈夫的錯誤也不會消失。就算她的丈夫兒子知道了，也都願意原諒她，這個事實仍是不可動搖。

罪惡與寬恕，罪惡與寬恕……

陽子一連在紙上寫了好幾行同樣的字句。

闔上日記本，她又打開順子的信。

陽子小姐

當我聽說您也是養女，就很想把這些事告訴您……

因為我覺得您一定經歷過很多辛酸事，這些經驗不是那些從小在親生父母身邊長大的孩子能理解的。另一方面，也因為令尊和我相澤家的養父一樣，都是高木叔叔的好朋友，所以我猜測您或許也曾寄養在高木叔叔的育幼院裡？

如果我猜錯了，請您原諒。陽子小姐，當初我不明白父母為何拋棄自己的那段日子，我曾感到憤怒與孤獨。如果您也曾有過這種孤獨的感覺，希望我這封信能給您帶來些許慰藉。我現在就是懷著這種心情寫這封信給您的。

我家藥店牆上貼了一張養父寫的字條。

「如果不敢幫人綁繃帶，就不該碰別人的傷口。」

我很喜歡這句話。

陽子小姐，我寫這封信並非惡作劇，也不想故意在您傷口撒鹽，我想您可以了解我的心意吧。

如果您知道佐石這個人的消息，請您告訴我。生父佐石曾帶給我極大的傷痛，但我懂得如何給自己綁繃帶，請您不要為我擔心。

陽子小姐，徹先生的溫柔和清新曾讓我動心。但當我從他嘴裡聽到佐石這名字的那一刻，一切都成過去。我曾對您表示想當他的女友候選人，那是我跟您開的一個悲傷的玩笑。後來我跟您說，十年後再把我的心意轉告他，這才是我的真心話。

連日天氣炎熱，冰淇淋銷路極好，我也忙得不得了，每天都在努力奮鬥呢。

順子

＊＊＊

多年來，陽子無時無刻不在心裡念著：佐石的女兒究竟在哪裡？現在過著怎樣的生活？誰能料到，她居然就在自己眼前。而且已經長成一個開朗、可愛又令人喜愛的女孩。這麼多年來，陽子一直代替順子承受夏枝的怨恨，但現在回想起來，她卻感到莫名的欣慰。長期以來的苦難是有意義的，一切的付出都沒有白費。

陽子不禁慶幸：幸好被母親憎恨的是我，不是順子。

28 兩位母親

水管噴出的水在陽光下閃耀著，淋溼了白色路面向前流去，地面吸收水分變成黑色，但很快又乾了。

星期天下午，啟造在二樓睡午覺，陽子到孤兒院去了。夏枝從剛才起一直耐著性子在門前灑水。她手裡澆著水，但心情七上八下、無法平靜。大約十天前，達哉曾打電話到家裡來，這是夏枝心情忐忑的主因。那天，陽子也到孤兒院當義工。

「陽子出去了。」夏枝在電話裡答道。達哉停了幾秒後表示，他打算在兩三天之內上門拜訪。

「……她平日大約幾點回來呢？」

「大概五點半或六點吧。」

「我知道了。那我今晚再打電話吧。」

說完就掛斷了電話。但那晚達哉沒再打來，第二天、第三天也沒接到他的電話。因為這樣，夏枝反而開始提心吊膽，覺得他可能隨時會闖到家門口來。一整天，夏枝不論做什麼，心底總惦記著達哉的事。一聽到電話鈴聲或門鈴，夏枝就忍不住倒抽一口氣。其實她心裡明白，就算達哉發現了陽子的事，事情也無從改變，但心情還是靜不下來。

此刻，夏枝一面灑水，一面在心底埋怨隨時可能出現的達哉。突然，一輛黑轎車像要制止她灑水般，在門前繞個大圈停了下來。夏枝連忙把噴水口轉向一旁。

駕駛座上的女人輕巧地走下車，她的服裝搭配得十分雅緻，一身淺紫蕾絲套裝，手裡拿著同色皮包。夏枝看到女人臉孔的瞬間，心頭一驚，呆立原地。因為她一眼就認出那女人是惠子，表情不禁緊張起來。只見惠子嘴角綻放溫和的微笑，畢恭畢敬地向夏枝低頭行禮。

「初次見面，我是小樽的三井。您是辻口夫人吧？」

惠子下車的動作、趨前兩三步的步伐，還有低頭行禮的姿勢，在在表現得熟練而高雅，夏枝感覺自己好像被她比下去了。

「啊！您是三井府上的……我是辻口的內人。阿徹給您添麻煩了……歡迎您遠道而來。請！請進吧。」

夏枝關掉水龍頭，朝在前院拔草的濱子呼喚：

「濱子，客人來了。」

她的聲音顯得有些尖銳。

夏枝先把惠子請進客廳，吩咐濱子招待客人後，立刻回到內室換衣服。剛才自己穿著浴衣，惠子卻一身外出作客的蕾絲套裝，這種近乎突襲的舉動使夏枝老大不爽，好像自己輸了一步的感覺。

她在黑底明石縐綢和服外繫上淺綠絽紗[56]腰帶，回味著惠子那雙媚惑的眸子和玫瑰色臉頰，心中有些焦躁。換好和服，夏枝看著鏡中的自己，剛換上的黑和服襯得她的肌膚陶瓷般白皙，夏枝這才找回自信。然而，她卻沒有發現自己忘了基本的待客之道。

「濱子，給客人送上溼毛巾了？」

「是的，已經送上溼毛巾和冰麥茶。」

「謝謝。有沒有冰淇淋？」

「陽子小姐今早做了冰淇淋，放在冰箱裡呢。」

「陽子做的？」夏枝皺起眉頭想了幾秒，「好吧，就把冰淇淋送上去。」

夏枝說完，匆匆推開客廳的門，惠子立刻從沙發上起身。

「沒有先招呼您，失禮了。因為剛才身上的和服淋溼了。」

夏枝有些內疚，因為她沒來得及打招呼，就丟下客人躲進內室。不過對她來說，跟客人打招呼不算什麼，先換件滿意的衣服才是先決問題。

「哪裡。是我突然來訪，失禮了。上次見到府上老爺後，一直惦記著，覺得不能不來向您致歉，也想向您道謝。夫人，真的太愧對於您，我自己闖的禍……所以陽子……真不知該怎麼說才好。」

惠子起身向夏枝深深行禮。

「請坐……說什麼道謝，不敢當啦。」夏枝直愣愣瞪著惠子。

事到如今，夏枝可不願看到惠子擺出母親的身分來見陽子。還好陽子不在家，萬一她們今天碰巧遇上了，這女人究竟打算和陽子說什麼啊？夏枝心底有些看不起惠子。我們兩家關係如此複雜，她竟連問都不問一聲就突然跑來，這女人真是自私又沒規矩。

「按理說，事已至此，我是沒資格到府上來的。但我思前想後，無論如何還是想親自向夫人道謝與道歉，同時也有事相求。」

濱子端著冰淇淋走進房間來。

「您這麼客氣，真不敢當。來，請用吧。這冰淇淋是加進綠茶粉做的呢。」

夏枝對惠子口中的請求很好奇，但還是先把濱子送上的冰淇淋推到客人面前。

「看起來很好吃呢。趁還沒融化，我就不客氣嘍。」

56 絽紗：絲織的紗網狀布料，透明透風，常用來製作盛夏的和服。

惠子把盛在玻璃雕花小碗裡的冰淇淋，舀起一湯匙放進嘴裡。

「哎唷，味道真好！」

眼看惠子在品嘗陽子做的冰淇淋，夏枝露出嘲諷的眼神，瞥了她一眼。

「請問，府上有位達哉少爺吧？大約十天前，他打電話說最近要光臨，我這幾天都在等他呢。」

「啊，連電話都打了……真不好意思。老實跟您說，達哉對這次去爬大雪山，還有到府上拜訪，一直滿懷興奮與期待。我卻整天提心吊膽的。曾經犯錯的人，心靈是無法獲得安寧的。」

惠子輕輕放下冰淇淋的小碗。

「結果沒想到，達哉就在出發前一晚，突然發高燒到三十九度。」

「啊？三十九度？」

夏枝心底鬆了口氣，但硬是蹙起眉頭，深怕洩漏心底的想法

「您一定很擔心吧，怎麼會發燒呢？」

「醫生說是急性腎炎，血壓也很高，立刻送去住院了。」

「哎唷，住院了啊？那您做母親的可得陪著住院……」

「是啊。託您的福，住院了一星期，他燒退了，也沒出現嚴重的水腫。從昨天起，暫由家母代我到醫院陪他。」

惠子的頭髮被電扇吹得有些凌亂，夏枝把風力調弱。

「家裡有病人，您還大老遠跑來旭川……太難為您了。」

「是的。不過，我想趁達哉躺在病床上時來一趟，所以也沒徵求您的意見，就這樣趕來了。那孩子今年暑假雖然來不了，但遲早他會到府上打擾的。」

惠子把視線轉向膝上的手帕。

「夫人，實不相瞞，前晚達哉跟我說，他猜測陽子或許和我們有血緣關係，可能是我們的遠親，要我查查看。我聽了這話，簡直緊張得坐也不是、站也不是，不知該怎麼辦才好。」

「那確實令人焦急。」

看到惠子露出無助的表情，夏枝心中不禁暗喜。就算三井家的人知道陽子是惠子的女兒，這對夏枝並不會帶來任何損失。夏枝曾擔心達哉發現真相後，會對陽子不利，但她轉念一想，陽子又沒犯錯，達哉應該不至於對陽子做什麼才對。

現在處境最難堪的，大概是惠子吧。不過這也是她自作自受，不是嗎？夏枝看著惠子那對又黑又長的睫毛，還有那雙蠱惑人的眸子，心中感到一種惡意的喜悅。

「是啊。不過，就算我心裡焦急萬分，這樣貿然造訪府上，實在很失禮。而且我最擔心的是，萬一突然碰到了陽子……好在兩三天前，達哉收到陽子的明信片，上頭說她暑假在孤兒院幫忙，忙得星期天都沒空。我看了信放下心，也沒和您聯絡就跑來了。」

如果事先問我，我肯定會拒絕她的。夏枝腦中雖這麼想，嘴裡卻答道：

「這麼多讓您操心的事，太難為您了。不過您即使沒有特地趕來旭川，我們也不會對達哉少爺洩漏任何訊息的，夫人。就像我們家辻口向您說明過的，陽子在戶籍上登記的是我們的親生女兒，不論達哉少爺怎麼查，都不必擔心。」

夏枝語氣十分溫和，話中卻隱含著「也不必特意趕來」的言外之意。惠子敏銳地聽出來了。

「當然，我也知道您府上不會對達哉說什麼，只是一時心急……」

惠子還沒說完，門上有人用力敲了一下，接著，啟造走進客廳。夏枝吃驚地望著他。她沒叫醒午睡的啟造，就是不想讓他和惠子見面。

「上次太失禮了。這麼大熱天，歡迎您遠道而來。抱歉，剛才我在睡午覺，不知道您來了。夏枝，妳叫醒我不就好了。」

眼看啟造對惠子熱情招呼，卻苛責自己，夏枝皺起眉頭。惠子連忙起身，又重複了一遍剛才對夏枝說過的話。

「哎，請坐啊。原來是這樣？得了急性腎炎啊？那得靜養一陣子才行。」

啟造點燃一支菸，目光溫柔地看著惠子。

「老公，達哉少爺猜想辻口家和他家可能是遠親，要母親調查一下。三井夫人很擔心，才到家裡的。我剛才也和夫人說了，她其實不用特地來訪，我們也不會在達哉少爺面前說什麼。」

夏枝徵求著啟造的同意。

「哪裡，難怪您會擔心。碰到這種情況，不是我們說不必擔心就能了事，您非得親自走一趟才安心吧。」

夏枝聽到啟造非但沒有同意自己的話，還對惠子表達理解之意，臉上掛著僵硬的微笑。

「總之啊，難得您遠道而來，也別急著回去。夏枝，我們請三井太太到那間休閒旅館的餐廳吃義經鍋吧，如何？」

「也好啊，你也愛吃……」

難道要把她留到陽子回來嗎？夏枝心底升起一股怒火。

「噢，如此費心招待，真不敢當。我馬上就告辭了……」

夏枝裝作要去重新泡茶，不動聲色地走出客廳。

＊＊＊

一進起居室，夏枝立刻打電話到孤兒院找陽子。接電話的是個活潑開朗的男生，聽筒裡傳來那男生呼叫陽子的聲音，期間還聽得到孩童的喧譁聲、稚氣的哭鬧聲。這麼熱的天還跑去照顧小孩，夏枝覺得陽子這樣的女孩也真少見。

「媽，什麼事？」聽筒裡傳來陽子的聲音。

「噢，陽子，真抱歉，想請妳回來時繞去辰子阿姨家一趟，有東西想請妳幫我帶回來。」

「小意思啦。要我去拿什麼？」

「妳到辰子阿姨家就知道了。對了，乾脆妳在辰子家過夜好了。」

「哎呀，可以過夜嗎？」陽子的聲音裡充滿喜悅。

「偶爾一次，沒關係啦。那就拜託妳嘍。」

和陽子講完電話，夏枝立刻打電話給辰子。鈴聲才響一下，辰子就接起來了。

「辰子，是我啦。」

「噢，夏枝，最近這麼熱，身體真吃不消，妳還好嗎？」

「很好，託妳的福。我有事想請辰子幫忙。今天陽子會到妳那裡去，妳能不能留她過夜？」

「啊？讓陽子過夜？這我求之不得，簡直像突然下雪了呢！什麼事這麼急？」

---

57 義經鍋：相傳是由平安時代的武士源義經發明的火鍋，底下一塊鐵板呈花朵形狀，中央花心的部分另有一小型鐵鍋，鐵板上可以燒烤肉片，小型鐵鍋內可以涮肉。

「詳情之後再告訴妳，小樽的……那位來了。」夏枝壓低音量說。

「原來如此。那位母親來了啊？」

「是啊。」

「陽子知道嗎？」

「應該告訴她嗎？」

「反正事後也會知道的，這樣瞞著她，還要她到我家過夜，不太好啦。」

「那就交給辰子決定，拜託嘍。」

放下電話後，夏枝切了三份香蕉端回客廳。

「……那真難為您了。」

啟造根本無暇多看夏枝一眼，只見他環抱雙臂，若有所思地望著惠子。

「這也不能怨誰，是我自己生的孩子。」

夏枝不知他們說了些什麼。要是平時，啟造一定會簡單地向她交代剛才的談話，但今天他沒這麼做。夏枝交互地看著兩人的臉。

「那您告訴三井先生，今天要來旭川嗎？」

聽到啟造的疑問，惠子垂下了眼皮。

「三井以為我是去札幌購物。上次也說過，人有了一個祕密之後，就會接連有第二個、第三個……所以我一定得告辭了。」

「這就要回去了？還沒聊完呢。」

「就是啊，您才來沒多久，再多坐一會兒嘛。老公，對吧？」

夏枝的態度突然熱絡起來。

「謝謝，我只是想來打聲招呼而已……達哉那孩子的事，能和兩位見一次面，我就放心多了。」

「是嗎？不敢當。剛才在休息，真不好意思。夏枝，妳要是早點叫醒我就好了。」

聽到啟造又叨念一次，夏枝無言地瞥了他一眼。

「哎唷，我把禮物忘在車裡了，瞧我這人做事多粗心。」

惠子說要去拿禮物，走了出去。

「她一定很想見陽子吧。」

啟造把香菸摁熄在菸灰缸裡說。夏枝欲言又止地又閉上嘴。

原本應該立刻回來的惠子遲遲不回來，啟造起身，拉開通往玄關的門，一望向門外，啟造大吃一驚。

只見村井站在惠子的車旁，絮絮叨叨說個不停。

啟造以眼神示意夏枝過來。

「啊！她也認識村井醫生？」

啟造沒等夏枝說完，便大聲喊道：

「村井，外面很熱，請進來啊。」

啟造心中很焦急，不知外面那兩人究竟在聊些什麼。

「唷，那我就不客氣了。」村井嘻皮笑臉地領先走進屋來。

「夫人，又是一點小東西，不成敬意。」

村井說著遞上手裡的威士忌酒瓶。他雖然外表看起來散漫，但新年和中元節的禮物卻從不曾少過。

「不好意思，老是收您禮物。」

惠子也把一盒利尻海帶送到啟造夫婦面前。

「真是不敢當。」

啟造和夏枝把威士忌和海帶放在一旁的矮桌，又向兩位客人彎腰道謝。

「您兩位認識啊？」夏枝這話也不知在問誰。

「不，不認識。」

村井簡短答完，看著一旁的惠子。啟造又點燃一支菸，故意不幫他們兩人介紹。一瞬間，氣氛有些尷尬。

「那我就先告辭了，今天貿然來訪，真抱歉。以後也請兩位多多關照。」

現在啟造就算想多留她一會兒都不可能了。惠子也向村井深深行禮，走出屋外。

到了門外，惠子感慨萬千地抬頭看了看辻口家的屋子，以手帕在眼角摁了幾下，再致謝一次才上車。

「剛才應該帶她參觀一下陽子的房間。」

車子開走後，啟造說。夏枝諷刺地含笑看了他一眼。走進玄關，夏枝直接回起居室，啟造走進左側的客廳。

「對不起，讓你久等了。」

啟造向村井打招呼。村井用力搖著手說：

「不，院長，該說抱歉的是我。」他探詢地望著啟造，說道：「我走到府上門前時，她正好從屋裡出來，我真嚇了一跳。簡直就像一個模子印出來的。我不由自主就向她打了招呼。」

啟造無可奈何地笑著。

「你們好像在車前聊了一會嘛。」

夏枝端著冰啤酒進來。啟造一想到被這個討厭的傢伙看到了惠子，心頭籠上一層陰霾。

「真的像極了。這麼相像的人上門拜訪，不會不方便嗎？」

村井再度提到惠子和陽子酷似，夏枝皺起眉頭答道：

「有那麼像嗎？我可不覺得。」

夏枝就是不願意承認惠子和陽子長得很像。

「哪裡，很像，一眼就看得出是母女。」

村井明知這話是在啟造和夏枝的傷口撒鹽，還是故意說了。

「村井醫生，陽子是辻口家的女兒啊。」

「噢，對，就是這樣。對了，院長，還是和服好看，剛才穿洋裝的那位雖然也是美女，但還是比不上夫人穿和服的模樣啊。」

啟造臉上露出一絲不悅。

「您過獎了。」夏枝欣喜地把啤酒倒進村井的杯裡。

「村井醫生，剛才您和那位太太好像聊得很熱絡，我還以為你們早認識了呢。」

「妳說剛才啊，雖然第一次見面，但她和陽子實在長得太像了，我忍不住跟她打了招呼，她也吃了一驚，說沒見過我，問我是誰。我告訴她：『噢，我是這家的親友，一時眼花認錯人，真抱歉。』大致上就是這些。」

原來只說了這些，啟造暗自鬆了口氣，同時也對村井口中的「這家的親友」感到抗拒。不過仔細想想，村井在辻口醫院服務二十年了，不時也會到家裡玩，確實算得上世間所謂的「親友」吧。但啟造對村井，除了感到厭惡與嫌棄，完全沒有絲毫親近的感情。村井說他是「這家的親友」，啟造認為這句話應該改成「這家太太的親友」才對。

啟造對自己有這種想法感到不快，覺得自己是個可厭的人。

他如夢方醒般聽著村井和夏枝交談，抬起頭來。

「……到孤兒院幫忙去了。」

「噢，到孤兒院去啦？」

看到村井想要繼續探究的眼神，啟造連忙移開視線，轉臉問夏枝：

「阿徹說今天要回來，對吧？」

29 紅霞

實驗林上空布滿漫天紅霞，烏鴉在空中聒噪盤旋。身穿浴衣的啟造和阿徹走出實驗林，悠閒地朝國道方向走去。這條狹窄的道路布滿灰塵，白天的熱氣仍然殘留在空氣中。

「我們家的母親人倒不壞……」

父子倆走到一戶門口種滿高大紅葵的人家時，阿徹突然開口說。

「嗯。」

難得回家的阿徹剛才聽說惠子來訪，夏枝卻叫陽子到辰子家過夜，阿徹氣得閉上嘴不說話。啟造看他那模樣，若無其事地邀他出門散步。

「……只是，您會不會覺得她的行動很難預料？爸。」

「是啊，不過人都是這樣。」

夏枝不但沒告訴陽子惠子來訪的事，還安排她到外面過夜。阿徹對夏枝的作法很不滿意。惠子來訪對陽子而言是件大事，阿徹想，不論陽子願不願意見面，都該讓她自己決定。結果她竟連生母來訪這種重大消息都不知情，還被支使到辰子家住了一晚，阿徹覺得陽子實在太可憐了。

「雖然我也沒資格說別人……只是媽似乎特別嚴重。」

「是嗎？」

啟造想起陽子被逼自殺那天的夏枝，但他又想到決定領養陽子的自己，夏枝性格裡那種無法預測又難以掌握的可怕成分，自己身上同樣也有啊。

「才一陣子沒來，這裡居然蓋了這麼多房子，我小時候這附近全是馬鈴薯田和玉米田呢。」

沉默著走了一會兒，阿徹換了個話題，不再聊夏枝。

「是啊，今年光是這條路上就蓋了好幾棟呢。」

所幸新屋雖多，房屋間的空地仍有不少玉米田和馬鈴薯田。

從辻口家大約走兩百五十公尺，兩人在農會超市前左轉，走上另一條大路，這條國道通往帶廣，超市對面就是神樂中學。

「樹愈來愈少了，顯得很寂寞，以前校園裡種了很多落葉松呢……」

啟造停下腳步說。阿徹和陽子都是這所中學畢業的。阿徹點了點頭。

「聽說你們到支笏湖去了？」

啟造想起順子的那封信。

「支笏湖真是個好地方。小學時爸也帶我去過吧？和那時候差不多，一點也沒染上世俗氣。」

「是嗎？支笏湖沒變啊。」

啟造很見見那位叫順子的女孩。

道路左側除了幾家餐廳和一間醫院，還有數間民宅夾雜其間；右側路旁的土地都屬林業局所有，幾十間公家宿舍疏疏落落地蓋在這片廣闊的土地上。旁邊是專屬於林業局的運動場，一直到國道，沿路種植了落葉松做為路樹，蔥蘢美麗。

「這附近真美，有空真該多走走。」

從前啟造早晚都是走這條路，不過去年起，他經常以計程車或公車代步。

走過整排落葉松路樹，林業局的兩層樓辦公室出現眼前，奶油色的樓牆在夕陽下反射著光。

「阿徹，到街上喝杯茶怎麼樣？」

啟造其實是想帶阿徹到辰子家。剛才阿徹回家沒看到陽子，一臉失落，啟造看他那模樣覺得怪可憐的。另一方面，啟造今天也想見陽子一面，親口告訴她惠子來訪的經過。可是如果立刻帶阿徹去找陽子，似乎顯示自己早看穿阿徹的心思，啟造覺得不太妥當。

「喝茶？好啊。」阿徹說著舉起手，攔下一輛計程車。

「請到四條六丁目。」

啟造吩咐完，回頭望著林業局的前院。汽車一路駛過好幾座花壇，轉眼間就看不清了。

「她為什麼馬上就回去了？」阿徹這話是指惠子。

「她好像是藉口去札幌。」

「如果是這個理由，那就怪了。她經常在札幌待到深夜才回去，約我見面的時間通常也都是晚上。」

阿徹有時會和惠子在山愛飯店的大廳見面。啟造想像兩人相見的情景，感覺十分複雜。

「你認為她提早離開，是因為別的理由？」

「是啊。我猜一定是媽的態度有問題，她可能擺出拒人於千里之外的姿態，或冷淡得讓人下不了台。」

「因為對方來得也太突然了，難免會措手不及。」

計程車駛過神樂橋，啟造將視線轉向映著滿天紅霞的忠別川。

汽車開到四條六丁目，父子倆下了車，走進街角一家名叫「華」的咖啡館。店內以原木花紋做裝飾的板牆看來很別緻，吧台裡，一個外貌清秀的女人在沖咖啡。

兩人挑了一張離吧台較遠的桌子坐下。啟造從沒和阿徹單獨來過這種地方，父子面對面坐下，他有點害羞，好像到了不該來的地方。阿徹也把目光轉向啟造身後那面牆。

「陽子好像恢復得差不多了。」

要說父子倆的共通話題，也只有陽子。但話才說出來，啟造就覺得不妥，好像在討好阿徹似的。阿徹聽了父親的話，只是輕輕點了點頭。

半晌，阿徹問：「爸常到這裡來嗎？」

「我也不常來啦，只是這裡很乾淨，還不錯。」

兩人暫時無語，一名十七八歲、梳著辮子的女孩把咖啡送上來。阿徹打開糖罐，問啟造：

「要幾塊？」

「兩塊。」

阿徹點點頭，夾起兩塊方糖放進啟造杯中。阿徹小時候常像這樣，替啟造和夏枝的咖啡加糖。啟造突然覺得兒子很可愛。平時他若在黃昏之後喝茶，晚上必定睡不著，剛才看到女孩端來咖啡，他在心中暗叫一聲糟糕，但轉念又想，今天就算失眠一夜也值得。

「味道真好。」喝了一口，啟造點燃香菸。

「北原說要來玩。」

「北原要來？那傢伙為人到底如何？」

啟造想起北原竟告訴順子陽子是養女的事。

「算是好男人吧。」阿徹眼中閃過一層陰影。

「是嗎？我原本也以為他是個好人。」

「爸不是很喜歡北原嗎？發生什麼事了？」

「……沒什麼，聽說他把陽子是養女的事告訴別人了。」

「別人？是誰？」

「……噢，叫什麼來著？對了，好像叫順子吧。」

「噢，順子小妹啊？是陽子說的？」

「她隨口提了一下，只是這樣，但總覺得北原這傢伙不能信任。對了，那個叫順子的女孩，是個怎樣的人？」

「天真可愛的女孩，我記得爸應該也看過。對，就是上次高木婆婆去世的時候。」

「有嗎？我們見過了？」啟造放下手裡的咖啡杯。

「應該見過。辦喪事期間，我們一直在那裡幫忙……對了，順子小妹說過，高木叔叔有介紹您和媽給她認識。」

「喔？」

說到這裡，啟造也想起守靈式時，高木介紹了一個端飯送菜的女孩，但他已想不起女孩的容貌。

「是嗎？原來我們見過了？」

那晚已經見過面，自己卻不知道她是佐石的女兒，啟造感慨萬千地想。

「陽子說了什麼嗎？」

「沒有，沒什麼。」啟造有些狼狽，目光轉向櫃台前的三個女孩。

「那女孩……她好像喜歡我。爸，陽子是不是跟您提了這件事？」

「……嗯。」

啟造從那封信得知佐石的女兒對阿徹有意，當時大受震驚。但此刻他只能曖昧地答著。

「可是我對她一點意思也沒有。」

「人家喜歡你，你沒意思的話，最好就不要跟她交往了。」

「可是她和陽子很要好，兩個人很合得來，每次跟陽子出門，就會碰到她。」

「那你就不要和陽子見面了。」

「那……那怎麼可能。」

「總之，你千萬不可傷害那個女孩的感情。」

啟造意味深長地說，然而阿徹並不能體會他話中的深遠含意。

「我也不想傷害她，可是人一旦有了接觸，必然會受到傷害，只是擦傷或重傷的分別罷了。尤其是陽子，她在我們家長大，受到極深的傷。」

「……」

「我覺得自己對陽子有責任。」阿徹滿懷熱情地說。

「陽子嗎？對了，這裡離辰子家很近，我們散步過去吧。」

阿徹無言地看著啟造。

「夏枝打了那種電話……總不能這樣就算了。我們去找陽子談談吧。」

啟造站起身來。

30 曙光

阿徹站在花菖蒲園中。陽子快步朝他奔去，想把手裡的東西交給他。但一眨眼工夫，阿徹就消失了蹤影。陽子大聲呼喚，卻看不見他的身影。阿徹死了！陽子腦中閃過這個念頭，胸中感到一陣錐心刺痛。

「哥！」

她萬分渴望見到阿徹，等她意識過來時，自己正趴在佛壇前痛哭。這時不知誰在叫喚陽子，她清醒過來。

枕畔是陌生的衣櫃。

（噢，這裡是辰子阿姨家。）

她轉過臉，熟睡的辰子臉在微暗中異常白皙。

（原來是做夢！）

陽子終於完全清醒過來。窗外天空已泛白，時間才剛過三點。

她想起剛才做的夢，渴望見到阿徹的那份刻骨銘心的感覺還在胸膛蕩漾。這出乎她的意料，她以為自己心裡已經沒有阿徹和北原的餘地。

（只是做夢啦。）

陽子企圖說服自己，但又想起啟造告訴過她，人無法意識到自己的全部人格，只能意識到其中的百分之二十，剩下的八成都存在無意識之中。啟造還告訴陽子，人以為做了出乎意料的夢，但那個夢其實也是從自己的人格裡產生的。

（我對哥哥……）

或許我一直愛著哥哥吧。陽子想到夢中那種讓自己哭泣的感情。

她想起昨晚阿徹和啟造一起造訪辰子家的情景。啟造把惠子突然來訪，還有達哉因急性腎炎住院的事告訴她。

「夏枝好像都瞞著陽子吧……」

啟造滿懷歉疚地說。其實陽子已從辰子那聽說惠子來訪的事。她原本決心一輩子不見惠子，但當她發現因夏枝的獨斷而無法見到惠子時，又覺得即使只看看背影也好，她還是想見惠子一面。人類的感情是多麼微妙！不論是對惠子的感情，或對剛才夢中的阿徹，都令陽子吃驚。

不過現在最讓她擔心的，是達哉的病情。沒想到昨晚竟沒有一個人關心這件事，就連啟造也只說了：

「他這個暑假大概不會來找妳了，放心吧。」

辰子大動作地翻個身。還沒聽到鳥叫，阿徹和達哉一定還在睡，陽子想著，閉上了眼。

她閉眼傾聽著辰子低沉的鼾聲。昨晚阿徹他們離去，陽子和辰子上床休息是十點多的事。

「陽子，人活著好空虛啊。」辰子無限感慨地說。

陽子聽到這句意外的話，不禁轉過身子望著辰子。

「阿姨覺得空虛嗎？您不是有舞蹈，還有好多朋友，看起來很快樂啊。」

「我說活著空虛，妳覺得奇怪嗎？舞蹈當然給我帶來生命的意義，可是陽子啊，跳舞不就像放煙火一樣，不論自認跳得多賣力，每支舞都只有一次，相同的舞姿不可能重複第二次，當然有時會跳得更好，但也可能跳得更糟，舞蹈就是這樣，每個舞步都跟煙火一樣，只有瞬間的光輝，最後還是得一切歸零。這還不空虛嗎?」

陽子對舞蹈並不了解，但聽了辰子的話，似乎能理解那種空虛的感覺。或許其他的演奏家、聲樂家或演員也有相同的感觸吧。

「這就是所謂的藝術之道吧，阿姨，我覺得不是一瞬即逝的光輝。」

「這我不否認，不過我覺得技藝或藝術，終究還是虛無的。」

「但阿姨還有起居室那些朋友啊。」

「朋友啊，那些傢伙確實常在起居室談論繪畫、詩歌，但他們終究也是寂寞、虛無、不滿足的，不是嗎?他們只是肩並著肩互相取暖，但肩膀一分開，心裡又會湧上無法獨自承受的孤獨感。」

「阿姨的意思是，他們只是暫時一起並肩取暖。」

「沒錯。那些傢伙確實彼此心意相通，有時不用說話就能彼此明瞭，但我覺得他們還缺少了什麼。」

「啊唷，不用說話就能明瞭心意的朋友，我覺得最理想了。」

「是啊。或許阿姨的要求太過苛刻了。不過就拿夫妻來說吧，不也是一種不說話就能彼此了解的關係?但很多夫妻都在面臨重大問題時，因為彼此默契不夠而分手。總之啊，阿姨覺得自己不論在跳舞或與人交往方面，都缺少了一樣最重要的東西。」

辰子說話時的表情很落寞。此刻，陽子回憶著那些話，傾聽她的鼾聲。

窗簾縫隙透進的光線逐漸明亮，麻雀的叫聲從院中傳來。

昨晚辰子向陽子細說了愛人死在獄中的經過和當時的亂世，她又說：

「他死在監獄裡，那麼問題是否解決了呢?他確信自己憧憬的社會雖不會立刻到來，但將來一定會實現。難道有了將來，其他的事就不用考慮嗎?還有，害他死在獄裡的那些人，他們見死不救沒錯嗎?我一直在想這些問題，這麼多年來，阿姨心底一直充滿了恨。」

「恨？阿姨也會怨恨？」

「說什麼『阿姨也會怨恨』，陽子，他死了以後，我可說是靠著怨恨才活到現在。」

「真的？阿姨？」

「真的啊，就像四十七義士和曾我兄弟[58]的故事。年輕時我真的這麼想：你們這些謀害他的人，我倒要親眼看看你們會有怎樣的下場！我要替他報仇。復仇在日本往往被傳為佳話呢。從前那時代，如果要『愛你的敵人』，那真不知要幾條命才夠。」

「那您現在怎麼想呢？」

「我後來在一本小說看到一句話：『不要自己申冤，申冤在我，我必報應。』[59]這句話對我真是當頭棒喝，雖然我不是真的讀懂，但我直覺認為這是一句真理。奇怪的是，那之後我的心情放鬆了。我相信不必自己去復仇，那些人一定還有更嚴正的審判等著他們。我又想，只有真心接受審判的人，才能得到真正的寬恕，也才算真的完成了復仇。」

（只有真心接受審判的人，才能得到真正的寬恕！）

多有分量的一句話，陽子想。

「陽子，以前阿姨以為萬事都可向上帝祈求，所以覺得安心。但現在我覺得自己連上帝都不信居然還安心，這不算真的安心，所以最近總感到空虛。」

陽子凝視辰子熟睡的面龐，憶起昨晚她說過的那些話。

對面傳來紙門拉開的聲響，有人輕手輕腳地走下樓去。大概是由香子起床了吧。陽子眼前浮起由香子的身影，雙目失明的她摸索著下樓，陽子心底不禁隱隱作痛。

陽子又閉上眼。明天阿徹要回札幌了，今天她想向孤兒院請假，好陪阿徹。不久辰子起床時，陽子已經平靜地睡著了。

58 「四十七義士」是江戶時代赤穗藩的四十七名家臣為藩主報仇的故事，「曾我兄弟」是鐮倉時代的武士曾我十郎與曾我五郎兄弟為父報仇的故事。

59 出自聖經新約全書《羅馬書》第十二章第十九節。

31 鴨跖草

「外科在掛號處右邊。」

身穿白衣的陽子態度親切地答著，她抬頭看一眼時鐘，再十分鐘，掛號窗口就要關閉了。

八月起，三四名主修福祉科系的學生到孤兒院實習，陽子結束了為期二十多天的義工服務。才在家休息兩三天，陽子聽到啟造提起，辻口醫院掛號處一名女事務員因盲腸炎住院了，於是她主動表示願意到醫院幫忙。門診掛號處的工作很簡單，像是製作新病歷、指點病患診察室的位置等等。陽子雖是第一次到醫院幫忙，但上班第一天就已經進入狀況。

在掛號處打工的她暗自驚訝，原來世上有這麼多病人，其中又以內科和眼科的病患最多。醫院裡共有三位內科醫生，大部分內科病患都指定要院長啟造看診。陽子身為院長的女兒，身體向來強健，很少到醫院來。

「我想請院長幫我看病……」

看到一名老婦這麼哀求，陽子感動萬分，原來父親啟造受到這麼多病患倚重。將來阿徹也會在這家醫院工作，他肯定也會像父親一樣是個好醫生。陽子覺得很欣慰。

在醫院工作後陽子才知道，醫生真的很忙碌，常常連午休和午飯的時間都沒有。上午初診的掛號時間到十一點，但醫生往往常要到下午一點才能看完所有病人。

第三天傍晚，陽子當天的工作也順利結束了，她打算去探望那位盲腸炎的事務員。

一個撐著枴杖的男人從陽子面前慢吞吞走過，接著，一個戴眼罩的女人摸索著從對面走來，她對撐枴杖的男人視而不見，男人對她也只是面無表情地瞥一眼而已。這幅畫面是醫院常見的景象。

坐輪椅的病患、少一條胳臂的病患，都跟眼前這兩人反應一樣，只有遇到與自己病況相似的病患時，彼此的表情才會出現變化，甚至上前攀談幾句。腳受傷的病患只關心走路不便的人，眼睛有毛病的病患也只關心患眼疾的人。

陽子懷著歉疚的心情，與病患們擦身而過，突然有人從背後拍拍她的肩。

「怎麼樣，工作熟悉了吧。」

陽子回過頭，是村井。他兩隻手插在白衣口袋，顯得比平時有威嚴，臉上也換上「工作至上」的表情。

「託您的福，稍微習慣了。」

不遠的前方有間小店，陽子打算到那裡買探病的禮物。

「有沒有空？十分鐘就好。」

「有的，只是十分鐘的話。」

「我們到外頭的木椅坐一下吧。」

陽子找不出拒絕的理由。陰沉的天空下，草地呈現深綠色。屋外也和室內同樣悶熱。

「妳變漂亮啦，跟妳媽長得一模一樣呢。」

村井坐下後立刻說道。陽子暗自納悶，自己怎麼可能和夏枝相像？但村井又繼續說：

「妳媽真是個美女，前幾天我頭一回遇到她……」

「？」

「哦，這樣喔？陽子沒和她見面啊。可是總知道妳媽來過吧？」

四五名護士打量著兩人，從草坪橫越而過。陽子已經明白村井想說的話。

「聽說妳那個母親是小樽人?她叫什麼名字?」

村井點燃香菸,向陽子發問。現在他已經完全不像「工作至上的男人」了,陽子不願讓他知道三井這個名字。

「妳也不知道?」村井看陽子保持沉默,又繼續說:「陽子是什麼時候知道她是妳的母親?」

「村井醫生,對不起,您一直問這些難以答覆的問題,我很困擾。」陽子坦白地說。

「是嗎?原來有人下過封口令了?」

「沒有誰下過封口令,是我自己不想說。」

「為什麼?妳也不是小孩了,客觀審視自己一下也不錯呀。」

「……可是,您為什麼要打聽我母親的事?」

陽子清澈的眸子靜靜地轉向村井。

「因為太美了嘛。」

「……」

「男人都想進一步知道美女的真面目。」

「……」

「我這麼說,惹妳生氣啦?」村井嘻皮笑臉地說。

「妳和阿徹將來不知會怎樣喔?」

村井探視著陽子的臉龐問,但陽子還是保持沉默。

「辻口醫院的第三代院長,看來還是阿徹吧。」

村井是現在的副院長。

陽子抬頭仰望烏黑渾濁的天空，覺得如坐針氈。

「阿徹這孩子真難對付，他從小就不喜歡我，妳知道為什麼嗎？」

村井似乎覺得捉弄陽子，令她難堪很有趣。

「不，不知道。」

「妳去問院長夫人就知道理由了。」

村井歪著嘴笑起來。陽子低下頭，腳邊有朵小小的蒲公英。

「院長夫人可真壞。」

「怎麼會？醫生，我媽才不是壞人。」

村井斜眼看著陽子。「對男人來說啊，美女都是壞人。妳那位母親一定更壞。」

「……」

「妳也是壞女人的類型。」

陽子默不作答，但村井一點也不在乎。

「好悶熱，快下雨了吧？」

村井曉著的長腿誇張地交換位置。

「聽說妳每天跟院長一起上班？」村井看著陽子問道。

「是的。」

「院長也不簡單，每天跟這麼漂亮的女兒一起上班。」

「……」

「對了，妳對那位母親是怎麼想的？」

陽子轉眼望著一名穿著睡袍、朝草地走來的女病患。

「妳一定很恨那個沒有盡養育之責的母親吧？」

村井的聲音突然感傷起來，陽子吃驚地望向他。

「那是沒辦法的事，做子女的有權留在親生父母身邊。」

「原來如此，子女的權利嗎？」村井以鞋跟「喀喀」敲著椅腳。

「好吧，那妳就儘管去恨吧。生下子女又不養的父母確實不對，都是做父母的太自私了。」

「可是恨一個人是很痛苦的事，醫生您不了解嗎？」

陽子想到村井的兩個女兒，她們現在都住在札幌。

「我才不想了解呢。」村井神情憂鬱地撩起頭髮。

「憎恨父母的子女，遠比被恨的父母痛苦。從小都得過著憂鬱的每一天，而人生卻無法重來。」

「人生無法重來嗎？」村井苦笑著吐出一口煙。

＊＊＊

啟造和陽子走出醫院，左側路旁一連有好幾家店，其中包括超市、水果店、拉麵店等，全靠著辻口醫院的病患和訪客維持生意。

「醫生，下班啦？今天好像會下雨唷。」

走到水果店門前，老闆熱絡地打著招呼，還禮貌性地拿下綁在頭上的白毛巾。

「是啊，好久沒下雨了。」

啟造也親切地出聲招呼，走過店門外那堆發黑的香蕉。天上雲層很厚，唯有東方天空露出一線藍天。

「說不定真的會下雨，還是叫輛車吧。」

「陽子想散步。我就是因為喜歡和爸爸散步，才到醫院來的。」

啟造從陽子的話中感受到一種無法形容的溫柔，每天能和陽子走路上班，啟造也很愉快。

「那就走路吧。」啟造按捺內心的喜悅說道。

兩人走了一百多公尺後右轉，看到兩百多公尺外的神樂橋，順著這條路走回家，距離大約兩公里。

「剛才妳好像在和村井醫生聊天？」

「哎呀，您看到啦？」

「嗯，從院長室看得到。」

沉默半晌，陽子才抬頭看啟造。

「爸，如果您那時過來幫我解圍就好了。」

「解圍？他說了什麼嗎？」

「倒也不是。村井醫生說，他見到小樽的媽媽了。」

「啊？他對妳說這種話？」

「他問我是否恨她。」

「什麼……這傢伙太沒規矩了！」啟造板起臉來。

「不是啦，爸，村井醫生一定是想到自己的女兒吧。」

「他的女兒……？村井會想她們？」

「是啊，一定會關心的，他還說生了孩子不養，是父母不對。」

「噢，村井也會自責？他既然自責，乾脆和咲子破鏡重圓不就得了？」

啟造覺得村井說那些話，只是為了吸引陽子的注意。

「啊，我要拿送洗的襯衫。等我一下好嗎？」

陽子推開路旁一扇玻璃門走進去，門上寫著「菅井乾洗店」。

神樂橋下有片住宅區，房舍全都蓋在忠別川的河灘上。每當陽子從橋上俯視那些房子，就會想起幼時被夏枝掐住脖子的事。那天，突然被扼住脖子的恐懼促使她背著書包跑出家門，她還記得在前往辰子家的路上，自己曾站在這裡凝視河邊的民家。只要一看到那些房舍，儘管不願意回想，那天心中無可名狀的悲傷仍會再次湧上她的心頭。陽子平時總是搭公車經過這條路，最近兩三天則和啟造步行走過。當年被夏枝掐住脖子的往事，陽子從沒告訴過任何人。她突然停下腳步，抬頭望著啟造。

「怎麼了？」

「噢，上次辰子阿姨跟我說，人活著很空虛。」

陽子嘴裡這麼說，但心裡想的是：人生在世，都會有永遠無法告訴別人的祕密吧。

「喔？辰子說了這種話？」

辰子那天說，跳舞、交朋友、做任何事都令她感到空虛。陽子把辰子的想法告訴啟造。

「阿姨跟我說啊，有一段時期，她的人生意義是復仇，另一段時期，她的人生意義又變成舞蹈，後來她以為由香子小姐的眼睛或許能復明，這成了她人生的新意義。但這一切都是暫時的，沒有一樣是她的終生目標。」

「原來如此，爸爸也一樣啊。」

前方的墨綠色山峰，看起來就近在眼前。

「我一直以為只有阿姨過著充實的生活，因為她有那麼多朋友，可是她說朋友再多也沒用，因為彼此該說的都沒說。」

「她說得或許不錯。」

啟造想起高木，他和高木從沒正式坐下來談過什麼，啟造一直以為他們之間不需說出口就能了解彼此的心意，但最重要的事是否真的心意相通，啟造又覺得沒把握。

（就連陽子的事也一樣……）

當初他一直認定陽子是佐石的女兒。仔細想來，不只是陽子的事，他覺得高木好像從沒對自己說過真心話。這麼多年來，高木一直單身的理由，啟造從沒弄清過。儘管如此，他還是信任高木。然而事實證明，自己對他的信任是毫無根據的，這一點，陽子自殺時啟造就明白了。但他對高木的信任仍沒有絲毫改變。

（那傢伙是個好人！）

啟造不能不這麼想。

「陽子朋友似乎不多喔。」

通過神樂橋，兩人走下坡度和緩的坡道，啟造問陽子。

「是啊。」

陽子上中學後一直有很多同學想認識她，不只同年級學生，就連低年級或高年級學生都對她十分傾慕，期待收到她的親筆書信。但陽子即使和朋友關係變親密了，也從不和別人談論家裡的事。因為談到家庭，不免就要提到自己是養女，她擔心自己會向朋友埋怨夏枝。再說變成朋友之後，朋友就會到家裡玩，這對陽子來說又是一種痛苦，因為當時夏枝不可能和顏悅色地招待陽子的朋友。所以這麼多年來，陽子始終強迫自己不交親密的朋友，而這讓她一直很寂寞。

但現在陽子有了順子這個朋友，她可以安心地和她交往。

「說到朋友，妳回信給那個叫順子的女孩了嗎？」

「寫了，昨天又收到了她的信。」

啟造也很想看看這封信。這時，一連串碩大的雨滴從天上滴落地面。

「啊，糟了！」

啟造想攔計程車，但等了半天都沒看到空車。馬路轉瞬間被雨淋得透溼。

「剛好，到村公所躲雨吧。」

啟造拉起陽子的手奔進路旁的村公所。這棟辦公大樓最近才落成，兩人剛跨進去，雨勢就像等候已久般變大了，雨點夾雜著巨大聲響傾盆而下，在村公所庭院的水泥地濺起白色飛沫。真是一場痛快的大雨，空氣中的悶熱立即煙消雲散。

「怪我不好，都是我說要走路的。」

「沒什麼，沒關係啦。」

啟造柔聲說著，突然憶起那年到這裡來辦陽子的出生登記。當時自己在門外來回徘徊，猶豫著不知是否進去辦手續。那時村公所還是木造建築呢，啟造想。

當初要把佐石的女兒當作親生女兒遷進戶籍時的痛苦，也在心中復甦，現在回想起來固然是愚蠢的煩惱，但當時他是非常認真的。

記得那時是因為村井過來搭訕，啟造才走進村公所辦完手續。如果當時村井沒出現，說不定自己就不會為陽子辦入籍了。啟造又想起當年那一幕，心中感慨萬千。當年自己那麼抗拒陽子，現在竟覺得和她一起躲雨也樂趣十足。

路上不見一個人影，道路對面的商店門口也有幾個避雨的行人。啟造凝視著花壇裡被雨淋溼的金盞花。

「妳見過順子的父母嗎？」

陣雨驟然停歇，就像不曾下過似的，啟造和陽子一塊走上堤防。雲開霧散，藍天無邊，美瑛川有些渾濁，沿著這條堤防再走七八百公尺，就能直接抵達辻口家後方的實驗林。雖要繞點遠路，但啟造很喜歡這條路。

「去過她家一次，她爸爸脾氣很好，跟高木叔叔很像，一直說笑話，她媽媽個性也很開朗。」

「這樣喔。」

我們夫妻比人家養父母差遠了，啟造想，心裡又對陽子生出幾分歉疚。自家夫婦的性格看似溫和，但絕不能算是開朗樂觀，彼此心中總是懷著不平與怨恨。現在聽到陽子談起對順子父母的印象，啟造覺得開朗真是一種重要的美德。堤防的路面出現了許多水窪，天空倒映在一片片水窪表面。

「那孩子要是能有個美滿的婚姻就好了。」

啟造想到順子對阿徹的愛慕之意，心情複雜。

「是啊。」

陽子的心情也很複雜。如果順子嫁給阿徹，或許就能得到幸福吧。阿徹明知陽子是佐石的女兒還打算娶她，所以順子是佐石女兒這件事，對阿徹而言應該不是障礙。

「可是她最好對阿徹死心，比阿徹好的青年還多得很嘛。」

「不過……」陽子欲言又止地閉上了嘴。

啟造停步注視眼前那條河，水面捲起陣陣漩渦，不斷向前流去，廣闊的河畔原野長滿夏草。從前這裡是一片野草和雜木林呢，啟造嘆息了一聲。

「陽子，人有時雖然三心二意，但有時卻很頑固，就算自己想改也沒辦法。」

如果是大自然，只要砍掉樹木重造房屋，風景就會改變。但阿徹對陽子的心意，即使他想收回也不一定辦得到。或許，村井對夏枝的感情也一樣吧，啟造想，而我對村井的厭惡，也可能此生都無法改變了吧。

「哎呀，爸，是鴨跖草喔。」

陽子蹲下身子，她腳邊的鴨跖草綻放出兩三朵藍色小花，被雨淋溼的小花在草叢襯托下顯得楚楚可憐。

啟造少年時代也經常採摘這種花。

「大自然是不會變的。」啟造自語般低聲說道。

32 石灘

「哎呀，有青蛙呢，陽子小姐。」

順子停步側耳傾聽。白日的低沉蛙鳴聲從瑪利亞松林方向不斷傳入耳中。看到順子轉動可愛的雙眸凝神諦聽的模樣，啟造感慨萬千。森林裡，清風不時從枝枒間吹過。

昨晚啟造不經意接到一通電話，聽到順子的聲音從話筒裡傳來時，他心頭一驚。陽子當時在洗澡，順子在電話裡表示，由於雙親和店員都要去天人峽一日遊，她想趁這機會獨自到陽子家拜訪。啟造努力裝出平靜的態度，放下話筒後，他才發覺喉嚨乾得冒火，上床後遲遲無法入睡。

今天星期六，醫院只有上午看診，整個早上啟造心裡都七上八下、靜不下來。佐石的女兒真要來了！他想起二十年前到育幼院抱陽子回來的心情，那時他心中充滿無法形容的不安與苦惱，而此刻等待順子的心情則和當年完全不同。啟造覺得即將見到的並非那個殺女凶手的女兒，而是一名不幸的少女。

「好羨慕唷，我家附近只能聽到車聲呢。」

「前面的歐洲雲杉林裡說不定還可以聽到山鳩叫喔。」

「真的呀？伯伯，好高興喔。」

順子拍著手跳起來。看到全身洋溢著喜悅的她，啟造不禁露出微笑。

三人緩步登上森林裡的堤防。遍地的大朵黃菊芋花將堤防底部完全遮掩，斜坡上的待宵草和紅萩草也開滿花兒。

「陽子小姐妳家環境真好，每天都能在森林裡散步，多好啊！」

蟬打著陣陣短暫休止符鳴叫著，草叢裡蟋蟀像與蟬兒唱和般唧唧叫。順子興高采烈地爬到堤防頂端佇足遠眺，啟造看著她的身影，腦中想起當年跟著佐石漸行漸遠的琉璃子。就在同一條路上，此刻自己和佐石的女兒就站在這裡。

東方天空浮起一堆積亂雲，陽光雖炙熱，空氣裡卻有些秋的氣息。啟造心中生出一種錯覺，彷彿自己站在一個超越時空的地點。

（白日夢……）

腦中浮起這個名詞的瞬間，啟造注意到夏枝穿過了白松林，正急步朝自己走來。

（發生什麼事了？）

她不會是發現順子的身分了吧？啟造暗自震驚，屏息注視夏枝的身影，直到她登上堤防。

「好討厭喔，幹麼表情這麼可怕瞪著我。」夏枝走到啟造身邊，笑著說。

「沒有，我還以為是有急診病患。」

看到夏枝的笑臉，啟造這才鬆了口氣。

「我也想來陪陪順子小姐啊。」

「啊！好高興！伯母也來了。」

順子立刻拉起夏枝的手，很開心似的連連搖晃。

啟造和陽子出門散步時，夏枝很少同行。顯然她也被順子毫無芥蒂的開朗性格吸引了。啟造下班回家時，順子已和夏枝混得很熟，兩人聊得正高興。

「我想去看看那座有山鳩的森林。」

順子也不放開夏枝的手，拉著她走向地勢較低的歐洲雲杉林，陽子不安地低聲問啟造：

「順子小姐的事，不告訴媽沒關係嗎？」

「幹麼？被她知道了可不得了喔。」

「可是媽說不定會提起琉璃子姊姊的事啊。」

「怎麼可能？妳媽向來不喜歡提這件事。」

的確，夏枝幾乎從沒和外人聊起過琉璃子。因為說到琉璃子，等於提起自己羞於見人的醜事。當年她為了和村井幽會而把琉璃子趕出家門，這件事是她終生難以平撫的痛。她不可能對順子提起這件事，啟造雖在心底這麼對自己說，心頭卻突然升起不安，連忙跟在夏枝和順子身後。

歐洲雲杉林裡枝葉遮天，十分陰暗，今天聽不到半點孩童的嬉鬧聲。默然矗立的樹幹長著青苔，像撒上一層綠粉，樹根在林中小徑隆起，有點像人類的靜脈。每棵樹雖然保持沉默，但看來似乎擁有自己的意志，啟造想。

「這裡太棒了！陽子小姐。」

無聲無息的寂靜中，陽子身邊的順子轉頭朗聲說道。

「不錯吧？好安靜。」

「真不錯。而且這些樹木線條筆直，就像竹子一樣，美極了。真想在這裡待上半天呢。」

「可是我覺得這森林好暗，有點恐怖……」

夏枝才說到這，距他們五六公尺外的一棵樹上突然有東西向上一躍。

「啊！松鼠，妳們看！」啟造指著嚷道。

松鼠以大尾巴撐住樹幹靜立不動，低頭看著啟造等人，下一秒，松鼠動作輕巧地躍上樹梢，一眨眼工夫就不見了。

「竟然還有松鼠啊。」陽子仰望樹梢，發出讚嘆。

「我也難得看到松鼠，因為我很少進森林。」

「啊？為什麼？伯母，這森林好美唷。」

「這林子裡很暗嘛。而且……」

夏枝說到一半沒再說下去。啟造吃驚地抬頭注視她的臉。

「我太太不喜歡出門啦。她喜歡在家打掃、做飯，從早到晚忙個不停。」

「哎唷！伯母真是一位模範太太。」

「我媽很會做菜喔。」

「真羨慕妳！陽子小姐，每天都能吃到可口的飯菜。」

還好暫時把夏枝的嘴堵住了，啟造暗自慶幸，心臟跳個不停。

「啊！老公，這裡有桑葚呢。」

「對呀，我小時候常摘來吃。」

「伯父，是什麼味道？」

「很甜喔。」

順子伸出手摘下一顆黑色果實，放進嘴裡。

「真的！好甜啊，有種令人懷念的味道。」

「不錯，或許妳真的在很久很久以前吃過，就算自己沒嘗過，但從前的人一直都在嘗這種美味。」

啟造不願到河邊去，如果可能的話，他很想立刻轉身回頭。他不忍把順子帶到琉璃子遇害的地點，就連帶她參觀這片實驗林，也讓啟造痛苦。他心裡甚至有幾分後悔，剛才順子說她想看森林時，為何自己不制止她？但森林就在屋後，他實在找不出拒絕順子的理由。

（不，昨天就該婉拒她到家裡來才對！）

啟造對自己昨天的對應很後悔。順子的電話給他帶來莫大的震撼，使他不假思索當場表示歡迎。當時我該說：「真可惜，陽子出門旅行了。」應該堅決回絕她才對呀，啟造想。

無論如何，琉璃子是被順子的生父殺死的，自己竟佯裝不知接待順子，啟造覺得這種作法太殘忍了。

「回去吧。」

「哎呀，我們到河邊去嘛。從那裡可以看到十勝岳，很美呢。」

夏枝的聲音聽來對一切都毫不知情。

雲層籠罩下，十勝岳看不清楚，但蜿蜒蛇行的美瑛川在八月的陽光下閃閃發亮，非常美麗。對面伊澤山一片濃綠，和山頂那堆積亂雲正好呈對比，小河邊有個靜坐垂釣的人影，宛如擺設品般一動也不動。

眼看夏枝和順子愉快交談的背影，啟造心中隱隱作痛。夏枝還被蒙在鼓裡，順子也對一切毫無所知。啟造覺得她們倆現在的模樣就像從前的夏枝和陽子。

「順子小姐有幾個兄弟姊妹？」

「我是獨生女啦。對吧？陽子小姐。」

「是啊。」

「所以才這麼活潑開朗啊。」

「嗯，可以這麼說吧。」

順子幽默地答完，豐潤的頰上露出酒渦。陽子偷偷瞥了啟造一眼。

「陽子，妳有這麼好的朋友真幸運。」

「的確，她是我最最寶貴的朋友。」

「哎唷，我才是因為有了陽子小姐這位朋友，覺得好開心。陽子小姐從不說別人的閒話，我從來沒碰過這樣的女性朋友呢。」

「啊！不得了！有人稱讚我！」

「因為妳有這麼優秀的父母啊，難怪陽子小姐人品這麼好。」

啟造看到夏枝眼中突然掠過一層陰影。

「不知順子小姐的父母是怎麼樣的人，真想跟他們認識一下。老公，對吧？」

「是啊，很想見個面。」啟造露出複雜的表情。

「他們兩位性格很開朗，人品非常好呢，媽。」

「哇，這裡有好多野菊，陽子小姐。」

河邊的草叢裡，淺紫的野菊正隨風搖曳。

「真的呢，我好喜歡野菊唷。」

「我也喜歡。自從讀了伊藤左千夫的小說《野菊之墓》後，野菊就是我最喜歡的花。」

「我也讀過《野菊之墓》。啊！還有荻花呢。對了，老公，我想到一個好主意。」夏枝說完彎下腰，動手摘下野菊。

「您在做什麼？伯母？」順子問著，也跟著摘花。

「妳看到對面的河灘了吧？」

夏枝指著上流寬闊的河灘說，啟造和陽子頓時臉色大變。

「我想帶花到那片河灘去，因為我女兒就死在那裡，順子小姐。」

「夏枝。」

啟造努力裝出平靜叫了一聲，向夏枝使著眼色。夏枝和自己既是夫妻，應該了解自己的意思，啟造想。

誰知夏枝一臉不解地反問：

「老公？什麼事？」

答案啟造不能說出口。

「該回去了吧？」啟造無可奈何地說。

「你有事啊？如果有事，你先回去吧。我要把這些野菊送給琉璃子。」

夏枝完全不懂啟造的心思。

「哎唷，她是在這條河去世的？好可憐。」順子停住採野菊的手。

「是啊，不過她不是淹死的。」

「夏枝！」

啟造苛責般喊起來。夏枝皺起眉頭說：

「不必用那種聲音叫我，我也聽得到，老公。」

啟造露出不知所措的神情，順子目不轉睛地注視著他。

「別跟第一次見面的客人說這種無聊的事。」

啟造的聲音軟了下來。

「可是，順子小姐是陽子的朋友，她又不是陌生人。」

面對眼前這情況，啟造也不好再多說什麼。

（夏枝……）

啟造懷著祈禱的心情看著夏枝。

「來，順子小姐，我們到那邊的河灘去吧。」

夏枝把野菊花束抱在胸前，帶頭向前走去。河邊的竹林裡有一條小徑，寬度僅容一人通過。啟造跟在夏枝身後，陽子走在最後。剛才厲聲提醒過了，夏枝應該不會再提琉璃子遇害的事吧，啟造思量著，心裡還是很不安。

「陽子小姐。」低頭緊跟啟造身後的順子停下腳步喊道。

「順子小姐？什麼事？」

陽子輕鬆地問。順子緊盯陽子看了半晌。

「噢，沒什麼。」順子說著，又舉步向前。

四人一起來到河灘，這裡是一片寬闊的石灘。

「老公，就在這附近吧？」

「嗯。」

啟造點點頭，但心裡覺得應該再走過去一點。陽子蹲下身子，把野菊花束輕輕放在石灘上。順子也跟著放下一束野菊。陽子手握著荻花，望向滿面苦澀的啟造。

「琉璃子好可憐啊，趴在這裡斷氣了，好像還是昨天的事。」

夏枝自言自語般地說。

「……把一個才三歲的孩子掐死，那個佐石太過分了。」

還來不及眨眼的工夫，她就說出口了，啟造全身僵硬，順子的臉色霎時白得像紙。

「哎呀，怎麼了？順子小姐，妳的臉色……」

夏枝吃驚地把手放在順子肩頭，順子愣愣凝視著石灘上那束野菊。

「順子小姐！」

夏枝又喊了一聲，順子全身無力地跌倒在地。

「老公，趕快幫她看一下。」

蹲在順子身邊的夏枝慌張地抬頭看啟造，啟造視線緊盯著順子，緩緩地搖了搖頭。完全被蒙在鼓裡的夏枝搞不清楚眼前究竟發生了什麼事。

「順子小姐，對不起。」

陽子臉色也變得蒼白，順子的眼眸空洞無神。

「對不起，媽，順子小姐她就是……」

夏枝還沒察覺事情的真相，她做夢也想不到順子就是佐石的女兒。

「陽子，這究竟是怎麼回事？」

「是這樣的……」

陽子眼神露出猶豫，其間的沉默令啟造覺得漫長無比。半晌，順子的嘴唇微微嚅動。

「對不起，殺死琉璃子的人，就是我的生父。」

「……？」夏枝以為自己聽錯了。

「我就是佐石土雄的女兒。」

話還沒說完，順子已把臉伏在石灘上。

「啊？佐石的？」

啟造佇立原處，望著夏枝受驚的表情。陽子手撫著順子的背說了些什麼。啟造覺得自己正置身於噩夢中，腦袋停止思考……這種感覺似曾相識，他想。

（對了，就是在這片石灘上啊。）

就跟二十年前的心情一樣！那時他跌坐在這片石灘，琉璃子的屍身就在自己膝上。

順子抬起頭來。

「隨您怎麼處置我都可以。我之所以活到今天，就是為了替生父贖罪。」

啟造突然驚醒過來。

石灘上那束野菊在風中微微顫抖。

33 奏樂

風琴聲響遍教堂。或許是夜間禮拜，教堂裡人並不多，大約二十二三名男女教徒安靜地低頭默禱。九月晚風從老舊窗子吹進來，天花板塗著石膏混合麻纖維白色塗料，吊在天花板上的幾盞燈射出沉穩的光。

（我終於來了。）

啟造不覺感慨萬千。大約十年前，他曾在這座位於六條十丁目的教堂前躑躅徘徊，但終究無法鼓起勇氣走進來，那晚之後，啟造多次動念想上教堂，但每次都猶豫不決，最後又打消主意。現在，他終於走進教堂了。

（都要感謝那個女孩。）

啟造回想起那天在石灘上發生的事。

「順子是佐石的女兒」對夏枝造成極大的震撼，她半天說不出一句話，一直瞪著眼愣愣地注視順子。在琉璃子遇害的河灘上，自稱是佐石女兒的順子趴在地上向她賠罪，這情景給夏枝帶來的刺激太強烈了。

所幸，事情已過去了二十年。這段歲月裡，夏枝一直把陽子當成佐石的女兒暗自憎恨，而且陽子又在相同地點自殺過。在這二十年當中，夏枝對凶手的恨不知不覺淡化了。看到順子出現在面前，夏枝雖感到震驚，但心中的怨恨並沒被挑起，相反地，當她看到順子倒在河邊石灘，心底甚至生出幾分同情。

陽子十分後悔沒有事先告訴順子真相，她連忙向順子表達歉意，不料順子卻回答：

「陽子小姐，換作我是妳，我也說不出口吧，妳不必覺得抱歉。而且我一直期待有機會替生父贖罪，期待在上帝和世人面前獲得寬恕，現在能以這種方式謝罪，妳不知我心裡感覺多麼輕鬆。」

啟造聽到順子這段話的瞬間，才發現祈求寬恕是一件痛快的事。的確，如果能向上帝和世人祈求寬恕，將可卸下心中的重擔。他覺得自己的心就像牢籠，裡面塞滿了前半生尚未求得寬恕的各種罪惡。所以啟造想到教堂去，想像順子那樣，去求得一顆肯在上帝和世人面前贖罪的心，他迫切渴求獲得寬恕。

但他今天上教堂的動機並非只為自己。那天之後，這一個月裡，夏枝整天都氣呼呼的，除非必要，她根本不肯和啟造或陽子說話。有一天，她的憤怒終於爆發了。

那是暑假結束後，陽子即將返回札幌的前晚。

「媽，有沒有話要轉告哥哥？」

吃完晚飯，陽子一面削蘋果皮一面問夏枝。

「沒有！」夏枝冷冷地答道。

「夏枝，妳不能和顏悅色說話嗎？最近都不像以往的妳了。」

啟造忍不住開口了。夏枝臉上浮起冷笑，目光來回打量啟造和陽子。

「我為什麼無法和顏悅色說話，你們應該很清楚。」

「我可不明白。」

「是嗎？那陽子總知道吧？」

「夏枝，妳還在為了陽子沒給妳看信生氣啊？關於那件事，陽子和我不是立刻向妳道歉了嗎？」

不只在順子面前，在順子離去後他們也再三向夏枝表達歉疚。

「或許你們自認道過歉了，可我完全沒有那種感覺。當然，或許陽子會恨我，畢竟是我逼得妳自殺，可妳要是事先告訴我一聲，順子小姐就是佐石的女兒，這對妳又不會有什麼損失。」

「對不起，媽，我只是不想讓您受驚……」

「騙人！陽子根本就不信任我。妳大概擔心我會痛罵順子吧，可是……」

「別說這種無聊話了，陽子不可能這麼想的。」

「你也一樣！那封信的事一個字也沒跟我提不是嗎？究竟為什麼？」

「不是跟妳說過了，就是怕刺激妳啊。」

「騙人！你也跟陽子一樣，覺得我不可靠。你這人，跟陽子倒是情投意合，比對老婆還貼心。」

夏枝話中帶刺，令啟造狼狽萬分。

「說傻話也該有個限度！那封信沒有拿給妳看，是我不對。可我並沒有惡意。」

夏枝的態度更強硬了。

「才不是！如果沒有惡意，為什麼不給我看？我是琉璃子的母親喔！我也有資格看那封信。」

「對不起，媽，都是我的錯。」陽子跪在榻榻米上低下頭。

「算了啦，我又不是要妳賠罪，誰教我做過那些事嘛，不論陽子如何埋怨我都沒話說，媽媽沒資格怪罪陽子，可是……」夏枝說著，臉又轉向啟造，「老公，連你也瞞著我，這就不應該了，雖說是陽子偷偷拿信給你看，可你連我也不說太不應該了，不是嗎？」

夏枝再三提起被欺瞞的事，不斷重複心中的不滿，一副絕不肯罷休的架式。

「妳真囉唆，妳夠了吧？」

「你也一樣囉唆。你說已經夠了，可這對我是件天大的事啊！」

「妳覺得事情很嚴重，但我們真的沒有其他意思啊。」

「你覺得別人不信任我也無所謂？」

「我可沒這麼說，我只是覺得應該幫順子小姐守密而已。」
「好啊！果然被我說中了！你是認為我沒有守密的能力！」
「好！妳要這樣想，那就隨妳吧。誰教妳本來就是不能保守祕密的女人。」
啟造忍無可忍說出這句話。
「是啊！因為你這可怕的男人守密工夫可好了，當初你跟高木說想收養佐石的女兒，這祕密你一直守到最後呢。」夏枝得意洋洋地反駁。
「……」
「反正啊，你對陽子比我重視多了。上次你上班，我送你出門，你卻連頭也不回，只顧著開開心心地跟陽子說話。」
夏枝的確每天早上都站在玄關目送啟造出門，但經常待他回頭，夏枝早已不見人影。
風琴聲停了，啟造這才清醒過來。一名坐在第一排的高大男人走到講壇下的桌前站定，眼鏡後那雙小眼睛目光柔和。
「第五四六首聖歌[60]。」主持人立刻說。
風琴聲再度響起，群眾同時起立。
「聖哉！聖哉……」
啟造求學時曾和傳教士學過英語，對這首歌並不陌生，但要他開口和信徒們一起唱歌，內心不太自在。
啟造剛才在門口的接待處登記了自己的名字，只要是住在旭川或近郊的居民幾乎都聽過辻口醫院，院長啟造的名字也算有名。他心底突然升起一股不安，擔心人們用好奇的眼光看他，奇怪辻口醫院的院長為何會突然上教堂。

聖歌合唱不知不覺結束了，接著是朗讀聖經。啟造翻著聖經，想要找出剛才主持人宣布的《路加福音》第十八章。身邊一名中年女人輕輕靠過來，幫他找到那一頁。啟造向女人點頭致謝，但覺得沒有人理睬比較輕鬆自在。

等群眾全打開聖經，主持人開始低聲朗讀：

「耶穌向那些仗著自己是義人，藐視別人的，設一個比喻：

有兩個人上殿裡去禱告，一個是法利賽人，一個是稅吏。法利賽人站著，自言自語地禱告說：『神啊！我感謝你，我不像別人，勒索、不義、姦淫，也不像這個稅吏。我一個星期禁食兩次，凡我所得的，都捐上十分之一。』那稅吏遠遠站著，連舉目望天也不敢，只捶著胸說：『神啊！開恩可憐我這個罪人。』我告訴你們，這人（稅吏）回家去，比那人（法利賽人）倒算為義了。因為凡自高的，必降為卑，自卑的，必升為高。」

念完後，主持人進行祈禱。祈禱完畢，主持人向大家宣布：

「今天請坂井寬子女士見證。」

一名穿著白襯衫和淺藍毛衣外套的年輕女孩起身走到台前。啟造有些失望，他原本期待能聽到牧師講道，他想這麼年輕的女孩能講什麼。

「我在大學社會福祉系念了四年，今年開始到老人院上班。」

女孩說話簡潔，沒有多餘修飾，但充滿抑揚頓挫的聲音很有魅力。啟造想起陽子曾到孤兒院做義工，環抱兩臂傾聽演講。台上這女孩年紀和陽子差不多，溼潤的雙唇間露出雪白的牙齒，看起來很健康。

---

60 中文歌名為〈三聖頌〉，歌詞為：「聖哉！聖哉！聖哉！萬軍之主，上帝，天地充滿祂的榮光。」

年輕女孩時而仰望屋頂，時而撫摸頭髮，但發言沒有停頓。

女孩說她剛開始上班時，別人問她在哪裡工作，她都得意洋洋地回答：老人院。因為那時她內心充滿幹勁，覺得自己變成那些苦命人的手與腳，內心感到非常自豪。這些感覺曾推動她埋頭苦幹，但她也發現，這些感覺背後還有一種期待被人誇讚的欲望在蠢動。女孩漸漸覺得良心不安，再也無法忍耐心中另有所求的自己。一天，她在偶然的機會下讀到一段聖經經文：

我若將所有的賙濟窮人，又捨己身叫人焚燒，卻沒有愛，仍然與我無益。[61]

女孩覺得這句話似乎毫不留情地指出了她的錯誤：她到老人院上班並不是為了愛那些老人，而是希望被人稱讚有愛心。

女孩毫不羞怯地以熱切的語氣講述了十五分鐘，那充滿青春氣息的演講吸引了啟造，不知從何時起，他全神貫注地傾聽女孩演講。如果沒有愛心，就算捐出全部的財產、焚燒自己的身體，一切都毫無意義。女孩提到的這段聖經內容，啟造實在無法輕易忘懷。

當初自己收養陽子，是因為怨恨夏枝，而不是出於愛心。自己經營醫院也不是為了病患，而是為了餬口。難道追根究柢，自己這輩子竟活得一點意義也沒有？一想到這，啟造心頭不禁湧上幾分悲傷。

站在講壇桌前的神父身穿西裝，看起來很年輕，大概只有三十出頭。啟造無法信賴這麼年輕的牧師，但舉目望去，至少有兩三位教友一看就像六七十歲，啟造很驚訝，沒想到這些人生經驗豐富的信徒願意傾聽這位牧師講道。

「今天讀了這段話，大家覺得自己是哪種人呢？各位是否會覺得，如果換成我，我才不會像法利賽人那麼自高呢？」

群眾彼此相視而笑，牧師也笑了。但啟造笑不出來，他還無法適應教堂的氣氛。只有自己笑不出來，他覺得好像被摒除在外。

「每個人都相信自己的言行是對的，在人的心底，再沒有比這更頑固的想法。」

牧師說著瞥了啟造一眼，啟造暗自一驚。那雙眼睛清澄美麗，卻散發出銳利的目光。他覺得自己似乎被那雙眼睛看透了。和那雙目光交會之後，他的心情才總算平靜下來。

＊＊＊

走出教堂，啟造在街燈照耀下停下腳步，路旁種著整齊的梧桐路樹。他吁了口氣，點起一支香菸，下意識地回頭仰望教堂。

剛才禮拜結束後，主持人向大家宣布說：

「讓我介紹一下今天第一次參加聚會的新朋友。」

接著，主持人報出啟造的姓名。他一臉尷尬地站起來，沒料到自己的姓名會被報出來。信徒席上一陣歡迎的掌聲，啟造微微點頭致意，重新坐下。他有些擔心，不知自己剛才是否露出不開心的表情。

「歡迎。我是川谷牧師。」牧師走過來對他說。

「初次見面。聽了您這麼精采的布道，非常感謝。」

啟造親切地向牧師打招呼。剛才幫他翻聖經的婦人也走過來說：

「哎呀！辻口醫生，好久不見。」

61 《哥林多前書》第十三章第三節。

原來女人是啟造的病患，曾住過院。啟造有種被人發現弱點的感覺，但能遇到熟人畢竟還是高興的事。

啟造悠閒地順著昏暗的六條大道緩步前進。還好今天到教會來了，他反倒對從前一直猶豫不決感到不解。

啟造在心底反芻著剛聽到的布道內容，打算回家後把今天的事寫信告訴陽子。

「每個人都相信自己的言行是對的。」

「人總是蔑視地問：『那傢伙良心何在？』他們以蔑視他人的方式強調自己的正確，總愛強調：不論是誰，都沒有一個好東西。」

「缺乏正義感的人總是蔑視他人。」

這些震撼人心的話語從牧師嘴裡說出時，啟造完全忘了他比自己年輕十幾歲。

「那麼我們該把正義感提高到什麼程度才好？對於這個問題，我無法在此具體列舉答案，因為現實世界並沒有正義的準則，我們只能回歸聖經的正義標準。」

牧師又說，然而，世人總把自己的言行當成正義的準則，對高於或低於這套準則的人，都會加以嘲笑。譬如中學生打掃教室，一名學生提議大家偷懶不掃，如果全體學生都表示贊成，就沒有問題，可是如果有一個人不願偷懶，這名學生一定會被視作討厭鬼。牧師接著說起自己從前的經歷，他曾在某機構上班，組長明明只出差一天，卻命他結算兩天的旅費，牧師拒絕組長的要求時，竟被罵了一句「你少囉唆」。

啟造對牧師的看法深表贊同。的確，世人都自認自己才是世間的準則。

「我到六條的教堂去了。」

回家後，啟造坦然向迎出來的夏枝報告去處，剛才出門時他只交代了一句：「我出去一下。」

「去教會啦？」

夏枝冷笑起來。啟造心頭不覺升起一股怒氣，她竟覺得自己去教堂是件可笑的事。

（原來如此，自認看法正確，並把自己的看法當作絕對標準的人，就是用這種眼光看人啊。）

啟造在心中自語。人總是認為別人的言行可笑，啟造想。

「聽了些什麼？」夏枝幫他更衣一面問道。

「內心無愛卻想講求正義的人只是徒勞而已。」

啟造想起牧師說過的話。他們夫妻倆整天都在鬧彆扭，就是因為彼此總在心中苛責對方的不是。認為對方不對，就表示自認是對的，以這種冷漠無情的態度講求正義，豈不是白費工夫？想到這裡，啟造的心情平靜下來。

「有些自認心地善良或言行正確的人，家裡總是吵架聲不絕於耳。如果他們能夠認清自己的缺點、錯處，應該就不至於吵架……牧師大概說了這些。」

「說得真好！老公，那你以後不會把我當成壞女人了吧。」

夏枝嘲諷地看著啟造。啟造默不作聲地走進起居室。

「醫生，您回來啦。」濱子端來一杯番茶。

「嗯，我回來了。」啟造柔聲答道：「阿濱妳有沒有聖經？」

「沒有。」

「我下次買一本送妳，讀讀看吧。」

濱子微笑著點點頭，轉身走回廚房。

「去了一趟教堂，怎麼突然變得這麼溫柔，你順道去過辰子家啦？」

夏枝抬頭望著坐在沙發上的啟造。辰子家就在六條教堂附近，夏枝八成誤以為他會故意繞去看由香子吧。

啟造無言地喝著茶。難得懷著清爽的心情回到家，如果又跟夏枝爭執，他覺得自己恐怕又會被拉回原先的生活。

「我若將所有的賙濟窮人，又捨己身命人焚燒，卻沒有愛，仍然與我無益。」

啟造反覆深思這段剛在教會聽到的聖經文字。

34 京都水

南禪寺的三門[62]，啟造和高木步履悠閒地走下石板路，右手邊的小溪發出潺潺流水聲。

「石川五右衛門就是在那座三門的門樓上嘆道：『絕景呀！絕景！』[63]如果換成今天，他不會說這種話吧。現在有飛機又有高塔，高處一點都不稀奇了。」

「對啊。」

「我這種粗人對寺廟之美根本一竅不通。辻口，寺廟這種地方應該當作建築物來欣賞嗎？」

「應該不是吧。」

「那我就算不懂什麼庭園、建築，也無所謂吧？」

啟造不禁苦笑起來。

一名導遊舉著小旗向前走去，一大群觀光客跟在導遊身後陸續前進，三五成群的學生和女人不時與啟造他們擦身而過。突然，啟造在小溪邊站住。溪水很淺，寬度只有一尺左右，水深甚至還不如一條排水溝。

「怎麼了？」

---

62 三門：京都南禪寺山門的別稱，因門樓下六根門柱的五個間隔中，共開三個門，樓高二層，現被國家指定為重要文化財產。

63 歌舞伎《樓門三五桐》裡描述石川五右衛門曾讚嘆三門上頭的風景。但這段故事實為杜撰，因三門建於西元一六二八年，即石川五右衛門死後三十年才建造。

「嗯，流水聲真好聽。咦？」

啟造蹲下身子，他覺得溪流裡有東西在動。仔細看去，原來是一隻顏色近似香菇的澤蟹，只見牠逆流而上，沿著岸邊的石塊爬行。

「高木，是澤蟹。」

「真的呢。」

高木也蹲下身子。一片黃葉漂過澤蟹身邊，牠的姿勢像是抱著自己的右鉗，一路側身橫行，走到一處石堆前，澤蟹突然消失在石縫裡，但才消失了一瞬，又爬出石縫，繼續抱著右鉗慢吞吞逆流前進。秋日溫暖的陽光下，啟造覺得心情變得柔和。

「螃蟹是橫著走路啊。」

「廢話，螃蟹當然是橫行啊。」

「不過，螃蟹大概不知道自己是在橫行吧？」

「什麼呀！又是辻口氏哲學？」

高木笑了起來。澤蟹又爬進另一個石縫裡。

「牠是想找個安全的住處吧？」

「哪裡！是石縫裡有很多小蟲啦。就跟人類一樣，沒有食物的地方牠是不會去的。」

「是嗎？原來牠是為了吃飽而拚命活著。」

澤蟹又沿著岸邊逆流而上。

「哎呀！是小澤蟹，用來炸天婦羅很好吃。」

兩個女人停下腳步看一眼，立刻又走開了。

「喂！辻口，你是到京都看澤蟹的嗎？京都還有很多值得參觀的地方喔。」

高木站起身子，啟造卻無法把視線從澤蟹身上移開。

兩人從南禪寺逛到清水寺，清水坂的狹窄坡道兩邊並排聚集了許多土產店，店內陳列著茶具、京都人偶、七味辣椒粉、陽傘、扇子等，坡道上擠滿行人，汽車在行人間往來穿梭。

「北海道才不會讓車子開進這種小路呢，簡直亂來嘛。」

每當高木側身讓車通過，都氣得直翻白眼。

啟造在欣賞商店櫥窗裡眉形柔和的京都人偶，他還不敢相信自己人在京都，他覺得彷彿有另一個自己在旭川的醫院裡替病患看病。

「喂！辻口，這裡有蛇目傘[64]唷，沒想到現在還有呢。」

高木指著一家店門嚷起來。只見店外放著幾座古老的石燈籠，石燈籠上方吊著四五把傘身細長的蛇目傘。

「噢，真希罕，最近都沒看到呢。」

「對了，買一把送給夏枝嘛。她撐起蛇目傘一定很美，她一定會喜歡的。」

「可是路上麻煩。」

「你這傢伙真會胡說。你能到京都，還多虧夏枝的安排呢。」

「夏枝的安排？」啟造疑惑地看著高木。

大約半個月前，高木突然跑到啟造家，慫恿他到大阪參加內科學會。啟造表示醫院工作太忙，沒法離開，高木對他說：

---

64 蛇目傘：大小同心圓重疊的花紋看來像蛇眼，稱為蛇目紋。傘面畫著兩個同心圓蛇目紋的日式油傘，稱蛇目傘。

「你不是常說想去京都走走嗎？這可是好機會。幹我們醫生這一行很不幸，不能隨便出門旅行，同班同學裡啊，畢業後從沒到過東京以西的人出乎意料地多。」

「可是大阪有點遠呢。」啟造露出為難的表情。

「哪裡遠了？從札幌坐飛機一下子就到了。你如果參加，我就陪你去。」

「陪我參加內科學會？」

「開玩笑！陪你去大阪和京都觀光啦。上次我們去佐呂別，你帶回一個由香子當禮物，這回到京都去，不知又有什麼大型京都人偶等著你呢。人生正因為這樣才有趣啊。」

高木的醫院有位能幹的副院長瀨戶井，而啟造離開醫院一星期，也並非辦不到的事。

「當院長的啊，偶爾也該出門幾天，這樣部下也會高興。」

啟造這次踏上旅途，總認為是衝著高木力邀才成行的。

「老實跟你說吧，是夏枝拜託我帶你去京都的。」

「夏枝幹麼拜託你做這種事？」啟造放棄那幾把蛇目傘，繼續向前逛去。

「夏枝擔心你得了精神官能症呢。」

「精神官能症？」

兩人被人群推著走，登上清水坂斜坡，家家商店都擠滿觀光客。但眾多土產店之間，有一間靜得像山洞的商店，只見店內悄無聲息排放著許多老舊罐子，罐裡分別裝著大得能塞滿嘴巴的糖球、麻花糖、鹹米果等。店外飄逸著一絲懷舊的氣息，不像其他土產店那樣嘈雜喧嚷。

「是啊。她擔心你得了嚴重的精神官能症，打電話跟我說，自從順子走後，你都不跟她講話，每天不知在想什麼。」

「是嗎？我倒不覺得有什麼不一樣。」

那天在河灘上，順子伏身於野菊花束上的身影仍然不斷浮現在啟造眼前，這他無法否認。只要想到順子不知受了多大的心靈創傷，啟造就痛苦萬分。或許是在意這件事，自己無意中很少開口。

「不，不只那樣。聽說你食欲變差，半夜還會突然爬起來，跑到佛壇前坐著。夏枝很擔心喔，差點去找高橋精神科的醫生商量呢。」

啟造臉上露出苦笑。

「哎，所以老婆不能不討一個。喔！辻口，那邊在賣玉米呢，可是好東西！」

前面路邊小攤上，兩三個穿牛仔褲的男人在烤玉米，並不時大聲吆喝招攬顧客，只見攤上貼著一張紙，以紅字寫著：札幌直銷。

「我們特地到京都來吃北海道的玉米啊？」高木開心地笑起來。

「對了，有一首歌叫〈陪伴公主去清水〉吧，就是一寸法師唱過的那首。」

「啊，有啊。歌詞裡說『清水坂上來了一個鬼』，喂，就是這附近吧。幸好後來惡鬼丟下那把萬能小槌逃跑了。可是現代的鬼早已進化，頭上沒長角的鬼變多啦，現在早就無法分辨誰是人誰是鬼了。」

「哎呀，故事裡的鬼其實就是人吧？我覺得任何人的心底都藏著鬼一樣的壞心眼呢。」

陽光很強，照在背上令人發熱。

背光的清水寺正殿浮在空中般現出清晰的輪廓，檜木樹皮堆成的栗色屋頂深深吸引了啟造的視線。他靠在內院的欄杆上，遠眺隔著深谷而建的正殿。

「人拍照時的臉真有趣。」

聽到高木這麼說，啟造回頭看，約三十名男女正對著相機一本正經地擺姿勢。雖然沒人發出指示，所有人都扮出相同的表情。或許每個人想要表現自我、努力展現最好一面時，都會露出那種表情吧，啟造想，他覺得自己一定也會裝出相同的表情。

拍完照之後，眾人臉上立刻換上生氣勃勃的表情，比剛才拘謹嚴肅的表情好看多了。

「表現自我是一件醜陋的事嗎？」

「是一種不太好的精神狀態吧。」

高木笑嘻嘻地看啟造，好像在笑他自我意識太強，啟造有些羞愧。

兩人悠閒地順著寺廟後方昏暗的山路往下走。啟造停步，打量眼前厚亮的葉片，納悶著不知是什麼植物。

「喂！你看這個！在我手上可以放十五六片呢。」高木指著掌心的楓葉說道：「這裡的楓葉好小啊，跟北海道的完全不同。我這人就怕對付小東西。」

「不錯，小東西向來讓你頭痛。」

啟造說完，覺得高木很不容易，這麼多年來，他一直在育幼院當醫療顧問。

「我真頭痛。京都這地方，連茶屋的坐墊都只有四分之一大，茶杯、茶碗也好小，簡直就像到了小人國。像我人高馬大，恐怕連一般民家的大門都擠不進去。」

啟造抬頭仰望細葉層層交疊的楓樹，這裡的楓葉和竹葉都生得細緻精巧，看著心情也變得柔和。啟造不禁懷疑，幾代之後，在粗獷的自然環境和酷寒氣候裡成長的北海道人，會變成與關西人截然不同的人種吧。

「唧！唧！」一陣陌生的鳥鳴從頭頂傳來。

「那是什麼？」

「誰知道，這鳥叫倒不太符合京都的形象。」

「叫聲好吵。」

啟造忽然渴望和陽子在這幽暗的山路一同漫步，和辰子同行也不錯，但他一點也不想和夏枝走在一起。

「那是什麼鳥？叫那種聲音。」高木轉臉問身後趕上來的兩名頭戴登山帽的青年。

「不知道啊。」

青年冷冷地答道，走遠了。沒多久，又有一對年輕男女兩小無猜地手牽著手，步履輕快地走來。

「請問一下，那種發出『唧唧』叫聲的鳥是什麼鳥？」

高木又問，兩名年輕人彼此互看了對方一眼說：「不知道啊。」說完便走了。

「居然說不知道，他們不是這裡的人嗎？」

「或許從小在城市裡長大，從沒聽過鳥叫吧。」

「他們都說不知道，我更想知道了。」

從枝椏間望去，清水舞台[65]更顯崇高宏偉，高度約有四五層樓高，難怪會有「從清水舞台跳下去的決心」這句話。看著那些粗得需要兩人或三人合抱的木柱，啟造腦中浮起眾多工匠在這山谷建造高樓的情景。有些工匠氣喘如牛，揮汗如雨，有些工匠甚至因公犧牲或受傷。剛才在南禪寺看到狩野探幽[66]畫在紙門上的老虎，啟造覺得似乎能從畫中窺見探幽的風貌，感受畫家的氣魄。

啟造從小在旭川出生、成長，他所熟知的歷史最遠只能追溯到祖父那一代，在他祖父那代之前，北海道

65 清水舞台：清水寺正殿前半部的露台建在山坡的斜面上，樓板下以一百三十多根巨木支撐，這種建築法又稱懸造或舞台造。清水舞台現被指定為國寶。日文「從清水舞台跳下去的決心」意指「下定決心要做某事」。

66 狩野探幽（一六〇二—一六七四）：江戶初期的畫家。他充分借鑑中國繪畫手法，精心創造，影響日本畫壇多年。

只是一片原始森林。當然阿伊努族也有歷史，但阿伊努族先祖留下的雕刻、繪畫，至多也是七八十年前的遺物，換句話說，也不過是不久前的事。

這次來到京都，啟造首次體驗到活在數百年前的感覺，不論京都的市街，或昨天參觀的孤蓬庵[67]地面石塊，莫不散發著數百年的氣息。以往只能從畫冊或書刊中接觸的景物，都存在於京都的現實裡。對出生旭川、住在旭川五十年的啟造來說，這些經驗新鮮又驚喜。

「喂，那位老人大概知道是什麼鳥吧？」

高木在他耳邊低聲說。舉目望去，啟造看到一個拄著枴杖的老人，正拖著兩腿動作遲緩地走來。老人身材瘦削，身穿灰毛衣，下面一條皺巴巴的長褲，眼皮半開，面無表情。啟造走上前去，恭敬地向老人行了一禮。

「冒昧請問，剛才啼叫的鳥是什麼鳥？」

老人沉默著兩手放在枴杖上，靜靜闔上眼皮。一分鐘、兩分鐘過去了，老人毫無動靜。半晌，老人半睜雙眼，低聲說了一句話後垂下腦袋。

「對不起。」

老人嘴裡只冒出「對不起」三個字，但話中蘊含著深摯的誠意。啟造盯著老人的背影，目送他遠去。只是一個路過的行人詢問鳥名，老人都那麼專注傾聽，並為無法回答而深深低頭致歉。啟造覺得很不可思議，他從沒想過世上竟有這樣的人。

僅僅一兩分鐘的接觸，老人讓他留下了深刻的印象。啟造目不轉睛目送老人，直到他轉身消失在山路上。

「真令人吃驚。」

「嗯，像他那樣的人，一輩子都過得很辛苦吧。每件事都看得那麼認真，一定很累吧。」高木也感慨地說。

鳥鳴不知何時已逐漸遠去，啟造和高木繼續沿著和緩的山路下山。

「不過只是被問了一個鳥名，也不必表現得那麼抱歉啊，讓提問的人也不好意思，好像做了壞事似的。」

「你說得也沒錯……」

但我實在太缺乏這種愧對於人的心了，啟造想。尤其是對陽子，我就算向她說上千萬遍抱歉也不夠。如果我是剛才那個老人，我會如何向陽子表達歉疚呢？為了報復妻子而收養陽子，如果做出這種恐怖行為的人是那個老人，他肯定會愧疚得活不下去吧？而我犯下這種該死的罪行，卻還厚著臉皮活下去。啟造不禁在心底深切反省。

「辻口，你有些地方和那老人很像。如果不小心點，會活得很累唷。」

「我像他嗎？我還在想，要向他學習呢。」

「別開玩笑了！人家只問一個鳥名、一個花名，就一一露出萬分抱歉的表情，我看了都覺得累。」高木笑了起來。

「咦？怎麼聽到烏鴉叫？」

「好不舒服的叫聲，發生什麼事了？」

兩人加緊腳步下山，右邊路旁堆著幾座像被棄置的小小地藏菩薩石像。

一隻烏鴉在石像前用力振翅，時而撲向地面，時而飛上高空，嘴裡還不停發出「呱呱呱」的難聽聲音。人群遠遠地圍觀著。

人群的視線都集中在苔蘚上蜷成一團的小蛇，烏鴉圍著小蛇飛上跳下，威嚇地猛力拍著翅膀，小蛇的三角蛇頭隨著烏鴉的動作不停轉動。

67 孤蓬庵：京都著名庭園，不對外開放，由江戶初期的茶人小堀遠州創建。

突然，烏鴉像是看出空隙，忽地一下撲向蛇身，但牠還沒撲到，小蛇就箭一般衝向烏鴉，紅得像火的蛇信一閃，烏鴉吃了一驚，不敢再撲，小蛇又重新捲起身子盤成一團。

「這可是背水一戰，不是吃掉對方，就是被對方吃掉。」

高木低聲說。烏鴉被小蛇偷襲後不敢再隨意進襲，不斷發出恐怖的叫聲，小蛇則保持靜止不動。觀眾裡有人看累了，轉身打算離去，就在這一瞬間，烏鴉突然以迅雷不及掩耳的速度撲下來，一口銜住細細的蛇尾飛上天空。

「厲害！」

眾人驚得倒吸一口冷氣。但不知為何，烏鴉把小蛇叼到兩三公尺的高空後，又拋下了蛇，飛回枝頭休憩。

「牠放棄了吧。」

高木凝視著烏鴉說。俯視蛇的烏鴉眼神凶猛，小蛇像化成苔蘚似的一動也不動。人群散盡，烏鴉可能也死了心，飛得不見蹤影，只有那條蛇和盯著蛇的啟造，依舊文風不動地留在原地。夕陽餘暉照射在綠色的苔蘚上。

「喂，走吧。」高木取出菸叼著，一面催促啟造。

「嗯。」

啟造仍蹲在地上觀察那條蛇，過了好一陣子，小蛇才鬆開盤繞的身軀，咻地消失在地藏菩薩石像後。

「那是什麼蛇？對烏鴉警戒這麼久，也不動一下。」啟造這才站起身來。

「你這傢伙真教人受不了，澤蟹也好，小蛇也好，都要看到滿意為止。結果不動的根本是你自己，辻口比蛇還厲害啊。」

「抱歉讓你久等了。」

啟造這才發現高木其實很有耐心，一直耐著性子配合自己。

「看你態度認真的，很令人欽佩唷。」

只要有心學習，不論從螃蟹或蛇身上，都能找到值得效法的地方，啟造想。

「對了，我們今晚到祇園玩吧？」

「祇園？」

啟造露出退縮的表情，陽子的臉孔浮現在他腦中。

「夏枝說了，不論祇園也好哪裡都好，要我帶你好好玩。」

啟造苦笑起來，又回頭望了一眼剛才小蛇盤踞的地點。

＊＊＊

「只住三晚似乎太短了。」

從飯店出來，兩百公尺外可看見鴨川。啟造和高木靠著橋上護欄，深情地向清晨的京都市街告別。薄雲籠罩的天空下，東山群峰似乎還在沉睡。

「時間過得好快呀，三四天根本無法了解京都。」

「話是不錯，看樣子不住下來沒辦法了解，不，就算住下了也不見得能懂。所謂的了解，是分很多層次的。不過我們這次寺廟也看了，佛像也看了，祇園和高瀨川都參觀了，甚至連保津峽和北山杉[68]也見識到了。哎，應該算很夠本的一趟京都之旅啦。」

68　京都市嵐山的渡月橋至保津川的風景區稱為保津峽；北山杉為京都北山所產的杉樹，多用來建造茶室。

「嗯，確實走了不少路。」

「辻口你覺得哪裡最好？澤蟹還是小蛇？」高木說著笑起來。

「各處都很不錯，可能到處人山人海，反而是不見人影的孤蓬庵給我留下了深刻印象。」

孤蓬庵並不對外開放，普通遊客一律謝絕參觀。但啟造他們有位大學時代的朋友和創建人小堀家熟識，所以這次是以訪友的形式跟著朋友入園參觀的。

他們悠閒地坐在孤蓬庵空蕩蕩的茶室裡，只見室內光影浮動，一片明亮。庭院地面鋪著白色碎石，石缽裡裝著清水，在茶室的細沙塗料屋頂上反射出光輝。整座建築是經過周到縝密的構思而建成，細膩的設計使人難以忘懷。啟造從茶室眺望庭院時，不禁再三感嘆：「真不愧是京都啊！」

園內每個角落都是精心設計的成果，譬如樹牆的種植位置，是在計算室內觀賞者視線高度之後才決定的；凹室裝飾架的擺放角度，則是為了增加視覺深度而設定。啟造聽人說過，枯山水庭園[69]是反映禪宗思想、讓人嚴肅地凝視內心的宇宙。他雖然不懂禪為何物，卻看懂這裡的一石一木都具有深意，沒有一樣東西可以省略。而且，這裡的每棵樹、每塊石頭都互相影響，發生作用、調和。換句話說，一石一木都具有各自存在的意義與使命。

啟造又想到自己身邊的人，夏枝、阿徹、陽子、高木、村井、辰子、由香子、順子、佐石、三井惠子、北原……在這些人當中，有的是他不樂見出現在自己人生的人物，譬如佐石和村井，但如果沒有他們，陽子、順子和惠子不會出現在自己的生活中。啟造已經無法想像沒有陽子的生活會是什麼樣了。

（換句話說，因為有他們在身邊彼此消長共存，我的人生才能存在。）

啟造當天就是想著這些事，眺望孤蓬庵的庭園。

「嗯，孤蓬庵很安靜，很不錯。不過像我這種野人，還是待在單純樸實的北海道大自然比較輕鬆。」

高木看來有些睡眠不足。

「當然，我也很喜歡北海道，不過京都市街有數千年歷史，到這裡來好像在與古人對話，很合我的個性。」

「不錯，你這傢伙總在心底嘀嘀咕咕，有說不完的意見。對了，辻口，這麼古老的城市，為什麼改革勢力這麼強[70]？」

橋上往來車輛似乎變多了，啟造望著橋下奔流的河水說：

「這問題我也想過。好，就說說看我這鄉下人的看法好了，從我們這三天的行程來看，不論是現存的文化財產，或古時的寺廟用地、建築物、佛像，沒有一樣是屬於庶民的。換句話說，京都文化是藩屬貴族的。」

「嗯，大概是吧。像小堀遠州[71]的房子，就不是我們的財力蓋得起的。」

「對呀，金閣寺當初是足利義滿[72]的山莊，清水寺也是德川家光[73]重新修建的。」

「追根究柢，這些都是從庶民口袋壓榨的金錢建造的。」

「是啊。有人說史學家是『向後看的預言者』，如果細心探究京都文化，說不定會聽見千年來那些庶民的呻吟呢。」

---

69 枯山水庭園：枯山水是日本庭園造景的一種表現，意在表達深層哲理與意境，並非現實庭園之美，通常不用日本庭園常見的樹木、池、亭等材料，而採用岩石和簡單的蘚苔類植物，另外加上白色碎石。

70 京都的政黨歷來常和政府唱反調，譬如京都的共產黨勢力比日本各地都強。

71 小堀遠州（一五七九—一六四七）：江戶幕府初期的茶道師，也是日本歷史上非常了不起的藝術家，開創「借景式庭園」設計。

72 足利義滿（一三五八—一四〇八）：室町幕府第三代將軍。

73 德川家光（一六〇四—一六五一）：江戶幕府第三代將軍。

「出力吃苦的總是老百姓，換作現在，一定會引發大規模的勞資糾紛吧。」

「當然京都大學的河上教授和瀧川教授[74]影響也很大。總之啊，長久的歲月裡，京都居民一直在觀望自己的都城，說不定都變成『向後看的預言者』了。」

「原來如此。所謂的預言者，總是能領先別人一步。如此說來，是藩屬貴族留下的文化觸發庶民進行深思吧。嗯，你的看法也有道理。所以說，不能盡如人意的，不只是比叡僧和鴨川水[75]喔。」

街上清晨氣氛轉淡，往來行人愈來愈多了。

聽到「不能盡如人意」，啟造忽然想起曾在高桐院看到細川伽羅奢[76]的墓園。細川伽羅奢是叛臣明智光秀的女兒，在高山右近的引領下成為基督徒，最後被武將石田三成下令自裁，但直到臨死前，她仍然堅守教義，不肯觸犯基督教視為罪惡的自殺罪行，她身邊的老臣只好代為動手。啟造深受感動，因為這位活在數百年前的女子擁有不受他人左右的靈魂。

---

74 河上肇，京都大學教授，曾翻譯馬克思的《資本論》，辭職後投身共產主義的實踐活動，被檢舉參加日本共產黨而入獄。瀧川幸辰，曾為京都大學法學部教授，遭受當時貴族院議員指控為共產主義宣傳，被迫停職。這件事引發京都大學其他教授不滿，法學部有三十多名教師辭職，而後更引發罷課、休學等事件，後稱瀧川事件或京都大學事件。

75 比叡山的和尚和鴨川的河水都曾遭受整治。比叡山延曆寺原是日本佛教大本營，戰國時代曾參與剿滅織田信長的行動，因而遭到織田信長焚毀山頭，屠殺大量僧侶。鴨川自古多氾濫，歷經多次整治改道，目前的鴨川已非原始面貌。

76 細川伽羅奢（一五六三—一六〇〇）：本名明智玉，伽羅奢是她的教名。因信奉基督教而觸犯幕府發布的禁教令，被豐田秀吉手下大將石田三成處以自裁，屍體埋葬在大阪崇禪寺，京都大德寺廟的高桐院和熊本泰勝寺也有她的墓園。明治時代的基督徒為了表達讚美之意，稱她為細川伽羅奢。

35 晚秋

登上堤防後，實驗林東方的十勝岳遙遙可望，山頂早已覆滿積雪。今天的萬里晴空下，山峰像被拱上天空似地逼近眼前。

昨天是星期六，阿徹和陽子都從札幌回來，因為今天是夏枝的生日。實驗林裡一片濃綠，夾雜其間的金褐色落葉松林格外引人注目，阿徹的視線停留在那些葉片上，嘴裡問陽子：

「妳還去參加黑百合會的聚會？」

陽子身上穿著乳白色大衣，釦子並沒完全扣上，裡面是一襲淺褐背心裙。阿徹覺得她這身打扮非常別緻。

「偶爾會去。」

自從達哉加入黑百合會，陽子變成每月出席一次。

兩三天前下過一場雪，堤防的暗處仍有些零星殘雪，但是陽光照在身上很暖和，一點也不像十一月中旬的天氣。乾枯的蘆葦穗隨風搖曳，山白竹的樹葉不時發出沙沙聲響。

「達哉最近沒到宿舍找妳了吧？」

「嗯，但常在教養部的餐廳碰到他。」

達哉似乎存心埋伏，好幾次都坐在陽子身邊的座位。

「希望能繼續平安無事下去。」

「對呀。雖然達哉還是常邀我去小樽玩，但最近脾氣不再那麼衝動了。」

「他大概不知道他母親來過旭川。」

「要是知道可不得了。」

「那可糟了。對了，北原最近如何？我都沒碰到他。」

阿徹輕鬆地問。他從昨天就一直想問這個問題。

「我每星期和他見一次面。」

「……」

「也沒什麼話好說，只是在街上散散步。」

阿徹沉默著走下堤防，朝歐洲雲杉林走去。他一直欣喜期盼，以為陽子到札幌後他可以帶她四處閒逛，誰知半途殺出一個達哉，使得阿徹不但沒法去陽子宿舍找她，也不能和她一起上街。北原卻可以隨意和她見面，阿徹不免一肚子氣。

「哥。」

聽到陽子呼喚，阿徹回過頭來。

「你生氣啦？」

「沒有，只是有點寂寞。」

阿徹凝神注視逐漸走近身邊的陽子。

林中雜草只剩下莖梗，五加樹皮的荊棘完全展露在外，大部分野草都枯萎傾倒，唯有纏繞在歐洲雲杉上的蔦蘿葉仍一片青綠。兄妹倆來到河邊，對岸是整片芒草，花海般閃著白花花的光影。

陽子望向上游的河灘，想起了順子。順子愛著阿徹，陽子一想到這，覺得自己和阿徹站在這裡有些愧對順子。

愛慕阿徹的順子知悉琉璃子的事後，心裡肯定痛苦無比，陽子想。與阿徹並肩站在河邊，她覺得彷彿能深切體會順子心中的痛。

「順子小妹的事，我聽說了。」

阿徹突然低聲說。陽子不覺一驚，她希望這件事能瞞著阿徹。

「真令人意外，沒想到她是佐石的女兒。」

「哥什麼時候聽說的？聽誰說的？」

「當然是從媽那裡，她立刻就打電話給我。」

「打電話？」

「嗯。媽跟我抱怨，這事爸和陽子都瞞著她，只有她不知情。媽說得也沒錯，不過……媽這個人是無法信賴的。」

啟造曾再三叮囑夏枝，要她不告訴任何人。

「這種事不用你說，我也知道。」

夏枝當時還這麼反駁，結果一轉身就打了電話通知札幌的阿徹。

「這件事原想瞞著哥哥的。」

「為什麼？」

「如果哥知道了，順子小姐心裡一定很不好受吧。」

「……」

枯萎的艾葉變成茶褐色，在風中發出清脆的沙沙聲。

「哥，順子小姐很了不起喔。」

「嗯，她知道自己的出身，還能那麼開朗。」阿徹表情凝重。

「順子小姐也想過自殺，也痛恨過生父，但她現在已能同情生父，把殺死三歲小孩的他想成毫無自制能力的可憐人。」

「那就好，因為不願寬恕的人是絕不會幸福的。」

我要到什麼時候才能原諒小樽的媽媽？陽子想。生母惠子背叛丈夫，生下其他男人的小孩，陽子還是難以接受。她覺得自己會這麼想，並非純粹出於年輕女孩的潔癖。

阿徹像要擋住河風，走近陽子。陽子以淺藍緞帶束起的長髮在風中飄動。

兩人走上通往下游的小徑，路邊長滿山白竹。平時他們很少走這條路。

「我希望順子小姐過得幸福。」

「是啊，我也希望。從媽口中聽說順子小妹的身世後，我真心希望她能幸福。」

阿徹的聲音裡飽含柔情，陽子瞥了他的側臉一眼。阿徹眉宇間依然有些神經質，但具有青年特有的清新氣質。

（如果順子小姐嫁進辻口家……）

如果阿徹願意娶順子，那他一定會像愛自己那樣愛著順子吧，陽子想。

陽子和阿徹雖是戶籍上的兄妹，但只要提出兩人並非親兄妹的證明，就可向家庭法庭申請結婚。這件事陽子早已從阿徹口中聽說了。但她心裡還是希望，阿徹能娶順子。陽子認為自己的心意沒有一點虛假，但是萬一阿徹真的要和順子結婚，自己是否真能誠心祝福他們呢？陽子這才發覺不知從什麼時候起，自己對阿徹的感情已經發生微妙變化。

陽子撿起一根掉落在小徑的烏鴉羽毛，手轉著羽毛對阿徹說：

「順子小姐要是聽到哥哥的話，不知會多高興呢。」

「陽光好暖和啊，不過馬上就會下雪了，漫長的冬天就要來了。」阿徹顧左右而言他，「對了，這個新年我們再去十勝岳滑雪吧。」

阿徹回頭眺望遠處的十勝岳山脈。從小學起，兄妹倆每年元旦都會一起到河對岸的伊澤滑雪場玩上一整天。

「也邀北原先生和順子小姐一起去吧？」

「不，我希望只跟陽子兩個人去。」

阿徹難得快活地說。他看到陽子沉默不語，便停下腳步。

「陽子。」

「什麼？」

「順子小妹有她自己的人生。她很聰明，我們可以放心，她一定能找到自己的幸福。」

對岸一輛推土機反覆挖掘河沙，機器聲不斷隨風飄進耳中。

（我們……）

陽子望著對岸，腦中思索著阿徹話中的含意。

＊　＊　＊

「是嗎？阿徹和陽子都回來了？特地回來為夏枝慶生啊。」

辰子端著茶杯，來回打量啟造和夏枝。

「因為我生日正好碰上星期天嘛。」夏枝顯得非常開心。

「妳收到什麼賀禮啊？」

「阿徹送的是優佳良織的呢料錢包。這個，妳看！」

「啊唷！是木內小姐設計的？很好嘛。」

優佳良織是辰子的朋友研發的一種呢料，是富有北海道風情的手織民俗藝品。

「陽子送的是這個喔。」

夏枝以眼神示意牆上的一幅白百合畫。是幅筆觸大膽的水彩畫，深藍背景襯托著幾朵帶著花苞的白百合花。

「哇，陽子畫得好棒啊。」

「裝在畫框裡，所以看起來很像樣啦。」

「哪裡，陽子畫得很好。畫風一點也不做作，她很有繪畫天分呢。」

聽了啟造的話，夏枝嘴角浮起嘲諷的微笑。

「因為你也畫畫，有欣賞的眼光。」

「總之啊，夏枝，妳真幸福。對了，讓我不客氣地問一句，兩位打算讓阿徹和陽子如何發展？」

「那還用說，阿徹很想娶陽子，只要陽子不反對，我覺得畢業前先結婚也可以。」

濱子捧著裝滿的熱水瓶走進來，辰子等她出去才開口。

「那老爺怎麼想呢？」

「噢，這要看他們的意思。只是當作兄妹撫養的兩個人要結婚，我覺得……」

啟造嚥下了「像亂倫」幾個字，沒再說下去。

「老爺的心情我能理解，像我這種明瞭內情的人，這些年來一直沒把他們當兄妹，可是不知道內情的人很難不大吃一驚。」

「外人當然會那麼想。而且我看，陽子似乎只把阿徹當哥哥看待。」

「不見得喔，老公，陽子進大學後，兩個人不是分開住嗎？又因為三井家那個兒子，阿徹不能隨便上陽子那裡去，他們倆也拉開了距離。」

啟造聽了夏枝的話，臉上露出不悅。

「是嗎？」

「對呀。我從昨天就在注意他們倆，陽子對阿徹的態度不一樣了。」

「那很好啊。如果陽子也有那個意思，阿徹的心願也能實現了，老爺，對吧？」

辰子對面帶愁容的啟造說。

「我的腦筋就是轉不過來，總想成是兒子娶女兒，難免就……」

「可是他們真的沒有血緣關係啊，完全不成問題嘛。」

夏枝看到啟造為難的表情，故意斬釘截鐵地說。

「哎，也不是現在要解決的問題，不必急著做出結論。」

「啊？那可不一定唷。說不定他們正在實驗林裡商量結婚的事呢。」

「開玩笑，簡直胡鬧！」

「啊？什麼事胡鬧？我跟妳說啊，辰子，辻口特別寵陽子喔，好像連給阿徹做老婆都捨不得呢。」

「亂講！別胡說八道。」啟造慌忙答道。

「老爺是有潔癖啦。說穿了，他是覺得像亂倫，心裡不願意吧。」

「哎唷，妳好討厭喔，辰子。才不是亂倫呢，阿徹和陽子又沒血緣關係，他們只是戶籍上的兄妹嘛。」

夏枝不高興地說。

「我可沒說他們亂倫，只是老爺沒把陽子當外人，才抗拒她嫁給阿徹吧。」

「所以辰子的意思是，辻口沒把陽子當外人，我反而把她看成外人嘍？」

「真是蠢話，別把話扯遠了。」辰子笑起來，被茶嗆得輕咳幾下，「夏枝這人雖可愛，可她老愛鑽牛角尖，老爺您可真辛苦啊。」

啟造苦笑起來，但夏枝笑不出來。

「總之啊，陽子是大眼睛，阿徹眼睛比較小，從優生學來看，長得不像的人結婚最合適了。」

「原來如此，跟不像的人結婚就能生出優秀的孩子，仔細想想，這話好像隱含著深奧的道理喔，辰子。」

這時阿徹和陽子散步回來，辰子對他們倆說：

「我們正在聊有趣的事喔。」

「聊什麼？」

阿徹從毛衣外套口袋掏出菸盒，抽出一支菸，他突然想到辰子，便把手裡那支菸遞過去。

「噢，謝謝，可是真抱歉，阿姨已經戒菸了。」

「啊？戒菸了？」啟造和阿徹同時反問。

「啊？妳戒啦？難怪今天沒看妳抽菸，我還在納悶妳怎麼了。」

夏枝和陽子也感到意外。

「真討厭，大家都這麼驚訝啊，簡直就像聽到我宣布要結婚嘛。」

「可是，阿姨，這可比您要結婚更驚人。從某個角度來看，結婚要比戒菸容易。」

「啊？你說這種話好嗎？阿徹，如果未婚妻聽到了會生氣喔。」夏枝瞥了陽子一眼。

「哪裡，辰子，阿徹說得沒錯，跟意中人結婚，或許的確比戒掉偏愛的香菸容易。」啟造表示同感。

「阿姨，為什麼戒菸呢？」

「只因為這個理由？」

「上次和跳舞的朋友聊天，怪我自己不小心說錯話，我說：現在空氣汙染這麼嚴重，真不該抽菸。」

「對呀，第二天就戒掉了。」

「阿姨妳真了不起。」

「只怕有心人嘛，重要的是有沒有心。多虧我戒了菸，現在吃飯胃口好，身體也變好了。」

「因為辰子意志力堅強啊。」

「爸的意志力也很強啊，只是您做出決斷要花上時間。」

「阿徹也把菸戒了，就能長胖一些，不是很好？」

「嗯，我考慮看看。對了，剛才說在聊有趣的事，是什麼事？」阿徹把菸灰彈在菸灰缸裡。

「哎唷！是什麼來著？啊，對了，是在說怎樣的對象適合結婚。」

「至少我爸和我媽是不適合的。」阿徹笑嘻嘻地說。

「對了，辰子，妳知道嗎？辻口最近開始上教堂喔。」

聽到阿徹說他們夫婦不適合，夏枝想轉換話題。

「哪家教堂？我怎麼會知道？是六條教堂嗎？」

「對呀，就是辰子家附近那間。」啟造害羞地答道。

「啊！那太見外了，順便到我家坐坐，您也不會吃虧呀。」

「哎呀，真不好意思。」啟造抓著腦袋說。

「最近天氣不是變冷了，我真不想讓他到教堂去。他從去年就常常出現嚴重的耳鳴，我好擔心他的血壓啊。」

「啊？血壓高嗎？可是老爺看起來不胖啊。」

「哪裡，我的血壓算低的了。都跟夏枝說沒關係了，可是每次要出門，她總叫我不要去。」

「因為媽不是擔心您的血壓，只是不想讓您到教堂去啦。」阿徹露出老氣橫秋的笑容。

「阿徹真會胡說，我是真的擔心你爸的健康啊。」

「誰知道，真的嗎？媽是因為爸要參與一個您不了解的世界覺得抗拒吧？覺得不安與嫉妒，擔心爸變成另一個世界的人。」

「真是胡說，阿徹。你爸上教堂，脾氣也會變得寬容，媽媽再贊成不過了。」

「妳也太貪心了。這麼一位完美的老爺，還希望他變得更好。」辰子笑了起來，「總之，老爺，回家時上我那坐坐吧。我幫您熱瓶酒，讓您全身暖和起來。」

「阿姨，您說這種話，我媽真的會生氣唷。」

陽子這時悄悄起身走向廚房，阿徹目送著她的背影，豎起兩隻食指放在自己頭頂[77]。

「沒關係呀。不過夏枝既然這麼擔心老爺，妳可以一起去嘛。府上這對夫婦也不知為什麼，很少一起出門呢。」

經辰子這麼一提，啟造這才驚覺的確只有參加醫院職員婚禮的時候，自己和夏枝才會一起出門。就連屋後那片實驗林，兩人也幾乎從沒一起散過步。他記得剛結婚那幾年，情況還不是這樣。

（從什麼時候起……）

我們竟變成一對不再並肩同行的夫妻？啟造臉上露出深思的表情。

濱子和陽子忙著準備慶生宴菜肴，熱鬧的切菜聲和流水聲不斷從廚房傳來。

「由香子每天都在做什麼啊？」

「還在練習三味線，她的性格不做到完美絕不罷休，值得寄予厚望唷。」

「辰子，那妳就可以放心啦。」

「誰知道啊，這樣就能放心嗎？個性執著有優點也有缺點啊。」

辰子表情複雜地看了啟造一眼，啟造不由得調開視線。

原來由香子對自己還沒忘情，啟造想。他有時也會想起她，但當初在豐富溫泉重逢時那種錐心的感覺，已逐漸變淡了。啟造曾經非常憐惜由香子，甚至有種想把她攬進懷中的衝動，但那種感覺沒有持續很久，一方面因為啟造道德觀很強，另一方面是他優柔寡斷的性格使然。此外，他心底尚有另一種更曖昧模糊的存在。

剛遇到惠子的那段日子，啟造被她充滿蠱惑氣息的表情深深吸引，由香子在他心裡的比重因此逐漸減輕。眼前的辰子也一樣，啟造不認為她只是妻子的朋友，他甚至幻想過辰子變成自己老婆的生活。辰子在他心中不單單是一個女人，她還能在他心靈深處提供暖意，使他得以放鬆。

（是我心裡太混亂不堪。）

啟造又想起，自己對陽子不也懷著搖擺不定的情思。

「怎麼了，爸？您從剛才就心不在焉，一直胡亂附和。」

---

77 表示頭上長角，亦即生氣之意。

耳邊傳來阿徹的聲音，啟造這才如夢方醒般抬起頭來。

「好討厭喔。」夏枝輕輕瞪了他一眼。

「什麼事討厭？」

「老爺，我說最近村井先生常來找由香子，結果您竟回說：『那很好啊。』難道您真的覺得很好嗎？」

「這……哎！有什麼關係，只要雙方都願意的話。」

「老公，你這話她要是聽到了，一定很高興吧。」

夏枝露出嘲諷的笑容。

「可是，阿徹，你和陽子的事，你爸卻說不同意喔。」

「夏枝，妳不能這麼說話。事關重大，應該更謹慎一點。」

阿徹皺起眉頭，轉眼望向院中以稻草裹住準備過冬的紫杉。

36 閃爍

飯店餐廳一角裝飾著大棵聖誕樹，五彩繽紛的燈球閃爍不已，手捧銀盤的侍者川流不息地在餐桌間往來奔忙。

「……反正啊，阿徹，你已是辻口醫院未來的院長人選，幸福就像一幅畫掛在你面前了。對吧？高木先生？」村井動作靈巧地切著牛排。

「嗯，說得沒錯。像辻口醫院這種大醫院，可不是一代人就建立起來的。」

「對嘛，要獲得病患的好評與信賴，可不簡單。」

「『尤其是眼科』，你想說這句話，對吧？」高木笑了起來，「來！第三代院長，加油喔。」

高木把啤酒倒進阿徹杯中。

「說不定我這第三代是個敗家子呢。」

村井的話令阿徹很不愉快，村井從剛才就一直提阿徹將來會當院長的事。

自從阿徹年少時聽說村井吻過母親夏枝，他就一直很討厭村井，今天之前，阿徹幾乎沒和村井講過話。

兩三天之前，阿徹因手頭拮据打電話回家，不久他接到高木電話，通知他去拿錢。據說因為年底郵局業務繁忙，家裡的錢無法及時寄達，碰巧村井有事要到札幌，家裡便託他帶錢來。阿徹到了高木家，高木便請他和村井一起到圓山飯店吃飯。

「有什麼關係，反正有一位能幹的副院長呢。」

「不，高木先生，我再沒志氣，也不想伺候第三代院長啦。我該自己開業了。」

「喔，要開業啦？你終於下定決心了？」

「對，要開了。我的醫院只要一開張，第二天病房一定會客滿。這麼多年了，我在辻口醫院也服務得夠久了，多少也算贖了點罪吧。」

「什麼意思？你說的贖罪？」

「你怎麼想都行。」

阿徹看了村井一眼。村井咧嘴嘻嘻笑著，抓起餐巾擦掉鬍子上的啤酒泡。雖然他只是胡亂一抹，但姿勢自然流暢，就連使用刀叉的動作也顯得那麼熟練。

（你怎麼想都行……）

阿徹不相信村井會對琉璃子的死感到責任，更不信他會為了贖罪才在醫院工作二十年。高木瞥了阿徹的表情一眼，說道：

「說這種話也沒用。像你這麼罪孽深重的人，再也找不出第二個了。」

紅牆上映著黃光，在整天開著燈的餐廳裡常令人搞不清是白天還是晚上，但光從顧客營造出的熱鬧氣氛可以清楚知道現在是晚上。

「看來高木先生很不信任我嘛。」

「會信任你的，只有病患。」

「有人說過，醫生只要能受病患信任就夠了。不論醫生態度多親切，品行多端正，如果無法正確診斷與治療，那就一點用處都沒有。男人只要會工作就好，對吧？高木先生。」

「你的想法太天真了，也有男人像阿徹他爸那樣，不但醫生工作幹得好，也懂得經營，私生活方面更值得做為表率呢。」

「院長喔，他可不是一般人。聽說他到了京都，連祇園都不願意去呢。」

「是啊，真拿他沒辦法。好不容易到了京都，想拉他一起去看看那些背後拖著長腰帶的舞伎，可他卻不肯點頭，推說那些地方是青樓。我說，我們是去觀光的，硬是把他拖去。他這人打從骨子裡和我們不一樣啊。你怎麼看？阿徹？」

「誰知道，我爸也是男人啊。」

鄰桌的三位女客看了他們一眼，走出餐廳。

「是嗎？既然同樣是男人，他能如此坐懷不亂，那村井大醫師應該也能效法嘍，是這個意思吧？」

村井嘴邊露出淺笑，吐出一口煙。

「好吧，我就受教，老實點吧。對了，高木先生，院長家的陽子那雙眼睛真是漂亮，像一汪深潭似的要把人吸進去，挺危險的。至於將來能娶到她的幸運兒，今晚不知在做什麼呢？」

阿徹沉默著喝一口啤酒。

「這我怎麼知道。對了，村井，你真的打算開業？」

「當然。」

「開在哪裡？」

「我是很想開在札幌，不過還是會開在旭川吧。」

「到札幌來吧？」高木試探地看著村井。

「也好。」

「那你就到札幌來吧，咲子和孩子也在這裡。」

「真討厭，老說這種話。我才不管咲子在幹麼。不過札幌人口多，工作應該容易一些。」

平日總是臉色鐵青的村井臉頰微紅，一雙眸子不時露出陰光，嘴角浮現自嘲的微笑。阿徹不懂母親怎麼會看上這種男人。如果母親對高木有好感，他還可以理解，高木言行看似輕狂，卻不失溫暖與熱忱。

阿徹在村井身上除了拒人於千里之外的冷酷，與難以形容的沉鬱眼神外，再也看不出其他特點。這男人的血管裡根本沒有愛女人的熱血，阿徹想，或許是他那齷齪貪婪的情欲讓女人產生錯覺，以為這就是愛情吧。

「反正不管你在哪裡開業，不要忘了札幌的孩子。」

「就算我想她們也沒用。」村井反駁地說。

「話是不錯，不過啊，自己覺得『想也沒用』的事，再多想想，多思考一下，有時也能想出辦法喔。」

飯後的甜點水果和咖啡送上來。

「原來如此，可能想出辦法嗎？對了，高木先生，我說那個松崎啊……」

「我知道，就是阿辰家的那個女孩吧。」

「那女孩也教人無可奈何，有沒有誰能讓她也『有辦法』啊？」

說著，村井朝侍者豎起修長指頭，彎了一下。

「阿辰不是在教她彈三味線，想辦法讓她『有辦法』嗎？阿辰真偉大，一句怨言也沒有，她等於在幫你擦屁股呢。」

侍者走近桌邊，村井和他要了冰水和牙籤。

「阿辰跟我配不配？高木先生。」村井一本正經地問。

「很相配呀。對吧？阿徹。」

阿徹的表情分不出是微笑或苦笑，但仔細想來，辰子和啟造或高木都相配，阿徹覺得她就算和村井結了婚，說不定也能過得不錯呢。

「真的嗎！高木先生。」

「對呀，那傢伙對付不了的男人，恐怕一個也沒有吧，只是配你太可惜了。」

村井別有深意地笑著，喝了一口咖啡。

「阿徹，看來我真不討人喜歡呢。但就算高木先生說得這麼不客氣，我可一點也不怕，因為他心無城府。城府深的人，好可怕唷。就算什麼都不說，也很嚇人呢。」

阿徹立刻明白村井指的是自己的父親啟造。

＊＊＊

高木和村井並肩走在前面，阿徹緊跟其後，三人一起走出餐廳。寬闊的通道兩旁並列許多商店，其中有賣優佳良織的藝品店，還有首飾店和皮草店。幾名像是飯店房客的男女正在挑選商品。

「我買件皮草送辰子吧？」

村井停下腳步說。高木沒理他，順著通道轉個彎，朝大廳走去。

推開厚重的玻璃門進入大廳，廳內十分暖和。

「到薄野[78]去喝一杯吧。」村井說。

「好啊，這主意不錯，不過我要去一趟洗手間，還要打通電話。你們在大廳等我五分鐘吧。」高木說完朝廁所走去。

78 薄野：札幌著名的酒吧街，跟東京的新宿、福岡的中洲，並稱日本三大歡樂街。

電梯前，一個年輕男人攬著十七八歲的少女，少女臉上還有幾分稚氣。

「他們八成是婚前旅行喔。」

村井看著阿徹說。阿徹突然想起陽子，再十天就過年了。今年新年他要和陽子兩人到十勝岳滑雪。由於當天來回太趕，他們打算在十勝岳山麓的白金溫泉住一晚。不過阿徹決定和陽子分房住，在迎娶陽子之前，他不打算觸碰陽子修長美麗的胴體。維持一份純潔的愛，讓精神處於緊張狀態，這才是年輕人的戀愛，阿徹想。

「我真想看看阿徹的女朋友呢。」

阿徹沒有回答，只露出曖昧的微笑。

兩人走過櫃台前方，右手邊有多張沙發，他們找了位子坐下。兩名表情黯淡的中年男人隔著桌子低聲交談，其中一人不斷搖頭說：

「不行了，不行，已經沒幾天了。」

另一對像是夫妻的年輕男女坐在隔壁沙發上，兩人興奮地交談著，和那兩個男人就像身處兩個世界。

阿徹不想和村井他們去薄野的酒吧街，等高木回來，他打算先告辭。阿徹無聊地望著飯店玄關，兩扇旋轉門不停打轉，往來賓客絡繹不絕地忙著進出，一名五六歲的小男孩從旋轉門走出來，一轉身，又跑到門外，來來回回。一定是覺得旋轉門很新奇吧。阿徹不禁露出微笑，一名像是男孩母親的三十多歲女性，站在外面和一位老婦聊天。

男孩第三次從旋轉門進入大廳時，身後跟著一個頭戴黑帽、身穿橄欖色緊身大衣的女人，阿徹不經意看了女人一眼，頓時，他倒抽一口冷氣。那女人竟是惠子，身邊還跟著達哉！

走進飯店大門，達哉離開惠子走向寄物處。他手裡提著很大一包行李，大概是要拿去寄放吧。

惠子跟在達哉身後走了幾步，轉身朝阿徹所在的方向走來。阿徹連忙在腦中尋思對策。達哉大概立刻就會跟上來，阿徹想，如果只有惠子一人，他很樂意上前攀談，但他必須避免和達哉見面。惠子一直擔心達哉會遇上阿徹。

轉開臉假裝沒看到嗎？阿徹暗自盤算著，不，應該趁達哉還沒回來，先讓惠子看到我。阿徹迅速做出決斷，他微微起身讓惠子看到自己，然後坐回沙發。

果然，惠子吃驚地停下腳步，阿徹微微搖頭，惠子也以眼神表示了解，然後朝大廳內側的酒吧走去。周圍沒有人發現他們的短暫交流。

阿徹鬆了口氣，背向通道，從口袋掏出一冊文庫本小書。

「這不是……」

這時，在阿徹身邊抽菸的村井嘀咕一句，猛地起身，追上惠子。

「夫人，好久不見啊。」

惠子回過頭來，阿徹大吃一驚，望著兩人。惠子有些訝異，盯著村井看了幾秒，表情轉為震驚。

「您想起來了吧？我們在旭川辻口院長家見過啊。」

阿徹真是做夢也沒想到村井認識惠子。

「上次失禮了……」惠子匆匆行了一禮，打算立即離去。

「噢，請等一下，辻口院長的公子也在這裡喔。」

村井回頭看著阿徹，他並不知道惠子帶著達哉。此刻阿徹真想給他幾拳。這時去寄放物品的達哉已經回來了，就站在村井身邊。

惠子已經無法脫身，她不能做出讓達哉起疑的言行。

「哎呀，我竟沒認出您。」惠子笑著說完，朝阿徹彎腰致意，「您好啊。」

「好、好久不見。」阿徹起身，笨拙地還禮。

「那我先告辭了。」說完，惠子微微點頭打算離去。

「媽，等一下。」

達哉叫住急欲離去的惠子，盯著阿徹問道：

「請問，你是辻口院長的兒子，也就是住在旭川的辻口先生？」

「是的。」阿徹無奈地答道。

「那您是辻口陽子的哥哥？」

「……是的。」阿徹生硬地回答。

達哉困惑地望著惠子。

「媽，您認識辻口先生的家人？」

惠子看了村井一眼。

「徹先生我是認識的……哎呀，達哉，別打擾別人了。我們走吧。」

但達哉不肯移動腳步。

「等一下，我的腦袋好混亂，他是陽子小姐的哥哥，也跟媽認識，而我又認識陽子小姐，是這樣對吧？」

「這就叫做奇遇吧。」

村井接口，他看出達哉的出現讓惠子陷入窘境。

「對不起，您也是辻口醫院的人？」

「我是醫生，叫村井。」

「您為什麼認識家母？」

村井一時答不出來，只好笑嘻嘻地對惠子說：

「這可怎麼辦，我這人一被逼問就說不出話來。」

「這孩子真沒禮貌，請您原諒。達哉，你太沒禮貌了。快，我們走吧，別打擾別人了。」

「……可是，媽，我不知道他是陽子小姐的哥哥，但媽一直都知道，對吧？」

惠子正想開口。

「哎呀，抱歉久等了，電話一直撥不通。」高木一面說一面走過來，「噢，三井太太，好久不見了。達哉也很好吧？」

高木或許已經注意到狀況不妙，只見他豪邁地說完，看一眼手表。

「喂，時間到了，我們快走吧。」

阿徹和村井暗自鬆了口氣，誰知這時一名紳士靜悄悄地走過來，紳士滿頭銀髮，髮絲分線筆直一絲不苟。原來是三井彌吉，他和惠子他們約好在這裡會合。惠子眼中隱約閃過一道陰影。

「哎呀，好久不見了。幸好夫人後來沒留下後遺症，我總算放心了。」

高木熱絡地打著招呼，走向彌吉。

「不好意思，讓您掛心了……託福，內人已經沒事了。看到高木醫生也很好，我真高興。」

彌吉說完，向村井和阿徹微笑致意。

「咦？好像在哪裡見過您？」彌吉問阿徹。

「是，去年在病房裡……」阿徹轉眼看著惠子。

「對了，那時您到醫院探望過內人……是我失禮了。」

彌吉表情平靜，但達哉顯得很不耐煩，張嘴還想說什麼，於是高木迅速接口：

「三井先生，今天是全家來吃聖誕大餐啊？」

「嗯，是啊，每年至少要慰勞家人一次啊。」

「原來是這樣，那請您慢慢享用。夫人，告辭了。」

高木話還沒說完就邁步離開。不知是不是心理作用，阿徹覺得低頭致意的惠子臉色很蒼白。

三人在飯店前攔下一輛車，阿徹跟著上車，他很不安，擔心達哉會追來。

「說不定會演變成意想不到的狀況喔。」

高木環抱雙臂說。緊鄰飯店的北海道廳點亮了燈，看起來燦爛輝煌。

「怪我多嘴，都是我的錯。」

村井說出他叫住惠子的事，抓了抓腦袋。

「哎，已經過去就算了。不過達哉一定會囉哩叭唆地問父親一堆問題吧？」

阿徹比高木更擔心這件事。惠子顯然已經無路可走，一想到這，他無法像高木說的「已經過去就算了」，更不肯原諒村井。

汽車駛過札幌站前大道，來到三越百貨公司前的十字路口時，燈號變成紅燈。阿徹向高木和村井告辭，逕自下車。他根本沒有心情和兩人到薄野喝酒。

年關將近，街頭擠滿人潮，到處都在播放聖誕樂曲，電車和汽車喇叭跟著起鬨，四處一片嘈雜，吵得阿徹更加不安。他走進站前大道的電話亭，打電話到陽子的宿舍，呼叫聲響了好久，卻沒人接聽。阿徹覺得必須趕快跟陽子見一面，這時候再五分鐘就八點了。

＊　＊　＊

陽子果然不在家。房東太太向阿徹解釋，她自己也是剛到家，說完，把阿徹領到陽子房裡。阿徹沒脫掉大衣，靜坐等候。

桌上的小花瓶插著一朵康乃馨，還擺了一雙織了一半的男用襪子，腳踝處繡上白紅黑三色的三角形花紋。這是送給誰？阿徹突然想。

是送給達哉？還是北原？或者是我？

（難道是織給北原的……）

只是想像，阿徹心中就洶湧波濤。陽子從小把自己當成兄長看待，北原自然比自己更吸引她。不過他的思緒立刻又回到達哉一家。阿徹脫下大衣，掛在牆上的鉤子。房裡逐漸暖和起來，柴油暖爐的風扇在低聲回響。

耳邊傳來上樓的腳步聲，接著房門打開，陽子回來了。

「抱歉，等很久了嗎？」陽子凍紅的臉頰十分可愛。

「沒有，大概十五分鐘吧。」

「是嗎？早知道哥要來，我就早點回來了。剛才和順子小姐出去逛了一下。」

「跟順子小妹嗎？她好嗎？」

「很好啊，我覺得她變得更活潑了。」

「是嗎？那就好。」

「順子小姐說很慶幸知道琉璃子姊姊的事，還說很喜歡『萬事都互相效力[79]』這句話。」

「萬事都互相效力……？對了，剛才我在圓山飯店碰到達哉和他爸媽。」

79 出自聖經新約全書《羅馬書》第八章第二十八節。

「哎唷！」陽子的眼睛睜得好大。

「所以才晚上跑來，我想早點告訴妳這件事。」

阿徹把他在飯店的遭遇詳細報告了一遍。陽子一面聽一面點頭。

「真抱歉，老是讓你操心。」陽子歉疚地說。

「陽子不必道歉。」

「可是這都要怪小樽的媽媽。」

原來她是替惠子道歉。阿徹偷看了她一眼。她垂著睫毛的眉眼一帶，簡直就是惠子的翻版。

「總之，接下來就麻煩了。」阿徹不安地說。

陽子端來一盤橘子，放在阿徹面前。

「達哉一定會來找我吧。」

「我也在擔心。當然，我相信陽子一定不會告訴他真相的。」

「哥，不用擔心啦。」

萬一真相被發現，三井家的平靜生活將一下子崩潰，惠子在丈夫和兒子面前將永遠抬不起頭來。或許這是她應得的懲罰，陽子想。陽子無法相信一個女人背叛丈夫，偷偷生下孩子，竟還能平安度過一生。但她不希望這件事給一無所知的三井先生和達哉兄弟帶來不幸。

「陽子這裡不必擔心，但難保他不會從別人嘴裡聽到……」

應該誰都不會告訴他吧，阿徹想，惠子自然不會說，高木、陽子和啟造也不必擔心。然而，達哉肯定會上親戚家一一查問，達哉的外婆是個怎麼樣的人呢？阿徹愈想愈不安。萬一母親夏枝獨自在家時，達哉跑去追根究柢地打探消息，夏枝會如何回答？她大概會忘了守密，無法抗拒揭發真相的誘惑吧？

「達哉該不會跑去旭川打聽吧？」

「很難講，他對有些事非常執著。不過，我想爸媽沒問題的。」

「媽也沒問題嗎？」阿徹凝視著陽子。

「……我覺得沒問題。」

陽子覺得不論夏枝怎麼想，她一定不會做出破壞別人家庭的事。

「是嗎？」

「沒問題啦。」

聽到陽子又說了一遍，阿徹才放心一些。

（村井這混蛋！）

想到這裡，阿徹心中再度燃起怒火。可是如果追究起來，還是得怪自己莽撞，在守靈式那晚把陽子的事告訴惠子，才會導致那場車禍，演變成目前複雜的局面。阿徹不禁咬住嘴唇。

「怎麼樣？哥，你看這襪子。」陽子舉起織了一半的襪子。

「噢，很好看啊。」

「真的？知道你喜歡我好高興啊。」

阿徹這才明白襪子是要給自己的，忍不住露出微笑。

37 追蹤

陽子推開克拉克會館的大門走進去，她是來見北原的。剛從教養部出來，在寒冷的北風中走了大約一公里，陽子全身都凍僵了。

她像平日一樣走到社團活動公告欄前，每次站在這裡，陽子總是忍不住讚嘆社團活動的多采多姿，除了自然保育研究會、俄語研究會，還有山岳滑雪部、散文研討會、管弦樂團等。每當她看到這塊公告欄，就會想到人類的多樣性。有些人對漢字從不感興趣，有些人卻一輩子都在研究漢字；有些人從沒摸過樂器，有些人卻沉迷樂器到忘我的境界。陽子很喜歡偷偷幻想那些截然不同類型的人們。

公告欄旁有一座大型魚缸，成群的金魚不像游泳，而像漂浮般在水中靜靜移動。

「妳在看什麼？」

一個聲音傳進耳中，北原就站在她身邊。

「金魚啊。一直注視著，會覺得牠們似乎比人類更偉大。」

「金魚嗎？」

「對呀，牠們住在這麼狹小的空間裡，可是看起來一點也不無聊。」

「是嗎？在我看來，牠們全都一副無聊絕望的表情呢。」

「可是我看就不一樣，有些顯得緊張，有些好奇，還有一些表情就像惡作劇的小孩，各式各樣。」

「看來妳是個詩人。」北原笑起來。

這時，一隻金魚突然以S形路線迅速橫越魚缸，霎時，原本載沉載浮像在漂流的魚群動作一變，一起追逐起那條金魚。只見其中一隻追上來，將身子緊貼在被追的金魚身上，金魚扭身甩開追兵，但另一隻立刻又貼上來，兩條魚不斷重複相同的動作。

北原瞥了陽子一眼。

「怎麼牠們就像妳跟我？被追的是妳，追逐的那條是我。」

「哎呀，北原先生並沒追我啊。」

「不，心理上在追妳，只是被甩了。」

「……」

北原和陽子離開魚缸。

寬敞的大廳坐滿學生，氣氛顯得熱鬧，空氣裡瀰漫著泛藍的香菸煙霧。兩人緩步穿過大廳，在一個靠窗的座位坐下。午後陽光反射在院中積雪，亮得令人睜不開眼。

窗外草坪覆滿積雪，五葉松和紫杉的青綠似乎有些褪色。冬日把大廳照得暖洋洋的，天空一片蔚藍，藍得令人覺得淒涼。

「我今天開車來了，雖然陽子小姐寧願走路，不喜歡坐車，但偶爾也去兜兜風怎麼樣？」

「謝謝，北原先生。可是我等一下還有約會，對不起。」

陽子抬頭望著長椅旁的鳥籠，籠裡的淺綠小鸚鵡像在打招呼般張開了翅膀。北原也沉默地看著鸚鵡，鳥兒歪著腦袋俯視兩人。

「妳的約會……是跟辻口嗎？」

「是啊，我們約好去買明天帶回家的禮物。」

「……好羨慕他啊。」

「……」

「辻口可以跟妳一起回家，寒假和妳待在家裡，回到札幌，又可以隨時到妳宿舍玩。」

「……」

「辻口還說很羨慕我這個外人呢。」

陽子垂下眼簾。

「噢，對不起，我說這些只會讓妳為難吧。」

北原蹺起一雙腿，陽子不自覺看了看，他的腿很結實，不像阿徹的那麼細。

一名學生從隔壁的餐廳出來，手裡拿著牛奶和麵包，走到陽子旁邊的座位，又從口袋掏出一本薄書放在桌上，這才吃起手裡的麵包。

「最近讀了什麼書嗎？」北原換了個話題。

「噢，最近比較懶，只讀了《出家及其弟子》[80]……」

「啊，那本書很不錯。家父告訴我，那是每個人年輕時都應該讀的一本書。我也讀過了。」

「哎呀，我也是父親推薦的。」陽子露出微笑。

「有位能和自己聊讀書心得的父親真不錯，自從家母去世，家父一個人把我們兄妹帶大，他雖不像母親那麼細心周到，但常和我們聊到書本的種種。」

「真是位好父親。」

「還不錯啦，所以我也該好好孝順他。」

北原露出溫柔的笑容。這時，有個人走到他們面前說道：

「喂！北原，今天該幫我介紹了吧？」

看到這個突然出現的學生，北原表情有些害羞。

「陽子小姐，這個沒禮貌的傢伙叫須見田。這位是辻口陽子小姐。」

須見田一本正經地向陽子打了招呼，立刻轉臉對北原說：

「我知道自己沒禮貌啦，也知道打擾人家約會很不夠意思，不過，辻口小姐，北原這傢伙是個好人。我希望他得到幸福，嗯，只是這樣。好啦，你好自為之吧。」

說完，須見田拍了拍北原的肩膀，便走遠了。

「真拿他沒辦法！對不起，失禮了。」北原露出苦笑。

「這個人真有趣。」

「有趣嗎？別看他那副德行，頭腦很不錯喔，只是情緒的表達方式還像個國中生，內在和外表差很多。」

「我倒不覺得他的情緒表達像國中生，那些話，他是真的知道才說的吧。」

「是嗎？對了，他參加了落語[81]研究會呢。」

「聽說懂得落語的人都很成熟。」

「妳也喜歡落語嗎？」

「為什麼問我這問題？」

「因為妳也是個成熟的人啊。」

---

80 《出家及其弟子》：大正時期作家倉田百三所寫的戲曲小說，內容描寫鎌倉時代創建淨土宗的宗師親鸞與其弟子唯圓之間的故事。

81 落語：類似單口相聲的表演藝術。

「哎唷。」

兩人笑了起來。

「我聽辻口說你們寒假要去滑雪？」

「你們見過面了？」

「是啊。老實說，昨晚我們聊了很多。」

「聊了很多？」

「對，他說想讓我了解一下事情經過，把前天在飯店的遭遇，還有其他事全告訴我了。」

「真抱歉，這種小事……」

「不，不是小事。辻口是真心為妳擔心。他真的很偉大，我自嘆不如啊。」

旁邊的學生吃完麵包，似乎沒在聽兩人說話，專心閱讀。

「昨晚和辻口聊天，我一直在想要找妳問清楚，我知道妳不喜歡聊這些，但今天請妳不要逃避，希望妳回答我的問題。在陽子小姐的心裡，我究竟在什麼位置呢？」北原凝神注視陽子。

「北原先生，是朋友啊。」

「朋友嗎？這樣啊，我就猜大概是這樣。那辻口對妳來說又是什麼？也是朋友嗎？」

陽子轉眼望向庭院對面的住家，一臉沉思。究竟阿徹對自己來說算是什麼呢？他不是朋友，也不是單純的兄長，可是不論他是什麼，他都在自己心底最深處的位置，任何人都望塵莫及。

「嗯，大概是像兄長般的朋友吧。」

「真的嗎？陽子小姐，所以在妳心裡辻口和我都是妳的朋友嘍。」

「……北原先生，老實說，就像以前曾經跟您說過的，我在那片河灘……服藥自盡之前，確實喜歡過您。」

陽子輕聲說道。北原用力點著頭，探出身子。

「可是，當我寫下最後一封遺書，連我自己都沒想到，我最想見的人，竟然是哥哥。」

「……」

「後來，經歷了那幾天的痛苦，我心中已沒有任何人……然而，從那件事到現在過了三年，我覺得自己好像有了變化。」

「有了變化？」

「我也不知道該怎麼說明，你知道的，阿徹哥哥從小一直很愛護我，我開始覺得或許應該好好珍惜他的心意。」

一直直視陽子雙眼的北原這時垂下視線，直盯著膝蓋什麼話也沒說。陽子心痛萬分，她覺得自己做了一件殘酷的事。

三分鐘、五分鐘、八分鐘過去了，北原還是一言不發地保持同樣的姿勢，過了半晌他終於嘆了口氣。

「其實我心裡也有數，早就猜是這樣了，從我聽說你們要去十勝岳滑雪時就猜到了，不過從妳口中直接聽到，還是會難過。我真想放聲大哭一場唷。」

北原故意裝出開朗的表情說。陽子垂下眼皮。

「不過，陽子小姐，妳還沒答應跟辻口結婚吧？」

「當然沒談到這些。」

「但應該是遲早的事吧？你們去十勝岳的時候，我猜辻口一定會提起這件事。」

北原輕輕搖搖頭，撩起頭髮。陽子不知該如何回答，不論再說什麼，她也無法否認自己的心已經向著阿徹的事實。

陽子抬眼望向北原，他正用一雙熱切的眼眸看著自己，陽子心裡針刺般疼痛。

「開玩笑！」

突然有人高聲嚷起來，大廳角落五六個人一起大笑出聲。

「別為我擔心，陽子小姐，雖然我現在看起來一定很沮喪吧，這也沒辦法。不過，辻口一定比我更能帶給妳幸福，我只希望妳幸福，雖然心裡不好受，我還是會祝福妳。」北原無力地微笑著。

「……北原先生。」

「哎呀，不過如果我和妳結婚，辻口一定比我更難過吧。說得誇張點，說不定他就活不下去了。像他那麼好的人，我可不能讓他遭受這種打擊。」

「……」

「至於我嘛，頂多喝三天悶酒就能重新站起來了。不，或許需要十天吧。反正我就是這麼感覺遲鈍的傢伙，辻口可沒辦法像我這樣。」

「北原先生……」

北原的體貼深深打動陽子的心。

「別露出那種表情啊，我沒事啦，不必擔心。剛才我突然想到高木先生，也不知他是真心還是開玩笑，他曾說辻口伯父是他的情敵，要我和辻口當一對感情深厚的情敵。」

「……」

「高木先生或許是因為辻口伯母才單身那麼久吧，既然如此，我也要像他那樣，繼續高高興興地出入你們家。」

陽子實在不知如何作答，眼看北原強顏歡笑，這份心意令她心底隱隱作痛。

「陽子小姐，這輩子恐怕再也不會有人讓我產生像對妳這樣的感情了。蕭邦曾談過三場戀愛，三次都在音樂史上留名，最後是和喬治．桑談了一場著名的苦戀。蕭邦可真多情，我只是個平凡男人，這種經驗我想一次就夠了。」

「北原先生，對不起。」

「別這麼說，我可不會那麼容易被打倒。我極有自信，世上如果沒有辻口，我相信妳一定會選我。也就是說，我等於得到候補佳作獎，可以死心了。」

「對不起，北原先生，是我態度不對。」

陽子始終把北原當作普通朋友交往，當然她知道北原對自己懷著怎樣的感情，但她以為只要繼續來往，北原就會明白自己的想法，屆時他對自己的感情也會逐漸轉變為友情。

「哪裡，這不是妳的錯，妳從沒對我表露友情之外的態度，是我自己想得太美。是我太自負，自以為是妳最親近的男人，雖然知道辻口是個強勁對手……但我總以為妳會回到我身邊。我太有自信了。」

「對不起。」陽子垂下眼皮。

「別道歉啦，這樣我會覺得自己很悲慘。」

「……」

「……事到如今，我想我暫時還是無法放棄妳。不過，陽子小姐，請妳一定要幸福。」北原注視著陽子說。

「謝謝您，北原先生，可是我……」

如果找不到自己的人生意義是無法真正幸福的，陽子想。她在順子的指引下，已大致明瞭未來的方向，但她的生活卻沒有根本的改變。等到自己的精神面有了根本上的變化時，對惠子的恨意應該也能化解。陽子凝視著北原，自問：「如果我沒有改變，不論跟誰結婚，都無法得到真正的幸福吧？」

「啊！」

北原才把視線從陽子臉上移開，表情頓時大變。他一把抓起桌上的《時代》雜誌假裝閱讀，遮住自己的臉。

「陽子小姐，妳別回頭。達哉好像在找人，大概是在找妳吧。」北原低聲說：「好不容易有這機會跟妳談談，我可不想被他打攪。再說還有飯店的事，妳最好別跟他見面吧。」

陽子點點頭，但心想達哉恐怕立刻會認出自己的背影。

「啊！來了，來了！」

北原從雜誌上方偷看一眼，很快地說。陽子靜靜地從駝色皮包裡掏出一張白棉紙。

＊　＊　＊

「喔！妳在這裡啊？」達哉對北原視若無睹，在陽子身邊坐下。

「我找妳好久了，從教養部一直找到圖書館，還以為今天見不到妳了。」

達哉好不容易找到陽子，只顧著一吐為快。陽子看著達哉不滿的臉，問道：

「有什麼事嗎？我在和這位先生談話呢。」

達哉這才注意到北原，但也只瞥了一眼，立刻又轉向陽子。

「我有緊急的事要跟妳說。」

「是嗎？可是今天不行，我正在談事情。」

達哉激動地挑起眉毛，要賴地說：

「可是我很急。」

「你這人太沒禮貌了吧？我正在和陽子小姐說話，你至少該向我打聲招呼吧？我是理學院研究所的學生，姓北原，你是誰？」

北原早已忍無可忍，語氣強硬地責問達哉。達哉愣愣看了北原幾秒。

「對不起，我是教養部的三井。」

沒想到達哉竟意外老實地低頭行禮。

「三井嗎？告訴你，我和陽子小姐在談很重要的事，就算你有話想說，先跟我打個招呼不是常識嗎？」

「是的。不好意思，因為我太激動了，很對不起。」

「看你這麼激動，也沒辦法和陽子小姐談話，還是等你冷靜下來再談吧。」

原來他就是陽子的弟弟！北原想到這點，語氣不覺軟了下來。他曾看到陽子和達哉走在一起，還擔心他是陽子的男友，所以清楚記得他的臉，後來他在校園又碰過達哉兩三次。昨晚聽了阿徹的話，北原腦中立刻浮起達哉的面孔。

「不，我覺得我這陣子都沒法冷靜了。就是為了想冷靜下來，我才必須和陽子同學談談，否則我想不出其他辦法了。」

「可是我今天還有約會，明天再聽你說吧。」

陽子看到達哉眼中的血絲，心想他可能昨天整晚沒睡吧？正因知道他失眠的理由，所以心裡對他更加憐憫。

達哉聽到陽子拒絕自己，臉上露出失望的表情。

「明天？要我等到明天嗎？」

「對呀，每個人都有自己的計畫，不是你想做什麼就立刻能做。」

達哉不滿地看著陽子，突然轉臉問北原：

「你們還沒談完，還要談很久？」

「還沒談完，我們才談了不到三十分鐘。」

「是非常重要的事情嗎？」達哉已經不在乎自己的問題有多失禮。

「至少對我來說，是非常重要的事。」

「對不起，拜託你，能不能讓我跟陽子同學談三十分鐘？我很急。」

「你說急，什麼事急？你不覺得自己很沒規矩？」

「沒規矩？或許吧。可是我已經快發瘋了。」達哉猛地站起身，「陽子同學，拜託妳，三十分鐘就好，我前天和昨晚都沒闔過眼。」

眼看達哉苦苦哀求，陽子不覺望向北原。陽子已經預料到他要說什麼，如果出於憐憫答應，照他現在的狀況，肯定會緊迫釘人逼問自己，陽子希望盡量避免這種情形。

「你看，你讓陽子小姐為難了！我雖不知你要說什麼，但你這人真是太無禮了。」

北原再次嚴厲責備達哉的不是，達哉氣呼呼地瞪著北原。

「所以我不是拜託她了？只要給我三十分鐘。我都快發瘋了，難道你們真的不在乎？」

達哉聲調驟然提高，周圍的學生一起轉過頭看他。

「我不是不在乎，只是陽子小姐是我很重要的人，我不能讓她和情緒不穩定的你在一起。如果有話要說，就在這裡說吧。」

北原看一眼時鐘，兩點多了。

「我不想讓別人聽到。陽子同學，我把車停在會館前面，能不能在車上跟我談？」達哉執拗地央求陽子。

「北原先生，不好意思，我先聽聽三井同學要說什麼吧。」陽子毅然決然站了起來。

「等一下，陽子小姐。」看到陽子起身，北原慌忙阻止。

「北原先生，我就聽他說三十分鐘吧。」

陽子很同情達哉。達哉是為了母親的事煩惱，陽子覺得自己有責任聽他傾訴。

「時間到了就馬上回來。你這人，不會把陽子小姐帶到別處吧？」

「我不會幹這種事，只是想跟她談一下。」

「好吧，記得陽子小姐和我還有約會唷。」北原說著也站起來。

「我知道了，那就對不起了……」

達哉向北原輕輕點頭致意，催著陽子快走。

「陽子小姐，妳沒關係吧？」

「沒關係，我馬上就回來。」陽子抬頭看北原。

北原跟著陽子走出克拉克會館，他想親眼確認達哉的車。

「那我們走了。」達哉舉起一隻手說，領先跑下階梯。

「盡快回來。」北原不安地說。

「讓您掛心了，真抱歉。」

「我站在這裡看沒問題吧？」

「謝謝，可是我想沒關係的。」

「是嗎？如果妳耽擱太久，我會去接妳。」

北原朝正在下樓的陽子說，陽子轉身向他點點頭。從樓下望上去，北原的雙腿顯得比平日更修長。

北原目送陽子走向達哉，達哉的車和七八輛車停在一起，是從角落數起第三輛，和北原的車只隔著一輛車。

北原在階梯上看著達哉上車，陽子坐上副駕駛座。雖然知道達哉是陽子的弟弟，但他有種陽子被其他男人搶走的錯覺。

他會遵守約定乖乖在車裡談嗎？或是會立刻發動引擎把陽子帶到別處？北原有點不放心，但達哉的車目前倒是沒有動靜。

「在幹麼啊？北原？」一個從克拉克會館走出來的男生問道。

「嗯，有點事。」

「剛才不是跟一個美女約會？你們好像常走在一起，大家都在傳唷。」

北原想起阿徹，落寞地笑了笑，轉身推開會館大門。

＊＊＊

上車後，達哉身子靠在方向盤上吁了口氣。車子面朝克拉克會館的牆壁停放，兩側被其他車輛包夾，彷彿與外界隔絕。陽子回頭望了一眼，草坪四周的水蠟樹牆上覆著白雪，在十二月下旬的陽光下，理學院一帶的榆樹就像煙霧。

「三井同學平常都開車上學嗎？」

陽子問達哉。剛才他急著把陽子叫上車，現在卻不講話。

「不，偶爾而已。這是我媽的車。」達哉雙肘架在方向盤上。

「對了，三井同學，你要跟我說什麼？」

聽到陽子的疑問，達哉這才把身子轉向陽子。

「我前天晚上碰到你哥哥。」

「在哪裡？」陽子佯裝不知。

「圓山飯店，沒想到他就是陽子同學的哥哥。」

達哉把他碰到阿徹的經過報告一遍，大致上和陽子從阿徹口中聽到的差不多。

「之前我也見過你哥哥，那次我媽出車禍，他到醫院探病。對了，這件事，上次和我哥哥到宿舍找妳時也說過了。」

「……」

「記得嗎？那天我哥叫我去買香菸，我冒雨跑出去，結果碰到一個奇怪的傢伙，我跟妳說過吧？」

「是啊，有這回事。」

陽子當然不會忘記。那天達哉一直望著窗外，後來他看到阿徹還想追出去，是被阿潔拉住了。

「是嗎？現在想想，妳哥大概是要到宿舍找妳吧？還是你們住在一起？」

「才不是呢。」

「不是？等一下，我想想，所以，那時他是假裝路過妳宿舍前面？這多奇怪！幹麼假裝路過呢？是因為看到我走進妳宿舍，不想碰到我嗎？如果是這樣，那就更怪了。」

「三井同學，哪裡奇怪？」

陽子心中已有覺悟，沉著地看著達哉。

雪花散落在擋風玻璃上，車頂或許已經積雪了吧。

「妳哥哥幹麼非要避開我呢？突然這麼說，陽子小姐可能會聽不懂，但我一直懷疑我媽跟妳哥在車禍前就認識了。」

「認識也好，不認識也好，這些都無關緊要，不是嗎？」

「當然重要啦。陽子同學，妳酷似我媽，第一次看到妳時我驚訝得幾乎尖叫。」

「世界上難免有長得相像的人。」

「到昨天為止，我也以為妳們只是碰巧長得像的陌生人。可是妳哥哥居然認識我媽，這就奇怪了。我會這麼想也很正常吧？」

「怎麼奇怪法？」

後視鏡裡映出幾個路過的學生，不久又消失了。

「還問我？妳跟我媽長得很像，妳哥又跟我媽認識，我當然會懷疑妳和我媽說不定有血緣關係呀。」

「我跟你媽有血緣關係？怎麼可能。」

「是啊，我也這麼想。可是在飯店跟你哥和高木叔叔分手後，我媽臉色好蒼白，樣子和平日不一樣，所以我才覺得這裡頭一定有內情。不過我爸看上去倒是很正常。」

「是不是你對你母親說了什麼？」

「我只是把剛才的假設告訴她，結果我爸責備我說，這種事回家再說。我媽訝異地看著我爸，臉色變得好蒼白，好像就要昏倒似的。我嚇了一跳，覺得不好再追問下去……那天晚上，我想了很多很多。」

「很多很多？」

「對，我想了各種讓我媽臉色大變的可能原因。」

「……」

「我願意相信我媽，但當時她一下子沒了血色，肯定有原因，或許是什麼不可告人的祕密。光想到這一點，我就覺得自己快瘋了。」

達哉痛切地說。陽子不敢隨便應和，因為她知道事實真相。

「我跟妳說過吧？我媽是我的偶像，這一點，我哥總說我不正常。不過即使不是偶像，做子女的當然希望相信自己的父母不是嗎？」

「是的，不錯。」

「可是我媽卻有祕密瞞著我，這祕密究竟是什麼，我試著推測出幾種可能，我媽跟妳或許是姊妹、姨甥，或表姊妹。」

「……」

「但這幾種假設，都不能解決我的疑問，所以，儘管不願這麼想，我猜想妳或許是我媽的女兒。」

「不可能的，我是辻口家的女兒。」

「辻口同學，妳真的這麼認為？」達哉凝視著陽子問。

「是啊，當然。」

陽子以平靜得連自己都驚訝的聲音回答。陽子並不是存心說謊，她只是一心希望達哉的心不會受傷，正是這份心意使她佯裝平靜。

「是嗎？真對不起，可是妳又不記得自己出生時的事，不是嗎？妳並不知道自己到底是誰生下的。」

「三井同學，你這樣說太失禮了。」

「我知道自己很失禮，可是請妳聽聽我的假設。假設妳是我媽的小孩，我們雖然同屆，但事實上妳比我大一歲對吧？我是最近才聽朋友說的。」

「……」

「如果妳是我媽生的，問題可就嚴重了。我是我爸從戰場回來後立刻懷上的，親戚們老是愛提這件事，所以我從小就知道。可是，如果陽子小姐是我媽的孩子，那就表示是在我爸不在家的時候生的。」

達哉的推論實在太正確，陽子簡直無話可說。

「三井同學，好冷。」

聽到陽子喊冷，達哉發動引擎，打開車內的暖氣。

「如果妳是我爸不在的時候生的……」

「等一下，三井同學，沒想到只因為我和你母親長得很像，你就得出這種結論。如果要說長得像，別人也常說我和我媽長得很像呢。」

「真的？妳和妳母親長得很像？」

「是啊，從我上小學起就常有人這麼說。」

陽子說的是事實，確實常有人說她和夏枝長得像。

「是嗎？這我倒是沒想到。可是妳和妳哥長得一點也不像啊。」

「我哥長得像爸爸，你不也跟你母親一點也不像？」

「說得也是，我也是長得像爸爸。可是妳哥到醫院探病時的舉動很奇怪，在妳家附近的香菸鋪碰到他時，反應也很古怪。他一看到我，立刻就轉開臉，那模樣肯定是有什麼祕密，而且他後來假裝從妳宿舍前走過去，我怎麼想都覺得他在躲我，是什麼理由讓他非避開我不可呢？」

「我哥哥向來怕生，我想他沒什麼特別的意圖。」

達哉探詢地看著陽子的臉說：

「陽子同學，那我媽在飯店時臉色大變，妳哥和高木醫生逃走似的匆匆離去，這些妳怎麼解釋？」

「這我就不知道了，我又不在現場。不過你說我是你母親的小孩，這件事太荒謬了。」

陽子說著看看手表。

「哎呀，時間到了，北原先生還在等我呢。」

「拜託妳，再給我三分鐘就好。辻口同學，妳也真奇怪，有這麼多證據擺在眼前：妳和我媽長得很像，我媽和妳哥是朋友，他們之間還有一個共同的朋友高木醫生。妳不對自己的身世感到不安或懷疑嗎？」

「我不這麼認為，因為我是辻口家的女兒。」

「就算妳不懷疑，我媽和妳長得那麼像，妳為什麼不想見見她呢？」

「我沒興趣看長得那麼像自己的人……」

「真的嗎？陽子同學？」達哉神經質地眉毛挑得高高的。

「真的啊，我沒興趣。」

「不管妳有沒有興趣，拜託妳，和我媽見一面吧，只要見一面就好。看我媽到時如何反應，一切就能水落石出了。」

「我才不要！」

看到陽子瞬間畏怯的表情，達哉眼中射出銳利的光，他猛地倒車出去。

「你要去哪裡？三井同學？」

「對不起，請妳陪我去小樽一趟。」

「北原先生在等我，而且我和我哥哥還有約會。」

車子倒車後，在克拉克會館前緩緩前進。陽子企圖推開車門，但已經遲了一步。

陽子求救地望向會館，只見北原跑下樓梯。達哉加快車速，北原朝他的車跑去。

「停車！三井同學。」

「原諒我，我要知道妳不願和我媽見面的理由。」

達哉看著前方說。車子繞過克拉克銅像後右轉，朝校門駛去。

「沒有什麼理由！我已經說過了，只是看到長得像自己的人心裡很不舒服。」

「騙人！」達哉怒吼著。

「我沒騙你。」

「我的直覺是對的，妳一定知道些什麼，我從妳的表情裡感覺得出來。」

陽子回頭望去，看到北原的車已經追上來，心中比較踏實了。

「好吧，我跟你去小樽。可是我和我哥有約會，必須先和他聯絡，待會兒看到公用電話，你先讓我下車。」

「妳下車後就不會再上來了吧。」

「你可以下車看著我啊。」

車子開到大門時正好是綠燈，便直接開上電車大道。路上車輛擁擠，陽子不經意回頭看了一眼，只見燈號變成了紅燈，北原的車就停在燈號前方。他舉起手向陽子示意，似乎在告訴她不用擔心。

汽車在札幌車站前的陸橋右轉，達哉轉彎的動作十分粗魯。

「我覺得高木醫生也不對勁。」達哉沉思半晌，瞥了陽子一眼說道。

路旁植物園的枯樹眨眼間消失在視線範圍。

「高木醫生不對勁？」陽子盡可能冷靜地問。

「我媽說是生我的時候，受到他的照顧才認識的，可是我總覺得他們在那之前就認識了。」

達哉說著準備衝過前方的黃燈，不料突然踩下緊急煞車。

陽子的身子向前撲去，頭差點撞上前面的擋風玻璃。

「對不起，還是紅燈，那個小孩差點衝出來。」

陽子心臟狂跳起來。路旁有個四歲的小孩舉起手臂，似乎準備通過行人穿越道。

「是你不對！黃燈就應該停車啊，你卻沒有減速。」

陽子對任性的達哉升起一股怒氣。

「因為我很著急。」達哉也氣憤地答道。

「愈著急愈要沉著啊，不然會出意外的。」

眼睛看著前方的達哉臉上浮起一絲冷笑。

「我還真想出車禍死掉算了。」

達哉那不負責任的語氣令人聽了毛骨悚然。

「我已經想像得到我媽看到妳會是什麼表情，與其看她那樣，我不如死了好。」

「那你幹麼還帶我去見她？」

「我心底還抱著一線希望，還沒對我媽完全絕望，所以才這麼痛苦。我不知道自己的推測是否正確，不論猜對猜錯，我都要知道答案。我現在心情好亂。」

陽子覺得最好不要隨便回應。原來達哉這麼愛他的母親！陽子對惠子湧上一種難以言喻的憤怒。

汽車開上札幌國道，遠處的手稻山被灰雲覆蓋無法看清全貌。太陽顯得既白又小，逐漸隱身在雲層後。

「你真的很愛你母親啊。」

「……」達哉撇了撇嘴。

「既然那麼愛你母親，不論她做了什麼，你都該原諒她不是嗎？」

「不行！我是因為我媽很美才愛她，如果她是那麼齷齪的人，我絕不原諒她！」

「可是，如果你真的愛她，就算她做了世間不容的事，你還是會愛她不是嗎？」

「這是無關痛癢的人說的話，我媽……」說到一半，達哉很不高興地閉上嘴。

對向車道的車變少了，達哉把車駛向右側，打算加速超過前面的卡車，但對向駛來一輛小貨車，待小貨車通過，達哉又不耐地把車開上道路的中央線。

＊　＊　＊

過了琴似，北原和達哉終於只相隔三輛車，他在後面一直看到達哉的車不斷開上中央線，一心想超車。就連北原也感受得到達哉的焦躁，他沉著地握著自己的方向盤。

剛才達哉表示想和陽子談三十分鐘，自從他們倆上車後，北原就一直保持警戒，遠遠監視兩人。他在會館前忙進忙出，不時觀望車內，十分鐘過去，達哉似乎不像會惹事的樣子。

北原忙著打了幾通電話，想通知阿徹達哉來找陽子的事，但始終聯絡不上。不久，約定的三十分鐘過去了，北原走出會館，看到達哉的車還停在原處，不覺鬆了口氣，打算上前迎接陽子，沒想到這一瞬間，達哉猛然倒車，車上的陽子一臉緊張，像在求救。還來不及反應，達哉的車已經開走了。

北原立刻跳上自己的車，緊跟在達哉後頭。他不知道達哉的目的地，只見達哉在北大校門前右轉，北原和他之間相隔了幾輛車，勉強看出達哉的車駛過車站前的陸橋，再度右轉。北原直覺認為達哉是要去小樽。只要不讓他發現自己在跟蹤，他肯定會一路駛上札樽國道，北原想。雖然落後了一百多公尺，只要方向不變，兩車距離應該會慢慢縮短，即使不能追上達哉，只要把握兩車等紅燈的機會，就可以跳下車去營救陽子。北原在腦中計畫著，一面冷靜駕車。

眨眼間，通過了幾個十字路口。每碰到路口，北原都設法趁隙超車，有時旁邊車道會有車插進來，有些車會轉彎離開車列，過了幾條街，擋在北原前面的車時增時減，過了琴似，總算只剩三輛車了。

手稻山頂雲層低垂，雪花不斷飄落。路上往來車輛逐漸減少，但達哉愈來愈不顧一切超車，每當他試圖超車，對向車道總是有車逼近，北原看著驚出一身冷汗，心中焦慮不已。這段路前面從張碓嶺到小樽之間，有好幾處危險路段，急轉彎很多，處處是俯視海面的懸崖，加上路面積雪凍結，像達哉那種開車方式隨時都可能發生事故，北原覺得必須盡快趕上他們。

這時，又遇到十字路口，燈號變成紅燈，數輛車從左右插入，北原和達哉的距離再度拉開。

好不容易等到車列重新開動，一輛動作遲緩的綠色大型除雪車又擋在前方，直徑約一點五公尺的車輪上裹著粗大的鐵製雪鏈，旁邊突出的巨大雪鏟看了嚇人。

除雪中，危險，請勿靠近！

車上雖掛著親切的標誌牌，卻讓人看著心慌。北原覺得自己不可能追上達哉了。

所幸除雪車在下個轉角向左駛去。

路旁住戶愈來愈少，強風不斷從側面吹來、夾帶著雪花。北原留心不讓車輪打滑，注意與前車保持距離。

（是暴風雪！）

北原猛然注意到從小樽開來的車全都覆滿白雪，亮著車大燈，他不禁撇了撇嘴。這一帶天候容易劇變，就算札幌天晴，走到半途吹起風雪的情況並不少見。前面那輛小轎車或許也驚覺到前方的風雪，掉轉車頭朝來時的路開走了。

北原繼續前進，快到錢函的時候，遠遠望見灰黑的厚重雲層下，冬季的海面一片烏黑，再前行兩三百公尺，車子開上轉折頗大的彎道，這時，北原一直擔心的暴風雪夾雜著吼聲驟然襲來。風雪捲起旋風，舞上天空，倏忽撲向地面。霎時，前方和對向車道的車都不見了，就連道路和樹木也自視野消失，四周一片全白。這比全黑的世界更可怕，因為全白的世界就連汽車大燈的光線都會遮掩。

北原屏住氣息，緩緩駕車前進，他完全無法分辨道路的方位。睜眼不見四周是最恐怖的事，北原握住方向盤的雙手不知不覺間僵硬得難以動彈。

汽車緩慢前進，沒多久，北原從風雪底端的空隙望見陰沉的海面，也看得見四五公尺前方的模糊車影。雖看不真切，但至少看得見，令他感到一絲心安。只可惜這份安心瞬間即逝，又是一陣風雪吹來，一切再次消失蹤影。

雨刷忙碌地擺動著，迎面撲來的風雪絲毫不減威力，北原猛地踩下煞車，因為前方車輛突然停下，害他差點追撞上去。他費力觀察前方，持續按著短促的喇叭，以免和對向來車相撞。前方仍是一片白茫，什麼也看不見，視線所及只有狂飛亂舞的白雪。

不知陽子是否安全無恙？北原很擔心達哉的駕駛技術。幸好現在路上車輛只能彼此禮讓，緩慢移動，應該不至於發生嚴重的車禍。北原不斷在心裡這麼安慰自己，但一想到太陽就要下山，又忍不住焦躁起來。

風雪未停，四周逐漸轉黑，北原希望在天色完全暗下來前追上陽子。如果車都停在原地不動，倒也是個機會，北原想，我可以隨時下車跑過去。

車燈照耀下，前面的車影突然清晰地呈現眼前，左側也能看見住家的燈火，北原看得見右前方停著一輛大卡車，看來風雪暫時變小了。前方的車輛陸續移動，北原也靜靜地踩下油門。

狂暴的風雪裡，停在前方的車輛時而影子般現身，時而失去蹤影，路旁的柱子若隱若現。陽子看了身邊的達哉一眼，他閉眼環抱雙臂，背靠在座椅上。

北原也被這陣風雪困在路上嗎？或者他早已放棄，自己折回札幌去了？陽子回頭望著覆滿白雪的車窗。她心裡還掛記著阿徹。她和阿徹約好五點半在車站前的西村餐廳吃飯，飯後還要一起去購物。現在已經快四點了，看來只能等到了小樽再打電話到西村餐廳，陽子想。只是幾點能抵達小樽，她也無法預測。

如果阿徹知道自己和達哉困在風雪中，一定會像北原那樣追來吧。還好沒讓他捲入這場風雪，陽子想。

風雪漸趨於平靜，前面車輛現身的次數也愈來愈頻繁。達哉仍舊閉著雙眼，嘴唇微啟。他說已經兩晚沒闔眼，或許累積的疲累一下子爆發出來了吧。陽子覺得最好不要叫醒他。

最好盡量拖延和生母惠子見面的時機，事已至此，陽子做好了心理準備，她打算以與朋友母親見面的態度，大大方方地見面。惠子大概也考慮過各種可能，必能沉著對應吧。只是自己和惠子長得那麼像，到時彌吉和哥哥阿潔，還有店裡員工看到自己，不知會受到多大的衝擊。陽子又深切體會到自己見不得人。如果可能，她真希望達哉就這樣一直睡下去。

風雪像被解除魔咒般突然停了，左側路旁出現四五棟民家，屋頂上全覆著白雪，停在前方的幾輛車或右斜，或左靠，排成一支凌亂的車隊。天色雖然變亮了，但黃昏已降臨。對向車道的來車全開著大燈，一輛接一輛駛來。前面的車輛也陸續發動了。

陽子望著熟睡的達哉，他的下巴上有幾根稀疏的鬍子，微張著嘴的睡容帶著幾分稚氣，惹人愛憐。

一連好幾輛車從後方超車向前，意外地倒是沒什麼積雪，車子駛過時只捲起陣陣雪霧。這時，一輛車突然在六七公尺的前方停下，車門打開，一名青年走下來。擋風玻璃的雨刷仍在搖擺，陽子不經意地望向窗外，差點驚叫起來。原來是北原。

北原看到陽子，放心地露出笑容，打算拉開車門。陽子急忙抬手要打開門鎖，但她的手才舉到一半就被達哉按住了。

陽子不禁皺起眉頭瞪著達哉，達哉則一副惡狠狠的表情瞪著北原。陽子無可奈何，搖下車窗向北原道歉。

「北原先生，不好意思。」

「哪裡，看到妳平安我就放心了，剛才的暴風雪很嚇人吧？」

「北原先生，真是辛苦了。三井同學，請讓我下去一會兒。」

達哉沒有回答。

「你這卑鄙小人！就這樣硬把陽子小姐帶走。」

「……」

「不是說好只談三十分鐘嗎？快點，讓她下車，陽子小姐都說想下車了。」

北原一臉嚴峻，但達哉依舊無言地壓住陽子的手。

「你這豈不是綁架！快讓她下車！」

達哉臉上浮現冷笑。

「無禮的傢伙！說話呀！你不打算為自己的失信道歉嗎？」

陽子悲傷地望著達哉。

「更重要的是，你到底有沒有駕駛執照？開車開得那麼粗魯，我不能讓陽子小姐坐你的車。你自己說只要三十分鐘就讓她回來，快！打開車門！」

「囉哩叭唆的，關你什麼事，我才不會讓她下車呢。」達哉咆哮地說。

「這就是你的招呼？簡直就是流氓嘛。」

「是啊，我就是流氓。你小心點，快讓開！」

達哉猛地踩下油門，向右轉動方向盤。

「危險！」

北原的手還放在車窗上，他急忙跳開，但腳一滑，右腳插進汽車底盤下方。

「哇！停車！」

陽子尖叫的同時，汽車受到一陣沉悶的衝擊停了下來。

陽子立刻跳下車，北原蜷著背在呻吟。

「北原先生，對不起！北原先生。」

陽子淚流滿面地趴在北原身上。達哉臉色蒼白地下了車，站在陽子身後。

「都說很危險了，不是嗎？」陽子狠狠地瞪著達哉叫道：「快！把他送到醫院去呀！」

38 燃燒的流冰

灰暗的天空下，冰原像一片白得發青的荒野。陽子從剛才就站在旅館的窗前，凝視被流冰封鎖的鄂霍次克海。眼前這幅荒涼的畫面，一點也不像三月下旬的景象。

窗外右側一連串的丘陵綿延不盡，環抱海灣般緊密相連，丘陵下網走市的街道整齊劃一地向前延展，市街盡頭連接丘陵邊緣，再向前望去，可看到前方海中有塊被稱作帽子岩的巨大岩石，外形就像一頂帽子覆在地上。岩石左側矗立著一座白色燈塔，相隔不遠的兩公里前方，還有一座紅色燈塔立在防波堤上。

旅館前有一條路，緊鄰路邊有一道防波牆，牆外堆滿無數流冰，有些大如院中石塊，有些厚如建築板材，流冰彼此推擠碰撞，一路堆砌擠壓到牆邊。陽子看到一名手拿相機的青年翻過防波牆，在流冰上緩慢前進，他的腳試探地一步步謹慎踩下去，陽子凝視著青年的一雙長腿。

毫無疑問地，青年有兩條腿。然而這個理所當然的假設，再也不屬於北原。

意外發生後三個月過去了，那天北原的右腿遭達哉的車壓傷，每次回想起那一幕，陽子就覺得彷彿置身噩夢。

當時北原痛得弓起身子，陽子看他沒流血，暗自鬆了口氣，誰知轉眼間他的腿愈腫愈大，陽子解下洋裝腰帶捆住北原的大腿，又斥責驚慌失措的達哉把北原搬進車內，然後跑到附近商店打電話叫救護車。

等待救護車的二十多分鐘，陽子覺得漫長無比。她緊盯北原蒼白的臉，看他痛苦呻吟，不禁對自己的罪生出無以名之的恐懼。

北原被送到手稻的一家外科醫院，醫生診斷是膝窩動脈斷裂，立刻為他進行縫合手術。阿徹接到陽子的通知趕到醫院，他一聽到醫生的診斷，當場變了臉色。

「膝窩動脈極細，這種手術成功率很低。」

果然手術失敗了。北原的右腿在手術第二天變成紫色，第三天惡化成黑色，還發出陣陣腐臭。他的右腿像被一線隔開似的，下半部呈現黑死狀態，醫生只好進行截肢，從膝蓋上方鋸斷。

等在手術室外走廊的陽子，壓低聲音發出嗚咽。意外發生後，北原的父親立刻從瀧川趕來，當他看到從手術室出來的北原，也忍不住流下眼淚。

一隻烏鴉盤旋著降落在流冰上，陽子注意著那隻烏鴉。剛才的青年已不知去向。陽子想起北原說過，網走適合一個人遊覽，但她覺得獨自欣賞眼前這幅景象實在太過淒涼了。

烏鴉停步看看左右，又搖晃著身子在冰上前進。流冰以不規則的形狀互相交疊，有的像丘陵般隆起，有的布滿凹洞，密密麻麻地一直延續到海灣盡頭。

陽子眼前這片由流冰組成的冰原，就像墓園般靜默，沉寂得可怕。她無法相信在這片純白封閉又一望無際的冰原下，巨大的鄂霍次克海在翻騰呻吟。在如此嚴酷而不祥的景色中，唯有那隻烏鴉在活動。

（就連那隻烏鴉也有兩隻腳。）

陽子又想著同樣的事。自從北原失去右腳，不論看到人或狗，她的視線總是落在對方的腳。做完截肢手術後，北原住院了兩個月，現在已經轉到登別溫泉的醫院進行術後療養。

北原住院的第一個月，陽子始終陪在一旁照顧他，直到他不需要看護為止。北原自小就失去母親，唯一的妹妹又嫁到東京去了，不過就算他有母親和妹妹，陽子也無法不到醫院看顧他。因為在那場暴風雪裡，北原是為了陽子才發生意外，又因陽子的弟弟達哉失掉一條腿。陽子自然覺得有責任照顧他。

結束看護工作，陽子累壞了，便回到旭川家中休息一星期。

陽子回家後，一連幾天都很冷。早晚水氣在玻璃窗上凝結的冰紋十分美麗，宛如刻上了孔雀羽毛或羊齒植物花紋的冰雕，就像出自名家之手，不論線條或形象，全都美得難以言喻。窗上的冰紋時而像林木，時而像燈飾，鑲入一粒粒間隔相等的圓珠。

這天晚上，陽子拉開起居室的窗簾，欣賞窗上的冰紋，暗自讚嘆這幅大自然的神祕創作。啟造在一旁說：

「真是神祕，家家戶戶的玻璃窗上都印著千變萬化的花紋。每天黃昏，爸爸看到原本什麼都沒有的玻璃上逐漸顯現多變的冰紋，就不禁聯想到上帝的意志或上帝的創作。」

「好討厭，說什麼上帝。我就是沒法相信上帝。」

坐在火爐旁的夏枝說。她把一塊毛料攤在身上，正在縫製阿徹的冬季和服。

「是嗎？」啟造露出苦笑。

「對呀。如果有上帝，為什麼受傷的是北原先生，三井家卻平安無事？真是太不公平了。」夏枝停下正在縫衣的手。

「究竟是公平還是不公平，神的意志是不會那麼容易讓人看穿的。這且不提，北原確實太可憐了。」

啟造說。陽子回家三天來，這句話他不知已說過多少遍。

「真的好可憐，爸，北原先生的父親頭髮在一個月之間全變白了。」

「也難怪他啊。」啟造感觸良深地說。

「老公，他一個大男人把孩子養大，我去探病時，他嘴裡說得輕鬆，臉上的表情卻掩不住落寞。本來是三井太太的罪過……受傷的卻是別人。」

「別這麼說。」

啟造瞥了陽子一眼，輕聲責備夏枝。

「可是，爸，媽說得沒錯。都是小樽的媽媽生下不該生的孩子，害得北原先生失去一條腿。」

「陽子，不能這麼苛責她。」

「對不起。可是，爸，達哉被教養得那麼任性，也是做母親的責任……」

「對呀，陽子，如果非得有誰受傷，我覺得倒不如讓她兒子代替北原先生受罪呢。」

聽了夏枝的話，陽子低頭不語。達哉強拉自己去小樽，開車又那麼大意，陽子確實覺得他太任性，只是夏枝雖然附和她的意見，卻又口沒遮攔地表示受傷的應該是達哉，陽子實在不知該如何回應。

「夏枝，這麼說太過分了。」

啟造看出陽子的心思，又低聲責備夏枝一句。夏枝看他一眼，臉上露出冷笑。

「過分嗎？可是，老公，我可是慎重地想過了。我相信三井家的想法肯定也跟我一樣，只要是為人父母，一定都會覺得與其傷到別人，不如自己的孩子受罪。」

「妳說得也沒錯，只是也沒必要嘮嘮叨叨說這些嘛。」

「如果那位太太的寶貝兒子失去一條腿，她肯定會對當初背叛丈夫悔恨萬分。」

夏枝對惠子的嚴厲批判，啟造實在無法認同，夏枝又繼續說：

「當然啦，三井太太現在心裡一定不好過，她肯定對北原先生感到虧欠，但我想再過不久，她就會忘掉這件事。」

「忘掉？」

「是啊。只要再過一段日子，她就會忘掉的。可是如果是自己兒子少了一條腿，成天在眼前晃來晃去，她就肯定忘不掉。」

「夏枝，不管她忘得了忘不了，都不是妳該管的事。」

「可是……」

「更何況，人本來就容易忘掉自己的過失與罪過，就算親骨肉因自己的疏忽而喪命或被殺也一樣。」

「哎唷。」

夏枝向啟造投去一瞥諷刺的目光。

「陽子，妳爸最近在熱心研讀聖經，還常上教堂去，可是他動不動就拿琉璃子的死來責怪我，這究竟是什麼道理呀？」

「……」

「要責怪別人誰都會，根本不必費工夫跑到教堂去嘛。責備別人誰都會，陽子，對吧？」

陽子不知該如何回答。

「我雖沒上過教堂，可是聽說耶穌基督能寬恕人的罪。我以為妳爸在教堂聽了這些道理，以後就不會再責怪我，會原諒我。陽子，妳說是不是？」

啟造面露不悅。另一方面，夏枝意外說出「責備別人誰都會」這句話，也令陽子的心隱隱作痛。順子原諒了殺人犯的生父，自己卻還無法原諒小樽的生母。

「老公，我更擔心阿徹。」

「阿徹？他不是過年才回來嗎？」

「是啊，可是他一直躲在房裡發呆。」夏枝瞥了陽子一眼。

「偶爾也會有這種情形啦。」

「……可是，本來他們約好新年到十勝岳滑雪的，對吧？陽子。」

「是的。」

「那也沒辦法嘛，陽子一直在醫院看護病人，連過年都沒回家呢，何況去滑雪。」

濱子在廚房弄出了聲響。

「阿徹也和陽子一起在醫院照顧北原先生好幾天呀，他才不是因為不能去滑雪就關在屋裡，他是有心事。」

聽到這裡，陽子低下了頭。啟造看她那模樣，突然想起一件事，說道：

「對了，有件東西要給陽子看。」

啟造說完就走出房間。

「陽子，妳跟阿徹談過了嗎？」

「沒有。」

「是嗎？還沒談啊……」

「是的，什麼都沒談過。」

「陽子，媽媽原以為妳會嫁給阿徹，心裡正高興呢。」

「……」

「阿徹一定也這麼想吧。可是，陽子，妳想和北原先生結婚吧？」

「……」

「陽子，妳把心意告訴北原先生了嗎？」

陽子無言地搖搖頭。

「啊，什麼都還沒說？」夏枝鬆了口氣，看著陽子。

「是的。」

「既然如此，媽媽想求妳一件事，陽子，請妳也想想阿徹的心意。」

「……」

「這件事就算我不開口，我想妳也了解。當然，媽媽懂陽子現在的心情，畢竟北原先生是因為擔心妳才冒著大風雪追去的。」

「是的，而且我弟弟做出了那種事……」

「哎唷，妳竟想得這麼多？雖說他是妳弟弟，可是陽子，他並沒和妳一起長大呀。」

「是的，這一點……」

「換句話說，你們就跟陌生人沒兩樣嘛。媽媽覺得妳根本不必給自己這麼大的壓力。」

在外人看來，陽子和達哉確實是陌生人。從小到大，他們沒有一天住在一起，或許陽子不必對同母異父的弟弟犯下的過失感到自責。但在她心目中，達哉現在已經不是外人。雖然他缺點很多，但他是陽子認識的第一個血親。

「北原先生當然可憐，只是媽媽覺得結婚這件事，不能因為妳可憐他就嫁給他。」

陽子想起北原撐著楞杖的身影，那模樣令她心痛不已。

楞杖「咯吱咯吱」的聲響在陽子心底迴盪。

「謝謝您，媽，我不會因為同情或感傷就決定婚事。」

「那我問妳，陽子，妳愛北原先生嗎？」

陽子不知所措地把視線投向自己的膝蓋。

「陽子，結婚最要緊的是看妳是否愛對方唷。」

「是的。不過，媽，陽子還不了解什麼是愛。喜歡和愛不一樣嗎？」

陽子以求救的眼光望向夏枝。

這時啟造手裡拿著一封信回到起居室。

「喜歡跟愛是一樣的啦。老公，對吧？」

「不，我也不清楚，喜歡和討厭是一種感情，但愛似乎不能算是感情。」

啟造把信封放在桌上。

「啊唷，愛不是感情啊？老公，那『我愛你』這句話不表示感情是什麼？」

「那是大家把這句話當作『喜歡』的同義詞使用，當然愛也分很多種，譬如出於天性的親子之愛，或是男女之間的愛，還有友愛等等。不過人應該正視的愛，是屬於意志層面的吧。」

「那麼，不喜歡也能愛？」

「是的。」

「哎唷，真討厭。那才不是愛呢。愛有這麼深奧嗎？」

「很深奧。有一本談論愛的書，妳可以讀一讀。愛人可不是簡單的事，書裡說要能把自己最寶貴的東西交給對方，才是真愛。」

「最寶貴的東西，是指金錢或和服？」

「夏枝妳的生命那麼不重要嗎？」

「哎呀，生命另當別論啦。」

「書裡還說，能把自己的生命獻給對方才算是愛。」

「那怎麼可能，生命可不能送給別人。你總愛把事情說得這麼深奧。總之，陽子，沒有愛的婚姻千萬不能結唷。」

愛不是感情，而是意志。啟造的這句話深深烙印在陽子的心底。她也認為，不能根據容易改變的好惡來決定終身大事。從這一刻起，陽子覺得似乎對愛多了一些認識。

＊　＊　＊

已是三月底了，網走的旅館房客還不多。雖說才過晚上八點，旅館內外已像深夜般寂靜，只聽得到汽車駛過的聲響，還有隔壁水族館的海豹吼聲。

陽子眺望著兩座燈塔射出的藍紅光芒，思考自己和北原與阿徹的問題，不知不覺中，她想起三井彌吉。

那天晚上，她在自己房裡讀完啟造交給她的信，信封上的收信人寫著啟造和夏枝的姓名，但啟造把信交給了陽子。

「我覺得這封信給陽子保管最合適。」

其實這封信在北原出事後約莫十天就寄到了，但啟造想等陽子稍微平復心情後再交給她。

辻口先生暨夫人

很冒昧給兩位寫這封信。

這次由於小兒達哉的疏忽，給府上添了很多麻煩，在此誠摯地向兩位致歉。原該親自登門謝罪，請容我先以書面表達歉意。不怕您兩位笑話，其實我也猶豫了很久，不知是否該提筆寫這封信。相信兩位一定能理解我的立場。

經過再三猶豫，反覆深思，我還是決定寄出這封信。希望兩位見諒，容我不顧禮節，在此抒發自己的心情。

說起來，還真不知從何說起，所以還是按照時間順序，從二十多年前的往事談起吧。

戰爭結束後一年，我從中國復員返國，家裡有惠子和阿潔等著我，但我的心情卻非常陰暗沉重。想必您兩位大概明白其中原由吧。

辻口先生，或許您也因為那場令人可厭的戰爭而被派到戰地。雖然我只簡單以『令人可厭』幾個字來形容戰爭，但戰爭其實是這世上最恐怖、最令人深惡痛絕的事情。

戰爭的可怕不僅是糧食缺乏、空襲燒毀家園、老幼婦孺慘遭殺害，最最恐怖的是，戰爭使我們人類變得不再像個人。

我在戰場上曾犯下不可告人的罪行，直到二十多年後的今天，我才敢向妻子自白。現在，我也想向您兩位描述一下。

辻口先生，我們的小隊曾受命將中國北部某部落的老弱婦孺集合在一處，將他們全部殺光。

雖然已經過了二十多年，現在回想起來，當時的情景就像發生在昨天，我沒有勇氣描述細節……儘管是出於長官的命令，但我的確親手把一個孕婦的肚子剖開，犯下極為暴虐的罪行。

當時我們都被反覆洗腦，滿腦子都塞滿美麗的詞藻，說什麼「為了東亞和平而戰，不是在與民眾作戰」。然而不論後世史家如何掩飾，那場戰爭確實是一場侵略，真實內幕肯定更為齷齪。顯然有很多人並非出於長官指使，卻大膽地私下進行各種暴行。

當時長官的命令是不容抗拒的，我在槍口的威脅下，失神地切開女人的肚皮。女人哇地發出尖叫，渾身是血的胎兒微微顫動著，這一切，我永遠無法忘懷。戰爭讓一個人墮落成沒有人性的畜生，隨著歲月的推移，我愈來愈能體會戰爭的可怕。

如果我是個真正的男人，是個真正的人，那時我就不該開槍殺死那些無辜的人，應該挺身守護他們。但我卻用自己這雙手殺掉了那個孕婦。

回國後好長一段時間，我都無法抱起自己的孩子。我這雙手曾殺過無辜之人，是一雙血腥的手，我實在無法佯裝無事用這雙手抱起純真的孩子。

內人惠子看我整天愁容滿面，不肯抱阿潔，總是在一旁小心翼翼地偷窺我的臉色。而她愈是討好，我愈討厭自己，心裡也益發不快。內人看著我的表情，也更加顯得戰戰兢兢、卑躬屈膝，我對她的反應也更加感到不耐與焦躁。

我們就這樣窺視彼此，漸漸地，我從內人的表情裡察覺出祕密。或許是因為我也隱瞞了殘暴的罪行，才會從內人身上聞到某種犯罪的氣息。

我也從岳母的表情裡嗅出某種氣氛，不論是我內人或岳母，兩人身上都籠罩著一種奇特的陰霾、狼狽與疑懼。

復員歸國第二年的二月，內人懷上達哉。我知道內人懷孕的消息後，心裡恐懼萬分，一想到她的肚子會慢慢變大，我就害怕得不得了。

或許我是個過於懦弱的男人吧。不，我知道其他戰友也和我一樣，各自為自己在戰場犯下的不可告人罪行苦惱。看似平和的日本國內，現在不知有多少男人也跟我一樣，正為了過去那場令人可厭的戰爭滿懷恐懼地活在世上。

總之，自從內人懷孕後，我為了忘卻煩惱，把全副精神都投注在生意上。

有一天，記得是在四月初，我在前往函館出差的火車上遇到一個女人。她是一名護士，當初阿潔出生時特別關照過我們。

女人手裡抱著一名兩歲的女孩，我跟她說自己也想要女兒，因為女孩不必上戰場，不料她不解地問我：「府上不是有一位可愛的千金了？」

「不，」我說，「我們家只有阿潔一個小孩。」女人又問我：「那去年在圓山的婦產科醫院出生的女孩夭折了嗎？」我心中一驚，卻裝出平靜的表情答道：「死了。」

女人在戰爭結束前一年結了婚，從此成為家庭主婦，但後來因為熟識的婦產科醫院特別請託，她才答應幫忙一陣子。可能剛好是那段時期，內人在那家醫院偷偷生下一名女嬰吧。那護士當然不知道女嬰是在我出征期間生的，身為有夫之婦的惠子自然也不會告訴她這件事。

後來，我暗中調查了內人在我出征期間的動向，不久我就查出內人曾回札幌的娘家居住，而她娘家住著一名房客，名字叫中川，內人和他關係似乎很親密。接著我又陸續查出，內人生下的女嬰送給別人領養了。

辻口先生，我想您一定無法了解我聽到這消息時的感受吧。當時，我只覺得心中充滿難以言喻的感謝之情。這話雖然聽起來很怪，卻是事實。不知您是否能理解我為何心懷感謝。

辻口先生，正如前面所寫，我曾在戰場上撕裂一名無辜孕婦的肚子，而內人替別的男人生了一個孩子，幫我把一條生命送到這世上來。

如果說我一點也不妒忌，當然是騙人的。但內人沒墮胎而將那條生命偷偷生下來，這件事讓我感到多麼欣慰，不知您是否能夠想像。

或許這種心情只有和我有類似經驗的人才能理解吧。那個渾身是血的胎兒被殺後還抽動著，那景象一直折磨我。如果當初內人打掉了那孩子，我肯定從此一蹶不振，永遠都站不起來。所以我感謝內人把那孩子生了下來，覺得自己終於獲得活下去的力量。

或許我的想法淺薄自私，但不可否認的，內人生下其他男人的孩子，雖不至於能抵消我的罪行，卻使我心中的負擔變輕了。

換句話說，內人當初沒偷偷扼殺掉一條生命，對我是一種救贖，同時也是一種懲罰。即使到了現在，每當我想起那個被殺的中國女人和她的家人，心裡還是悔恨不已，但由於已受到懲罰，我的心情多少輕鬆一些，自責的感覺也相對減少。

辻口先生，我說了這麼多私事，主要是想向兩位表達歉意，同時還有別的理由。我聽說您兩位養大了內人的女兒陽子小姐（我真不知該如何稱呼她），而她正為自己的出身苦惱。令郎把這件事告訴了內人，我又從內人那裡聽說了這件事，所以才想到，如果把我的心情寫出來，或許能對她有所幫助。

過去的二十多年裡，我對內人犯下的過錯一直假裝不知。我決定一直被妻子騙下去，絕不去追究她的過失，這甚至已變成我的人生意義之一。這些年來，我們夫婦相親相愛，內人也對我堅貞不渝。

但這次的事件使我了解，自己的作法並沒有真正解決問題。誠如兩位知悉的，自從去年底在飯店巧遇令郎與高木先生後，小兒達哉情緒極為激動，最後甚至害得北原先生遭受無法挽回的傷害，內人也不得不向我們告白過去的一切。達哉和阿潔似乎都受到極大的打擊，尤其是達哉，現在仍然為此痛苦不已。至於我自己，心中當然也很難過，但對我而言，這種結果算是一種報應。不，只要想起過去在戰場上的所作所為，這種懲罰算很輕了。

達哉的性格，或許是受到我們夫妻當時的心境影響，現在我才感受到其可怕的程度。

新年方始，寫了這麼冗長的信，實在很失禮。最後，在我擱筆之前，還想向兩位表達由衷的謝意，感謝兩位把內人的女兒教養成如此優秀的女孩。

一月三日　三井彌吉

三井彌吉早在二十年前就已經知道妻子的背叛，但他原諒了妻子。為什麼他做得到呢？是因為他自覺罪孽深重沒資格責備妻子嗎？

遠處兩座燈塔互相呼應般輪流投射出藍紅兩色燈光，陽子一動也不動地凝望著。

這時，一名年輕女服務生走進房間，她一面鋪棉被一面對陽子說：

「一個人出來旅行很寂寞吧？」

＊＊＊

下了車，陽子來到天鵝群聚的濤沸湖畔。晴朗的天空和昨天完全不同，但吹在身上的寒風針刺般冰冷。

濤沸湖大部分的湖面都被冰雪覆蓋，唯有一處寬約五六公尺，長約兩三百公尺的湖面泛著水光，幾百隻天鵝在水中鳴唱，那聲音聽來令人感到莫名悲戚，就像演奏雅樂的笙吹出的短促樂聲。

鳥兒叫是想傳達什麼意思嗎？如果自己現在的滿腹心聲用聲音來表達，會是什麼樣的聲音呢？陽子思索著，放眼望向矗立在對岸的農家和屋旁青貯窖的紅色屋頂。

天鵝們扭著長頸在水中覓食。陽子走向岸邊一間以草蓆圍起的小屋，那裡在販售天鵝飼料，一袋三十圓，每個塑膠袋裡裝著六七片不成形的方麵包。

「啊！來了，來了！」

屋裡三四個小孩看到陽子走近，興奮地交頭接耳。

陽子掰下麵包投向水面，但那群天鵝很謹慎，不肯靠近人。陽子有些落寞，索性把麵包拋向更遠處。成群天鵝緩緩圍到麵包周圍，其中一隻怯怯地伸出長頸，用黃色硬嘴叼起一塊麵包。這些天鵝是從哪裡學會警戒人類的？陽子心底升起一絲悲傷。

陽子又拋出一把麵包，這次馬上就有一隻天鵝立刻飛過來，搶劫似的叼起麵包，接著，又飛來另一隻天鵝，追上去搶奪食物。

陽子餵完麵包後，兩手插在口袋裡，眺望天鵝。湖畔約有七八名觀光客，不是把相機鏡頭對準天鵝，就是撒麵包餵食牠們。

湖的對岸還有一群靜立不動的天鵝，大約有十隻。湖中有片積雪的沼澤地，兩隻像是夫妻的天鵝在上頭依偎走著，周圍還有三四隻天鵝，莫不伸展身體搧著翅膀。

忽然，兩隻天鵝飛到空中，繞著水面飛了一大圈，又一隻天鵝追了上去，但牠立刻掉頭飛往不同的方向。陽子突然想起阿徹，心中一陣刺痛。她覺得那隻飛走的天鵝很像阿徹。

＊＊＊

那是一個多月前的事了。阿徹到陽子宿舍找她，當晚北原出發前往登別。進房後，阿徹一句話也沒說，身子倚在門上，一直凝望著陽子。

「哥？怎麼了？」

陽子以為阿徹喝醉了。阿徹臉上浮起無力的微笑。

「我終於來了。」

「終於？」

「嗯，陽子，我每天都在想，今天要去找陽子，今天要去找她，可是我就是沒有勇氣來。」

陽子一陣心酸。

「不過，今天看到北原被他父親帶走時，我終於下了決心。」阿徹的臉色不太好。

「哥，坐下來吧。」

「嗯……北原從今晚開始住進登別的醫院吧？」阿徹在火爐邊坐下。

「是的。」陽子避開他的目光，從壁櫥內拿出一些橘子。

半晌，兩人都沉默無語。一段令人心情沉重的靜默。不一會兒，報時台的鐘聲隨風飄來。八點了。

「陽子！」

陽子抬起頭。

「陽子打算和北原結婚吧。」

阿徹毅然決然地問。陽子默默點頭。

「……是嗎……？我就知道會這樣。」

阿徹再度沉默不語。

陽子心裡清楚遲早得和阿徹談一談，但她一想到阿徹的情意就開不了口。

「陽子，我啊，打從知道陽子不是妹妹的那一刻起，就打算跟陽子結婚。」

「……」

「那是我中學三年級的時候，有一天放學回家，聽到爸媽在吵架，那時我才知道妳是凶手的女兒。」

「是啊，之前聽你提過。」

「在那之後，我的心意從沒改變過。」

「……」

「事到如今，說這些也沒意義了吧。」阿徹十分落寞地笑起來。

「……想到北原，我就無話可說，他為了陽子失去一條腿。」

「……」

「這件事是因為我自己輕舉妄動才引起的，都怪我在高木家守靈式那晚跟三井太太說了那些廢話，結果引起一連串事件，才變成現在這局面。」

阿徹剝著柔軟的橘子皮，消沉地說。

「哥，你別那麼自責。我也說過，這件事若要追究，小樽的媽媽責任最大，達哉也不該那麼蠻橫……」

「不管怎麼說，陽子都決定要跟北原在一起了。」

陽子垂下眼皮，她想起了北原的話。

「陽子小姐，我現在只剩一條腿了。如果妳覺得自己要負責，那可錯了。我是心甘情願去追妳的，又因為自己不小心而滑倒。妳或許因為達哉闖了禍，覺得有責任，但妳根本不需要這麼想，回到辻口身邊去吧。」

北原並沒有責怪任何人。

「北原在各方面都是我的前輩。陽子，跟妳說件難為情的事，我甚至動過歪念頭，心想如果北原失掉一條腿能得到陽子，我也可以為了陽子捨棄手腳。」

「啊！」

「對我來說，失去陽子比失去一切痛苦。」

「……」

「抱歉，說了一些無聊的話，我會振作起來的。陽子，妳也要做北原的好妻子。」

說完，阿徹仰身躺在地上。陽子想到阿徹自小的柔情，自己卻只能回報他創傷，心中很痛苦。

「聽說媽跟妳說，不可嘗試沒有愛情的婚姻。」

「是的。」

「可是，陽子，北原是個值得妳愛的男人。他不像我是個小人物。」

「……」

「陽子如果結了婚，我會出國留學，不論到德國或美國，哪裡都好。」

「哥！」

如果陽子跟北原結了婚，阿徹可能會失去活下去的動力吧。陽子記得北原這麼說過。她也覺得阿徹出了國很可能就不回來了。但眼前的狀況，陽子實在無法拋下北原不管。

「哥，你真的要去留學？」

「我不想留在日本。」阿徹仰望空中答道。

「要去幾年呢？」

「不知道。」

「不知道？你不會永遠都不回來了吧？」

阿徹沒有回答，只是凝視著陽子。

北原確實因為陽子失去了一條腿，但阿徹從少年時代至今，也一直為陽子奉獻無形的手腳。陽子想，如果那天在克拉克會館跟自己談話的是阿徹，他肯定也會追去，也可能因此失去一條腿。陽子很痛苦，因為她明白阿徹對自己的體貼與溫柔。

「不必為我擔心啦，陽子。」

「對不起，哥。」

「妳不必道歉，如果我是陽子，我大概也會選擇北原吧。只是陽子……並不是因為討厭我才……一想到這，心裡就覺得特別苦。」

阿徹仍仰躺著，抓起一旁的報紙蓋在自己臉上。

「哥。」

「……」

阿徹沒有回答，或許他在哭吧。

如果沒發生這一切，陽子應該會嫁給阿徹。要她斬斷這段感情，陽子心中的悲痛無法言喻。阿徹一定也懂她心中的痛苦。

「哥。」

「……」阿徹還是沒回答。

陽子剛才拿出阿徹送她的蛋白石戒指看著，她自殺陷入昏迷後，阿徹把這枚戒指套在她的手指上。如果沒發生這次的事，他們倆應該會去十勝岳滑雪，陽子原本打算在十勝岳純白的雪地上，讓阿徹替她把戒指重新套上。我再也沒有機會戴上這枚戒指了吧，陽子望著戒指。

「陽子。」阿徹的聲音很陰沉。

「什麼事？哥。」

「我沒辦法像高木叔叔那樣，聽說叔叔曾經喜歡媽，但他還是能保持平常心進出我們家。我可沒辦法像他那樣。」

「……」

「我太懦弱了。儘管想看開，但一想到妳身穿新娘禮服站在北原身邊……我實在……」阿徹突然坐起來，報紙沙沙落地。

「這些話很無聊吧，妳別在意。」

阿徹盤腿坐在地上。

「總之啊，我們從小就是兄妹，從現在到死，我們一直都會是兄妹。」

阿徹點起一支菸，用力吸了一口。

「對了，我也討個老婆吧。說不定可以找到一個酷似陽子的新娘呢。」阿徹臉上沒有一絲笑容，「對了，北原打算什麼時候娶妳？現在辦喜事或許不方便，但還是早點辦了吧。」

「哥，我雖然打算跟北原先生結婚，但他對我說：回到辻口身邊吧。」

「啊？北原這麼說了？」

「是的。他叫我不可過於感傷，還要我一個人到網走看看流冰。他說，當人與大自然的嚴酷面對面時，感傷也會消失。」

「北原真是成熟。」

「是啊，我也覺得他在這兩個月內突然成熟許多。總之，我打算先去看看流冰，好好想一下自己的決定到底是不是一時的感傷。」

阿徹點點頭，專注地凝視陽子的眼眸。而現在，正在欣賞天鵝的陽子眼前又浮現阿徹當時的面容。

天鵝群裡，有幾隻羽毛淺黑的天鵝。

「那些都是新來的，不久就會變成純白的美麗天鵝。」司機說著走到陽子身邊。

「真奇怪，是飛來的路上弄髒的嗎？」

「不知道，那不是髒吧，應該是原來的羽毛顏色就是那樣吧。」

司機似乎也不大清楚。陽子跟著他回到車上。

「接下來要去哪裡？」

「能不能載我到網走湖？」

「網走湖現在冰天雪地的，夏天比較美麗。」

「沒關係，冰天雪地也好。」

就算是冰雪遍地的雪原，那也是網走湖的真實面貌之一，陽子想。

前方出現斜里岳雪白的身影，幾片薄雲籠罩在山頂。每年夏天，北原都要登上這座斜里岳眺望千島，這對他來說等於是掃墓。以後他還能爬上斜里岳眺望母親長眠的千島嗎？陽子身體深深埋靠在座椅。

汽車駛上北濱的海岸公路，道路右側一望無際的大海全是閃著白光的流冰。遙遠的前方可以望見知床半島的層層山峰。

「好美呀！」

「要不要停一下？」中年司機熱心地問。

「好啊，拜託你了。」

海中湧向岸邊的流冰泛著淺綠，和旅館窗口看到的不太一樣，眼前的流冰此起彼落地堆成小山，好似「嘁嘁喳喳」地彼此喧鬧。陽子站在車外，眺望海中景象，很想看看這片流冰的盡頭。

「您看到那邊流冰堆得像小山一樣高吧？據說知床海灣外的流冰可以堆到十七八公尺高喔。」

「啊！十七八公尺？」

陽子試圖在腦中勾勒出那幅情景，卻無法想像。她一直以為流冰只是浮沉於海中的小冰塊，現在竟聽說有高達十七八公尺的冰山，這超乎了她的想像。

「我有個朋友住在知床的漁人小屋，每年從十月二十日左右，一直到流冰消失的五月，他都一個人住在那裡。就是他告訴我流冰能堆得很高。」

「一個人住在漁人小屋裡……？」

「是啊，就住在那片冰天雪地裡，附近一戶人家也沒有。最近的小屋也在五公里之外，據說從流冰上步行過去，大概要花費三四小時呢。」

「哎唷。」

陽子腦中浮現了一個男人孤零零地生活在冰雪封鎖的海邊。

「他不會寂寞嗎？」

即使在夏季，往來漁人小屋也只能靠船隻代步，他能在小屋裡獨自度過漫長的冬季，他的意志是多麼堅強啊。陽子轉眼望向遠處的知床灣。

「換作我才沒法忍耐呢。那老頭說啊，他是因為自己的女人死了，才跑到北海道來，後來他在漁人小屋定居下來，大概住了十五六年吧，結果也沒再討老婆，一直一個人過。」

「哎唷。」

「這世上真是無奇不有。我是不懂他有多愛那女人，但我常常想，他何必因為女人死了就一個人跑到知床孤老終身嘛。」

「……」

「那老頭還說，冰塊摩擦的聲音聽起來很孤獨，流冰碰到岸邊或離開岸邊，都會發出一種沒法形容的聲音。」

陽子想起了阿徹，他表明即將出國。

「要不要繞到台町的展望台看看？」汽車向前駛去，司機問。

「好啊，只要您認為值得一看的地方，都載我去吧。」

下次也不知什麼時候才會再來，陽子想。雖然覺得有點奢侈，她仍這樣回答。

剛才那個漁人小屋男人的故事，一直在她腦中盤旋。世上竟有人為了逝去的愛人一輩子住在北國的盡頭，這份感情讓她感動萬分。

「知床是阿伊努話嗎？」

「好像是，聽說本來的發音是『西樂圖克』，意思是陸地的盡頭。」

「陸地的盡頭嗎？漁人小屋很多嗎？」

「大概不少，只是不知道詳細數目。」

「所以說，今天冬天也有好些人各自關在小屋裡過冬嘍。」

「是啊，聽說五月二十日之前都不會有船來，他們要獨自在小屋度過整整七個月。」

「七個月！」

獨自在小屋裡過冬的男人究竟承受著怎樣的孤獨？陽子覺得萬分不忍。

「他們為什麼要守在裡面呢？」

「唔，可能是怕小屋裡的漁具被偷吧。可是我懷疑世界上哪有小偷會走上幾公里的流冰去偷東西。」

「就是啊。」

「不過，客人啊，世界上就是有想不到的好事者。像知床這種凹凸不平的流冰，居然還有年輕人背著帳篷跑來唷，聽說他們在流冰上搭帳篷睡覺呢。」

「啊，在流冰上搭帳篷？不會被風颳走嗎？」

「據說世上有人會去爬喜馬拉雅山的冰崖或絕崖，所以有人跑來走知床的流冰也不奇怪了。可能就是這樣，漁人小屋才不能沒人看守。也不知那些住帳篷的人會偷什麼東西去燒呢。」

那些在流冰上搭帳篷的人也是孤獨的，陽子想，她聽過一句話「雜沓中的孤獨」，或許在無人的世界承受孤獨反而容易吧。人是否在獨處時才能獲得心靈的慰藉？陽子不由得想像起那些潛藏在人內心深處的寂寞靈魂。

汽車駛入市街後左轉，順著山路往上爬。這裡就是台町。山丘上排列著鋼筋水泥的公寓和小巧的住屋。車子駛過一間日式旅館，來到一處懸崖。陽子下車。

視界下方可以遠眺網走港，寬闊的鄂霍次克海一望無際地展現眼前。從這座山丘望下去，也可看到海面的無數流冰，連綿延續到海灣盡頭，而大海就被封鎖在流冰底下。

「很久以前，這懸崖下就是大海唷。」

能取海角在靠左側的遠方凸出海面。

「有一次，我曾載九州的客人到這間旅館。那時藍色的海面漂浮著雪白的流冰，美得讓我大開眼界。該怎麼形容呢，就好像藍天裡飄著無數白色降落傘……總之啊，美極了！」

「流冰也有各種模樣呢。」

吹上高台的風更加刺骨。

「當然嘍。妳看流冰現在密密麻麻布滿海灣對吧？可是到了明天啊，很可能全都消失，一絲蹤影都不留下呢，就像善變的女人心一樣。」司機笑著說。

「那流冰漂來的時候也一樣嗎？」

「對呀，正想著今晚特別冷，結果第二天一早海面就漂滿了流冰。」

「真神祕。」

「正是。流冰雖然每年都會來，但真教人納悶這些流冰是從哪裡漂來的。」

回到車上，司機突然想起地問陽子：

「客人，您看過海市蜃樓嗎？」

「沒有。」

「每年五月看得到喔。」

「看起來是什麼樣？」

「有時很像外國的街頭，有時又像流冰映在天空。」

「真想看看，沒想到還能看見現實裡不存在的東西……」

「不，聽說那可能是實際存在某處的景色喔。」

難道海市蜃樓並不是單純的幻影？陽子想。汽車掉轉車頭，朝著與大海相反的方向駛去。

一個撐著白色枴杖的男人忽然從旅館走出來，跨上馬路。

「哎唷，好危險！」

「居然有客人大白天就叫按摩啊。」司機猛地踩下煞車。

陽子想起由香子，她也在佐呂別原野附近的豐富溫泉做過按摩師。不知為何，陽子突然覺得她和自己的距離拉近了。

如果那時高木和啟造沒在旅館碰到由香子，她現在還在豐富的溫泉街以按摩為業，悄悄地活著吧。最近辰子到家裡找夏枝時，說由香子不久就要到東京去了。

「她說既然要學三味線，乾脆就到東京找老師。由香就是這種性子，不論做什麼，非要做得完美不肯罷休。」

辰子說著轉眼凝視啟造。啟造的目光不知所措地來回游移，夏枝露出諷刺的微笑看著他。

「老公，那你以後可寂寞了。」

「哪裡，我沒什麼……」

「哎呀，你不會寂寞啊？那由香子太可憐啦。對吧？辰子？」

「不會啦，由香才不像夏枝這麼嬌氣呢。那孩子打算把全副精神都投注在三味線。像她這樣的女孩，也只能靠這個活下去了。」

辰子臉上沒有一絲笑意。

由香子是真心愛過啟造。陽子想起那天辰子的話，第一次對香子起了共鳴。

陽子一直無法諒解由香子，因為她愛上了有婦之夫。但陽子已經不再懷恨由香子，她不再覺得由香子有錯，只覺得她是個不幸的女人。

（或許人與人之間也有所謂「不幸的邂逅」吧。）

或許是參觀了那片荒漠般的冰原，還是聽到那個獨自住在知床流冰上的男人的故事，陽子突然覺得和由香子親近許多。

像由香子這種痴情女子若不能與心愛的男人結合，或許就只能遠走他鄉，遠遠地躲到永不能相見的地方吧。

（我跟徹哥哥的關係或許也是「不幸的邂逅」吧。）

汽車滑下山坡駛進商店街。

「網走湖那裡有人在冰上鑿洞釣黃瓜魚唷。」

人類的生活形態真是千奇百怪啊，陽子興趣盎然地想著。但我只要按照自己的方式活著就行了，陽子想。

午後的天空不知不覺又和昨天同樣陰沉，從網走湖回到旅館，陽子的腳擱在窗下的暖氣片上取暖，熱氣柔和地裹住她全身。

越過窗口，映入眼簾的還是流冰。知床半島的群山峻嶺位於地平線更前方，剛才還能看得很清楚，現在卻被雲層遮住了。

從濤沸湖前往網走湖的途中，陽子瞥見河流對岸的監獄。

「過了這座橋，前面就是有名的網走監獄，要不要去參觀一下？」

司機問陽子，橋梁的另一端可以望見監獄的紅色磚牆。

「多謝您告訴我，這裡我不想看……」

陽子婉拒了。她覺得把監獄當作觀光景點實在太過殘酷。那些犯人為了贖罪才被關進高牆裡，必須在裡面度過數年、數十年，甚至還有人終生都得關在裡面。

（但罪行能靠贖罪而補償嗎？）

陽子又想起剛才看到監獄時出現在腦中的疑問。

今晨，陽子翻過聖經。那本聖經是她從旭川出發時，啟造送給她的。可能是啟造為了送她專程買的，深紅布面封皮的聖經裡夾著一張細長便條。

陽子，《約翰福音》第八章第一節到第十一節，妳一定要讀一讀。父。

便條紙上簡短寫著這句話。

啟造所說的那段經文記錄著一個女人被人從通姦現場抓到，眾人爭論是否要用亂石將她打死的過程。

根據當時的猶太律法，通姦罪應判處死刑，還是遭亂石打死。所以許多宗教學者和信仰虔誠的男人把那女人推到耶穌面前。

「摩西在律法上吩咐我們，用石頭打死這樣的婦人，你說該把她怎麼樣辦？」

眾人追問耶穌。如果按照律法規定殺了這個女人，這種作法和耶穌平日宣揚的大愛矛盾，也違反當時支配他們的羅馬帝國法律。如果耶穌表示不可殺死女人，則等於不把猶太律法放在眼裡。眾人提出的質疑顯然充滿惡意，因為不論耶穌如何回答，都會被逼上絕路。

耶穌沉默不答，彎下腰用指頭在地上畫著什麼。

那些人固執地逼問耶穌，耶穌環顧眾人說：

「你們中間誰是沒有罪的，誰就可以先拿石頭打她。」

說完，耶穌又彎下腰在地上寫字。

人群裡有人走了，接著又走了第二個……到了最後，只剩下耶穌和那個女人。

「你們中間誰是沒有罪的，誰就可以先拿石頭打她。」

這行字的下面，啟造用紅筆畫了一條粗線。陽子看著覺得心痛。

陽子知道惠子的存在以來心裡的感覺，啟造當然知道，而陽子第一次和惠子見面的情形，啟造肯定也從旁人嘴裡聽說了。

那是在北原住院的第二天，陽子跟惠子終於見面了。

那天護士在北原的手臂上輸入血漿增量劑點滴後，又給他打了一針抗生素，護士剛走出病房，立刻有人敲門，當時圍繞在病床四周的包括北原的父親、阿徹、順子和陽子，陽子以為是護士又折回病房，沒有回頭，只把視線投向滿臉痛楚的北原臉上。

「啊！」

這時站在窗邊的阿徹看了門口一眼，發出一聲輕呼。陽子不經意地回過頭，看到穿著藍色套裝的惠子站在門口，手裡抱著大衣。

惠子看到陽子回頭，不禁睜大雙眼，先向陽子投去一絲笑意，又立刻露出像在搖尾乞憐的沉痛與悲傷。惠子微微蠕動形狀美麗的嘴唇，就在這一瞬，宛如同性電流相斥一般，陽子向她行了一禮，轉身走出病房。然而一踏出走廊，陽子頓時感到兩腿發軟。

其實她早料到惠子會來探病，儘管早有心理準備，陽子內心還是受到衝擊，走到電梯前，剛好門開了，她便搭電梯上了三樓。

陽子茫然地坐在走廊的長椅上，長椅的褐皮坐墊上有一塊黑色汙漬，大概是被紅藥水之類的東西弄髒的吧。陽子無意識地瞪著那塊汙漬。

她心裡沒有見到生母的感動，只充滿了虛無的感覺，覺得心情愈來愈沉重，母女相逢並沒給她帶來任何喜悅。那就是生了我又拋棄我的女人。對她來說，我是個最好不要來到世上的小孩，或許從她得知懷孕的那天起，她一直希望我死掉呢。我出生的那天，她有沒有覺得我可愛把我抱在懷裡？或者只是懷著詛咒與悲傷瞪著我？陽子想起惠子剛才微歪著頭、一隻手輕輕放在胸前的優雅舉動。

一個背叛丈夫又拋棄骨肉的女人竟如此優雅！陽子心中生出幾分反感。她覺得很淒慘，現在才省悟自己是個連親生母親都不要的孩子。

時間一分一秒過去，也不知過了多久，好像已經過了一小時，又好像才過一刻鐘。惠子應該走了吧，陽子想，她不可能在備受疼痛折磨的北原身邊逗留太久。

陽子站起身，慢吞吞地走樓梯回到二樓。樓梯角落積著棉絮般的灰塵，不知為何，陽子的眼睛就是忍不住撇向那些灰塵。

走下樓梯，陽子意外看到惠子就坐在二樓走廊的長椅上。惠子站起來，似乎是特地在等她回來。陽子面無表情地向她鞠躬，打算就此離去。

「對不起，妳就是陽子吧？」

惠子抬起長長的睫毛朝陽子溫柔地笑。

「我是三井。」

陽子以遙望遠方的表情看著惠子溼潤的白牙。

（這個人連牙齒排列的形狀都跟我一樣。）

「陽子，妳長這麼大了……」

惠子的聲音微微顫抖。陽子很冷靜，冷靜得連她自己都意外。惠子的五官和聲音確實都跟陽子很像，但兩人長得愈像，陽子的心離她愈遠。陽子就是無法從她身上感受到血緣的聯繫。

「……之前從徹少爺那聽說了妳的心情，不怪妳，一切都是我的錯。」

惠子似乎努力在壓抑心中的激動，陽子依然面無表情不發一語。

我這一出生就被遺棄的小孩，有什麼可說的？陽子轉眼望向一名經過的穿睡衣的少年。

剛出世就被生母拋棄的陽子，已經不懂如何哭泣與歡笑，也不知如何表達痛恨與孺慕之情了。

「陽子，原諒我……」

惠子烏黑的眼中湧出淚水，陽子無言地離開惠子身邊，好像有急事般匆匆轉過走廊，快步朝手術室走去。

經過亮著紅燈的手術室，陽子走到盡頭的窗邊，茫然望向窗外。醫院入口的四角形屋頂就在窗下，透過薄薄的積雪，隱約可見綠色的鐵皮屋頂。

一名年輕母親牽著四五歲大的男孩消失在屋頂下，接著，另一個臂上裹著三角巾的男人快步走出醫院。這時，陽子看見身穿綠大衣的惠子也在門外，她沒有叫車，一逕低著頭在雪地前行。沒走幾步，惠子腳底一滑，差點摔倒。

站穩腳步後，惠子抬頭望了天空一眼，又立刻低下頭繼續走。

＊　＊　＊

陽子有種錯覺，彷彿看到低著頭的惠子正在眼前那片冰原漸行漸遠。或許那天在雪地上低頭遠去的惠子正在哭泣吧。

你們中間誰是沒有罪的，誰就可以先拿石頭打她。

聖經裡寫著這句話。

陽子凝視著略帶青藍的冰原，想著難道我的心也變得跟流冰一樣冰冷？

我應該是個更溫暖的人，陽子想，我應該是個更誠實的人，但我卻一句話也不肯跟她說。當時的心情，連自己也無法理解，或許是因為我的心已像眼前這片大海一樣，早就被冰冷的流冰封住了。

「陽子，原諒我……」

這句話裡包含著惠子的無限感慨，然而陽子冷冰冰地轉身離去，這行為豈不是比用石頭砸她更為冷酷？

我的無情絕不是瞬間形成的，無情的種子不知不覺早已潛伏在我心底。

陽子小學一年級的時候曾被夏枝掐住脖子，中學畢業典禮的致詞手稿又被偷換成白紙，這些往事，陽子從不曾對人提起，她一心想著，無論如何也不能變壞，絕不要變成像媽媽那樣的女人。她就是懷著這種想法長大的，而這種想法也使她永遠想表現得比母親更完美。一個人想要表現得比對手更完美時，內心是否還能擁有溫暖的體諒呢？事實上，當我們自認完美時，內心豈不是正在孕育輕視別人的冷酷？

（原罪！）

陽子腦中突然閃過啟造以前說過的話。面對眼前嚴酷的大冰原，她終於體認到潛藏在心底的醜陋。

在那段經文裡，有資格向女人丟石頭的，顯然只有耶穌一人。但耶穌不但沒向那個姦淫的女人丟石頭，反而寬容地原諒了她。陽子不禁陷入深思。

（可是，為什麼……？）

耶穌為什麼原諒了那個女人？是因為就算賠上人命也無從補償罪惡嗎？或許，罪惡除了寬恕以外，再也沒有別的辦法可以對付。

流冰上空出現一道玫瑰色的紅霞。在陰天看到紅霞是很稀奇的，陽子想。

陽子凝神注視那片藍得不祥的流冰原，兩三隻海鷗在冰原低空盤旋，久久不肯降落。

她記得三年前曾在遺書寫過：

我希望這世上有個至高無上的存在，希望祂明確地對我血中流動的罪表達寬恕之意。

她在赴死前抱持的真實願望，似乎突然甦醒了。或許，人對彼此的寬恕是無法到達完美境界的。儘管想寬恕對方，不知不覺中又生出憎恨。陽子想到啟造和夏枝，只要看他們倆就能理解其中道理。那種不完全的寬恕，陽子覺得不是真正的解決之道。

旅館門前傳來關上車門的聲響。陽子轉眼望去，看到一對男女的背影，兩人正在欣賞流冰。陽子心頭一震，因為那背影看來很像阿徹和順子。

（不會是哥哥吧……）

陽子雖然覺得阿徹不可能和順子出現在這裡，還是推開了窗戶，冷風吹進溫暖的房間。青年轉過臉來，他的臉孔輪廓很像阿徹，但皮膚黝黑。陽子又輕輕拉上窗戶。

青年的手臂環抱在女孩肩上，陽子自這對親密的愛侶收回視線。

順子對阿徹懷著愛慕之心，說不定將來哪一天他們倆會在一起呢。陽子又想起北原。

「愛是一種意志。」

啟造說過這句話。陽子並不理解話裡的含意，但她希望能夠擁有這種意志。她覺得只有那個唯一能夠真正寬恕罪惡的至高無上存在，才能賜給她這種意志。

她拿起桌上的熱水瓶，把熱水倒進茶壺，含了一口微苦的茶水，自問：「我對北原的愛，是否是一種自我欺騙？」

自我的成分並不限感情，陽子想，還有知性和意志的成分。如果由知性、感情和意志組成的人格等於自我，那我對北原付出愛意就不算欺騙。只要想到北原是為了自己才失去一條腿，陽子就覺得怎麼愛他都嫌不夠。

剛才那對年輕情侶已朝旅館的出口走去，陽子把手裡的茶杯放回桌上。

不知何時，雲層裡被染成玫瑰紅的那道淺色紅霞也已消失。

一線光芒射向流冰，冰原被染上一道細長帶狀的鮭魚紅。夕陽似乎是從旅館後山照射過來的。

海鷗數目愈來愈多，發出貓叫般的鳴聲群聚在旅館右側的雙子岩周圍。剛才那道鮭魚紅的光眨眼間失去了蹤影，眼前又只剩略帶藍色的流冰，漸漸地，流冰開始變成灰色。

或許這片灰色的冰原才是人生的真面目吧，陽子思索著打算起身。忽然，一道鮭魚紅的光芒又在冰原染出一道淺紅。

下一秒，突然像掉下一滴血似的，把冰原染成鮮紅，或者也可說，宛如一滴鮮紅的血液從冰原地底滲了出來。眼前景象太出乎意料了。

誰能想像流冰會被染成鮮紅？陽子屏息凝視著這幅不可思議的畫面。

不久，那滴鮮紅一點一點地由右至左，在鮭魚紅的冰原上以等間距離逐漸擴大。那片血似的鮮紅，這時竟如火焰般熊熊燃燒起來。

（流冰！流冰在燃燒！）

這幅出人意料的大自然景色令陽子不由自主睜大兩眼，她做夢也無法想像，原本像墓園般的青色冰原，此刻竟像野火般在燃燒。哪種稜鏡能製造出這種效果？總之，陽子眼前的流冰，正閃著火焰猛烈燃燒。

陽子凝視著眼前那片晃動的火焰，突然，一道奇妙的光射進她的心底。

（來自天堂的鮮血！）

這想法躍過腦海的瞬間，陽子感受到一股強烈的震撼，好似她已親眼見證了耶穌在十字架上流下的鮮血。這種奇妙的感動無法言喻。

鮮血冒出火苗，在猛烈燃燒。粉紅色火焰搖曳閃耀著。不知何時起，陽子握緊了雙手。

右側火焰逐漸變弱，但左側的火焰還在灰色冰原上燃燒。

就在不久前，陽子還不願輕信神的存在，但現在她毫無抗拒地相信了。當她目睹這片單調荒蕪的流冰原被染成血紅，像野火般燃燒時，陽子體內頓時發生了與燃燒的流冰相呼應的變化。

眼前這廣大無邊的天地，陽子實在無法將它的存在歸因於偶然，她無法不深信某種超乎人類的偉大意志是存在的。

（人類多麼渺小啊！）

陽子凝視著鮮豔的火焰，現在，她相信那個能夠真正寬恕人類的神是存在的。順子曾告訴她：「神的兒子付出了神聖的生命，人類的罪惡才得以寬恕。」陽子現在毫不猶豫地相信了。天地間確實有一位偉大人物，祂寬恕自己的冷酷，默默地接納自己。為什麼自己從前一直不相信呢？陽子覺得很不可思議。

火焰的色彩逐漸黯淡，陽子靜靜垂下頭。她不知祈禱時該說什麼，只能不斷祈求自己所有的罪都獲得寬恕。

陽子的視線重新投向窗外時，冰原已籠罩在鐵灰色的夜幕裡。那兩座紅、藍燈塔又開始眨起眼睛。剛才看到流冰燃燒的奇景，陽子很想把這件事告訴北原、阿徹、啟造、夏枝，還有順子。她想讓大家都知道，自己的面前展現了一個意想不到的嶄新世界。她也想告訴大家，當她由衷承認自己是世上罪惡最深的罪人時，心靈竟感到出奇地平靜。

茅崎的外公曾說：

「一生結束後能留下的東西，不是我們得到的，而是我們付出過的。」

現在陽子在心底低聲誦念，覺得這句話告訴了她人生的方向。

北原把自己的一條腿獻給了陽子，所以他並沒失去那條腿，或許可以說，即使在他死後，那條腿仍將繼續活著。現在，陽子迫切地想見到北原。

她猛然站住，她想打電話給北原，但在打電話給他之前，還有一件事必須做。

電話線那頭接線生接起電話，陽子拜託接線生查詢小樽三井彌吉家的電話號碼，並幫她接通電話。

「請您放下話筒，稍等一下。」

電話鈴再度響起前的時間很短暫，陽子卻覺得好漫長。

（媽！對不起！）

陽子彷彿在對那天低頭走在雪地上的惠子背影，如此呼喚。

兩三分鐘過去，電話鈴聲響起。

「現在正為您接通，請稍候。」

話筒裡傳來接線生的聲音，接著聽到對方電話的鈴聲。陽子將話筒用力壓在耳朵上。

霎時，陽子眼中湧出淚水。但她並沒擦去眼淚，只是專注地傾聽著鈴聲。

日本暢銷小說52

續・冰點

作者｜三浦綾子
譯者｜章蓓蕾
封面設計｜蕭旭芳
校對｜李鳳珠
主編｜徐凡
責任編輯｜丁寧

國際版權｜吳玲緯
行銷｜闕志勳　吳宇軒
業務｜李再星　陳美燕
總編輯｜巫維珍
編輯總監｜劉麗真
總經理｜陳逸瑛
發行人｜凃玉雲
出版｜麥田出版
10483台北市民生東路二段141號5樓
電話：(02)2500-7696
傳真：(02)2500-1967
部落格：http://ryefield.pixnet.net
發行｜英屬蓋曼群島商家庭傳媒股份有限公司
城邦分公司
地址：10483台北市民生東路二段141號11樓
網址：http://www.cite.com.tw
客服專線：(02)2500-7718｜2500-7719
24小時傳真專線：(02)2500-1990｜2500-1991
服務時間：週一至週五09:30-12:00｜13:30-17:00
劃撥帳號：19863813　戶名：書虫股份有限公司
讀者服務信箱：service@readingclub.com.tw
香港發行所｜城邦（香港）出版集團有限公司
地址：香港灣仔駱克道193號東超商業中心1樓
電話：+852-2508-6231
傳真：+852-2578-9337
馬新發行所｜城邦（馬新）出版集團
【Cite (M) Sdn. Bhd.】
地址：41, Jalan Radin Anum, Bandar Baru Sri Petaling, 57000 Kuala Lumpur, Malaysia.
電話：+603-9056-3833
傳真：+603-9057-6622
讀者服務信箱：services@cite.my

印刷｜前進彩藝有限公司
初版一刷｜2010年01月
二版一刷｜2023年04月
定價｜580元

國家圖書館出版品預行編目資料

續・冰點／三浦綾子（みうらあやこ）著；章蓓蕾譯. – 二版. -- 臺北市：麥田出版：家庭傳媒城邦分公司發行, 2023.04
面；　公分. --（日本暢銷小說；RS7052X）
譯自：続・氷点
ISBN 978-626-310-402-0（平裝）
861.57　　11022425

続・氷点
ZOKU・HYÔTEN, vol. 1, vol. 2 by Ayako Miura

First published in Japan in 1971 by The Asahi Shimbun Company, Tokyo
Traditional Chinese translation rights arranged with Miura Ayako Literature Museum through Japan Foreign-Rights Centre/Bardon-Chinese Media Agency.

ISBN 978-626-310-402-0
電子書ISBN: 978-626-310-411-2（EPUB）
Printed in Taiwan